LISA MARIE RICE

Midnight Angel

Dunkle Bedrohung

LISA MARIE RICE

MIDNIGHT ANGEL

Dunkle Bedrohung

Roman

Ins Deutsche übertragen von
Angela Koonen

LYX EGMONT

Die Originalausgabe erschien 2005
unter dem Titel *Midnight Angel* bei Ellora's Cave Publishing, Inc.,
Akron OH

Deutschsprachige Erstausgabe Oktober 2012 bei LYX
verlegt durch EGMONT Verlagsgesellschaften mbH,
Gertrudenstraße 30–36, 50667 Köln

Dieses Werk wurde vermittelt durch die Literarische Agentur Thomas
Schlück GmbH, 30827 Garbsen.

1. Auflage
Redaktion: Julia Herrmann
Satz: Greiner & Reichel, Köln
Printed in Germany (670421)
ISBN 978-3-8025-8877-8

www.egmont-lyx.de

1

Portland, Oregon
Samstag, 15. Januar
Parks-Stiftung
Eröffnungsfeier der Ausstellung »Juwelen der Zaren«

»Blöder Affenanzug«, murmelte John Huntington und zog an der Fliege seines Smokings.

Senior Chief Douglas Kowalski, ehemals US Navy, sah ihn abwehrend die Schultern rollen. John war früher sein Vorgesetzter gewesen und jetzt sein Geschäftspartner. Kowalski lächelte selten, hatte es seit Jahren nicht mehr getan, doch jetzt fühlte er einen Zug an den Mundwinkeln. Er und John hatten zwanzig Jahre lang bei lebensgefährlichen Einsätzen miteinander gedient. Sie waren am Polarkreis getaucht, hatten vier Monate lang ohne Unterstand in der afghanischen Wüstensonne ausgeharrt, und einmal hatten sie eine Woche lang hinter den feindlichen Linien unter Beschuss gestanden und nur eine Gallone Wasser gehabt, die sie sich teilen mussten.

Gemessen daran war ein zu enger Smoking eine Lappalie. Und trotzdem grollte der große, böse John wegen eines Kleidungsstücks.

»Albernes Mistding. Warum habe ich mich bloß …« John verstummte unter dem Rippenstoß seiner Frau.

Bei seinen stahlharten Muskeln konnte das nicht sonderlich wehgetan haben. Aber in den zwei Wochen ihrer neuen geschäftlichen Partnerschaft war Kowalski aufgefallen, dass die wunderschöne Suzanne ihm in anderer Hinsicht wehtun konnte. Aus Gründen, die nur John kannte, hatte er seiner neuen Braut enorme Macht über sich gegeben. Was sie wollte, bekam sie. Und wenn sie wollte, dass er den Mund hielt, dann biss er eben die Zähne zusammen und schwieg.

»Still, John!«, zischte sie, setzte ein strahlendes Lächeln auf und blickte sich um. Aber sie konnte unbesorgt sein. Es war niemand in der Nähe, der Johns Gebrummel hören konnte. Alle waren zu sehr mit Staunen beschäftigt und betrachteten fasziniert die zigkarätigen Juwelen in den Vitrinen. Diese Glaskästen hatte Suzanne entworfen, und Kowalski musste zugeben, dass sie toll aussahen. Der Abend war für sie ein beruflicher Erfolg, und nur ihr zuliebe hatte sich John in den Smoking gezwängt. Sonst konnte ihn mit Sicherheit nichts dazu treiben.

Kowalski ließ seinen Blick über die glanzvollen Gäste im Ausstellungssaal der Parks-Stiftung schweifen. Sein Smoking saß bequem, denn es war sein eigener. Bei seinen breiten Schultern und seiner Körpergröße hätte er nirgendwo einen Leihanzug aufgetrieben, der ihm passte. Seinen hatte er sich bei einem Schneider in Singapur machen lassen, und gleich noch einen zweiten dazu. Beide waren schön geschnitten und ließen unter der linken Achselhöhle Platz für seine Waffe.

Die er heute Abend hatte zu Hause lassen müssen.

Das war das Einzige, was ihm Unbehagen bereitete. Suzanne hatte darauf bestanden, und John war bei dieser Forderung aufgebraust, aber sie hatte mit ihrem hübschen kleinen Fuß aufgestampft und ihn schließlich, zu Kowalskis Verwunderung, zum Nachgeben gebracht. Das hatte er bei seinem Freund noch nie erlebt.

John unbewaffnet war schon schlimm genug, doch Kowalski hätte fast einen Anfall bekommen, als Suzanne verlangt hatte, er solle ebenfalls unbewaffnet kommen. Sie war sehr bestimmt gewesen. Offenbar hatte sie aus der Ehe mit John schnell gelernt.

Also keine Waffen. Gar keine. Keine Schuss-, Hieb- oder Stichwaffen. Kein KA-BAR, kein Emerson CQC6, überhaupt kein Messer. Keine Garotte, keinen Elektroschocker. Nichts. Nada. Alle beide nicht.

Kowalski hatte John entsetzt angeblickt. John war der, der sich in Fesseln gelegt hatte, der seine Frau zufriedenstellen musste. Warum zum Teufel sollte sich Kowalski auch danach richten? Warum sollte er nicht wie immer eine Waffe tragen? Das ging ihm mächtig gegen den Strich. Er fühlte sich geradezu nackt. Und schließlich war nicht er in Suzanne verknallt, also warum musste er sich dann diesen Mist gefallen lassen?

Tut mir leid, nein, kommt nicht infrage, hatte Kowalski erwidern wollen, aber in dem Moment fing er Johns flehenden Blick auf.

John hatte ihm dreimal das Leben gerettet und 1998 eine Kugel für ihn abgefangen. Und Kowalski hatte auch ihm schon die Haut gerettet. Ihre Freundschaft war zu tief, als dass Kowalski ihm die Bitte hätte abschlagen können. Darum hatte er sich seufzend zu Suzanne Huntington umgedreht und zähneknirschend geantwortet, dass er natürlich sehr gern zu der Ausstellungseröffnung kommen werde. Unbewaffnet. Aber lieber hätte er sich ohne Betäubung alle Zähne ziehen lassen.

John sah dankbar aus. Damit hatte Kowalski bei ihm etwas gut, das sich bei Gelegenheit einfordern ließe.

Suzanne blickte zu ihm auf. »Gefällt es dir, Douglas?«

Kowalski hätte beinahe nicht geantwortet, weil er nicht gleich begriff, dass er der Angesprochene war. Douglas. Kein Mensch nannte ihn Douglas, außer Suzanne. Er hieß Kowalski oder Senior Chief, und das schon so lange, dass er seinen Vornamen fast vergessen hatte.

»Absolut«, log er. »Fantastische Ausstellung. Herrlicher Schmuck. Großartige Vitrinen.«

»Das freut mich. Dann sag meinem Gatten bitte, dass er den Abend auch genießen soll.«

Kowalski drehte den Kopf. »Genieß den Abend, John. Das ist ein Befehl.«

John brummte.

Suzanne strahlte Kowalski zufrieden an. Fast hätte er sich umgedreht, um zu sehen, wem das Lächeln galt. Schöne Frauen lächelten ihn nicht an. Sie schafften es kaum, ihm ins Gesicht zu blicken ohne zusammenzuzucken. Er konnte es ihnen nicht verdenken – er wusste, wie er aussah. Wie ein Schläger. Wie ein harter, gefährlicher, gemeiner Schläger. Wahrscheinlich, weil er hart, gefährlich und gemein war. Er rechnete es Suzanne hoch an, dass sie ihn anschaute, als sähe er aus wie jeder andere.

Doch das tat er nicht. Er war groß und mit groben Gesichtszügen auf die Welt gekommen, und das Leben hatte sie nicht weicher gemacht. Seine Nase hatte vier Brüche hinter sich. Zudem hatte ihn vor zehn Jahren ein feindlicher Soldat mit dem Messer angegriffen. Ehe Kowalski ihn ausschalten konnte, hatte ihm der Scheißkerl den Kiefer aufgeschlitzt. Das nächste Krankenhaus war siebenhundert Meilen weit weg, darum hatte er die Messerklinge als Spiegel benutzt und die Wunde selbst genäht. Die Navy hatte ihm später angeboten, ihm eine kosmetische Operation zu bezahlen, doch er hatte abgelehnt.

Die Narbe war ihm völlig egal. Je härter er aussah, desto besser. Und außerdem hatte er von Klingen erst einmal genug.

Sein ganzes Erwachsenenleben hatte er harte Männer darauf trainiert, dem Tod ins Auge zu blicken. Das tat man nicht lächelnd und augenzwinkernd. Er hatte sich einen harten Gesichtsausdruck angewöhnt, bis er irgendwann gar nicht mehr anders gucken konnte.

Lächeln fühlte sich so seltsam an, dass er es nie tat.

»Suzanne! Da bist du ja! Was für ein Triumph, meine Liebe!« Zwei gertenschlanke Männer im weißen Smoking kamen in einer Duftwolke angeschwebt und küssten die Luft neben Suzannes Wangen. Sie waren äußerst elegant und geschmeidig. John musterten sie anerkennend, bei Kowalskis Anblick hingegen schauderten sie und wandten sich lieber wieder Suzanne zu.

»Darling«, sagte einer und nahm ihren Arm. »Eine brillante Designlösung, die dir da eingefallen ist. Ich sage dir, Nomura ist irre eifersüchtig.« Er schürzte die Lippen. »Geschieht dem alten Miststück recht. Er wollte nur Glas und Messing. Das wäre überhaupt kein Vergleich gewesen. Wir sollten nächste Woche mit ihm zum Lunch gehen und uns an seinem Neid ergötzen. Das ist einfach zu köstlich.«

Johns brummige Miene verfinsterte sich, obwohl ihm diese beiden Männer nicht gefährlich werden konnten. Die hatten noch keine Frau bestiegen und würden es auch nie tun, das war sonnenklar. *John guckt wahrscheinlich nur so finster, weil er Suzanne mal nicht in Reichweite hat,* dachte Kowalski.

»Meine liebe Suzanne«, sagte der andere. »Gerade habe ich Marvin Lipinsky hereinschlendern sehen. Du musst sofort mitkommen und ihn kennenlernen. Weißt du, dass er nächstes Jahr seine präkolumbische Sammlung ausstellen will? Ich wette, du würdest fantastische Vitrinen dafür entwerfen. Komm, Darling, gehen wir zu ihm.«

John streckte die Hand aus. »Nein, ich will nicht …«

Suzanne fasste ihn am Arm, stellte sich auf die Zehenspitzen und hauchte ihm einen Kuss auf die Wange. »Bin gleich wieder da«, sagte sie und schoss ihm einen eindringlichen Blick zu, der hieß: *Du bleibst hier und benimmst dich.*

Ihr Blick für Kowalski war genauso deutlich: *Und du sorgst dafür, dass er dableibt und mich nicht in Verlegenheit bringt.*

Nach einem schmunzelnden Blick auf ihren Gatten ließ sie sich wegführen.

John sah ihr grimmig hinterher.

Ein Kellner im Frack näherte sich mit einem Silbertablett voll Champagnerflöten. John nahm sich eine und kippte den Inhalt in einem Schluck hinunter.

Der Kellner zögerte einen Moment, bevor er Kowalski das Tablett hinhielt. Kowalski biss die Zähne zusammen. Klar, er sah aus wie ein Schwerarbeiter, der sich auf der Baustelle oder im Containerhafen wohler fühlt als in dieser schicken Umgebung. Aber verdammt noch mal, er war eindeutig ein Gast, er hatte sich extra in Schale geworfen.

Kowalski nahm ein Glas vom Tablett und trank. Der Champagner war erstklassig. Er sah zu John rüber, der seine Frau bei ihrer Gästerunde beobachtete, und trank einen weiteren Schluck. Er sollte wenigstens genießen, was es zu genießen gab. John fiel als Unterhalter heute Abend jedenfalls aus.

»Muss hart sein, so eine Ehe«, meinte er schließlich.

»Nee«, widersprach John, ohne seine Frau aus den Augen zu lassen. »Überhaupt nicht. Und wenn ich das geahnt hätte, hätte ich viel eher geheiratet. Ich wohne in einem prächtigen Haus. Meine Frau hat mir das Büro toll eingerichtet. Ich kriege regelmäßig gutes Essen, habe regelmäßig Sex, und meine Klamotten werden gewaschen und gebügelt. Nein, es ist nicht die Ehe, die hart ist.« John drehte den Kopf zu Kowalski, und Kowalski sah etwas in seinem Gesicht, womit er im Leben nicht gerechnet hätte: Angst. Verletzlichkeit. »Es ist das Verliebtsein. Das bringt einen um.«

Ein völlig neuer John Huntington. Kowalski fand das ziemlich erschreckend.

»Hätte sie fast verloren, Senior Chief«, flüsterte John und sah dabei plötzlich abgespannt aus.

»Fast gibt's nicht, wie du weißt.« Ihr Mantra in den Teams. Man konnte sein Ziel nicht *fast* treffen, den Feind nicht *fast* erwischen. Niemanden kümmerte es, dass man *fast* gestorben wäre, wenn man es unter Beschuss zurück zum Stützpunkt geschafft hatte – man wurde sofort wieder eingesetzt. *Fast* gab es nicht.

Johns Kiefermuskeln zuckten.

Vor gut zwei Wochen war Kowalski nach Portland gekommen, als Johns neuer Geschäftspartner. Gerade rechtzeitig, um sich um die Geschäfte zu kümmern, denn John musste sich von der Truppe entfernen. Suzanne, in die er sich verliebt hatte, war in Lebensgefahr, weil sie beobachtet hatte, wie Paul Carson, ein Geschäftsmann mit Mafiakontakten, seine Frau umbrachte. Carson versuchte Suzanne zu töten, damit sie vor Gericht nicht gegen ihn aussagen konnte.

Als John untertauchte, um das Problem aus der Welt zu schaffen, nahm Kowalski seinen Platz als Partner in dessen aufstrebender Sicherheitsfirma ein, was einem Crashkurs in Unternehmensführung gleichkam.

Vier Tage später tauchte John wieder auf, und das FBI entließ Suzanne aus der Schutzhaft. Die Gefahr war vorbei. Paul Carson war ums Leben gekommen. Zufällig hatte ihn irgendein Scharfschütze erwischt.

Am nächsten Tag ließen sich John und Suzanne trauen. Für Kowalski war es noch immer ungewohnt, dass sein Freund verheiratet war. Soldaten heirateten nicht. Sie hatten Sex, na klar, um Dampf abzulassen. Sogar häufig oder besser gesagt, so oft es ging, weil sie unter großem Stress standen und manchmal monatelang ohne auskommen mussten. Beim Sex war Körperentspannung garantiert. Aber Liebe? Ehe? Das war nicht vorgesehen.

Er schüttelte den Kopf und trank einen Schluck aus seinem Glas.

Suzanne kam zurück, schwebte elegant über den Marmorboden, und John straffte die Schultern und betrachtete sie bei jedem Schritt.

Kowalski musste neidlos anerkennen, dass sie eine außergewöhnliche Schönheit war.

Sie lächelte ihren Mann an. »Siehst du, John, das war doch gar nicht so schlimm, oder? Ich bin weggegangen, habe mit einigen Leuten gesprochen, geschäftliche Kontakte geknüpft und den Weg zu dir zurückgefunden.« Sie schüttelte den Kopf und brachte ihre blonden Haare in Bewegung. »Es ist gar nichts dabei.«

Johns Blick verfinsterte sich, und Suzanne lachte. In dem Moment kam eine andere Schönheit zu ihnen, eine dunkelhaarige, schlanke Frau im schulterfreien roten Kleid.

Kowalski wusste, wer sie war: Claire Parks, die Erbin des Parks-Vermögens und Gastgeberin dieses Abends. Sie war stinkreich und außerdem die Frau, die einem Freund von John, Police Lieutenant Bud Morrison, übel mitgespielt hatte. Sie hatte die Verlobung mit ihm gelöst, ein paar Tage nachdem Kowalski nach Portland gekommen war. Bud war seitdem ein seelisches Wrack.

Kowalski trank sein Glas aus und nahm sich ein neues von einem vorbeiziehenden Tablett. *Frauen!* Er hatte schon erlebt, dass stahlharte Männer, die auch in übelsten Gefechtssituationen nicht die Nerven verloren, wegen einer Frau vor die Hunde gingen. Ohne dass man daran etwas ändern konnte. Darum hatte Kowalski vor Frauen, besonders vor schönen Frauen, einen Heidenrespekt. Obwohl ihn noch keine runtergezogen hatte. Gott sei Dank war er immun.

Claire Parks nahm Suzanne bei den Schultern. »Hallo«, hauchte sie an ihre Wange. »Ich gratuliere zu den Vitrinen. Sie sind hinreißend. Fast so schön wie die Juwelen.«

»Danke, Süße.« Suzanne strich sich lächelnd eine Locke hinters Ohr. »Ich habe hart daran gearbeitet. Es war ein Vergnügen und ein Privileg. Dieser Schmuck ist wirklich erlesen.«

Lächelnd blickte Claire Parks in die Runde und erstarrte, als sie bei Kowalskis Gesicht ankam. Halb neugierig, halb entsetzt starrte sie ihn an, dann wandte sie den Blick ab. Suzanne bemerkte es seufzend. »Claire«, sagte sie betont freundlich. »Ich möchte dir Senior Chief Douglas Kowalski vorstellen. Er ist Johns neuer Partner.«

Claire Parks hätte ebenso gut ein Display auf der Stirn haben können, so deutlich war dort abzulesen, was sie dachte. *Der ist Johns neuer Partner? Dieser furchterregende Schlägertyp, der aussieht wie ein Killer im Smoking? Den hat Suzanne täglich im Haus? Die Ärmste.*

Johns Firma, Alpha Security International, befand sich in einer ehemaligen Fabrik in einem üblen Stadtteil. Suzanne hatte das Gebäude erstklassig renoviert, und dass das Pflaster dort rau war, passte zum Betätigungsfeld des Unternehmens. Der Haken war, dass sie und John auch ihre Privatwohnung in dem Gebäude hatten.

Die schöne Miss Parks erinnerte sich an ihre Erziehung und tat, was sich gehörte. Ohne Schaudern und Zaudern sah sie Kowalski ins Gesicht, hielt für eine Nanosekunde Blickkontakt, dann sah sie an seinem Kopf vorbei.

»Senior Chief Kowalski.« Sie zog die Mundwinkel hoch. Lächeln konnte man es nicht nennen, sie zeigte lediglich ein wenig die Zähne. »F-freut mich, Sie k-kennenzulernen.«

Scheiße. Er brachte sie zum Stottern, und sie konnte sich kaum überwinden, ihm offen in die Augen zu sehen. Vorsichtig hielt sie ihm die Hand hin. Sie zitterte leicht. Was glaubte sie denn? Dass er Frauenhände zum Abendessen verspeiste?

Kowalski schnaubte innerlich. Manche Leute gaben ihm das Gefühl, ein gefährliches Tier im Zoo zu sein. Das passierte ihm andauernd, und darum hielt er sich normalerweise von Zivilisten fern.

Es war ein Fehler gewesen, heute Abend hierherzukommen, und den würde er nicht wiederholen. Er hatte die Nase voll. Er würde der Parks die Hand schütteln, sich bei John und seiner Frau entschuldigen und nach Hause fahren.

Vielleicht sollte er sich noch flachlegen lassen. Vielleicht diese Frau anrufen, die er vorige Woche in Pearl aufgerissen hatte. Charlene Soundso.

Nein, lieber nicht. Die war ihm zu hart drauf. An dem Abend neulich hatte sie verlangt, dass er sie hart rannahm, immer weiter, bis es ihr eigentlich nur noch Schmerzen bereiten konnte. Als sie schließlich mit der Sprache herausgerückt war, dass sie auf Fesseln stand, hatte er aufgehört, ohne dass er gekommen war. Er sah sicherlich furchteinflößend aus und war es in mancher Hinsicht auch, aber er würde niemals einer Frau wehtun, in keiner Weise. Erst als er den fiebrigen Glanz in ihren Augen sah, hatte er begriffen, dass Charlene Schmerzen brauchte. Sie kam erst bei jemandem auf Touren, den sie für gewalttätig hielt. Das war ihre Droge; sie war abhängig von gefährlichem Sex.

Also kein Sex heute Nacht. Außer Suzanne – die natürlich tabu war – war Charlene die einzige Frau in Portland, die er kannte. Er würde einfach nach Hause fahren und ein bisschen Norah Jones hören. Ja, genau – mit einer Flasche Whiskey auf dem Sofa sitzen, sich von dieser rauchigen Stimme einhüllen lassen und sich langsam betrinken. Näher würde er an so eine Schönheit sowieso nicht rankommen.

Doch die nächsten paar Minuten würde er noch aushalten müssen.

»Ma'am«, sagte er und hielt Claire Parks' Hand vier Sekunden lang behutsam fest. Er hatte große, starke Hände und wusste trotzdem schon lange damit umzugehen, ohne Schmerzen zuzufügen. Er wählte seine Worte mit Bedacht, um nicht allzu bedrohlich zu erscheinen. »Es war mir ein Vergnügen. Das ist ein sehr schönes Haus. Mein Kompliment zu der Ausstellung.«

Er hatte eine ungewöhnlich tiefe Stimme und sah ihre Augen größer werden, als er sprach. Claire Parks' Hand zitterte. Ohne zu seufzen oder die Augen zu verdrehen, ließ er sie los. Zum tausendsten Mal war er froh, dass er sich bei Frauen auf keine Beziehung einließ. Und die, mit denen er ins Bett ging, kümmerte es nicht, wie er aussah. Die wollten nur einen Mann, der es ihnen hart und ausdauernd besorgen konnte. Und das konnte er. Keiner wollte mehr, und beide Seiten waren zufrieden.

In diesem Moment hörte er die Stimme eines Engels, der direkt aus dem Himmel zu ihm herabsang.

2

Portland, Oregon
Samstag, 15. Januar
Psychiatrische Klinik und Justizvollzugsanstalt Spring Harbor

Irgendwo im Gebäude spielten sie dieses Lied, *ihr* Lied. Ausgerechnet. Corey Sanderson konnte es nicht ausstehen.

In dem Sommer, als wir uns liebten …

Es war so abgedroschen, so altmodisch, keine Backbeats, nur Melodie. Dann diese trällernde Stimme, wie aus dem neunzehnten Jahrhundert.

Totaler Scheiß.

Kein Wunder, dass die sich nicht verkaufte. Warum hatte sie damals nicht auf ihn gehört? Er hätte sie ganz groß rausbringen können. Alles war arrangiert gewesen – zuerst ein Auftritt in der *Today Show*, dann die Story in *Vanity Fair* mit künstlerischen Nacktfotos, und zwar von keinem Geringeren als Richard North, dem Starfotografen. Das war ein echter Coup gewesen. Er hatte Wochen gebraucht, um das einzufädeln. Und als er ihr das eröffnete, lehnte sie glatt ab, die kleine Fotze. Erteilte *ihm* eine Abfuhr. Niemand sagte Nein zu Corey Sanderson, niemand.

Völlig ruhig hatte sie seinen Plan zurückgewiesen und dann das Konzert in San Diego abgesagt. Dabei hatte er dafür eigens diese Hip-Hop-Band engagiert. Er hatte eine Menge in das Miststück investiert, viele Leute um einen Gefallen gebeten, was auch nicht einfach gewesen war, weil es, na ja, eine Weile her gewesen war, seit er zur Spitze seiner Branche gehört hatte. Dabei war gar nichts Ernstes vorgefallen, nur ein paar kleine Misserfolge. Aber die Musikbranche entwickelte sich schnell und verzieh nichts. Die Leute sprachen damals schon in der Vergangenheit von ihm. Unerträglich. Corey Sanderson war der Beste. Immer gewesen. Und kein Irenflittchen würde daran etwas ändern.

Er hatte sie als Comeback-Vehikel benutzen wollen, und anstatt ihm dankbar zu sein, hatte sie Nein gesagt. Es verblüffte ihn immer wieder aufs Neue. Er sah sie noch vor sich, an dem Abend in seinem Penthouse. Die schwindelerregende Hypothek, die darauf lag, hätte von ihrer katastrophalen Tournee abgelöst werden sollen. Als sie ihn um einen Termin bat, war er sicher, dass sie sich entschuldigen und einlenken wollte. Ihm versprechen wollte, dass es nicht wieder vorkäme. Ihm zur Wiedergutmachung einen blasen würde. Er hätte das alles akzeptiert. Sie war ein hübsches Ding, und er hatte schon ein Jahr lang versucht, sie ins Bett zu kriegen. Darum war er voll darauf eingestellt gewesen, ihr zu verzeihen und sie zu bumsen. Stattdessen war sie mit ihrem Vater – ihrem Vater! – bei ihm aufgekreuzt, um den Vertrag zu lösen.

War es da ein Wunder, dass er die Beherrschung verloren hatte?

Sie hatte bekommen, was sie verdiente, das Flittchen: einen gebrochenen Kiefer, und blind war sie jetzt auch. Aber das war die Strafe, zumal er kürzlich das Penthouse hatte verkaufen müssen, um seinen Anwalt zu bezahlen.

Das Penthouse, die Wohnung in Aspen und den Mercedes. Aber es hatte sich gelohnt. Edwin Gossett hatte ihm das Gefängnis erspart. Zwei volle Wochen war Sanderson im Knast gewesen, bevor Gossett den Richter und die Geschworenen überzeugen konnte, dass sein Mandant in die Psychiatrie gehörte. Sanderson schauderte. Nie wieder würde er in den Knast gehen. Schon bei dem Gedanken grauste es ihm.

Nein, die nächsten paar Jahre würde er es hier aushalten. Er war Dr. Childers' Lieblingspatient und durfte seine Musik hören, bekam seine Bücher und sein spezielles Essen. Serena war die Leiterin der Psychiatrie und halb in ihn verliebt. Hier würde er bleiben – sofern das irische Miststück nicht das Gedächtnis wiedererlangte. Dann wäre er in den Arsch gekniffen.

In dem Sommer …

Er bekam Kopfschmerzen, wenn er nur diese Stimme hörte. Allegra Ennis, die er zur berühmtesten Sängerin Amerikas machen wollte und die ihm eine Abfuhr erteilt hatte. Und an seinem beruflichen Absturz schuld war.

Die Musik kam aus der Eingangshalle. Vielleicht hatte einer der Wachposten das Radio angemacht, auf einen dieser beknackten Lokalsender geschaltet, die zwischen Hundefutterwerbespots alte Singles abnudelten. Welcher richtige Sender würde schon Allegra Ennis bringen?

In dem Sommer damals, vor so langer Zeit …

Zitternd vor Wut blickte Sanderson sich nach etwas um, das Krach machen würde. Schließlich hob er seine Latschen auf und warf sie gegen die Tür. Sie schlugen mit einem dumpfen Geräusch auf.

Der Winter war noch so fern …

Bücher! Zwei dicke Paperbacks und ein gebundenes. Sanderson schleuderte sie an die Tür. Das war schon befriedigender. Bei dem gebundenen brach der Rücken, und es fiel zu Boden wie ein verletzter Vogel.

Wer sollte ahnen, dass es nie mehr Sommer wird …

Diese Schlampe! Zwitscherte vor sich hin wie eine irische Bordsteinschwalbe. Er hatte getan, was er konnte, damit ihre Stimme modern klänge, aber nichts hatte gefruchtet. Sie war eine harte Nuss gewesen, hatte sich ständig widersetzt. Die kleine Fotze wusste einfach nie, was gut für sie war.

Die Tür ging auf, und Alvin schaute herein.

»Mr Sanderson? Brauchen Sie etwas?« Alvins Ton und sein Auftreten waren respektvoll.

Und so sollte es gefälligst auch sein. Schließlich wusste Alvin, wer Sanderson war und was er für ihn tun konnte.

Alvin war zu groß und zu rothaarig, ein schlaksiger, naiver Typ ohne Stimme, vollkommen unmusikalisch. Aber er wollte ein Star werden, und Sanderson hatte ihm versprochen, den Wunsch wahr werden zu lassen.

Als Gegenleistung sollte Alvin die Ennis beseitigen.

»Alvin, bring mir ein Tonbandgerät.« Sanderson lächelte zu ihm hoch. Lächerlich, dieses lange Gestell, und das dumme, sommersprossige Gesicht fand er abstoßend. »Morgen geht es los. Wenn es erledigt ist, rufe ich ein paar Leute in Kalifornien an. Wir machen dann erst mal ein Demotape mit dir.«

Alvins hässliches Gesicht hellte sich auf, als er loslief, um das Tonbandgerät zu holen. Sanderson wusste genau, was jetzt in Alvins Kopf vorging. Er dachte an schicke Autos und schicke Frauen, die sich darum schlugen, mit ihm ins Bett zu hüpfen, er sah schon sein Foto in der Regenbogenpresse und sich selbst am Pool seiner Villa.

Atemlos kam er zurück und drückte Sanderson einen Rekorder in die Hand. Es war ein billiges Ding, konnte aber bestimmt eine Stimme naturgetreu aufnehmen. Das reichte.

»Gut, Alvin, du kannst jetzt gehen. In einer halben Stunde bringst du Dr. Childers hierher. Und wunder dich nicht über das, was du dann sehen wirst.«

»Ja, Sir.« Alvin entfernte sich. Er würde Serena holen, und dann ginge es los. Alvin hatte nichts weiter zu tun, als Allegra Ennis in den Wahnsinn zu treiben und sie dann so umzubringen, dass es wie Selbstmord aussah. Und Sanderson würde man nie etwas nachweisen können.

Allegra war eine tote Frau.

Kowalski war größer als alle anderen und konnte über die vielen Köpfe hinwegsehen.

Auf der Bühne saß eine rothaarige Frau, eine Schönheit im hauchdünnen grünen Abendkleid, und spielte Harfe. Sie hatte eine Stimme wie ein Engel.

So etwas hatte er noch nicht gehört. Sie klang genauso lieblich wie die Harfe. Das Lied kannte er nicht, Melodie und Rhythmus waren aber so eingängig, dass es ihm sofort vertraut erschien. Als gäbe es einen Platz in seinem Kopf, der nur auf dieses Lied gewartet hatte.

Es ging um irgendeinen Sommer. Ein Lied über einen verlorenen Sommer und eine verlorene Liebe. Die Melodie löste ein Kribbeln aus und ging unter die Haut. Sein Inneres vibrierte geradezu mit den Tönen mit. Etwas so Schönes hatte er noch nie gehört, obwohl er schon sein Leben lang mit Genuss Musik hörte.

Auch die Sängerin war schön. Nicht auf dieselbe Art wie Suzanne oder Claire Parks, sondern auf andere Weise, auf eine bessere Weise. Ihre Haut schimmerte, als wäre sie nicht ganz von dieser Welt. Sie leuchtete von innen heraus, wie eine Perle unter Wasser.

Wenn ihm jemand erzählen würde, sie sei ein echter Engel, würde er es sofort glauben. Es wäre keinerlei Überzeugungsarbeit nötig. Doch sie war eine Frau aus Fleisch und Blut. Die langen, rotbraunen Haare fielen in glänzenden Wellen über ihren Rücken und bewegten sich ab und zu, während die Finger anmutig die Saiten zupften. Mit geschlossenen Augen sang sie die letzte Zeile und lehnte sich gegen die Harfe wie an einen Geliebten. Ihre Stimme verklang leise, ein letztes helles Glissando stieg von der Harfe auf. Einen Moment lang legte sie die Stirn an den Rahmen des Instruments, dann hob sie den Kopf und öffnete die Augen, als der Applaus einsetzte.

Aber sie blickte ihr Publikum gar nicht an. Es schien, als spielte sie nur für sich selbst, als sie sanft lächelnd und gedankenverloren das nächste Lied begann. Nach einem langen instrumentalen Vorspiel fing sie an zu singen, und wieder kamen Kowalski die Töne wie eine altbekannte Melodie vor, die er lange vergessen hatte.

»Cruel Sun«, eine schöne Ballade mit leicht verjazzter keltischer Musik. Es ging darum, dass die Sonne auch nach dem Tod des Geliebten weiter vom Himmel herabscheint. Sehnsucht, Schmerz, unstillbarer Kummer, all das drückte sich in dem Song aus, der in der ironischen Feststellung endete, dass es die Sonne nicht kümmert, was geschieht, sie scheint einfach grausam weiter.

Kowalski hörte mit halbem Ohr einen aufgebrachten Mann mit Claire streiten. Er erkannte die Stimme, es war Johns Freund Bud. Kowalski hätte die beiden am liebsten angeraunzt, sie sollten gefälligst still sein, doch dazu hätte er sich umdrehen müssen, und er wollte keinen Ton von dieser außergewöhnlichen Frau verpassen.

Sie sang noch mehrere Lieder, und er konnte nicht glauben, dass er keines davon kannte und von der Sängerin noch nie gehört hatte. Er hatte nicht die leiseste Ahnung, wer sie war, doch dass sie ein Weltklassetalent war, wusste er genau. Er hatte Pavarotti live erlebt, und das war genauso unglaublich gewesen. Wie die Berührung mit einem göttlichen Wesen.

Verärgert über die Leute ringsherum, rückte Kowalski näher zur Bühne. Sollten sie doch rausgehen mit ihren schicken Klamotten und draußen quatschen, anstatt die Sängerin zu übertönen. Sie hatten tatsächlich ihr dummes Geschwätz wieder aufgenommen, als würde da vorne nur Begleitmusik zum Berieseln gespielt. Kaufhausmusik für die Schmuckauslage. Ihnen wurde reine Magie geboten, und sie waren zu dumm, um das zu merken.

Der Sängerin war das egal. Sie schien es gar nicht wahrzunehmen. Sie sang für sich und schaute kein einziges Mal ins Publikum, nahm mit niemandem Blickkontakt auf. Ihre Augen waren sowieso die halbe Zeit geschlossen. Sie sang konzentriert mit klarer Stimme, während ihre Finger über die Saiten flogen.

Kowalski war das Publikum zuwider. Er wünschte sich, sie würden alle abhauen, damit er in Ruhe die Musik genießen konnte. Er stieß gegen den Rand der Bühne, näher konnte er nun wirklich nicht mehr ran.

Mann, war sie schön. Es war nicht nur die Stimme, obwohl schon die allein erlesen war und es selbst dann gewesen wäre, wenn die Frau sieben Kinne mit Haaren drauf gehabt hätte.

Aber sie besaß keine sieben Kinne, sondern nur das eine, und ein sehr hübsches noch dazu, ganz ohne Haare. Alles an ihr war reine Magie, makellos fein. Sie hatte die Haut einer Rothaarigen, nur ohne Sommersprossen. Das smaragdgrüne, bodenlange Kleid war elegant und schlicht. Die Haut, die es frei ließ, war sahnig weiß, das makellose Gesicht wurde von den braunen Augenbrauen betont. Sie trug fast kein Make-up. Obwohl sie saß, konnte er sehen, dass sie nicht sehr groß war, dafür aber langgliedrig. Und sie hatte einen langen, schlanken Hals. Als sie den Kopf zu ihm drehte, blieb ihm fast die Luft weg. Ihre Augen waren dunkelgrün, eine verblüffende Farbe. Kowalski konnte überhaupt nicht mehr wegsehen.

Nach sieben Liedern lehnte sie sich auf dem vergoldeten Stuhl zurück und legte die Hände in den Schoß. Die Gäste applaudierten höflich und wandten sich sofort wieder ab, um ans Buffet zu gehen, das während der Vorstellung im Hintergrund des Saales aufgebaut worden war. Plaudernd strömten die Leute in Dreier- und Vierergruppen dorthin.

Arschlöcher, dachte Kowalski. Da sang ein musikalisches Genie für sie, und die dachten nur an ihr kostenloses Futter.

Jetzt erst fiel Kowalski auf, dass Suzanne und John neben ihm an der Bühne standen. Suzanne stieg die vier Stufen hinauf, rauschte auf die Sängerin zu und legte ihr eine Hand auf die Schulter, und die Sängerin nahm sie lächelnd.

Einen Moment lang hielt Kowalski den Atem an.

Er sah zum ersten Mal ihr Lächeln. Es war genauso bezaubernd wie ihre Musik und hellte ihr Gesicht auf. Suzanne schob ihr einen Arm um die Taille und ging mit ihr zur Treppe. Sie flüsterte ihr etwas ins Ohr, worauf die Sängerin nickte. Gemeinsam stiegen sie die Stufen hinunter und kamen auf Kowalski und John zu. Suzanne sagte etwas, und die Sängerin lachte. Es klang leicht und anmutig wie ein Nachhall ihrer Lieder. Oh Mann, das ging noch viel mehr unter die Haut. Diese Frau war in jeder Hinsicht magisch.

Nun stand sie mit Suzanne vor ihm. Suzanne war eine Schönheit, ohne Zweifel, aber Kowalski hatte keinen Blick für sie. Er konnte die Augen nicht von der Sängerin lassen. Es waren nicht nur die regelmäßigen Züge, die gute Haut und das glänzende Haar, die ihre Schönheit ausmachten. Sie hatte etwas Strahlendes, fast wie ein Heiligenschein. Wie ein Engel.

Kowalski schnaubte beinahe angesichts dieser Gedanken. Er sollte sich dringend flachlegen lassen. Von einer normalen Frau, nicht von so einer SM-Besessenen.

Heiligenschein, Engel – vielleicht brachte ihn das Zivilleben an den Rand des Wahnsinns.

Doch zumindest das Talent der Sängerin war unbestreitbar. Kowalski liebte Musik. Jede Art von Musik: Rock, Jazz, Klassik, Oper. Er hörte alles. Es würde ihm ein Vergnügen sein, dieser Frau zu ihrer Stimme und ihrem Harfenspiel ein Kompliment zu machen.

Suzanne zögerte ein wenig, sie ihm vorzustellen. Aber sie konnte Kowalski nicht einfach übergehen.

»Allegra, darf ich dich mit Johns neuem Partner bekannt machen, Senior Chief Douglas Kowalski. Douglas, das ist meine Freundin Allegra, Allegra Ennis.«

»Senior Chief Kowalski«, sagte die Sängerin leise und streckte die Hand aus.

Verfluchter Mist! Schlagartig hatte er ein hohles Gefühl in der Brust; die erhebende Freude von eben war futsch. Allegra Ennis blickte ihm auf die Krawatte. Sie kam nicht mal so weit wie Claire Parks, schaffte nicht mal den kleinsten Blickkontakt, sondern tat sofort so, als hätte er kein Gesicht.

Ach, zum Teufel damit!

In dem Moment fragte er sich, ob er sich überhaupt noch in der bürgerlichen Welt würde einleben können. Aber zurück konnte er nicht. Er war aus dem Dienst ausgeschieden. Bei den Streitkräften hatte niemand ein Problem damit gehabt, ihm ins Gesicht zu sehen. Klar, er war kein hübscher Kerl, aber ein verdammt guter Soldat, und das war alles, was zählte.

Er war sein Leben lang in der Navy gewesen und jetzt nicht mehr. War es das, was ihn nun erwartete? Sollte er den Rest seiner Tage mit Leuten verbringen, die auf höfliche Art vermieden, ihn anzusehen? Scheiße.

Seine tiefe Freude über Allegra Ennis' Musik hatte sich verflüchtigt, sobald er ihren höflichen, leeren Gesichtsausdruck sah. *Na schön,* dachte er, *mach ihr ein Kompliment und dann nichts wie raus hier.* Vielleicht sollte er sich heute Abend die ganze Flasche Jim Beam hinter die Binde gießen.

»Ms Ennis«, brummte er, als er ihre Hand nahm. Die von Claire Parks hatte er vier Sekunden lang gehalten, bei Allegra Ennis würde er auf drei runtergehen. »Sie haben eine wunderschöne Stimme, und die Lieder waren beeindruckend. Wirklich erlesen. Mein Kompliment.«

Darauf tat Allegra Ennis etwas Ungewöhnliches. Sie warf

den Kopf zurück und versuchte, die Augen auf sein Gesicht zu richten. An ihrem Blick war irgendetwas seltsam …

Dann traf es ihn wie ein Schlag.

Allegra Ennis war blind.

3

Du kleine Schlampe, du wirst endlich dafür bezahlen, was du mir angetan hast.

Schmunzelnd schaltete Corey Sanderson den Rekorder aus. Das war die letzte der Aufnahmen. Das war es also. Alles war bereit. Es fehlte nur noch Allegra Ennis' Leiche. Er könnte sich erst sicher fühlen, wenn sie tot war. Solange sie lebte, drohte ihm der Knast – ohne Gossett säße er immer noch drin in diesem Albtraumloch.

Dahin zurück – undenkbar. Das würde er zu verhindern wissen. Er besaß den Verstand und den Willen, die Verhältnisse seinen Bedürfnissen anzupassen. Nicht umsonst war er der erfolgreichste Musikproduzent der Geschichte – viermal Platin, siebenmal Gold, auf seine geschmacklichen Entscheidungen hatte sich eine ganze Musikindustrie aufgebaut ... Oh ja, er konnte etwas bewegen und andere mitreißen. Er war ein Schöpfer, ein Künstler. Ihn in eine Zelle zu sperren wäre Blasphemie. Diese Anstalt war schlimm genug – trotz cremeweißer Wände, Mozart über Lautsprecher und hübscher Pflegerinnen.

Er stellte den Minirekorder, den Alvin besorgt hatte, auf den Nachttisch, ein elegantes Art-déco-Möbel, das das hässliche Plastikding von vorher ersetzte. Serena war sehr klug und verstand, dass ein Mann von seinem Geschmack und seiner Empfindsamkeit eine bessere Einrichtung brauchte als die gewöhnlichen Patienten, und darum hatte Sanderson seinen Lehnstuhl, sein eigenes Porzellan und Besteck, Kristallvasen und Kaschmirmorgenmäntel. Keine Plastikteller und trostlose Krankenhaushemden. Serena war in dieser Hinsicht sehr gut; sie gestand ihm zu, was er wollte – nein, was er brauchte.

Er hatte immer zwei tolle Sprüche zum Verführen gehabt. Der eine war: »Lass uns schöne Musik zusammen machen.« Seine Abendkonzerte brachten ihm eine spezielle Behandlung ein. Serena war für Bach ganz besonders zu haben.

Er drückte auf die Klingel an seinem Nachttisch, und zwei Minuten später steckte Alvin Mitchell seinen rothaarigen Kopf durch die Tür. »Mr Sanderson?«

»Gehen Sie Dr. Childers holen. Es ist so weit.«

Der andere Spruch war: »Baby, ich werde einen Star aus dir machen.«

Allegra Ennis lächelte ihn an. Es war ein warmes, echtes Lächeln. »Senior Chief Kowalski, ich kann das Kompliment sogleich zurückgeben. Sie haben selbst eine wundervolle Stimme.« Das Lächeln wurde breiter. »Einen echten *basso profondo*. Das ist sehr selten. Sie sollten Falstaff singen.«

Er forschte in ihrer Miene und entdeckte nichts außer Freundlichkeit und umwerfender Schönheit.

»Falstaff ist eine gute Rolle für einen Bass«, sagte er. »Oder Boris Godunow. Falchinetti hat mir darin besonders gut gefallen. Ich habe ihn voriges Jahr in New York gehört.«

Sie strahlte. »Ja, Sie haben recht. So eine kraftvolle Stimme. Sie können sich glücklich schätzen, ihn live erlebt zu haben.« Sie neigte den Kopf zur Seite, die blinden Augen auf sein Gesicht geheftet. Er begriff, dass sie auf seine Stimme hörte, als wäre es ein Kunstgenuss. »Sie haben genau die richtige Stimme für Hagen. Ich habe eine Aufnahme mit Schumacher. Und ich wette, Sie singen ›Ol' Man River‹ wie Paul Robeson.«

Ihre Hand war warm und seidenweich. Er fühlte die langen

schmalen Finger, dieses raffinierte Gebilde von Knochen und Sehnen, das der Harfe so schöne Töne abschmeichelte. Sie hatte die Hand bislang nicht zurückgezogen, darum hielt er sie noch ein bisschen länger fest.

»Die Schumacher-Aufnahme habe ich auch, aber ich singe nicht mit.« Er schnaubte bei der Vorstellung. »Ich würde zu gern ›Ol' Man River‹ schmettern, wenn ich singen könnte. Aber ich kann's nicht. Sie würden es nicht hören wollen. Ich brumme unter der Dusche, und zum Glück sind die Wände nicht aus Glas, sonst würden sie wahrscheinlich zerspringen.«

Sie kicherte – ein glockenheller Klang. »Na, na, Senior Chief Kowalski. Das passiert nur beim hohen C. Sie kämen niemals so hoch.« Sie zog sanft ihre Hand aus seiner, und es war wie eine langsame Liebkosung. »Und überhaupt ist das ein Ammenmärchen. Es ist noch nie etwas zersprungen, wenn ich das hohe C gesungen habe.«

»Douglas«, hörte er sich überrascht sagen. Kein Mensch nannte ihn so, außer Suzanne. Aber er wollte nicht, dass Allegra ihn mit Senior Chief oder Mister oder auch nur mit Kowalski anredete. Aus ihrem Mund klang das … sonderbar. Von allen anderen Leuten ließ er sich gern so nennen, aber nicht von dieser Frau. »Bitte sagen Sie Douglas.«

»Gern, Douglas. Dann bin ich für Sie Allegra. Also, Sie können beruhigt weiter beim Duschen singen. Egal wie falsch, Scherben wird es nicht geben.«

Kowalski sah aus den Augenwinkeln, dass John ihn staunend beobachtete. Entweder wegen der Anrede mit dem Vornamen oder weil er sich mit Opern auskannte. John hatte davon nämlich nichts gewusst. Niemand wusste das.

John machte gerade den Mund auf, wahrscheinlich, um ihn damit aufzuziehen – das würde Kowalski ewig zu hören kriegen –, als ein paar Leute, die sich lachend unterhielten, auf

Suzanne zukamen, sie umringten und wegführten. John wurde sofort angespannt und folgte ihr auf den Fersen.

Kowalski war allein mit Allegra.

Sie sah lächelnd zu ihm auf und wartete darauf, dass er etwas sagte.

Er konnte sie anstarren, so viel er wollte, wurde ihm gerade klar. Das konnte er sich bei anderen nicht erlauben, schon gar nicht bei schönen Frauen. Wenn jemand wie er starrte, wurde das als Belästigung empfunden, oder gar als Bedrohung. Man fand ihn unheimlich, hielt ihn für einen üblen Typen.

Doch jetzt durfte er sich sattsehen, ihre Gesichtszüge studieren, in denen sich jede ihrer Empfindungen abzeichnete. Das Zusammenspiel ihrer Haut- und Haarfarbe war fantastisch. Oh Mann, er hätte sie noch ewig anstarren können, aber das wagte er nicht. Besser, er konzentrierte sich auf die Unterhaltung.

»Ihre Lieder waren wirklich schön. Wer hat sie geschrieben?«

Entzückend, diese leichte Rötung, die ihre Wangen überzog. »Vielen Dank. Nun ja … Ich habe sie geschrieben. Die meisten jedenfalls.«

»Sie?« Kowalski sah sie verblüfft an. Zuerst diese Stimme und das brillante Harfenspiel, und jetzt konnte sie auch noch komponieren … »Gibt es CDs von Ihnen? Geben Sie Konzerte?«

»Habe ich früher«, sagte sie leise, und ihr Lächeln war verschwunden. »Aber nach … dieser Sache«, sie fasste sich unwillkürlich an die Augen, »gebe ich keine mehr. Ich singe heute nur Suzanne und Claire zuliebe. Es ist mein erster öffentlicher Auftritt seit dem … Unfall.«

In seiner Brust zog sich etwas zusammen. Sie war als Erwachsene blind geworden. »Wann haben Sie das Augenlicht verloren?«, fragte er geradeheraus.

»Vor fünf Monaten.« Ihr Gesicht wurde traurig, und sie senkte den Blick. Ihre unbeschwerte, lebendige Heiterkeit war weg. Wie abgeschaltet. Kurz drehte sie den Kopf zur Seite.

Er brauchte seine ganze Selbstbeherrschung, um sie nicht anzufassen und zu trösten. »Es tut mir unendlich leid«, sagte er. »Es muss schrecklich sein, plötzlich nicht mehr sehen zu können.«

Allegra drehte den Kopf wieder zu ihm hin, aber sie schwieg ein paar Augenblicke lang mit tiefernstem Gesicht. »Wissen Sie, Douglas«, sagte sie dann leise, »ein Gutes hat mir die Blindheit gebracht: Sie zwingt mich, bei den Leuten auf die Stimme zu achten, wirklich hinzuhören. Ich habe gelernt zu unterscheiden, wann jemand die Wahrheit sagt und wann er höflich lügt. Ihnen tut es wirklich leid. Ich danke Ihnen sehr.«

Oh Mann. Was sollte er darauf sagen? Ein Kellner ging vorbei. »Möchten Sie …« Er räusperte sich. »Möchten Sie etwas trinken? Dürfen Sie bei einem Auftritt Champagner trinken?«

»Sicher. Alkohol hat noch kein Mädchen vom Singen abgehalten«, antwortete sie mit verschmitztem Lächeln und kräftigem irischem Akzent.

»Connemara«, sagte Kowalski. Mit dem SAS war er fünf Jahre lang zur Stealth-Ausbildung in Nordirland gewesen. Sobald er mal einen Tag freigehabt hatte, war er nach Irland reingefahren. »Aber Sie haben nicht lange dort gelebt. Sie klingen sehr amerikanisch.«

Kowalski bedeutete dem Kellner, ihnen zwei Gläser Champagner zu bringen. Für ihn war es schon das dritte Glas, aber das war in Ordnung. Die Gläser waren sehr schlank und nur zu einem Drittel gefüllt. Und außerdem würde er nicht eher gehen, als bis »Elvis« das Gebäude verlassen hatte. Bis dahin hätte er den Alkohol sowieso abgebaut.

»Sie haben ein feines Gehör, Douglas. Und liegen goldrichtig. Als meine Mutter starb, zog mein Vater mit mir nach Portland.

Da war ich zehn. Aber wenn ich meine Cousins besuche, rede ich wie sie. Sie würden glauben, ich wäre nie weg gewesen.«

»Die frühen Jahre sind anscheinend die prägenden. Geben Sie mir Ihre Hand.« Der Kellner war gekommen.

Vertrauensvoll streckte sie ihm die Hand hin, und gerade als er sie nahm, rempelte irgendein Idiot sie von hinten an. Erschrocken stolperte sie nach vorn. Kowalski griff ihr um die Taille, damit sie nicht fiel, und schoss dem ungeschickten Kerl einen finsteren Blick zu. Der riss erschrocken die Hände hoch, murmelte eine Entschuldigung und flüchtete.

»Alles in Ordnung?«, fragte er Allegra. Er hatte ihre Hände an seine Brust gezogen und den Arm um ihre Taille gelegt, sodass sie dastanden wie in einer Umarmung.

»Ja, natürlich. Tut mir leid«, sagte sie atemlos. »Wie ungeschickt von mir.«

»Überhaupt nicht«, widersprach er grimmig. »Dieser Sch… Dieser Idiot hat Sie angerempelt.«

Sie fühlte sich so weich und warm an. So zierlich und doch so weiblich. Dieses üppige rotbraune Haar, das an seinem Ärmel haftete und ihn an der Hand kitzelte. Ein Duft stieg ihm in die Nase, ein leichtes, frisches Parfüm. Er musste an sich halten, um nicht zu schnuppern wie ein Hund.

Er hätte noch stundenlang so stehen können mit dieser Frau im Arm. Aber er biss die Zähne zusammen und rang die Versuchung nieder, vergewisserte sich, dass Allegra sicher stand, und ließ sie los. Schließlich konnte er sie nicht öffentlich befummeln. So gern er es getan hätte.

Ganz zu schweigen davon, dass er jetzt einen Steifen hatte. Ein Mordsding sogar. Und wenn sie ihm nur einen Zentimeter näher käme, würde sie das merken.

Kowalski hatte seinen Körper normalerweise völlig in der Gewalt. Das hatte er sein Leben lang trainiert. Er konnte ohne

Wasser, Essen, Tageslicht, Schlaf und Sex auskommen, so lange er wollte. Er kriegte nie ungewollt einen Ständer, schon gar nicht in der Öffentlichkeit.

Trotzdem hatte er jetzt einen, mitten in einem Saal vor zweihundert Leuten. Und diese Reaktion auf die Berührung der Frau konnte er so wenig unterdrücken, wie er seinem Herzen befehlen konnte, nicht mehr zu schlagen.

Er hielt noch immer ihre Hand. Mit der anderen zog er sich das Jackett zurecht und nahm dann eine Sektflöte von dem Tablett, das der Kellner geduldig hinhielt, während er geflissentlich an Kowalski vorbeiblickte. Kowalski drückte Allegra das Glas in die Hand und schloss ihre Finger um den Stiel. Dann nahm er sich auch ein Glas und bedachte den Kellner mit dem schmalen Blick, den seine Rekruten von ihm kannten. Der Kellner zog sich schleunigst zurück.

Mann, seine Latte war zu schmerzhafter Größe angeschwollen, nur weil er ihre Hand gehalten hatte.

»Haben Sie auch ein Glas?«, fragte sie und wandte ihm das Gesicht zu.

»Ja.« Heilige Scheiße, selbst ihre Stimme machte ihn scharf – diese Leichtigkeit und der irische Akzent. Das würde selbst einen Toten anmachen, und er war nicht tot. Behutsam stieß er mit ihrem Glas an. Es klirrte genau richtig. »Cheers.«

»*Sláinte*.«

»*Fad saol agat*.«

Ihr Lächeln wurde breiter. »Dann haben Sie also auch eine Zeit lang in Irland gelebt.«

»Ja, natürlich. Kowalski ist ein typisch irischer Name, wissen Sie das nicht?«

»Die Cork-Kowalskis vermutlich.«

»Genau die.« Er hatte ein Ohr für Dialekte und konnte die Corker Sprechweise nachahmen.

Allegra lachte laut und trank ihren Champagner. Als ihr Glas leer war, seufzte sie. »Ich werde jetzt wohl wieder auf die Bühne müssen. Ich habe Claire versprochen, noch ein paar Lieder zu singen. Sehen Sie sie irgendwo? Oder Suzanne?«

»Ich glaube, Claire ist rausgegangen, um sich mit Bud zu streiten, und Suzanne …« Er schaute über die Köpfe im Saal. »Suzanne steht drüben am Buffet und unterhält sich mit einem alten Knacker mit Kummerbund.«

»Oh.« Das klang enttäuscht.

»Was ist? Brauchen Sie Suzanne für irgendetwas? Ich kann sie holen gehen und …«

»Nein.« Sie schüttelte stirnrunzelnd den Kopf. »Nein, bitte nicht. Das ist ihr Abend. Sie muss sich mit den Leuten unterhalten. Alle reden über sie, und das fördert ihr Geschäft. Sie hat für die Vitrinen so hart gearbeitet, da verdient sie die Anerkennung.«

Allegra wirkte sehr bedrückt. Kowalski konnte keinen unmittelbaren Grund erkennen, doch sie war sichtlich unglücklich.

»Allegra? Stimmt etwas nicht? Soll ich vielleicht Claire aufspüren?«

»Nein, bitte nicht. Wir sollten sie nicht stören. Ich hoffe, dass sie sich mit Bud wieder verträgt. Sie ist so unglücklich, seit sie auseinander sind.«

Ja, vielleicht, aber es war Bud, der sich seit einer Woche nicht rasiert hatte und mit roten Rändern an den Augen herumlief. Claire dagegen sah strahlend aus.

»Gut. Sie wollen also weder Claire noch Suzanne. Sagen Sie mir, was Sie brauchen. Vielleicht kann ich helfen.«

»Douglas …« Sie tastete, bis sie seinen Arm gefunden hatte, und hielt ihn fest. Wortlos legte Kowalski seine Hand über ihre und wartete.

»Sagen Sie es mir, Allegra«, forderte er sie freundlich auf, als sie schwieg.

»Ich hasse das«, flüsterte sie plötzlich aufgebracht und bohrte die Fingerspitzen in seinen Unterarm. »Wie ich das hasse!« Sie biss sich auf die Lippe. In ihren Augen schimmerten Tränen. Kurz entspannten sich ihre Finger, dann griffen sie wieder um seinen Ärmel. Kowalski fühlte ihre Berührung am ganzen Körper.

»Was hassen Sie?«, hakte er leise nach.

»Ich fürchte … Sie müssen mir helfen.« Sie holte tief Luft. »Ich kann nicht allein auf die Bühne gehen. Könnten Sie … würden Sie mich bitte begleiten?« Tief beschämt wandte sie das Gesicht ab.

Sie schämte sich, weil sie nichts sah. Heilige Scheiße. Er hatte einen Kloß im Hals.

Wenn sie erst seit ein paar Monaten blind war, hatte sie die übrigen Sinne noch nicht so geschärft, um das fehlende Sehvermögen zu kompensieren. Sie würde über etwas stolpern oder auf der Treppe fallen. Sich verletzen. Ein unerträglicher Gedanke.

»Selbstverständlich werde ich Sie begleiten.« Kowalski griff mit einem Finger unter ihr Kinn und drehte ihr Gesicht zu sich herum. Mit dem Daumen strich er die Falte zwischen ihren Brauen glatt. Er konnte es keine Sekunde länger aushalten, sie so gequält und frustriert zu sehen. »Es wird mir ein Vergnügen sein. Außerdem bekomme ich dadurch einen Platz in der ersten Reihe.«

»Das ist Unsinn.« Sie schniefte halb lachend. »Es gibt gar keine Sitze.«

»Dann eben einen Stehplatz. Ich bin sofort zur Stelle, wenn es vorbei ist. Dann brauchen Sie sich keine Gedanken darüber zu machen, wie Sie die Stufen wieder runterkommen.«

Allegra stieß erleichtert den Atem aus. »Vielen Dank. Es wird nicht lange dauern. Nur zwei, drei Lieder noch.«

»Es spielt überhaupt keine Rolle, wie lange es dauert«, erwiderte er leise. »Ich bin ein geduldiger Mann und habe niemanden, der auf mich wartet. Ich werde da sein. Ich warte auf Sie, bis Sie fertig sind. So lange es eben dauert.«

Sie wandte ihm weiter das Gesicht zu und rührte sich nicht. Er sah ihr an, wie konzentriert sie auf jedes seiner Worte lauschte, um alle Bedeutungsnuancen zu erfassen. Sie wollte sich ein Bild von ihm machen.

Zwischen ihnen passierte etwas. Er konnte es fühlen und sie fühlte es ebenfalls. Sie versuchte nicht mal, es zu verbergen.

Noch immer hielt sie seinen Ärmel fest. Sie nickte und flüsterte dann: »Okay.«

Okay.

Oh Mann, ja. Okay.

Kowalski platzte innerlich vor Freude. Er hielt ihre Hand an seinem Arm behutsam fest und führte sie zur Treppe, wobei er jedem in einem Radius von sechs Metern seinen patentierten Todesblick zuschoss. Wer sein Gesicht sah, machte schleunigst Platz. Die Menge teilte sich wie das Rote Meer vor Moses. Er hätte auch eine Handgranate geworfen, um für Allegra den Weg freizumachen. Sie gelangten ohne Zwischenfall zur Treppe. Dort hielt er an, und Allegra blieb fügsam stehen.

»Wir sind an der Treppe«, sagte er leise. »Wenn Sie den rechten Fuß heben, können Sie ihn auf die unterste Stufe setzen. Es sind vier.«

Sie nickte, und er stieg mit ihr hinauf und brachte sie bis an die Harfe. Mit sanfter Hand dirigierte er sie am Rücken auf den Stuhl. Als sie saß, strich sie über den glatten hölzernen Hals des Instruments und lächelte schwach. »Danke«, flüsterte sie.

»Nach dem letzten Lied komme ich sofort auf die Bühne, um Sie zu holen. Bleiben Sie sitzen, bis ich da bin. Sie können sich darauf verlassen.«

Allegra drehte langsam den Kopf zu ihm. Ganz offensichtlich verstand sie mehr als den rein praktischen Sinn seiner Worte. Nickend wandte sie sich ihrem Instrument zu und lehnte sich dagegen. Mit einem feinen Glissando im Rücken ging Kowalski von der Bühne. Es war ein Gruß für ihn.

Seine Wangenmuskeln spannten sich. Es dauerte eine volle Minute, bis er begriff, dass er lächelte.

Alvin hatte seine Anweisungen, und die waren völlig eindeutig. Er sträubte sich nicht gegen Anweisungen, oh nein. Natürlich nicht. Für Mr Sanderson würde er alles tun.

Mr Sanderson würde ihm zu einer Musikkarriere verhelfen. Pfleger zu sein, den Leuten den Hintern abzuputzen oder ihre Kotze vom Boden aufzuwischen, das war nichts für ihn. Aber lange würde er es nicht mehr machen müssen.

Mr Sanderson hatte es sofort erkannt. Oh ja.

Mr Sanderson war eine Legende. Er hatte sofort erkannt, dass Alvin für etwas Besseres bestimmt war. Und er hatte sogar schon einen Plan, wie er Alvin zum Star machen würde. Doch der ließe sich nicht verwirklichen, wenn er ins Gefängnis zurückgeschickt würde. Nein, Mr Sanderson musste unbedingt bis zu seiner Entlassung im Spring Harbor bleiben. Bis dahin waren es nur ein paar Jahre. Vom Gefängnis aus könnte er für Alvin nämlich gar nichts tun. Und der einzige Mensch, der Mr Sanderson wieder ins Gefängnis bringen könnte, war Allegra Ennis, und Alvin würde das Problem aus der Welt schaffen.

Allegra Ennis war der Bremsklotz auf seinem Weg zum Ruhm, auf seinem Weg zu einem Leben als Star.

Alvin trabte den langen, sterilen Korridor entlang bis zu Dr. Childers' Büro. Er klopfte an.

»Ja?« Sie klang gereizt.

»Dr. Childers … Mr Sanderson braucht … Hilfe.«

Mit alarmiertem Blick legte sie den Stift hin und stand auf. »Hilfe?«

Alvin hatte sich bereits abgewandt und lief voraus. Er hörte Dr. Childers' Absätze auf dem glatten Boden. Und noch etwas anderes. Der Lärm der Zerstörung wurde lauter, während er sich Corey Sandersons Zimmer näherte. Dr. Childers hörte ihn auch und fing an zu rennen. Alvin ließ sie an sich vorbei. Er wusste, wie sie ihn antreffen würde.

Trotzdem war er schockiert, als Dr. Childers die Tür aufriss. In den zehn Minuten, die er weg gewesen war, hatte der Patient die ganze Einrichtung zertrümmert: Die teure Stereoanlage lag zerbeult am Boden, das Porzellan in tausend Scherben, die CDs waren zerbrochen. Und Mr Sanderson …

Mr Sanderson hatte ein schreckliches Geheul angestimmt und frönte dem Vandalismus. Ein Stuhl der Standardeinrichtung flog gegen die bruchsichere Fensterscheibe, begleitet von einem Schrei, bei dem Alvin die Haare zu Berge standen.

Der zweite Stuhl flog in die entgegengesetzte Richtung, und Dr. Childers konnte gerade noch die Tür wieder zudrücken, bevor das Möbelstück dagegenkrachte. »Pfleger!«, schrie Dr. Childers. Alvin sah sie zum ersten Mal echte Gefühlsregungen zeigen. »Pfleger!«

Es war wirklich erschreckend. Im letzten Augenblick, bevor sie die Tür ins Schloss warf, hatte Alvin noch Mr Sandersons Blick aufgefangen und gesehen, dass er völlig bei Verstand war. Er hatte ihm sogar zugezwinkert.

Alvin hatte Mühe, ruhig zu bleiben. Mr Sanderson war ein Genie. Der wusste genau, was er tat. Er bereitete die Bühne vor.

Morgen würde es losgehen.

Allegra zupfte an den Saiten. Sie nannte ihre geliebte Harfe Dagda, nach dem grimmigen irischen König, dem seine Harfe von einem feindlichen Stamm gestohlen wurde, um jedoch sofort wieder in seine Hand zurückzufliegen und dabei neun seiner Feinde zu erschlagen.

Doch ihr Instrument war kein grimmiger Krieger. Im Gegenteil. Es war ein sanftmütiger Freund, ihr Vertrauter, ihr Kind, ihr Geliebter und – seit fünf Monaten – ihr Trost. Dagda hatte sie am Leben gehalten, ihr den Verstand bewahrt, wenn sie geglaubt hatte, wahnsinnig werden zu müssen. Sie hatte ihren Vater verloren, ihre Gesundheit, ihre Karriere, ihr Gedächtnis und das Augenlicht. Alles an einem einzigen Abend. Hätte sie auch ihre Musik verloren, wäre sie im Krankenhaus aus dem Fenster gesprungen.

Suzanne und Claire hatten sich damals bei den Ärzten und Schwestern energisch durchsetzen müssen, damit die Harfe im Krankenzimmer aufgestellt werden durfte. Sie hatten gebettelt, geschmeichelt und gedroht. Claires Vater hatte schließlich der Klinikleitung freundlich in Erinnerung gerufen, dass die Parks-Stiftung im vergangenen Jahr 12,3 Millionen Dollar für eine neue onkologische Abteilung gespendet hatte.

Und so war das Instrument bei ihr gewesen, als sie sich endlich im Bett aufsetzen konnte. Direkt neben ihr hatte es gestanden, sodass sie nur die Hände auszustrecken brauchte. Die Putzfrauen wischten morgens und abends darum herum. Und wie es bei Menschen üblich ist, wurde das Ungewöhnliche schnell zum Gewohnten. Als Allegra zum ersten Mal aus dem Bett aufgestanden war, hatte sie sich an der Säule hochgezogen.

Sowie sie sich in einen Stuhl setzen konnte, hatte Suzanne ihr das Instrument zwischen die Knie geschoben, und nach einer gefühlten Ewigkeit hatte Allegra die Saiten angeschlagen. Dazu brauchte sie nichts zu sehen. Sie konnte blind spielen.

Bei den ersten Tönen, den ersten zaghaften Akkorden, war ihr klar geworden, dass sie es am Ende doch geschafft hatte. Sie hatte überlebt. Seitdem war Dagda ihr ständiger Gefährte.

Aber vielleicht hatte sie jetzt noch jemanden an ihrer Seite.

Du lieber Himmel, was für ein verrückter Gedanke. Das kam davon, wenn man nur Trauer und Einsamkeit in sich hatte.

Sie wusste absolut nichts über ihn, nur seinen Namen. Douglas Kowalski. Ein guter irischer Name. Ach ja, und seinen Rang bei der Navy: Senior Chief. Was immer das bedeutete.

Und sie wusste, dass er Johns bester Freund war. Und sein Geschäftspartner. Also war er vermutlich ein moralisch aufrechter Mensch, oder zumindest würde er die Geschäftsgelder nicht veruntreuen. Allegra hatte Suzannes Ehemann erst ein paar Mal getroffen, aber er kam ihr nicht vor wie der vertrauensselige, naive Typ. Wenn er ihn als Partner ausgesucht hatte, dann war er bestimmt ehrlich und intelligent. Auf keinen Fall unaufrichtig oder dumm.

Was wusste sie sonst noch?

Er war Single. Wie hatte er sich ausgedrückt? *Ich habe niemanden, der auf mich wartet.*

Er mochte Musik. Er war in Irland gewesen. Er hatte Humor.

Er hatte eine unglaublich wohlklingende Stimme. Den tiefsten Bass, den sie je gehört hatte. Er brachte ihr Zwerchfell zum Vibrieren. Dabei war es nicht nur das Timbre, das so auf sie wirkte, sondern auch die Bestimmtheit in seinem Ton. Dieser Stimme glaubte man sofort. Wenn eine solche Stimme sagte, der Mond sei aus grünem Käse, fragte man sich, wie er wohl schmeckte.

Er war groß. Sehr groß. Sie dachte an den Moment zurück, als sie seine Stimme ein gutes Stück über ihrem Kopf gehört hatte. Sie hatte kurz überlegt, ob er auf einer Treppenstufe oder auf erhöhtem Boden stand.

Er war stark. Sie hatte seine Muskeln durch den Ärmelstoff gespürt. Sein Arm hatte sich wie warmer, beweglicher Stahl angefühlt. Er hatte sie nur kurz im Arm gehalten, doch das hatte genügt, damit sie sich beschirmt und beschützt fühlte, wie von einer immensen Macht.

Sie wusste, dass er neben der Treppe am Bühnenrand stand und zuhörte und auf sie wartete. Daran hegte sie nicht den geringsten Zweifel. Er stand dort, wie er es gesagt hatte. Das wusste sie so sicher, wie sie den Text ihres Liedes auswendig kannte – »Amazing Grace«.

Sie fühlte sich mit ihm verbunden. Es war verrückt, aber so war es. Wie um alles in der Welt konnte sie sich mit jemandem verbunden fühlen, den sie gerade erst kennengelernt hatte? Mit dem sie gerade mal ein paar Worte gewechselt hatte?

Sie schlug einen Akkord an. Die Liederfolge war vorige Woche festgelegt worden, und jetzt wäre eigentlich »Flying« dran. Heraus kam aber ein anderes Lied, eine alte keltische Weise, die ihr Vater und ihre Brüder gesungen hatten, als sie noch ein Kind gewesen war. Meistens hatten sie das Lied geschmettert, wenn sie ein paar Bier zu viel getrunken hatten, was oft der Fall gewesen war.

»Break of Dawn« hieß es. Für sie war es mit dem Gefühl von Glück und ungetrübter Freude verbunden. Die Baritone und Tenöre der Ennis' hatten eine bewegende Ballade daraus gemacht, einen grölenden Männerchor. Sie dagegen spielte sie langsam und in Moll. Für jemanden, der sich nur zaghaft an Glück und Freude herantraute.

Für jemanden, der glaubte, alle Freude sei aus seiner Welt verschwunden. Der zweifelte, ob sie überhaupt noch existierte, der aber hoffte.

Douglas kannte das Lied vermutlich gar nicht und würde nicht wissen, dass sie es für ihn abwandelte, dass es ihr direkt aus der Seele sprach.

Vielleicht aber doch.

Sie war in der Mitte angekommen und ließ gerade einen Akkord ausklingen, als es im Publikum plötzlich unruhig wurde. Sie hörte einen Aufschrei, zorniges Gemurmel. Eine Frau beschwerte sich laut. Energische Schritte im Saal.

Und dann erschütterte eine Explosion ihre Welt.

4

Kowalski stand wartend neben der Bühnentreppe. Um ihn herum war Platz, denn er hatte den Leuten in der Nähe, die nicht zuhörten, so finstere Blicke zugeworfen, dass sie weggegangen waren.

Recht so. Wer nicht fähig war, diese wunderbare Musik zu genießen, hatte sie auch gar nicht verdient.

Dieses Lied war genauso schön wie die anderen, aber sie hatte es nicht selbst geschrieben: »Break of Dawn«. Er hatte es mal an den Dubliner Docks in einem Pub gehört, an den er sich gern erinnerte. Das war eine echte Spelunke gewesen, mit alten fleckigen Dielenbrettern, auf denen schon unzählige Biere verschüttet und Zigarettenstummel ausgetreten worden waren. Wahrscheinlich hatten sie auch bei Schlägereien schon etliches Blut aufgesaugt.

Shanty hieß der Pub. Kowalski fragte sich, ob er das Rauchverbot überlebt hatte.

Betrunkene Arbeiter hatten das Lied gegrölt und trotz totaler Schlagseite überraschend gut die Töne getroffen. Kowalski war völlig begeistert gewesen. Diese Iren konnten zwar nicht mehr gerade stehen, aber richtig singen konnten sie noch.

Allegras Version allerdings war viel schöner, langsam und bluesig, was dem Lied eine andere Bedeutung verlieh.

Er verstand ganz gut, was sie da tat. Sie machte daraus ein Klagelied über verlorenes Glück, in dem jedoch ein Hoffnungsschimmer aufschien wie das erste Morgenrot.

Das Lied war halb vorbei, als plötzlich das Licht ausging. Es war stockfinster im Saal.

Eine schlechte Neuigkeit.

Im Ausstellungskatalog war angegeben, die Zarenjuwelen seien nach zurückhaltender Schätzung 520 Millionen Dollar wert. Und dabei sei der Wert, den sie als Antiquität und Zeugnis der Geschichte besäßen, noch nicht berücksichtigt. In dieser Hinsicht seien die Juwelen buchstäblich unschätzbar.

Als Kowalski mit John das Jahrhundertwendehaus der Parks' betreten hatte, in dem die Stiftung ansässig war, hatte er am Eingang fünf Wachleute gezählt. Folglich waren es mindestens zehn auf dem ganzen Gelände. Aber das waren nicht etwa die üblichen schlaffen, abgemusterten Cops mit entzündeten Fußballen, sondern junge, durchtrainierte, wachsame Männer mit einer MP5 in der Hand.

Das Gebäude war mit Laserstrahlen und Infrarotzellen gesichert, die am normalen Stromnetz hingen. Und jedes Sicherheitssystem, das den Namen verdiente, verfügte über ein Notstromaggregat, das beim Netzausfall automatisch ansprang. Dass das jetzt nicht reagierte, hieß, dass es jemand ausgeschaltet hatte. Ebenso wie die Sicherheitskräfte.

Eine sehr schlechte Neuigkeit.

Kowalski griff unwillkürlich zur Waffe und stellte fest, dass er keine hatte.

Noch eine schlechte Neuigkeit. Die schlechteste von allen.

Er hörte aufgebrachte Männerstimmen, den spitzen Schrei einer Frau, männliche Schritte auf dem Marmorboden im Saal und die Töne von Allegras Harfe.

Verfluchte Scheiße!!

Allegra konnte nicht wissen, dass das Licht ausgegangen war. Etwas Übles stand bevor, und sie saß ungeschützt und ahnungslos auf der Bühne. Ganz allein und blind an einem erhöhten Platz. Kowalski sprang die Stufen hinauf und rannte über die Bühne, als die erste Blendgranate explodierte.

Blend- oder Schockgranaten erzeugen einen grellen Lichtblitz von zwei Millionen Lumen, einen Knall von hundertachtzig Dezibel und außerdem eine Druckwelle. Davon wird das zentrale Nervensystem für einige Zeit lahmgelegt. Man ist minutenlang taub und blind, lässt sich auf den Hintern fallen und bleibt wie betäubt sitzen; man ist nicht mal fähig zu denken.

Kowalski entging dieser Wirkung, weil er über die Bühne rannte und die Saaltür, wo die Granate gezündet wurde, im Rücken hatte und weil er in tausend Trainingseinheiten gelernt hatte, schnell über die erste Benommenheit hinwegzukommen. Schon im Rennen plante er sein weiteres Vorgehen, und als der Knall und der Lichtblitz erfolgten, machte er instinktiv weiter, obwohl sein Verstand gerade zu keinem logischen Gedanken fähig war.

Aus diesem Instinkt heraus hob er Allegra hoch, sprang mit ihr vom hinteren Bühnenrand und drehte sich im Sprung, sodass sie auf ihm lag, als er am Boden aufkam. Während der Saal von der Explosion erleuchtet wurde, rollte Kowalski mit Allegra unter die Bühne.

In der Mitte, ungefähr unter der Stelle, wo Allegra gesessen hatte, stoppte er. Wenn das Licht wieder anginge, würde es den Raum unter der Bühne ringsherum ein Stück weit erhellen, aber nicht bis zur Mitte vordringen. Die würde im Dunkeln liegen.

Allegra wehrte sich verzweifelt, versuchte, ihn mit den Fäusten zu schlagen, ihm ein Knie in die Weichteile zu stoßen. Kowalski hielt ihre Arme mühelos mit einer Hand fest und öffnete ein wenig die Beine, um ihre zwischen die Knie zu nehmen. Er legte sich mit seinem ganzen Gewicht auf sie, sodass sie sich nicht mehr rühren konnte.

Sie zitterte heftig. Er senkte den Kopf an ihr Ohr, schob sanft die Haare weg und flüsterte: »Allegra, halten Sie still. Ich bin's, Douglas.« Sie wurde sofort still, nur ihr Atem ging noch stoßweise.

Kowalski behielt ein tonloses Flüstern bei, das außer ihnen niemand hören würde. Nicht dass es im Augenblick wichtig war; bei dem Geschrei und den Schüssen im Saal wäre er auch mit normaler Lautstärke nicht zu hören gewesen.

AK-47s, dachte Kowalski finster. Die Kerle waren Profis.

Das Licht ging wieder an, und Kowalski drehte den Kopf, um sich einen Überblick über die Lage zu verschaffen.

Fünf schwer bewaffnete Verbrecher in Skimasken im Saal, wahrscheinlich gab es also noch vier oder fünf weitere, die draußen patrouillierten. Die Wachleute der Ausstellung waren vermutlich tot und ihre Kollegen draußen erst recht.

Die Räuber hatten bereits getötet und den Blutgeruch schon in der Nase. Sie würden sich nicht scheuen, weiter zu morden. Wo war eigentlich John?

Kowalski stockte das Blut in den Adern. Diese gerissenen Arschlöcher hatten gut zehn Frauen zusammengedrängt und als Geiseln genommen. Jetzt brüllten sie die Leute an, ihre Handys wegzuwerfen, sich auf den Boden zu setzen und die Hände über dem Kopf zu verschränken.

Alle gehorchten. Die Handys landeten in den Ecken wie die Spielzeugversionen im Kinderzimmer.

Einer der Räuber bewachte die Geiseln und tat ausgerechnet das Einzige, was John Huntington davon abhalten konnte, einzugreifen. Der Maskierte hatte sofort erkannt, dass eine Bedrohung der Frauen die Männer in Schach halten würde, und hatte sich die Attraktivste als Abschreckungsbeispiel ausgesucht.

Er hielt Suzanne die Mündung seiner Maschinenpistole an den Kopf. Ihre blonden Locken kringelten sich um den Stahl. John saß an der Wand, die Hände auf dem Kopf, die Augen auf den Mann gerichtet, der seine Frau bedrohte. Der Räuber konnte nicht wissen, dass er die Frau des gefährlichsten Menschen auf diesem Planeten erwischt hatte.

Aber John war unbewaffnet, verflucht noch mal.

Bud und Claire waren nirgends zu sehen.

»Douglas.« Allegras Flüsterstimme bebte. Sie zitterte vor Entsetzen. »Was ist los? Was passiert da?«

Kowalski drehte den Kopf und schaute in ihr Gesicht. Die Situation war sicher schlimm genug für jeden, der sehen konnte. Aber für Allegra musste die Lage noch viel furchterregender sein. Sie hatte zwei Explosionen, Schüsse und Schreie gehört, dann die Befehle der Räuber. Jede andere Frau würde vor Angst wimmern, was auch viele im Saal taten. Doch sie behielt die Nerven. Sowie er sich zu erkennen gegeben hatte, war sie ruhig geworden. Nur an ihrem zitternden Atem war zu merken, wie viel Angst sie hatte.

Er schob den Mund an ihr Ohr. »Juwelenräuber. Bewaffnet. Haben Geiseln genommen.« Sie öffnete den Mund, und er wusste, was sie fragen wollte. »Bud und Claire sind nicht im Saal. Vielleicht hatten sie die Ausstellung schon verlassen. John und Suzanne sitzen am Boden, unverletzt.« Sie würde ihm die Lüge verzeihen müssen. Er wollte nicht, dass sie sich jetzt um Suzanne sorgte – die Situation war schlimm genug für sie.

Ein Maskierter sprintete auf die Bühne zu, und Kowalski spannte sich an, bedeckte Allegra so gut es ging und schob ihre Arme dicht an den Körper. »Mach dich unter mir klein, Honey. Ich habe genug Körpermasse. Ich kann eine Kugel abfangen.«

Gehorsam zog sie die Glieder an. Kowalski verdeckte sie zu fünfundneunzig Prozent, schätzte er. Eine Kugel, die bis zu ihnen käme, wäre ein Querschläger und hätte ihre Kraft zum größten Teil schon verbraucht. Sehr wahrscheinlich würde sie in ihm stecken bleiben und Allegra verschonen.

Der Räuber schwenkte laut trampelnd nach rechts ab. Er trug Kampfstiefel wie seine Komplizen.

Plötzlich stand ein grauhaariger Gast auf und beschwerte sich lautstark mit der typischen Arroganz sehr reicher Menschen. Einer der Räuber hob einfach den Lauf seiner MP und drückte ab. Die Kugeln trafen den alten Mann in die Brust und zerfetzten seinen Kopf. Er wurde fünf Meter weit nach hinten geschleudert, rutschte über den Boden und blieb an der Wand liegen. Die breite Blutspur, die er gezogen hatte, bildete zu dem weißen Marmorboden einen krassen Kontrast. Im Saal herrschte Totenstille. Nur eine Frau schluchzte auf und unterdrückte sofort jeden Laut.

Allegra war zusammengezuckt. »Haben sie …«

»Ja«, sagte Kowalski finster. Er legte eine Hand um ihren Kopf, mit der anderen zog er sein Handy aus der Jacketttasche. Er hatte genau die richtige Nummer auf einer Kurzwahltaste. Larry Morton, früherer Marineinfanterist und guter Trinkkumpan. Ein aufrechter Kerl. Derzeit Leiter des SWAT-Teams von Portland.

Kowalski drückte die Taste. »He, Kowalski«, meldete sich eine leutselige Stimme. »Wie läuft's denn so? Ich wette …«

»Parks-Stiftung«, flüsterte Kowalski. »Geiselnahme.«

»Lagebericht«, bellte Larry ohne Zögern. Er brauchte nicht mal eine Sekunde, um die schockierende Nachricht zu verarbeiten. Kowalski hörte im Hintergrund Geklapper. Larry legte bereits seine Ausrüstung an. Kurze Reaktionszeit und die Fähigkeit, augenblicklich umzuschalten, gehörten zur mentalen Ausstattung einer SWAT-Einheit.

»Fünf Verbrecher im Hauptsaal. Draußen müssen noch mehr sein. Bewaffnet mit AK-47 und zwei Magazinen. Sie haben die Sicherheitsleute getötet.«

»Wie viele Geiseln?« Larrys Stimme klang gedämpft. Er zog sich gerade die Panzerweste an.

»Mindestens zweihundert. Ein Kerl richtet die Waffe auf eine Gruppe von zehn Frauen in der Saalmitte. Die Juwelen befinden sich im Ostflügel, wo auch die Räuber sind. Ich liege mit der Sängerin unter der Bühne.«

»Greif nicht ein. Wir sind unterwegs. Fünfzehn Minuten maximal.« Larry legte auf.

Die Anweisung hätte Kowalski nicht nötig gehabt. Selbst bewaffnet wäre ein Eingreifen glatter Selbstmord. Und er hatte nicht vor, Allegra schutzlos allein zu lassen. Nicht für eine Sekunde.

Sollten die Kerle die Juwelen doch stehlen. Ihm war das scheißegal, schließlich waren das letztlich nur hübsche Steine, weiter nichts. Sorge machte ihm, dass die Räuber vermutlich, ehe sie abhauten, um sich schießen würden, damit keiner in der Lage wäre, ihnen zu folgen.

Das wäre ihnen zuzutrauen: jede Menge Verletzte zurücklassen, die dann die Aufmerksamkeit an sich bänden, und selbst mit einer halben Milliarde Dollar ungehindert türmen.

Kowalski krümmte den Arm um Allegras Kopf. Sie drehte sich halb hinein. »Was tun sie jetzt?«, fragte sie.

Sie zertrümmerten die Vitrinen und rafften den Schmuck zusammen. Suzanne hatte sie mit starkem Panzerglas ausgestattet, daher dauerte es einige Zeit, die Scheiben zu zerschlagen. Bei diesem Tempo würden die Räuber noch da sein, wenn die SWAT-Einheit eintraf.

Der Scheißkerl, der Suzanne die MP an den Kopf hielt, hatte sich nicht bewegt.

»Die Situation stagniert«, flüsterte er. »Hilfe ist unterwegs. Wir brauchen nur auszuharren.«

Allegra nickte. Ganz langsam zog sie die Hand hoch, bis sie zusammengekrümmt an seinem Hals ruhte. Eine Geste zur Beruhigung, ob für ihn oder sie selbst, wusste er nicht.

Kowalski hob den Kopf nicht an. Er lag auf der weichen Flut ihrer Haare und mit dem Mund dicht an ihrem Ohr. Der beißende Rauch der Blendgranaten hing noch in der Luft, doch er lag auf Allegra und roch nichts weiter als Frühling.

Die Situation war gefährlich. Neun oder zehn Verbrecher mit Maschinenpistolen, die noch fast ihre ganze Munition hatten. So viele Patronen hatten sie nicht verschossen; die Blendgranaten hatten die Ausstellungsgäste ruhiggestellt. Jeder von den Kerlen hatte zwei Zusatzmagazine am Gürtel hängen, mit jeweils dreißig Schuss. Damit waren fast neunhundert Schuss Munition im Haus, in der Hand von Männern, die ihre extreme Bereitschaft zu töten schon gezeigt hatten.

Noch gefährlicher war, was mit seinem Körper passierte. Er lag der Länge nach auf Allegra und spürte jeden Zentimeter ihrer Vorderseite. Jeden köstlichen Zentimeter.

Er wurde schon wieder hart. Quatsch, er war hart. In glatten fünf Sekunden wurde er vom kühl überlegenden Soldaten zu einem geilen Krieger, der die Nase in die Haare einer Schönheit steckte und dem das Blut in heißen Schwallen in den Unterleib strömte.

Garantiert hatte sie das gemerkt. Er war groß, und sein Ständer lag genau zwischen ihren Beinen. Daran konnte er rein gar nichts ändern. Daran wollte er auch gar nichts ändern. Er würde erst von ihr runtersteigen, wenn es dafür einen verdammt guten Grund gäbe beziehungsweise wenn Allegra restlos außer Gefahr wäre.

Die kleinste Bewegung, die sie machte, heizte seine Latte nur weiter an. Ihr Atem – jedes Luftholen erneuerte den Kontakt mit ihren Brüsten –, ihr Atem strich an seinem Hals vorbei, und sein Schwanz pulsierte im gleichen Rhythmus. Sie versuchte, still zu liegen, aber ihm war klar, dass er sie fast erdrückte. Sie rückte sich immer wieder ein bisschen zurecht, um bequemer zu liegen. Als sie das Becken anhob, schwoll sein Ständer noch mehr an.

Es war kaum noch zu ignorieren.

»Bitte um Verzeihung«, flüsterte Kowalski.

Erstaunt sah er sie lächeln. »Das ist … eine ungewöhnliche Reaktion.«

Nein, eigentlich gar nicht. Viele Männer bekamen in lebensgefährlichen Situationen eine Erektion. Kowalski kannte einige, die mit einem Ständer in den Kampfeinsatz gingen. Er selbst gehörte allerdings nicht dazu. Ein Sanitäter hatte ihm einmal erzählt, dass Feldärzte beim Operieren häufig hart wurden.

Aber das brauchte Allegra nicht zu wissen.

»Das ist der Stress«, flüsterte er, aber daran lag es nicht. Es lag daran, dass er diese begehrenswerte Frau in Kussdistanz hatte.

Das war eine Überlegung wert. Verdammt, warum nicht? Wären ihre Klamotten nicht, würde er – auch in dieser Lage – längst in ihr stecken. Langsam bewegte er sich auf ihren Mund zu. Er wollte ihr genug Zeit geben, ihm klarzumachen, dass er sie in Ruhe lassen sollte.

Aber sie tat nichts. Sie spürte seine Annäherung, seinen Atem an ihrem Hals, seine Erektion. Da musste ihr doch klar sein, was käme. Doch sie drehte den Kopf nicht weg, versteifte sich nicht und sagte auch nicht »Stopp«.

Stattdessen öffnete sich ihre Hand an seinem Hals wie eine Blüte in der Sonne, und ihre langen schmalen Finger streichelten ihn. Mensch, schon diese zarte Berührung machte ihn an, als hätte er einen elektrischen Draht zwischen dem Hals und seinen Eiern. Er rückte mit dem Mund an ihren Hals; es war kein Kuss, nur Lippenkontakt. So blieb er einen Moment lang. Sie atmete aus und schloss die Augen.

Er leckte mit der Zungenspitze genau über die Stelle, wo die Schlagader pochte. Ihr Herz klopfte heftig. Er fühlte es durch den dünnen Kleiderstoff. Angst? Verlangen?

Er verschob eine Hand, bis sie über ihrer Brust lag, ließ sie warm und schwer auf dem Hügel ruhen. Er konnte eine kleine harte Brustwarze spüren. Sie war also auch erregt. Ganz klar. Die Brustwarze war steif aufgerichtet. Jedes Mal, wenn sein Schwanz zuckte, hob sie ganz leicht das Becken an. Vielleicht war ihr das nicht mal bewusst, ihm dafür umso mehr. Er nahm jede Regung ihres Körpers wahr.

Er küsste sie auf den Hals, und sie seufzte. Das war die Einladung, auf die er gewartet hatte. Er zog die Lippen an ihrem Hals entlang, über den Wangenrand und bis auf ihren Mund.

Sofort öffnete sie die Lippen und rieb die Zungenspitze an seiner. Der Kuss war so elektrisierend wie noch keiner. Er legte den Kopf ein wenig schräg, damit es besser passte, und schob die Zunge tastend und kostend tief in ihren Mund.

Mehr als küssen war nicht drin, aber das war schöner als mit einer anderen zu schlafen. Küssen war klasse. Warum hatte er das jahrelang ausgelassen? Im Bett stand das für ihn nicht oben auf der Liste. Ein Kuss war was für den Anfang, um klarzumachen, dass etwas laufen würde. Beim Sex küsste er selten, und die Frauen wollten es auch selten.

Aber es war köstlich. Sein gesamter Tastsinn war auf den Mund konzentriert. Er konnte mit Lippen und Zunge ihre Erregung wahrnehmen. Sie passten perfekt zusammen. Wenn er schräger ansetzte, kam sie ihm eifrig entgegen, bis es sich anfühlte, als versänke er in ihrem Mund. Das war so intim wie Sex, und während er die Zunge an ihrer entlangbewegte und den herzlichen Empfang spürte, wurde seine Latte noch härter, und er brannte darauf, in ihr zu sein.

Er rieb die Zunge an ihrer, und sie hob die Hüften an und rieb sich an ihm. Mann, er war hart wie Stein.

Kowalski unterbrach den Kuss. Er musste Luft holen und nachsehen, was im Saal vorging, bevor sein Verstand endgültig zu Mus wurde. Er drehte den Kopf zur Seite, um sich auf etwas anderes als Allegras Geschmack zu konzentrieren, und erschrak.

Scheiße! Verfluchte Scheiße noch mal!

Während er mit Allegras Mund beschäftigt gewesen war, hatte sich die Lage drastisch verändert. Zum Schlechteren.

Claire Parks saß jetzt bei John an der Wand. Ihr leuchtend rotes Kleid musste wie eine Signalflagge wirken, zumindest für jeden, der die Augen offen hielt. Sie saß mit dem Rücken zur Wand, genau wie John, und man musste sehr genau hinsehen, um es zu bemerken, aber sie rückte zentimeterweise näher zu ihm.

Zum Glück waren die Verbrecher gerade durch gieriges Plündern abgelenkt und stopften Schmuck in Sporttaschen. Der Dreckskerl, der Suzanne die Waffe an den Kopf hielt, blickte immer wieder zu seinen Komplizen hinüber, aber kein einziges Mal zu der Wand, wo Claire Parks plötzlich erschienen war. Die Gier machte die Kerle blind.

So was hatte er schon häufiger erlebt, vor allem in Afrika. Ein Hinweis auf Blutdiamanten konnte kampfgestählte, auf ihren Einsatz konzentrierte Soldaten in blindwütige Tiere verwandeln. Niemals, auf keinen Fall durfte man sich von seinem Auftrag ablenken lassen. Gier, Lust, Rache – das waren Emotionen, denen man hinterher nachgab, wenn der Einsatz vorbei war.

Aber diese Arschlöcher ließen sich von ihrer Gier den Verstand benebeln. Sie sahen die Millionen Dollar in ihren Händen, aber nicht Claire an der Wand, die auf John zurückte.

Kowalski war es gewohnt, drei Schritte vorauszudenken, und er sah es bereits vor sich, als läse er einen Roman und blätterte zum folgenden Geschehen vor.

»Scheiße«, fluchte er.

Er musste zugeben, Claire machte es gut. Wenn man nicht wusste, dass sie vorher nicht dagewesen war, konnte einem nicht auffallen, dass sie sich bewegte. Doch das tat sie. Etwa dreißig Zentimeter von John entfernt blieb sie sitzen, und Kowalski sah ihren Arm zur Seite gleiten.

Sie schob John irgendetwas rüber.

Bud war am Leben. Wäre es anders, wäre Claire nicht im Saal. Und wenn Bud am Leben war, würde er durchkommen. So viel wusste Kowalski über ihn, obwohl er ihm erst ein paar Mal begegnet war. Bud und John hatten vor, gegen die Juwelenräuber vorzugehen. Kowalski hatte nicht sehen können, was Claire zu John rübergeschoben hatte, ob es eine Pistole oder ein Messer war. Klar war jedoch, dass Bud für Ablenkung sorgen und John sofort handeln würde, um den Kerl, der Suzanne in seiner Gewalt hatte, auszuschalten.

Wobei John selbst ungedeckt wäre.

»Douglas?« Allegra umfasste ängstlich seine Arme. Kurz blickte er sie an. Sie war schneeweiß im Gesicht, der schöne Mund nass vom Küssen und schmal vor Anspannung. Sie versuchte, die Augen auf sein Gesicht zu richten, verfehlte es aber, und da wurde ihm schlagartig klar, wie schrecklich es sein musste, blind zu sein.

»Schsch«, machte er und gab ihr einen raschen Kuss, nur ganz flüchtig, weil die Versuchung, bei ihren Lippen zu bleiben, zu groß war.

»Was ist los?« Allegra berührte seine Wange. »Was passiert da?«

Sie musste es erfahren. Kowalski neigte sich an ihr Ohr, ohne das Geschehen im Saal aus den Augen zu lassen. Er sah Johns angespannte Schultern. Gleich würde es losgehen.

»Ich glaube, John und Bud werden etwas unternehmen«, sagte er leise. »Ich muss ihnen helfen.«

»Nein, oh Gott – bist du verrückt? Was hast du vor? Geh nicht da raus! Die Verbrecher sind bewaffnet und du nicht!« Sie keuchte und hielt ihn noch fester. »Bleib hier«, flehte sie heiser.

Bleib hier. Es gab nichts, was er lieber getan hätte.

»Das geht nicht, Honey«, sagte er mit echtem Bedauern im

Ton und zog behutsam ihre Hände von seinen Ärmeln. »Ich kann sie das nicht allein machen lassen.«

»Aber du hast die Polizei gerufen! Ich hab den Mann sagen hören, dass sie bald hier sind«, flüsterte sie stürmisch und klammerte sich erneut an seine Oberarme.

Kowalski unterdrückte einen Seufzer. »Ja, aber John weiß das nicht. Ich muss gehen. Ich kann ihn und Bud nicht allein gegen diese Kerle kämpfen lassen.« Er musterte Allegras schönes Gesicht und prägte es sich ein. Er wollte es vor sich sehen, wenn er draufging.

Als Berufssoldat machte er sich diesbezüglich keine Illusionen. Egal wie geschickt man war, wie hart man trainierte, es passierte trotzdem. Und häufig dann, wenn es einem am wenigsten in den Kram passte. Er hatte Männer zwei Tage vor ihrer Pensionierung umkommen sehen, oder am Tag der Geburt ihres ersten Sohnes oder eine Woche vor ihrer Hochzeit.

Kowalski war darauf vorbereitet, zu sterben, vor jedem Einsatz machte er es sich klar. Alle Soldaten taten das, sonst könnten sie ihre Aufgabe nicht erfüllen.

Murphys Gesetz war das Einzige, worauf man sich im Kampf verlassen konnte. Die Tatsache, dass er gerade die begehrenswerteste Frau der Welt kennengelernt hatte und sie sich auch für ihn zu erwärmen schien, machte es wahrscheinlicher, dass er draufging. Als stünden die Chancen nicht schon schlecht genug, wenn er unbewaffnet gegen fünf AK-47 antrat.

Er würde sein rechtes Ei hergeben, um auf Allegra liegen zu bleiben, sie zu küssen, bis die Guten kämen und ihnen den Arsch retteten. Doch die Option bestand nun mal nicht.

Das Leben ist hart. Schluck's runter. Der Wahlspruch der Soldaten.

»Hör mir gut zu, Honey.« Sie wurde still. Nur die blicklosen Augen folgten seinen Kopfbewegungen. Er richtete sich ein wenig auf, streifte die Smokingjacke ab und breitete sie längs über Allegra. Sie deckte sie fast vollständig zu. »Nicht bewegen, bis ich dich holen komme. Wenn ich ... nicht komme, warte hier, bis die Polizei dich findet. Nicht bewegen! Larry Morton, der Mann, den ich angerufen habe, weiß, dass du unter der Bühne liegst.« Er schob die Jackensäume unter sie. »Ich habe mein Jackett über dich gebreitet, weil es schwarz ist. Es tarnt dich. Denk daran, egal was passiert, du darfst dich nicht bewegen, bis dich jemand holen kommt.«

»Geh nicht«, flüsterte sie. Eine Träne rann ihr über die blasse Wange. »Bitte, geh nicht.«

Kowalski schloss gequält die Augen. Mann, das war das Härteste, was er je getan hatte. »Ich muss, Honey«, flüsterte er.

Johns Schultern waren vollkommen angespannt. Wer ihn nicht kannte, würde es nicht sehen, aber Kowalski war er vertraut wie ein Bruder. Was immer John geplant hatte, würde er jetzt ausführen.

Kowalski beugte sich zu einem raschen Kuss über Allegra, bekam dabei die Träne zu schmecken und schob rasch noch ihre Arme unter die Jacke.

»Komm zurück zu mir«, flüsterte sie drängend und holte die Hände noch einmal unter der Jacke hervor, um sein Gesicht in beide Hände zu nehmen.

»Ja, verlass dich drauf«, erwiderte er hastig und rollte sich bereits weg von ihr. John fing an, langsam zu hyperventilieren, um den Sauerstoff anzusammeln, den er gleich für den plötzlichen Aktivitätsausbruch brauchte. »Bleib da«, befahl Kowalski noch einmal über die Schulter hinweg.

Dann begann er seinerseits zu hyperventilieren und rollte sich dabei zum Bühnenrand. Der Beginn einer Operation war die gefährlichste Phase. Wenn der Kampf erst einmal im Gange war, würde er genau wissen, was zu tun war und wie. Doch jetzt hatte er keinen Plan. Er konnte nicht als Erster einen Schritt tun und den Überraschungsangriff damit stören, doch genauso wenig durfte er eine Sekunde zu spät reagieren, wenn John und Bud ihren Schritt ausführten. Das Timing musste auf den Sekundenbruchteil stimmen. Tief atmend und angespannt wartete er auf den entscheidenden Augenblick.

»Viel Glück.« Es war mehr ein Lufthauch als ein Flüstern. Er nickte. Sie konnte es nicht sehen, aber er wagte nicht zu antworten. Die Juwelenräuber waren mit der Plünderung der Vitrinen fast fertig. Sie zogen es eiskalt durch. Sie hatten die Wachleute getötet und die Ausstellungsgäste außer Gefecht gesetzt – dachten sie zumindest. Die Männer unter den Gästen waren durchschnittlich sechzig Jahre alt, lauter reiche, alte Knacker. Die waren keine Bedrohung für die Verbrecher.

Die sahen schon vor sich, was sie mit der Beute anfangen würden – die vielen Frauen, den Schnaps, das Kokain, je nachdem, worauf sie standen. Alles, was sie sich wünschen konnten, steckte in den vier Sporttaschen. Die Vorstellung machte sie schon high.

Auch der Kerl, der die zehn Frauen in seiner Gewalt hatte, passte nicht mehr richtig auf. Er hatte eine wichtige Einsatzregel vergessen: Es ist erst vorbei, wenn es vorbei ist. Die letzte Kugel tötet genauso gut wie die erste.

Kowalski würde seine MP benutzen müssen, denn dieser Kerl war mit Sicherheit der erste, den John ausschalten würde. Kowalski prägte sich die Position der anderen Juwelenräuber ein. Er ging verschiedene Szenarien durch und überlegte, wie er die Waffe an sich bringen sollte, nachdem der Scheißkerl tot war. Wenn John ein Messer hatte, würde er auf die Kehle zielen, und der Kerl würde wahrscheinlich nach hinten kippen. So hoffte Kowalski. Aber er würde schnell sein müssen, das war seine einzige Chance. Wenn er erst noch die Leiche umdrehen und die MP aufheben müsste, würden kostbare Sekunden vergehen.

Jetzt!

Die großen Türflügel am Ende des Saales sprangen auf, und Bud kam herein. John schnellte hoch und schickte einen stählernen Blitz durch den Raum. Der Mann, der Suzanne die MP an den Kopf hielt, fiel rückwärts und griff hastig nach dem Messer, das in seinem Hals steckte.

Kowalski rannte geduckt los, rollte über den Boden, um ein möglichst kleines Ziel abzugeben, und kam wieder hoch, im Arm die AK-47 des Toten, mit der er kurze Feuerstöße abgab. Er war zutiefst dankbar für die vielen hunderttausend Schuss, die er im Schießtraining schon abgefeuert hatte. Die SEALs veranstalteten kein geistloses Zielschießen. Sie standen nicht ruhig da, beide Hände an der Waffe, und zielten sorgfältig durchs Korn. Nein, sie trainierten den Ernstfall, rannten, rollten und schossen dabei auf schwer erkennbare Ziele, acht Stunden am Tag und mehrere Monate im Jahr.

Er traf einen Räuber am Kopf, ehe der überhaupt die Waffe heben konnte, und einen anderen mit zwei Schüssen, ebenfalls am Kopf, als dieser in die Hocke ging. Beide fielen zu Boden und lagen unmissverständlich tot da.

John hatte zwei mit Messern erledigt, ehe er zu Suzanne stürzte. Bud erwischte einen Räuber am Arm und am Kopf, dann schwankte er und ging selbst auch zu Boden. Mit einem Schrei eilte Claire zu ihm. Buds Hemd war hellrot – er war verletzt, schwer verletzt, der Blutmenge nach zu urteilen. John hielt Suzanne an sich gedrückt und verbarg das Gesicht in ihren Haaren.

Scheiße! Übrig waren noch die Komplizen, die draußen Schmiere standen! Bud war außer Gefecht, und John wegen der Angst, die er um Suzanne ausgestanden hatte, mit seinen Gedanken gerade ganz woanders.

Als die Seitentüren mit Sprengsätzen aufgebrochen wurden, schwenkte Kowalski mit der Waffe herum, den Finger am Abzug, doch dann erkannte er Larry Mortons lange, drahtige Gestalt in dem Kampfanzug.

Zehn Leute der SWAT-Einheit kamen mit schnellen, präzisen Bewegungen in den Saal gestürmt. Sie waren gut ausgebildet. Innerhalb von fünf Sekunden hatten sie jeden Quadratmeter des Raumes überschneidend abgedeckt und senkten die Waffen nicht, obwohl von den Verbrechern im Saal eindeutig keine Gefahr mehr ausging.

Kowalski ging zu Larry. »Wieso habt ihr so lange gebraucht, Mann? Wir mussten alles alleine machen.«

»Wirklich? Ich hatte doch gesagt, ihr sollt warten.« Larrys Worte waren an ihn gerichtet, doch dabei nahm er mit seinen dunklen, scharfen Augen das Bild ringsherum in sich auf. Aber er sah keine Gefahr. Die einzigen Bewaffneten, die noch aufrecht standen, waren seine Leute und Kowalski. Die Verbrecher waren alle tot. Jedenfalls die im Saal.

»Was ist mit den Komplizen draußen?«, fragte Kowalski.

Larry zuckte die Achseln. »Erledigt.«

Kowalski deutete mit einer Kopfbewegung zur Flügeltür. »Lieutenant Morrison braucht einen Arzt.«

Larrys Scharfschützenaugen weiteten sich. »Bud? Er ist hier?«

»Ja. Er hat auch einen von den Kerlen ausgeschaltet, ist aber verwundet. Er muss schon verwundet reingekommen sein, denn hier drinnen haben die keinen einzigen Schuss mehr abfeuern können.«

»Aha.« Larry drehte sich weg und sprach leise und eindringlich in sein Mikro. Er nickte Kowalski grimmig zu. »Geht klar. Wir haben einen Rettungswagen draußen. Es müsste jeden Moment …«

Ein Sanitäterteam kam hereingerannt. Larry dirigierte zwei zu Bud, der bewusstlos, von Claire bewacht, am Boden lag. Die übrigen Sanitäter liefen zu den offensichtlich Verletzten und tasteten bei den Verbrechern und dem erschossenen alten Mann am Hals, ob sie noch Puls hatten, dann kümmerten sie sich um die Geiseln. Zwei Frauen waren ohnmächtig geworden und wurden wieder zu Bewusstsein gebracht.

John ging mit Suzanne im Arm zu Kowalski und Larry. Sie zitterte sichtlich, was nicht anders zu erwarten war. Schließlich hätte ihr der Kerl jederzeit den Kopf wegschießen können. Aber auch John zitterte, und das kam für Kowalski absolut überraschend. Er hatte John Huntington nach keinem ihrer vielen Kampfeinsätze Gefühle zeigen sehen. Doch hier stand er nun, bleich und zitternd.

»Ich fahre nach Hause«, sagte John zu Larry. »Ich weiß, ihr müsst mich noch genauer befragen, denn zwei von denen gehen auf meine Kappe.« Er deutete auf die Toten, denen ein Messer in der Kehle steckte. »Ihr werdet meine Fingerabdrücke daran finden. Ich werde morgen in die Stadt kommen, wenn ihr mich braucht. Aber jetzt bringe ich erst mal meine Frau nach Hause.«

Larry nickte. »In Ordnung. Für mich sieht das alles ziemlich eindeutig aus. Wir werden eine Aussage brauchen, aber die kann warten. Die Spurensicherung wird gleich hier sein. Wir werden noch eine Weile mit Aufwischen beschäftigt sein, und die Toten müssen identifiziert werden. Wir bleiben in Kontakt.« Er drehte den Kopf. »Und du, Kowalski, rechne in Kürze mit einem Anruf.«

Die Sanitäter legten Bud auf eine Rollbahre und brachten ihn nach draußen. Claire lief nebenher, eine Hand an der Rollbahre, die andere am Revers des Jacketts, das ihr jemand, vermutlich ein Gast, geliehen hatte. Larry ging mit, um sich über Buds Zustand zu erkundigen.

Johns Kiefermuskeln arbeiteten sichtlich. Er zog Suzanne noch fester in seinen Arm. »Komm, Liebling, lass uns heimfahren.«

Suzanne hatte geweint, ihr Make-up war verschmiert, und ihr Kleid hatte einen langen Riss im Saum. Aber sie sah schön aus wie immer. Sie stimmte leise zu, dann blieb sie jedoch stehen und sah zu ihm auf. »John, was ist mit Allegra? Wir können sie nicht einfach hierlassen. Sie ist mit uns zusammen hergekommen. Wie kommt sie sonst nach Hause …«

»Ihr ist nichts passiert«, sagte Kowalski. »Ich habe sie unter der Bühne versteckt.« Er bedachte John mit einem harten Blick. »Ich werde mich um sie kümmern und dafür sorgen, dass sie sicher nach Hause gelangt.«

John erwiderte den Blick einen Moment lang schweigend, dann nickte er. »Gut. Dann lass uns gehen, Liebes.«

»Nein. Auf keinen Fall. Das ist unsere Pflicht. Sie ist mit uns gekommen, und wir bringen sie auch wieder heim.« Suzanne blieb hartnäckig. »Ich werde nicht ohne sie gehen.«

Kowalski war verärgert, aber gleichzeitig musste er sie bewundern. Sie war kreidebleich und zitterte, nachdem sie fast erschossen worden wäre, und sehnte sich wahrscheinlich nach ihrem ruhigen, sicheren Zuhause und den Armen ihres Mannes. Und trotzdem wollte sie ohne die Freundin nicht weg. »Ich sagte, ich kümmere mich darum, Suzanne«, sagte Kowalski freundlich.

»Äh … Ich weiß nicht.« Sie sah ihren Mann an und dann wieder Kowalski. »Du musst mir versprechen, dass du sie bis an die Tür bringst, Douglas. Sie ist blind und hat Ängste ausgestanden. Ehrlich gesagt, wäre mir sehr viel wohler, wenn sie mit uns käme.«

Kowalski nickte. »Ich verstehe dich vollkommen, Suzanne. Aber du brauchst dir wegen Allegra keine Sorgen zu machen. Ich werde mich gut um sie kümmern.«

»Die arme Allegra …«, hauchte sie und blickte Kowalski forschend in die Augen. Ihr Kinn zitterte. Ihre Augen wurden nass.

Als eine Träne über ihre Wange rollte, wischte John sie zärtlich weg. Der seelische Stress begann sich auszuwirken.

»Du kannst dich auf ihn verlassen, Liebling. Bei ihm kann ihr nichts passieren«, brummte John ihr ins Ohr und warf Kowalski dabei einen Blick zu, der sagte: *Wenn der Freundin meiner Frau etwas zustößt, ziehe ich dir das Fell über die Ohren.*

Sie hatten schon viel Zeit zusammen unter gefährlichen Umständen zugebracht und konnten sich zuverlässig wortlos verständigen. Kowalski erwiderte mit den Augen: *Allegra gehört jetzt zu mir. Ihr wird überhaupt nichts zustoßen.* John nickte und wandte sich seiner Frau zu.

»Komm, Liebling. Das ist in Ordnung, ich verspreche es dir. Allegra wird es gut gehen. Kowalski weiß, was zu tun ist. Lass uns gehen. Komm jetzt.« Er drehte sie dem Ausgang zu, und sie ging widerstandslos mit.

Kowalski sicherte die MP und übergab sie jemandem von der SWAT-Einheit, dann rannte er zur Bühne. Er bückte sich und sah Allegra dort liegen.

Die ganze Verhaftung war wie immer wie in Zeitlupe vonstattengegangen; das kannte jeder Soldat aus Gefechtssituationen. Kowalski und seine Männer waren bestens ausgebildet; was für Zivilisten wie eine schreckenerregende, chaotische Aktion aussah, war in Wirklichkeit eine präzise Abfolge von Bewegungen, die so oft eingeübt worden waren, dass sie sie im Schlaf beherrschten. Obwohl es ihm vorkam, als wären Stunden vergangen, wusste er, dass es nicht mal fünfzehn Minuten waren, seit er Allegra allein gelassen hatte.

Doch auch die Viertelstunde, allein und blind inmitten eines Gewaltverbrechens, musste entsetzlich gewesen sein.

Sie lag noch an derselben Stelle in derselben Haltung da, die roten Haare ein krasser Gegensatz zu dem weißen Marmorboden. Lange Finger hielten den Jackettsaum fest. Ihr Gesicht war dem Saal zugekehrt, es war totenbleich und angespannt. Sie sah so verloren und verletzlich aus wie ein Engel, der auf die Erde gefallen war, mitten hinein in eine Tragödie. Kowalski krampfte sich das Herz zusammen.

»Allegra«, sagte er mit weicher Stimme.

5

Schreie, Blut, Entsetzen … Mit diesem grausamen Gesicht, das sie verhöhnte, die Augen wie irre, so stand er vor ihrem leblos daliegenden Vater.

Blut, so viel Blut. Auf der Glasplatte des Tisches floss es auseinander. Der weiße Teppich, die cremeweißen Wände, alles war bespritzt. Das Blut floss vom Kopf ihres Vaters zum Rand der Tischplatte, sammelte sich zitternd an der abgeschrägten Kante und tropfte langsam hinunter. Tropfen für Tropfen …

Ihr Vater lag still da, so furchtbar still. Das geliebte Gesicht war ihr zugewandt. Sein ewiges Lächeln war verschwunden, verschwunden auch der Humor in den Augen und die Freundlichkeit seiner gut aussehenden irischen Züge.

Er war tot. Ihr Vater war tot. Tot. Es gab ihn nicht mehr.

Und dann – unmöglich – bewegte sich dieser grausam zugerichtete Kopf. Die Lider öffneten sich, und sie sah seine blaugrünen Augen. Sein toter Mund öffnete sich auch, und er sprach sie mit einer tiefen Stimme an, die ganz anders klang als sein heller Tenor. Entsetzt starrte sie ihn an.

»Allegra«, sagte er.

Ihr Vater sprach aus dem Jenseits zu ihr. Oh Gott, er war tot und redete mit ihr.

»Allegra«, sagte die tiefe Stimme, die aus dem Mund ihres Vaters kam, aber nicht seine war.

Ihr Vater hatte sie nie Allegra genannt, meistens »Allie« oder »Allie-Liebling«, wenn er ein wenig zu tief ins Glas geschaut hatte. Und er hatte eine helle Stimme gehabt, nicht diesen Bass.

Sein toter Mund öffnete sich weit, unnatürlich weit. Zunge und Zähne waren blutig.

»Allegra«, wiederholte die tiefe Stimme, die aus dem Mund ihres Vaters kam wie aus dem Schlund der Hölle …

Entsetzt keuchend fuhr Allegra auf. Sie stieß sich den Kopf an etwas Hartem, einem Metallrohr, und ließ sich benommen zurücksinken.

»Verflucht!«, sagte der Bass, und eine starke Hand zog sie über den kalten Boden. Sie wurde hochgehoben und sicher festgehalten.

»Sanitäter!«, brüllte der Bass ein gutes Stück über ihr. »Hierher, verdammt noch mal!«

Bei der Lautstärke zuckte Allegra zusammen. Sie machte die Augen auf – es blieb dunkel. Mit einem grausamen Ruck durchfuhr sie die Erinnerung: Sosehr sie die Augen aufriss und blinzelte, sie würde nichts sehen. Nie wieder.

Sie verlor den Kontakt zur Wirklichkeit, sie entglitt ihr und ließ sie in eine schlingernde Albtraumwelt stürzen. Sie konnte nicht mehr sehen! Wo war sie? Was – sie hatte Schüsse gehört und Schreie …

»Gehen Sie beiseite«, verlangte ein anderer Mann in drängendem Ton. »Hören Sie, Mister, lassen Sie sie los. Ich muss sie untersuchen.«

Sie war gegen Douglas' starken Oberkörper gelehnt, in seinen Armen. Diesen sicheren Platz wollte sie nie wieder verlassen. Sie schmiegte sich enger an ihn.

»Lassen Sie sie los. Ich muss prüfen, ob sie eine Gehirnerschütterung hat.« Der Sanitäter klang aufgebracht.

Die Arme lockerten sich, und eine fremde Männerhand, eine kleinere, berührte sie behutsam an der Stirn.

»Miss, sehen Sie doppelt?«, fragte ein Mann.

»Sie sieht überhaupt nichts, sie ist blind«, sagte der Bass, und plötzlich wusste sie wieder, was los war. Parks-Stiftung, Eröffnungsfeier, Raubüberfall …

»Douglas!«, keuchte sie und schob die Hand weg, die ihre Stirn abtastete. Sie beugte sich vor, bis sie gegen seine Brust stieß, und betastete sie mit beiden Händen, dann die Schultern und die Arme. »Geht es dir gut? Ich habe Schüsse gehört. Oh mein Gott. Bist du unverletzt?«

»Mir geht's gut«, brummte er, zog sie an sich und legte die Arme um sie. »Was ist mit dir? Du hast dich heftig gestoßen.«

Sie barg das Gesicht an seiner Brust und schüttelte den Kopf. »Ist nicht wichtig«, nuschelte sie gegen sein gestärktes Oberhemd. »Es geht mir gut, ich hab nur eine kleine Beule.« Jemand wollte sie umdrehen, aber sie zog energisch die Schultern weg. »Ich brauche keine Hilfe. Schick ihn weg.«

»Miss, Sie haben eine hässliche Beule.« Wieder diese fremde Stimme. »Ich meine, wir sollten Sie über Nacht zur Beobachtung ins Krankenhaus bringen …«

Allegra fuhr panisch zusammen. »Nein!«, widersprach sie scharf. »Nicht ins Krankenhaus.«

Nie wieder. Schon bei dem Geruch zog sich ihr Magen schmerzhaft zusammen. Sie hatte Monate in einem Klinikbett gelegen mit diesem Geruch in der Nase, blind und durch Infusionsschläuche angebunden wie eine Gefangene.

»Ich will in kein Krankenhaus, auf keinen Fall. Ich will nur nach Hause.« Sie hob den Kopf, damit Douglas ihr Gesicht sah, in dem sich ihre Verzweiflung abmalte. »Bitte, ich möchte nach Hause«, flüsterte sie mit zittriger Stimme. »Suzanne und John können mich fahren …«

»Die sind schon weg«, sagte Douglas, und sie erschrak. Die Bestürzung war ihr sicher deutlich anzumerken. Sie war mit Suzanne hergekommen. Dass ihre Freundin ohne sie wegfahren, sie einfach vergessen könnte, erschien ihr völlig abwegig. Ihre Selbstbeherrschung drohte zu versagen. »Oh Gott, wie soll ich …«

»Ich habe Suzanne versprochen, dich nach Hause zu bringen«, sagte Douglas schnell. »Sie wollte auf dich warten, war aber selbst so mitgenommen, dass John sich durchgesetzt hat. Mach dir keine Sorgen, Allegra. Ich fahre dich. Aber meinst du nicht, dass dich erst noch ein Arzt untersuchen sollte? Der Sanitäter hat vielleicht recht. Ein kurzer Abstecher ins Krankenhaus wäre besser.«

Allegra nahm sich vor, in vernünftigem, ruhigem Ton etwas Höfliches zu erwidern – *Ach nein, ich glaube, das wird nicht nötig sein* –, obwohl sie eigentlich schreien wollte. Schon bei dem Gedanken an eine klinische Untersuchung hatte sie das Gefühl, in ein schwarzes Loch zu stürzen, aus dem sie nie wieder rauskommen würde. »Nein.« Ihre Stimme bebte. Sie wartete einen Moment, bis sie glaubte, sich in der Gewalt zu haben. »Es geht mir gut. Ich habe mich nur gestoßen, das ist nichts Ernstes. Ich bin nicht ohnmächtig geworden, nichts dergleichen. Mit mir ist alles in Ordnung.«

Sie sah flehend zu dem Mann auf, auf den sie nun angewiesen war, und versuchte verzweifelt, vorherzusehen, wie er entscheiden würde. Ohne ihn käme sie nicht nach Hause, außer sie nähme sich ein Taxi. Doch das würde er nicht zulassen, davon war sie überzeugt. Wenn er der Ansicht war, dass sie ärztliche Behandlung nötig hatte, würde er sie ins Krankenhaus bringen. Ihr Herz klopfte heftig. »Bitte«, flüsterte sie.

»Na gut«, sagte Douglas widerstrebend. »Aber versprich mir, dass du mir sagst, wenn dir schwindlig wird.«

Ihr war ständig schwindlig. Morgens, mittags, abends. Das war so, seit sie blind war. »Versprochen«, sagte sie inbrünstig.

»Passen Sie auch auf, ob sie sich schwach fühlt«, sagte der Sanitäter. »Und wenn sie Kopfschmerzen oder Konzentrationsschwierigkeiten bekommt oder depressiv oder ängstlich wird, sollten Sie sie sofort zu uns bringen.«

Das beschrieb mehr oder weniger ihren Zustand seit jenem Abend. Es brauchte keinen Schlag auf den Kopf, um das herbeizuführen.

»Wirst du …«, begann Douglas.

»Ganz bestimmt«, log sie. »Ich verspreche es.«

»Na gut, wenn Sie sicher sind«, sagte der Sanitäter zögerlich.

»Ich werde mich um alles kümmern.« Douglas klang so zuversichtlich. Es beruhigte selbst Allegra, und auf den Sanitäter musste es genauso gewirkt haben, denn sie hörte ihn im nächsten Moment weggehen. Douglas zog sie erneut an sich.

»Wo ist Claire? Geht es ihr gut?«, fragte sie an seiner Brust. Seine große Hand lag an ihrem Hinterkopf und hielt sie fest. Das war eine schrecklich intime Umarmung, intimer als die unter der Bühne, da sie in der Öffentlichkeit standen. Aber das war ihr egal.

Ringsherum herrschte ein großes Durcheinander. Sie erinnerte sich an den großen Saal der Stiftung, von … von früher. Als sie noch sehen konnte. Claire hatte gesagt, sie erwarte bei der Eröffnung rund zweihundert Gäste. Und die redeten jetzt anscheinend alle gleichzeitig in voller Lautstärke. In der Nähe hörte sie ein paar Frauen schluchzen und zwei scharfe Männerstimmen, die ihrem Ärger Luft machten. Es hallte unter der hohen Decke. Funkgeräte knackten im Hintergrund, und ab und zu forderte jemand im Beamtenton einen Gast auf, mitzukommen.

Sonst war nichts zu verstehen. Ein unablässiger Schwall verwirrender Geräusche drang auf sie ein, und sie kamen von allen Seiten, sodass sie kaum noch unterscheiden konnte, wo oben und unten war. Seit dem Unglück war sie höchstens mit zwei oder drei Menschen gleichzeitig im selben Raum gewesen. Sie hatte lange Tage allein in ihrer stillen Wohnung zugebracht und nur Hintergrundmusik als Gesellschaft gehabt. Seit sie blind war, konnte sie die Quelle eines Geräusches nicht mehr orten.

Daher machte sie das akustische Durcheinander schwindlig. Das Einzige, was ihr im Moment Orientierung und Halt gab, war Douglas Kowalski, dieser große, starke, breitschultrige Mann. Er war das stabile Zentrum ihrer Welt. Während sie sich an ihm festhielt, ließ das Schwindelgefühl langsam nach, und schließlich konnte sie aus dem Lärm einzelne Stimmen herausfiltern. Die Leute bewegten sich offenbar zum Ausgang. Ihr Herz hörte auf, diesen panischen Trommelwirbel zu schlagen.

Sie holte lange und tief Luft, dann gleich noch einmal.

»Besser?«, fragte er ruhig.

Er wusste es, irgendwie wusste er es.

Allegra schluckte. Sie hob den Kopf und schämte sich plötzlich. Die Schüsse und Schreie hatten sie aus der Fassung gebracht; sie war in ein tiefes Loch gefallen und von der albtraumhaften Erinnerung überwältigt worden. Gewöhnlich hatte sie sich besser im Griff.

Sie zog die Brauen zusammen. »Du hast mir nicht gesagt, wo Claire ist.« Sie erschrak. Er hatte es nicht vergessen, er verschwieg ihr etwas. »Wo ist sie? Geht es ihr gut? Oh Gott, ihr ist doch hoffentlich nichts passiert?« Allegra drehte hektisch den Kopf, wie um Claire irgendwo zu entdecken.

»Ich vermute, dass sie im Krankenhaus ist«, antwortete Douglas ruhig und hielt sie fest, als sie sich aufgeregt wegdrehen wollte. »Claire ist unverletzt, keine Sorge. Aber Bud hat eine Kugel in die Brust bekommen. Die Sanitäter haben ihn mitgenommen, und Claire ist bei ihm geblieben.«

Oh Gott, die arme Claire … »Ich würde gern wissen, wie es ihm geht. Wen können wir danach fragen?« Hoffentlich ging das gut aus, es musste einfach gut ausgehen. Bud tot, weil er sie alle hatte retten wollen – das war zu viel, daran wollte sie nicht einmal denken. Claire war total verliebt in ihn. Und sie hatte in ihrem Leben schon so viel durchgemacht. Ihr war so viel genommen worden. Zehn Jahre ihres Lebens hatte sie der Leukämie geopfert. Bud war die Liebe ihres Lebens, und sie hatten gerade erst ein paar Wochen miteinander verbracht. Wie sollte sie seinen Verlust verschmerzen?

Früher – als die alte Allegra, die glückliche Sängerin und Harfenistin – wäre sie absolut zuversichtlich gewesen, dass Bud wieder auf die Beine käme. Sie hätte sich gesagt, er habe sicher nur eine Fleischwunde, und die werde dafür sorgen, dass Bud und Claire wieder zueinanderfänden. So funktionierte das Leben. Ab und zu passierte mal etwas, aber nichts allzu Schlimmes. Es diente nur dazu, dass man wertschätzte, was man besaß. Und dann war alles wieder gut.

Inzwischen wusste sie es besser. Ständig passierten entsetzliche Dinge, die sich nicht wiedergutmachen ließen, niemals. Es gab so viel Unglück auf der Welt, Verlorenes, das sich nicht zurückholen ließ, Schmerz, der nicht zu stillen war.

»Bitte, finde heraus, ob Bud am Leben ist«, flüsterte sie und schauderte bei dem Gedanken an die Alternative.

»Okay.« Douglas ließ sie los. »Aber vorher ziehst du dir etwas über. Hier stehen alle Türen offen, und es ist kalt. Dann werde ich mich umhören, ob jemand Nachricht aus dem Krankenhaus hat.«

Er legte ihr sein Jackett um die Schultern. Sie erkannte es am Geruch und an der Größe. Es roch leicht nach Mottenkugeln und Seife. Nicht nach Rasierwasser. Er benutzte anscheinend keins. Die Jacke war so riesig, sie hatte sie fast völlig bedeckt, als sie unter der Bühne lag und hilflos auf ihn wartete.

Sie schob die Arme hinein und war dankbar für die Wärme. Das Jackett hing ihr bis über die Knie, aber es war warm. Als sie sich darin einwickelte, ließ das Zittern nach. Sie zitterte noch, aber nicht mehr vor Kälte, sondern weil sie auf die Nachricht über Bud wartete.

Schritte näherten sich. »Also«, sagte Douglas und nahm ihren Arm. »Folgendes habe ich erfahren: Er wurde ins Laurel Park Hospital gebracht und wird gerade operiert. Ich habe eine Telefonnummer bekommen, wo wir uns erkundigen können.«

»Ich kann auch Claire auf dem Handy anrufen, sofern sie es bei sich hat.«

»Na, das hätten wir also. Mehr können wir im Augenblick nicht tun. Ich möchte dich jetzt nach Hause bringen und du brauchst etwas Warmes im Bauch.« Eine große Hand umfasste ihren Oberarm in dem schlackernden Jackenärmel. »Gehen wir, Honey.«

Sie waren noch keine zehn Schritte gegangen, als Allegra bestürzt stehen blieb. »Du meine Güte! Dagda! Fast hätte ich sie vergessen!«

»Wen? Wer ist Dagda?«, fragte Douglas.

»Keine Person, meine Harfe.« Obwohl sie daran hing wie an einem guten Freund. »Ich kann sie unmöglich hierlassen. Sie ist unersetzlich.« Der beste Harfenbauer Irlands hatte sie gemacht, Charlie McKerron. Er war vor zwei Jahren an einem Herzinfarkt gestorben, während er voll wie eine Haubitze in einem Pub spielte. Er würde ihr keine neue Harfe machen können. »Du brauchst dazu den Instrumentenkoffer. Er steht im Garderobenraum. Aber zusammen mit dem Koffer ist die Harfe sehr schwer. Dreißig Kilo ungefähr.« Allegra glaubte ein leises Schnauben zu hören.

»Gut.« Douglas dirigierte sie behutsam auf die Seite. Sie mussten an der großen Haustür angelangt sein, denn sie spürte die hinausströmenden Leute und einen eisigen Luftzug von draußen, der ihr nadelspitze Graupelkörner ins Gesicht wehte. Auf dem Vorplatz wurden Motoren angelassen. Autoabgase zogen ihr in die Nase. »Wir machen es folgendermaßen«, sagte Douglas. »Ich bringe dich zu meinem Wagen und drehe die Heizung auf. Dann gehe ich die Harfe holen.«

»Im Koffer.«

»Im Koffer.«

Sie hob besorgt das Gesicht. »Sie ist sehr empfindlich. Du musst sie gut zudecken, mit der Decke, die im Koffer liegt. Die Kälte ist ganz schlecht für sie, sie verzieht das Holz.«

»In Ordnung.« Da war ein Hauch Belustigung in seinem Ton. Mit dem Daumen glättete er ihre Sorgenfalte zwischen den Brauen. »Also Korrektur: Ich bringe dich zu meinem Wagen, dann hole ich Dagda und den Koffer. Ich wickle Dagda schön warm in ihre Decke und lege sie in den Koffer, wenn nötig mit einer Wärmflasche, dann bringe ich sie ins warme Auto. Wie hört sich das an?«

Das war ein schwacher Witz, aber sie musste trotzdem lächeln. »Danke.«

»Ist mir ein Vergnügen«, sagte er und hob sie auf die Arme.

»Oh! Was tust du?«

Er trug sie so mühelos wie andere ein Kind und ging die breite Granittreppe zur Kiesauffahrt hinunter. Sie hörte seine Schritte knirschen, als er unten ankam. Wenn er redete, fühlte sie die Vibration in seinem Brustkorb.

»Es liegt Schneematsch. Deine Schuhe sind sehr hübsch, aber nicht für Schnee gemacht.« Sie trug Sandaletten mit Satinriemchen.

»Na ja, Stiefel passen nicht gut zum Abendkleid.«

»Nein, natürlich nicht. Nicht mal Satinstiefel.« Sie legte die Arme um seinen Hals und die Wange an seine. Dabei fühlte sie, wie er lächelte.

Sie war noch nie getragen worden, seit sie erwachsen war. Jetzt wurde ihr klar, warum es in so vielen Romanen und Filmen vorkam. Es war ein schönes Gefühl, auf altmodische Art romantisch. Sie fühlte sich wie in eine andere Zeit versetzt. Und er machte es großartig. Er schnaufte nicht und stolperte nicht. Er atmete normal, ging mit gleichmäßigen, lockeren Schritten, als wäre es ein Abendspaziergang. Die Muskeln, die sie gefühlt hatte, waren nicht zum Angeben, sondern er hatte wirklich Kraft.

Außerdem war er tapfer. Und wenn sie tausend Jahre alt würde, nie würde sie vergessen, wie er gesagt hatte, er sollte eine Kugel abfangen können. Das hatte er todernst gemeint. Er hatte sie so gut es ging abgeschirmt und keinen Zweifel gelassen, dass er wirklich bereit war, sie mit seinem Körper vor einer Kugel zu schützen.

Er hatte sie nur allein gelassen, weil er sah, dass seine Freunde etwas gegen die Verbrecher unternehmen wollten. Er hätte sich leicht drücken können, hätte nur unter der Bühne zu bleiben brauchen, da er wusste, dass Hilfe unterwegs war. Doch er hatte sich entschieden, seinen Freunden beizustehen, unbewaffnet. Er hatte keine Waffe bei sich gehabt, das war eindeutig gewesen. Sie hatte jeden Zentimeter von ihm gespürt, zumindest von der Vorderseite. Das einzig Gefährliche, das sie gefühlt hatte, war sein heißer, harter, riesiger Penis gewesen. Die Erinnerung trieb ihr die Röte ins Gesicht.

Er küsste traumhaft. Was ebenfalls mächtig gefährlich war.

Die Gefahr im Saal hatte sie völlig vergessen, solange er sie küsste. Sie war in eine Welt heißer, vitaler Kraft eingetaucht und hatte sich an diesen starken Körper geklammert, als wäre er das Leben selbst. Im Nu wurde aus einer süßen Lippenberührung wilder, reiner Sex. Ein steiler Abstieg in flimmernde Leidenschaft. Er war sehr groß, presste sich fest an ihren Hügel. Und ihr Körper hieß ihn willkommen, öffnete sich wie eine Blüte. Er hatte zwischen ihren Schamlippen gelegen und sich an ihr gerieben. Bebend hatte sie sich ihm entgegengestemmt, um mehr von dieser vitalen Kraft und Hitze zu spüren. Und jedes Mal war er weiter angeschwollen, sodass sie die Wellen seiner Erektion zwischen den Schamlippen gespürt hatte. Das war das Erregendste gewesen, was sie je erlebt hatte.

Als er sich von ihr wegrollte, war sie kurz vor dem Höhepunkt gewesen.

Was für ein ungewöhnlicher Mann. Er hatte sie zum Lächeln gebracht, sie beschützt, ihr Zuversicht gegeben und sie erregt wie noch kein Mann vor ihm. Und jetzt trug er sie, damit sie keine nassen Füße bekam.

Sie waren an seinem Wagen angelangt. Sie hörte die Entriegelung klacken. Er öffnete die Beifahrertür und setzte sie auf den Sitz, ohne zu wackeln. Der Höhe nach war es ein SUV. Ein paar Augenblicke später saß er am Steuer und ließ den Motor an. Sein Sitz knarrte, als er sich nach hinten drehte. Eine weiche Decke wurde sorgfältig über sie gebreitet und unter ihr festgesteckt. Es wurde bereits warm im Wagen.

»So. Wenn deine Harfe eine Decke wert ist, dann du auch. Gleich wird es hier schön warm sein. Ich gehe jetzt Dagda holen, und dann fahren wir los.«

Allegra griff nach seinem Arm. Er war nur im Oberhemd, bei dieser Kälte. »Willst du dein Jackett zurückhaben? Mir genügt die Decke völlig.«

»Nein. Behalte es. Ich bin gleich wieder da.«

Sie griff in das Täschchen, das im Mieder ihres Kleides eingenäht war. »Hier ist der Kofferschlüssel. Und meine Handtasche liegt im Koffer.«

»Alles klar.«

Sie ließ seinen Arm nicht los. Er war warm und hart, wie alles an ihm. Als er ihn wegziehen wollte, griff sie umso fester zu. »Douglas?«

Er hielt inne. »Ja?«

»Danke – für alles.«

Er räusperte sich. »Keine Ursache. Geh nicht weg.« Im nächsten Moment hörte sie die Tür zuschlagen.

Wie angekündigt wurde es schnell warm im Wagen. Sie fröstelte nicht mehr. Eingemummt in sein Jackett und die Decke wartete sie geduldig auf seine Rückkehr.

Schließlich hörte sie die Hecktür aufgehen. »Da wären wir, Dagda«, sagte Douglas, »sicher und warm im Koffer.«

Sie drehte sich um. »Hast du …«

»Ja. Sie friert nicht. Du kannst dich drauf verlassen.« Die Tür schlug zu. Allegra lächelte bei der Vorstellung, dass die Harfe wieder bei ihr war. Der Wagen senkte sich unter dem Gewicht, als Douglas einstieg. Er griff um sie herum nach dem Sicherheitsgurt und schnallte sie an, legte ihr das Abendtäschchen auf den Schoß, und sie schloss die Finger darum. »Und jetzt musst du mir deine Adresse verraten.«

Sie konnte ihn vor sich sehen, wie er mit den Händen am Steuer zu ihr herüberblickte. Was würde sie nicht alles geben, um zu wissen, wie er aussah. Seit sie blind war, war sie nur mit engen Freunden zusammen gewesen, meistens mit Claire und Suzanne, aber auch mit Claires Vater und Rosa, der Haushälterin, und Rosas Familie. Es war völlig ungewohnt für sie, so eng mit jemandem zu tun zu haben, dessen Gesicht sie sich nicht vorstellen konnte.

»1046 Adams Drive. Das ist am anderen …«

»Ich weiß, wo das ist.« Der SUV rollte an, der Kies knirschte unter den großen Rädern.

»Ich dachte, du seist erst kürzlich nach Portland gezogen und ganz neu hier.«

»Das stimmt auch, aber ein guter Soldat erkundet immer zuerst das Terrain. Sitzt du bequem? Soll ich die Heizung weiter aufdrehen?«

»Nein, alles bestens, danke. Wenn wir angekommen sind, können wir gleich im Krankenhaus anrufen? Oder vielleicht versuche ich es auf Claires Handy. Ich will unbedingt wissen, wie der Stand ist.« Claire allein im Krankenhaus, die vielleicht schon um Bud trauerte – die Vorstellung war kaum zu ertragen. Sie selbst trauerte noch um ihren Vater. Fünf Monate war er nun tot, und es zerriss ihr noch immer das Herz.

»Wir müssen damit nicht warten, bis wir dort sind.«

Sie hörte die Begleittöne einer Tastenfolge auf dem Handy.

»Kowalski«, sagte eine blecherne Stimme. Der Wagen hatte eine Freisprechanlage. »Was gibt's?«

»Larry, weißt du, wie es Bud geht?«

»Sekunde, ich höre mal nach.« Gedämpfte Stimmen im Hintergrund, dann kam Larry an den Apparat zurück. Er klang hart. »Nichts Neues, Kowalski. Bud ist noch in der OP.«

»Halte mich auf dem Laufenden, Larry.«

»Mach ich.«

Allegra rutschte tiefer in die Decke. Sie fröstelte wieder. Douglas drückte einen Knopf, und unter dem Armaturenbrett strömte warme Luft an ihre Füße.

»So besser?«

»Sehr viel besser, danke. Beim nächsten Mal ziehe ich auf jeden Fall Satinstiefel an.« Ihr Gesicht wurde ernst. Beim nächsten Mal … beim nächsten Mal war Claire vielleicht todunglücklich. »Was glaubst du, was mit Bud wird?«

»Wenn eine Schussverletzung nicht sofort tödlich ist, besteht eine Neunzigprozentchance, sie zu überleben. Wenn Bud es also in den Operationssaal geschafft hat, wird er den Rest auch schaffen.« Er sagte das so nüchtern und klang dabei so sicher, dass Allegras Anspannung nachließ.

»Ist das wahr, oder erfindest du das, um mich zu beruhigen?«

»Ich würde es glatt erfinden, damit es dir besser geht, aber das ist gar nicht nötig, weil es nämlich wahr ist. Ich kenne keinen Soldaten, der im Hubschrauber unterwegs zur Basis gestorben ist. Mit jeder Minute, die vergeht, steigen Buds Chancen.«

Vermutlich war das Unsinn, aber sie fühlte sich tatsächlich besser.

Eine Weile schwiegen sie. Irgendwann schaltete Douglas die Scheibenwischer ein. Allegra hörte sie hin- und herwischen. »Schneit es?«

»Das ist Schneeregen, was da runterkommt. Er wird nicht liegen bleiben. Aber die Straße ist glatt.«

Dann musste er ein guter Fahrer sein, denn der Wagen war kein einziges Mal ins Rutschen gekommen, auch nicht beim Bremsen oder in Kurven. Vor zwei Tagen hatte sie mit dem Taxi zum Neurologen fahren müssen und die ganze Zeit über Angst gehabt, weil der Taxifahrer wie ein Irrer beschleunigte und bremste. »Danke fürs Heimfahren. Ich bin froh, dass ich kein Taxi nehmen musste.«

»Das hätte ich auf keinen Fall geduldet.«

Allegra drehte den Kopf zu ihm, aber er sagte nichts darauf. Es war jetzt mollig warm, und die seelische Anstrengung des Gewalterlebnisses forderte ihren Tribut. Es war eine Fahrt von einer Dreiviertelstunde. Die Stille, das Vibrieren des Wagens, das regelmäßige Zischen der Scheibenwischer lullten sie ein. Allegra war gerade eingedöst, als das Klingeln des Telefons sie aufschreckte.

»Ja?«, hörte sie Douglas sagen.

»Hier Larry. Hör zu, Großer. Wir haben erfahren, dass Bud aus der OP zurück ist. Er wird stinksauer sein, wenn er aufwacht und feststellt, dass er Löcher hat, wo vorher keine waren. Er wird noch eine Weile Schmerzen haben und an Schläuchen hängen, aber er wird es schaffen.«

Allegra hörte Douglas scharf einatmen. »Großartig. Perfekt. Danke für den Bescheid, Larry.«

»Kein Problem. Hör zu, Detective Swanson sagt, du sollst Montagmorgen aufs Revier kommen. Wir brauchen eine eidesstattliche Aussage. Von dir und von John. Bei Bud warten wir, bis er wieder sprechen kann, aber ihr beide müsst kommen.«

»Geht klar. Dann bis Montag früh.«

Allegra stieß einen bebenden Seufzer aus. »Gott sei Dank! Ich habe mir solche Sorgen gemacht. Claire wäre am Boden zerstört, wenn Bud nicht wieder auf die Beine käme.« Mit zitternder Hand fasste sie sich an die Wange, fast benommen vor Freude. Noch einen Verlust hätte Claire nicht verkraftet.

»Ja, das ist eine wirklich gute Nachricht.« Ihre linke Hand verschwand in seiner und wurde an seine Lippen gezogen. Er küsste sie in die Innenfläche, drückte sie zur Faust zusammen und legte sie ihr in den Schoß. »Wenn du weiterschlafen möchtest, nur zu. Die Straßen sind zu stark vereist, ich kann nicht besonders schnell fahren. Wir brauchen mindestens noch eine Dreiviertelstunde, bis wir da sind.«

Allegra wandte sich ihm zu. »Wo wohnst du, Douglas?« Sie bemühte sich, normal zu klingen, unbeeindruckt von seiner Geste. Aber es fiel ihr schwer. Ihre Hand brannte von dem Kuss.

»Ich habe an den East Meadows eine Wohnung bekommen.«

Sie verzog das Gesicht. »Das ist am entgegengesetzten Ende der Stadt.« Die Parks-Villa, ihr Haus und seine Wohnung bildeten ein großes Dreieck. »Es tut mir wirklich leid, dass du so einen riesigen Umweg machen musst.«

Er fuhr in eine Kurve, und sie neigte sich gegen ihn. »Mach dir deswegen keine Gedanken. Schlaf noch ein bisschen. Ich wecke dich, wenn wir da sind. Ich wette, du bist müde.«

Sie müde? Nicht sie hatte sich wie ein Superheld in den Kampf geworfen, um alle zu retten. »Nein, ich bin nicht …«, begann sie indigniert, musste aber so überraschend und so herzhaft gähnen, dass sie kaum rechtzeitig die Hand vor den Mund bekam. »… müde«, schloss sie verlegen.

»Ach so.« Er drückte wieder einen Knopf, und ihre Rückenlehne neigte sich um ein paar Grad. »Schlaf trotzdem.«

»Na gut«, murmelte sie. Der Sitz war sehr bequem. Ein wenig zu ihm gedreht, schloss sie die Augen und lächelte, als die Decke neu festgesteckt wurde … Dann hielt der Wagen an, und Douglas schaltete den Motor aus.

Allegra setzte sich blinzelnd auf. »Was ist los? Warum fahren wir nicht?«

»Wir sind da«, sagte Douglas ruhig.

»Wo?«

»Vor deinem Haus. Ich stehe genau vor dem Tor.«

»Vor meinem Tor? Meine Güte, ich bin wohl doch eingeschlafen.« Sie strich sich die Haare aus dem Gesicht. »Tut mir ehrlich leid.«

»Kein Grund, sich zu entschuldigen.« Er löste ihren Gurt und legte ihr die Hand auf die Schulter. »Also, du kennst den Drill inzwischen. Wir machen es wieder genauso. Ich bringe dich ins Haus und gehe dann Dagda holen. Einverstanden?«

»Ja.«

»Gut. Hol die Hausschlüssel heraus.« Bis sie die aus der Tasche gefischt hatte, stand er an der Beifahrertür. »Gib mir die Schlüssel und beug dich nach vorn«, sagte er, und sie tat es in dem absoluten Vertrauen, dass er sie auffangen würde. Mitsamt der Decke nahm er sie auf den Arm und ging mit ihr aufs Haus zu. Wieder dieser gleichmäßige, kräftige Schritt, als wöge sie rein gar nichts.

Es war unglaublich nasskalt. Sie bekam Schnee ins Gesicht. Douglas hatte sie zwar gut eingewickelt, aber ihre Wangen und Hände waren sofort taub vor Kälte. Er war nach wie vor im Oberhemd, schien aber nicht zu frieren. Sie dagegen fröstelte trotz Jacke und Decke. Vielleicht spürte er die Kälte nicht. Bei der Hitze, die sein großer Körper ausstrahlte, war das gut möglich. An der rechten Seite war ihr jedenfalls warm.

Es waren fünfunddreißig Stufen vom Tor bis zur Haustür. Sie hatte sie gezählt. Sie hatte sie zählen müssen, damit sie nicht gegen das Tor lief oder über die Verandastufen fiel, die Douglas gerade so mühelos hinaufstieg. Er hatte wahrscheinlich nur zwanzig Schritte dahin gebraucht.

Irgendwie gelang es ihm, die Tür problemlos aufzuschließen, obwohl er sie auf dem Arm hatte. Er ging ins Haus und setzte sie behutsam ab. Erst als er sicher war, dass sie fest auf den Füßen stand, ließ er sie los. Dabei staunte sie wieder, wie groß er war. Bestimmt mehr als einen Kopf größer als sie.

»Bin gleich wieder da.« Die Tür schloss sich leise hinter ihr, und sie war allein.

Nach der Wärme im Wagen und an seinem Körper kam ihr das Haus kalt vor. Leer. Trostlos. Finster.

Wie immer eigentlich.

Panik stieg in ihr auf, und sie bekam einen bitteren Geschmack im Mund.

Sie wusste nicht, wo sie im Wohnzimmer stand. Sie hatte nicht aufgepasst, als Douglas hineingegangen war, hatte sich vom Gefühl seiner harten Muskeln ablenken lassen, die Wärme genossen, die er ausstrahlte. Am liebsten hätte sie sich noch enger an ihn geschmiegt. War er mehr nach links oder ein wenig nach rechts gegangen?

Allegra blieb starr stehen, im eigenen Hause desorientiert. Wo hatte er sie abgesetzt? In der Nähe des Sofas konnte sie über das Sitzkissen fallen, in der Nähe des Fensters würde sie gegen die schmiedeeiserne Stehlampe stoßen, die einen Schirm aus scharfkantigen Blütenblättern hatte.

Suzanne hatte das Haus blindensicher machen wollen, wie sie es ausdrückte. Die Gute hatte sich angelesen, wie eine Wohnung für Blinde zu sein hatte, und völlig begeistert vorgeschlagen, auf dem Boden taktile Orientierungshilfen anzubringen, alle Zimmer mit Bewegungsmeldern auszustatten, die akustische Signale gaben, und die Türen mit Schubbügeln zu versehen.

Allegra hatte energisch werden müssen. Nein, auf keinen Fall. Sie hatte nicht vor, ewig blind zu sein. Sie war fest überzeugt, irgendwann wieder sehen zu können. Die Ärzte hatten gesagt, es sei eine Operation möglich. Eine neue Methode, noch in der Erprobungsphase, mit Risiken verbunden, hatten sie gesagt. Aber die Medizin schritt bekanntermaßen schnell voran. Wenn die Methode im September noch experimentell gewesen war, mochte sie inzwischen gang und gäbe sein. Also würde sie sich verdammt noch mal gar nicht erst ans Blindsein gewöhnen. Nein.

Sie würde keine Blindenschrift lernen, keinen weißen Stock kaufen, keinen Blindenhund. Vor allem würde sie nicht ihr Haus umbauen.

Dafür stand sie jetzt völlig verloren im eigenen Wohnzimmer und wusste gerade mal, wo oben und unten war. Die Welt war ein schwarzes Loch.

In ihr wallte die beklemmende, unbezwingbare Angst auf, die sie mehrmals am Tag überfiel. Jedes Mal fühlte sie sich verloren und haltlos und weinte. Sie konnte nicht *sehen*.

Sie hatte oft Albträume, erinnerte sich aber kaum daran, wenn sie verweint und mit klopfendem Herzen hochschreckte. Manchmal träumte sie, zu ertrinken oder lebendig im Grab zu liegen oder verprügelt zu werden. Auf jeden Fall war es immer ganz entsetzlich.

Heute Abend hatte sie sogar einen Wachtraum gehabt, in dem sie ihren toten Vater gesehen hatte, zum ersten Mal. Das hieß, sie konnte darauf zählen, in der Nacht besonders schrecklich zu träumen.

Das alles stand sie völlig allein durch. Die bedrückende Stille im Haus und die Dunkelheit, das Stolpern, wenn sie vergessen hatte, etwas an die gewohnte Stelle zurückzuschieben, die Angst, nach draußen zu gehen.

Die Verzweiflung, wenn sie nach einem Albtraum in ewiger Dunkelheit aufwachte und nach dem Lichtschalter tastete, der ihr doch kein Licht bringen konnte.

Die Angst drohte sie zu überwältigen, während sie wie angewurzelt dastand. Sie wagte keinen Schritt, wagte kaum zu atmen. Etwas schnürte ihr die Brust ab, während ihr Herz wie wild flatterte.

Es würde eine schlimme Nacht werden, das war jetzt schon klar. Der Terror bei der Ausstellungseröffnung hatte ihre Kraftreserven aufgezehrt. Darum hatte sie im Wachzustand diesen Albtraum gehabt, hatte ihren Vater tot und blutig vor sich gesehen

Ja, die Nacht würde schlimm werden.

Hinter ihr ließ die Tür einen Schwall kalter Luft herein. Sie hörte Douglas den Harfenkoffer abstellen. Er wählte instinktiv den richtigen Platz: vorne rechts neben der Tür. Schritte hinter ihr, sie wurde herumgedreht. Für einen so großen Mann bewegte er sich sehr leise, aber ihre Ohren waren auf leise Geräusche eingestellt.

Sie hörte sein Atmen, spürte seine Hitze.

Fast konnte sie seine Gedanken lesen. Er hatte sie nach Hause gebracht, die Harfe sicher abgestellt. Er hatte wenigstens noch eine halbe Stunde Fahrt vor sich, wahrscheinlich mehr, und das bei diesem Wetter. Er musste es eilig haben, aufzubrechen.

Plötzlich wusste sie, dass sie diese Nacht unmöglich allein bleiben konnte. Nicht diese Nacht. Das ging einfach nicht. Sie würde lieber sterben, als schweißgebadet und zitternd, mit einem Schrei in der Kehle, aufzuwachen. Allein im Dunkeln.

Lauschend versuchte sie, seine Position zu bestimmen, aber vergeblich. Sie rang die Hände und raffte ihren Mut zusammen. In der Hoffnung, mit fester Stimme sprechen zu können, überlegte sie, ob sie das Thema auf Umwegen ansprechen sollte. Aber sie schaffte weder das eine noch das andere. Ihre Angst war zu groß, als dass sie nach passenden Worten hätte suchen können. Was herauskam, war nacktes Flehen.

»Douglas, bitte lass mich heute Nacht nicht allein. Ich könnte das nicht durchstehen. Bitte.« Die Worte überschlugen sich, und ihre Stimme zitterte.

Sofort stand er vor ihr. Eine große Hand strich ihr übers Haar, dann zog er sie in seine Arme. Sie legte den Kopf an seine Brust, um die Vibration seiner Worte zu spüren.

»Nein, natürlich werde ich nicht gehen.« Er drückte sie an sich. »Heute Nacht bringen mich keine zehn Pferde hier weg.«

6

Bitte lass mich heute Nacht nicht allein.

Da stand Allegra mitten im Wohnzimmer, verloren und nass in seinem Jackett mit der Autodecke darüber, und hielt sich die Stofflagen mit einer Hand vor dem Körper zusammen.

Sie war totenbleich. Nur der Bluterguss an der Stirn stach dunkel hervor. Das glänzende rote Haar, das er so bewundert hatte, hing in wirren Locken über die Schultern. Das bisschen Make-up an ihr war längst verschwunden. Die grünen Augen waren ohne Wimperntusche, die Lippen blass.

Sie wirkte derangiert, verängstigt, elend.

Dabei war sie so schön, dass es in den Augen wehtat.

Kowalski drückte sie noch fester an sich. Er hatte die reine Wahrheit gesagt. Keine zehn Pferde würden ihn von ihr wegbringen. Während der ganzen Fahrt durch die Stadt hatte er überlegt, mit welcher Ausrede er bei ihr bleiben und sie vielleicht wieder in seine Arme kriegen könnte.

Er war ein guter Stratege; die taktische Planung eines Einsatzes fiel ihm leicht. Und diesen hatte er sich schon zurechtgelegt.

Er würde ihr Tee kochen, sich dabei Zeit lassen, ihr vielleicht sogar etwas zu essen machen. Anführen, dass er bei ihr bleiben müsse, um zu beobachten, ob sie doch eine Gehirnerschütterung hatte. Sagen, dass er sich einfach auf die Couch legen werde.

Und abwarten, was am nächsten Morgen geschähe. Ob sie sich noch mal küssen ließe. Der Kuss hatte ihn umgehauen. Vielleicht wäre sogar noch mehr drin.

Wie sich jetzt herausstellte, war nichts von alldem nötig, und der Grund dafür war seine eigene verfluchte Begriffsstutzigkeit. Weil er sie einfach abgestellt und allein gelassen hatte, um die Harfe zu holen, hatte sie Ängste ausgestanden. Dabei hatte er nur so schnell wie möglich wieder bei ihr sein wollen.

Da hatte er mal wieder ein Brett vorm Kopf gehabt. Er hatte glatt vergessen, dass sie blind war, dass sie nicht wissen konnte, wo er sie abgesetzt hatte. Was dachte er sich eigentlich? Er konnte sie nicht irgendwo hinstellen und verschwinden. Sie hatte sich keinen Zentimeter von der Stelle bewegt, während er draußen gewesen war.

War ihm eingefallen, ihr zu sagen, wo sie stand? Nö. Er hatte es zu eilig gehabt. Mit welchem Ergebnis? Sie hatte sich hilflos gefühlt. Hätte es ihn etwas gekostet, sie zu informieren? Gar nichts. Er hätte nur zu sagen brauchen: Du stehst neben der Couch, rechts ist das Sitzkissen, vor dir der Couchtisch.

Verdammt, sie hätte über das Sitzkissen auf die Glasplatte fallen können. Sich womöglich das Gesicht aufgeschlagen. Ihm stockte das Blut bei dem Gedanken, und unwillkürlich schloss er sie enger in die Arme.

Sie schob die Hände unter der Decke hervor, um ihn zu umarmen. Es haute ihn wirklich um, wie sie auf ihn ansprang, wie sie jede seiner Bewegungen erwiderte.

»Du zitterst«, stellte er fest, und sie nickte an seinem Hemd. Sie schauderte in kurzen Abständen. Nicht vor Kälte. Das Haus war geheizt, und sie war dick eingepackt. »Das ist eine Stressreaktion.«

»Wirklich?«, murmelte sie.

»Ja. Das geht vorbei. Ist nur nicht besonders angenehm.«

Das hatte er schon oft erlebt, diesen Tremor nach Gewalterlebnissen. Sie war tapfer gewesen, bewundernswert tapfer, wenn man die Umstände bedachte, und bisher war sie nicht zusammengeklappt, aber die Stresssymptome zeigten sich allmählich. Sie zitterte. Als Nächstes kämen wahrscheinlich die Tränen.

Das war krass. Physiologie, Grundkurs. Stresshormone werden via Tränenkanal ausgeschwemmt.

Seine Männer weinten nicht nach dem Kampfeinsatz. Gewöhnlich betranken sie sich bis zur Bewusstlosigkeit, fingen eine Prügelei an oder fickten, bis sie wieder normal waren, sofern eine Frau verfügbar war. Wenn nicht, tat es auch die Prügelei.

Kowalski hatte alles ausprobiert, um den Stress loszuwerden, außer Tränen. Ficken, Saufen, Prügeln, Wichsen. Einmal nach einem besonders üblen Feuergefecht, in dem er vier Leute verloren hatte, hatte keines der üblichen Mittel auch nur die geringste Wirkung gezeigt. Darum hatte er sich in die Trainingsklamotten geworfen und war die ganze Nacht gerannt. Der Stützpunkt hatte einen drei Meilen langen Hindernisparcours, und den absolvierte er immer wieder, bis seine Beine Mus waren, der Schweiß im Schritt brannte und jedes Luftholen in die Lunge schnitt. Er rannte, bis sich der Himmel rosa färbte, dann lief er zurück, haute sich in die Koje und starrte an die rissige Holzdecke, bis um sechs Uhr der militärische Arbeitstag begann.

Prügeln, Saufen, Sex … Er wusste genau, was er davon jetzt wollte, und wenn er sie nicht sofort losließ, würde er ihn gleich gegen den Magen stupsen.

Er trat neben sie, behielt aber einen Arm um ihre schmale Taille. Links auf einem Sideboard stand eine schöne Auswahl irischer Whiskys. »Sehe ich da etwa Irlands beste Spezialitäten auf dem Sideboard?«, fragte er mit Corker Akzent.

»Genau die.« Allegra zog die Nase hoch. »Möchtest du vielleicht ein Schlückchen?«

»Und ob ich das will«, sagte Kowalski mit Inbrunst. Ein Whisky war jetzt genau das Richtige. Vielleicht würde ihn das so weit dämpfen, dass er seinen Schwanz unten halten konnte.

Allegra wandte ihm das Gesicht zu und schenkte ihm ein tränennasses Lächeln, bei dem ihm die Knie weich wurden. Sein Blut rauschte sofort zurück nach unten, fast hätte er aufgestöhnt.

»Komm«, sagte er und dirigierte sie mit einer Hand zur Couch, damit sie sich setzte. »Du möchtest bestimmt auch einen Schluck.«

»Möchte ich?« Sie schaute verwundert.

»Oh ja, glaub mir.«

Allegra saß auf dem Sofa wie eine Königin. Kowalski verstand überhaupt nicht, wie jemand, der so derangiert aussah, so königlich wirken konnte. Zerzauste Haare, ungeschminkt, verweint und in einem Jackett, in das sie zweimal reingepasst hätte, und dann noch diese alte Decke um die Schultern. Doch sie saß mit kerzengeradem Rücken da, die Hände im Schoß gefaltet, als wäre sie in Seide und Gold gekleidet und hätte ein Diadem mit Diamanten auf dem Kopf – Queen Allegra bei ihrer Audienz.

Er fand Gläser, goss einen Fingerbreit für sie ein, sein eigenes Glas drei viertel voll und setzte sich neben sie. Dann runzelte er die Stirn. Die Szene stimmte so nicht. Er setzte das Glas ab.

»Komm her«, brummte er, hob sie hoch und nahm sie auf den Schoß. Sie drehte den Oberkörper zu ihm und rückte sich zurecht, bis es ihr bequem war. Am Ende lag sie mit dem Kopf an seiner Schulter und mit der Hüfte an seinem harten Schwanz. »Gib mir deine Hand.«

Wieder tat sie es ohne Zögern, und er drückte ihr das Glas in die Finger. »Dein Whisky.« Er leerte seines zur Hälfte und genoss es, wie ihm der torfige Geschmack durch die Kehle rann und sich warm im Magen ballte. Ah, es ging nichts über irischen Whisky. Der schottische konnte ihm nicht das Wasser reichen, seiner Ansicht nach. Allegra nippte an ihrem Glas.

Kowalski wartete. Der Whisky würde sie aufwärmen und die

Dämme brechen. Sie wollte nicht vor ihm weinen, doch der Alkohol würde die Kontrolle des Verstandes ausschalten, der sie hindern wollte zu tun, was gut für sie war: Tränen vergießen.

Allegra leerte ihr Glas und hielt es ihm mit zitternder Hand hin. Er stellte es neben seins, nahm ihre Hand, die leicht zitterte, und zog sie an die Lippen. Er drückte einen Kuss darauf und bestaunte die seidenweiche Haut.

»Weinen ist okay«, sagte er leise, und beim Klang seiner Stimme drehte sie leicht den Kopf. Sie fand sein Gesicht noch nicht ganz automatisch, aber jetzt richtete sie die blinden Augen auf ihn.

In dem Moment drang es endlich in seinen dicken Schädel, dass sie dafür seine Stimme hören musste. Er hatte noch nicht annähernd genug mit ihr geredet.

Er war kein Typ, der viele Worte machte, bei niemandem, vor allem nicht bei Frauen. Bei seinem Aussehen brauchte er mit Süßholzraspeln gar nicht erst anzufangen, um eine Frau zum Sex zu überreden. Die Frauen, die mit ihm ins Bett gingen, brauchten oder wollten das nicht. Die wollten gefickt werden, und häufig machten sie das deutlich, ohne dass viel Input von seiner Seite nötig war.

Schöne Frauen beachteten ihn nicht. Er hatte noch nie wirklich versucht, sich mit einer zu unterhalten, mit Ausnahme von Suzanne.

Aber Allegra brauchte es, dass er mit ihr redete. Seine Stimme war der Anker in ihrer dunklen Welt. Ihr Tremor verstärkte sich, obwohl sie ihn sichtlich unterdrücken wollte.

»Wenn du weinen willst, dann ist das sicher das Beste für dich.« Er verschob ein wenig den Arm, um sie im Rücken mehr zu stützen. »Weinen löst den Stress. Du wirst dich hinterher besser fühlen.«

Sie nickte. »Ich will nicht weinen. Das ändert gar nichts.«

Ihrer Stimme waren die Tränen schon anzuhören. Zwischen den Brauen erschien die kleine Steilfalte. Kowalski wartete.

Abrupt drückte sie das Gesicht an seine Schulter. Ein Schauder durchlief ihren ganzen Körper, dann brach sie in Tränen aus. Endlich. Darauf hatte er gewartet. Allegra schlang die Arme um seinen Hals und schluchzte heftig, anfangs nur leise wimmernd, weil sie die Tränenflut noch eindämmen wollte, doch dann gab es kein Halten mehr. Ihr Oberkörper zuckte unter mächtigen Schluchzern.

Kowalski war klar, dass sie nicht nur wegen des durchgestandenen Raubüberfalls weinte, sondern auch, weil ihre Welt in Scherben gegangen war. Er wusste zwar nicht, was eigentlich passiert war – und jetzt war nicht der Moment, um danach zu fragen –, aber sie hatte eine Menge verloren.

Ein Unfall, hatte sie gesagt. Ein Autounfall? Oder war sie gestürzt? Auf jeden Fall musste es ein schlimmer Unfall gewesen sein, wenn sie dabei das Augenlicht verloren hatte. Sie hatte bestimmt eine glänzende Karriere vor sich gehabt – mit dieser Stimme und dem fantastischen Aussehen. Er hatte bisher nicht von ihr gehört, aber schließlich war er zehn Jahre lang fast nur im Ausland gewesen. Es gab jedoch Aufnahmen von ihr, und sie war auch schon auf Tournee gewesen, hatte also ihre Karriere und ihr bisheriges Leben eingebüßt.

Da war Weinen das Mindeste.

Geduldig hielt er sie auf dem Schoß und versorgte sie einfach mit tröstlicher Körperwärme. Schließlich hatte sie sich ausgeweint und wurde ruhig. Kowalski blickte auf ihr Gesicht hinunter. Selbst nach diesem Tränenstrom war sie schön. Er strich eine Locke beiseite, die ihr vor die Augen gefallen war. Dass sich dieses feurige Rot nicht heiß anfühlte, verblüffte ihn jedes Mal wieder.

Ihre Augen waren geschlossen, die dichten braunen Wimpern

lagen auf der weißen Haut. Er wischte mit dem Daumen die letzte Träne weg.

»Ich habe solche Angst gehabt«, flüsterte sie endlich.

Klar. Die Explosionen der Blendgranaten, die Schüsse, die Schreie. Alles ohne sehen zu können, was vor sich ging. Das musste die Hölle gewesen sein.

»Ich weiß, Honey«, sagte er. »Es tut mir wirklich leid. Aber es ist vorbei. Da ist nichts mehr, wovor du Angst haben müsstest. Lass es hinter dir. Du bist in Sicherheit.«

»Ich hatte solche Angst, dass dir etwas passiert«, fuhr sie fort, als hätte er gar nichts gesagt. Kowalski fiel die Kinnlade runter. »Ich konnte gar nicht glauben, dass du unbewaffnet da rausgehst. Und dann habe ich Schüsse gehört und … und Schreie.« Ihre Stimme schwankte, und sie wartete, bis sie sie wieder in der Gewalt hatte. »Ich dachte, du wärst erschossen worden«, flüsterte sie dann mit Tränen in den Augen. »Und dann wurde so viel durcheinandergeschrien, und niemand kam mich holen. Ich war mir so sicher gewesen, dass du zu mir zurückkommst, und dann kamst du nicht. Es kam mir vor wie eine Ewigkeit, bis ich deine Stimme wieder hörte. Es war so schrecklich, nicht zu wissen, was los ist. Ich habe mir vorgestellt, du liegst in deinem Blut am Boden.« Ein Schluchzer schüttelte sie, und Kowalski drückte sie fest an sich.

Großer Gott. Wie viel Zeit war vergangen, während er mit John und Suzanne und dann mit Larry geredet hatte? Fünfzehn Minuten vielleicht? Für ihn nicht viel, aber für Allegra eine Ewigkeit.

Sie hatte um *ihn* Angst gehabt.

Kowalski konnte sich nicht entsinnen, dass sich mal jemand seinetwegen Sorgen gemacht hatte. Er sorgte sich um seine Leute, wenn sie unter Beschuss standen, das war sein Job. Aber niemand sorgte sich um den Senior Chief. Jeder hielt es für selbstverständlich, dass der Senior Chief auf sich selbst aufpasste.

»Wir hatten alles unter Kontrolle«, sagte er schließlich. »Bud hat für Ablenkung gesorgt, und ich habe den Moment genutzt.«

»Was ist passiert?«

»Sie waren zu fünft. Bud hat einen erledigt. John hatte Messer und warf sie nach zweien, die beide zu Boden gingen. Ich habe mir eine Maschinenpistole gegriffen und die übrigen zwei ausgeschaltet. Und Larry hat mit seinen Leuten die Komplizen draußen kampfunfähig gemacht. Die Verbrecher hatten gar keine Chance, sie haben nicht mal einen Schuss abgeben können.«

Sie zog die Stirn kraus. »Was heißt das, sie haben keinen Schuss abgegeben? Bud wurde doch angeschossen.«

»Ja, aber das war, bevor er in den Saal kam. Du brauchtest dir also meinetwegen gar keine Sorgen zu machen.«

»Doch«, widersprach sie leise und zaghaft. Sie legte eine Hand an seine Wange. Gott sei Dank war die Narbe auf der anderen Seite. Sie fühlte sich genauso hässlich an, wie sie aussah. »Ich habe gebetet, dass du heil zurückkommst.«

Kowalski blickte sie an. Oh Mann, sie sah so verflucht gut aus. Ihm wäre nicht im Traum eingefallen, dass er mal eine so unglaublich schöne Frau im Arm halten könnte. Und was ihn noch mehr umhaute: Sie sah ihn bewundernd an. Na ja, nicht mit den Augen, aber dennoch.

Rechts neben dem Mundwinkel erschien ein Grübchen, wenn sie lächelte. So wie jetzt. »Du bist sehr tapfer. Ich kenne sonst niemanden, der unbewaffnet gegen bewaffnete Verbrecher vorgehen würde.« Die Steilfalte zwischen den Brauen kehrte zurück. »Na ja, außer John vielleicht. Ihr hattet beruflich miteinander zu tun, nicht wahr?«

»Ja, zwanzig Jahre lang. Aber so tapfer waren wir heute gar nicht.«

Allegra schnaubte ganz undamenhaft. »Ja, klar.«

»Wirklich. Es stand von vornherein fest, wie die Sache ausgehen würde.«

Das stimmte. John und er hatten schon viel Schlimmeres durchgestanden. Und Bud war ein Marine gewesen. Sosehr sich die SEALs über die Jarheads lustig machten, war es doch ein Verhältnis gegenseitiger Anerkennung. Marines machten harte, schmutzige, gefährliche Routinearbeit, und das grandios. Sie hatten alle drei schon mit Profis zu tun gehabt, die das Töten Tag und Nacht trainierten, genau wie sie. Verglichen mit denen waren die Juwelenräuber blutige Amateure gewesen, die mal eben schnelle Kohle machen wollten und sich für harte Kerle hielten, weil sie eine Waffe in der Hand hielten. Gegen John, Bud und Kowalski hatten sie keine Chance gehabt.

Was John Angst gemacht hatte, war die Pistolenmündung an Suzannes Kopf gewesen. Die typische Situation, für die Murphys Gesetz erfunden wurde. Der Kerl hätte versehentlich abdrücken können, oder er hätte beschließen können, seinen neuen Reichtum zu feiern, indem er Suzanne den Kopf wegschoss. Dazu wäre nur ein Druck von vier Pfund am Abzug nötig gewesen, dieselbe Menge Kraft, mit der man eine Bierdose aufriss, und das Zentrum von Johns Universum wäre zerstoben.

Das war die einzig wirkliche Gefahr gewesen, und die hatte nicht mal ihnen selbst gegolten.

»Ich fand dich aber auch sehr tapfer heute Abend.«

»Mich?« Sie schaute überrascht. »Du meine Güte, ich habe mich nur zitternd versteckt. Das ist nicht tapfer.«

»Na ja, es gibt solche und solche Tapferkeit. Sich auf eine Bühne zu stellen, ein Instrument zu spielen und zu singen, vor zweihundert Leuten«, er schüttelte sich und freute sich, sie lächeln zu sehen, »da hätte ich eine Sch… äh, Schweineangst gehabt.«

Ihr Lächeln wurde breiter. »Du kannst ruhig Scheiße sagen. Ich habe das Wort schon gehört. Schon oft.«

»Wirklich?« Seine Stimme klang belegt. »Dann ist ja gut.«

Mann, dieses Lächeln haute ihn um. Er vergaß, worüber sie gerade sprachen. Stattdessen überkam ihn das Bedürfnis, sie anzufassen. Er drehte sie ein bisschen weiter zu sich herum und fuhr mit dem Finger über ihre Wange bis zum Mundwinkel und dann an den Lippen entlang. Ganz sacht, sodass er sie kaum streifte.

Bei seinen rauen, schwieligen Händen fürchtete er, sie zu kratzen. Ihr Lächeln verschwand, als die Fingerspitze um die Lippen herumfuhr. Sie gab sich dem Gefühl der Berührung hin. Mit einer leichten Hüftbewegung strich sie über seinen Ständer. Er hielt die Luft an, als er weiter anschwoll.

»Darf ich dich etwas Persönliches fragen?« Sie klang atemlos.

»Sicher«, krächzte er und hoffte, antworten zu können. Alles Blut strömte aus dem Kopf in den Unterleib, und es fiel ihm schwer, sich auf etwas anderes zu konzentrieren als auf das Gefühl ihrer weichen Haut.

Sie wackelte noch mal mit der Hüfte, und er musste sich auf die Lippe beißen, um nicht zu stöhnen.

Die Hüftbewegung setzte sich fort. »Ist das eigentlich ein Dauerzustand bei dir?«

Sein angehaltener Atem platzte mit einem prustenden Lachen hervor. »Offensichtlich. Jedenfalls, wenn du bei mir bist. Scheint keine Rolle zu spielen, was sonst noch vor sich geht … Ob geschossen wird oder Scheiben zertrümmert werden … Er geht hoch, wenn du in die Nähe kommst. Aber um ehrlich zu sein, tut er gewöhnlich, was ich sage. Nur bei dir nicht.«

»Ich … fühle mich geschmeichelt.« Das Grübchen erschien. »Glaube ich.«

»Äh …«

Scheiße, Mann, sag was!

Was ihm auf der Zunge lag, konnte er schlecht aussprechen. Oder sollte er ihr etwa sagen: Ich kann mir nicht vorstellen, dass er jemals abschwillt, solange du mit mir im selben Zimmer bist? Im selben Haus. Ach was, in derselben Stadt. Er presste die Lippen aufeinander, sonst wäre es ihm einfach rausgerutscht.

Er sollte doch wirklich imstande sein, normal mit ihr zu sprechen, ohne dass er wie abgeschnürt klang und ohne dass sie merkte, wo sein ganzes Blut hingeströmt war. Er wollte ihr zeigen, dass er nicht sexbesessen war, obwohl er sich im Augenblick genau so fühlte.

Jetzt konnte er also mal üben, mit einer schönen Frau zu reden. Da gab es tonnenweise Gesprächsstoff. Ihre Musik zum Beispiel. Er liebte Musik, immer schon, hatte aber noch nie Gelegenheit gehabt, sich mit einer Musikerin zu unterhalten. Jedenfalls nicht mit einer so talentierten wie sie. Oder sie könnten über den Unfall reden, durch den sie blind geworden war. Er könnte sie fragen, welche Bücher sie gern las. Das wäre auch ein gutes Thema. Es gab meterweise Bücher im Zimmer aus der Zeit vor ihrer Erblindung. Er hatte viele Möglichkeiten, das Gespräch zu eröffnen.

Höchstwahrscheinlich war das die einmalige Gelegenheit in seinem Leben, sich mit jemandem wie Allegra zu unterhalten. Nur schade, dass er kein Wort herausbrachte. Ihm fiel nicht mal sein eigener Name ein.

Stattdessen beugte er den Kopf und hob sie gleichzeitig an. Während er ihr mit dem Gesicht langsam näher kam, verschwand ihr Lächeln, und ihre Lider schlossen sich flatternd. Als sein Mund ihre Lippen berührte, empfing sie ihn bereitwillig. Sie öffnete sie sofort, und es war wie vorher unter der Bühne: Als tauchte er in einen warmen, duftenden, tropischen Teich ein. Dort wollte er für immer bleiben und die Zunge um ihre winden. Ihr Arm beugte sich fester um seinen Nacken, und er intensivierte den Kuss. Sie schmeckte süß und aufregend, absolut berauschend.

Sie waren allein in der stillen Schneenacht, ohne Ablenkung durch Juwelenräuber und Schüsse. Zu hören war nur ihr eigenes Seufzen und Stöhnen, die nassen Kussgeräusche, das Kleiderrascheln.

Für einen Moment hob er den Kopf, um ihr Gesicht zu sehen, voller Verwunderung darüber, dass er Allegra in den Armen hielt. Es kam ihm beinah voyeuristisch vor. Schöne Frauen sah er sonst nicht einmal an. Doch insgeheim – was sicher niemand bei ihm vermutete – liebte er Schönheit. Kein Mensch vermutete Sinn für Ästhetik bei einem, der aussah wie ein Primitivling und sein Geld damit verdiente, dass er harten Männern das Töten beibrachte. Das hatte so gar nichts Ästhetisches. Doch die Wahrheit war, dass ihn Schönheit rührte.

Zum Beispiel jetzt. Ihre Schönheit rührte ihn, aber nicht nur das. Allegra war mehr als ein schönes Gesicht. Sie hatte Humor und Charakter und Intelligenz. Auch Mut, wenn sie nicht wegen ihrer Erblindung nervlich auf dem Zahnfleisch ginge.

Er konnte sie anstarren, so viel er wollte, und tat es auch. Seine Augen wanderten über ihre feinen Gesichtszüge, die perlmuttweiße Haut, er nahm den Liebreiz ihres Ausdrucks in sich auf. Sie musste seinen Blick gespürt haben, denn sie lächelte leicht und fragte: »Was ist?«

»Du bist so verflucht schön«, flüsterte Kowalski und verzog gequält das Gesicht. *Toll gemacht,* dachte er. *Echt klasse.* »Verzeihung.«

Er hatte Glück. Ihr Lächeln blieb. »Ich falle nicht gleich in mich zusammen, wenn du dich so ausdrückst. Bin schließlich nicht aus Zuckerwatte.«

Vielleicht, aber sie sah so aus. Ihre Haut war genauso weiß und zart wie Zuckerwatte. Er strich mit dem Finger über ihre Wange und sah fasziniert zu, wie dort ein Hauch Rosa erschien. Vom Jochbein bis zum Kinn zog er die Fingerspitze, tippte das

Grübchen an, strich den langen Hals hinunter, dann über das Schlüsselbein. Alles war gleich faszinierend, das reinste Vergnügen, egal wo er sie anfasste.

Kowalski wusste nicht, ob sie am Ende im Bett landen würden. Schon bei dem Gedanken beschleunigte sein Puls. Doch da sollte er jetzt mal realistisch werden. Was sollte jemand wie Allegra mit ihm im Bett wollen?

Wenn sie Stopp sagte, würde er aufhören. Ganz bestimmt.

Hoffentlich.

Er hatte einen Ständer, der nicht von selbst verschwinden würde. Würde er aber auch nicht, wenn sie Sex hätten. Wie er sich im Moment fühlte, könnte er drei Tage hintereinander in ihr drinbleiben und wäre immer noch hart.

Aber was er gerade tat, war fast genauso gut wie Sex.

Fast. Vielleicht.

In seinem Schwanz pochte das Blut bei dem Gedanken, in ihr zu sein. Kowalski schüttelte den Kopf, weil er wusste, dass er gerade in die Hose tropfte. Allegra knabberte an seiner Unterlippe, und unwillkürlich machte sein Unterleib eine Stoßbewegung.

Sie spürte ihn und wurde rot.

Er sah wie gebannt zu. Die Gefühle, die ihn dabei überfielen, waren so intensiv und so zahlreich, dass es den Verstand aushebelte. Sie war das Zarteste, das er je in den Händen gehabt hatte. Allein die Farben: das Perlweiß ihrer Schultern und des Brustansatzes, das helle Rosa ihrer Wangen und das dunklere Rosa der Lippen. Er beugte sich hinab und küsste sie, biss ihr sanft in die Lippen, drehte leicht den Kopf, damit es bequemer ging, dann küsste er sie inniger.

Leise seufzend schlang sie die Arme um seinen Nacken. Seine Rechte lag an ihrer Taille. Er schob sie ein Stück an den Rippen hinauf, versenkte sich in das Gefühl ihres Körpers unter dem dünnen Stoff. Sie scheute nicht vor ihm zurück. Im Gegenteil, sie zog ihn an sich.

Er schloss die Hand um ihre Brust. Sie war klein, perfekt, passte genau in die Handfläche. Die Brustwarze schwoll unter der Berührung an wie sein Ständer. Und plötzlich genügte es ihm nicht mehr, sie durch den Stoff zu fühlen. Er wollte ihre nackte Haut, wollte ihre Brustwarzen sehen. Er hatte eine echte Schwäche für hellrosa Brustwarzen, seine Favoriten.

Kowalski griff an ihren Reißverschluss und zog ihn auf. Das Kleid lockerte sich um ihren Körper. Wenn Allegra ihm Einhalt gebieten wollte, war jetzt der richtige Moment dafür.

Aber sie tat es nicht, nicht einmal andeutungsweise. Sie seufzte, entzog ihm kurz die Lippen, um seinen Namen zu hauchen, und küsste ihn wieder.

Sie küsst *mich*, dachte Kowalski auf seine strategische Art und begriff in diesem berauschenden Moment, dass sie Sex haben würden – und zwar ziemlich bald.

Jeder Muskel war gespannt, während er mit sich kämpfte. Er wollte aufstehen, sofort, sie ins Schlafzimmer tragen, aufs Bett werfen und sich auf sie stürzen. Der Reißverschluss war offen, er brauchte ihr das hübsche Kleid also nicht vom Leib zu reißen. Er würde es an ihr hinabgleiten lassen, mithilfe einer Handbewegung. Was sie darunter trug, würde gleich mit abgestreift werden. Entweder würde die Unterwäsche mühelos weichen, oder er würde sie zerreißen. Jedenfalls würde er nicht länger als zwei Sekunden warten, um sie nackt zu machen.

Und in der dritten Sekunde wäre er in ihr und würde sie hart ficken. Mit voller Kraft, so heftig, dass das Bett schaukelte. Er würde ihre Beine hochhalten und stoßen, so hart er konnte.

Bei diesem Bild fuhr er erschrocken hoch. Buchstäblich.

»Was ist?«, flüsterte sie, ohne die Augen zu öffnen. »Stimmt etwas nicht?«

»Nichts, gar nichts«, murmelte er und küsste sie weiter.

Scheiße, er würde sie aufreißen, wenn er das täte. Er war groß und so stark erigiert wie noch nie. Seine Latte fühlte sich an wie ein Baseballschläger. Allegra war so zart gebaut, da wusste er schon, dass sie klein und eng sein würde. Das ging beides nicht schmerzlos zusammen, außer er wartete, bis sie wirklich bereit war.

Drüben im Bett würde er sehr behutsam sein müssen. Kowalski war groben Sex gewöhnt; wahrscheinlich hatte er sich immer unbewusst Partnerinnen ausgesucht, die genau das wollten, denn es hatte sich noch keine beschwert. Die, mit denen er im Bett gewesen war, wollten einfach nur einen großen Schwanz, der lange genug hart blieb, dass sie auf ihre Kosten kamen. Und genau das konnte er ihnen bieten. Nicht mehr und nicht weniger.

Aber jetzt lag der Fall völlig anders.

Allegra war eine Dame und musste auch wie eine behandelt werden.

Und sie war blind. Genau genommen hilflos. Der Gedanke erschreckte ihn erst recht.

Kowalski machte sich keine Illusionen, wie es kam, dass er diese Schönheit in den Armen hielt. Es war nicht sein Charme und natürlich schon gar nicht sein Aussehen. Allegra hatte heute Abend ein traumatisches Erlebnis gehabt und Angst, allein zu sein. Sehr wahrscheinlich würde dies die einzige Nacht sein, die er mit ihr bekäme. Er musste es auf Anhieb richtig machen. Er durfte sich nicht hinreißen lassen und vergessen, dass sie blind war.

Auf keinen Fall durfte er zu grob werden und sie verschrecken.

Planspiele konnte er gut. Das war sein Fachgebiet. Eine Voraussetzung war, sich in den Gegner hineinzuversetzen. Allegra war kein Gegner, aber er wollte die Situation trotzdem von ihrer

Warte betrachten. Er konnte sich gut vorstellen, wie es war, mit jemandem im Bett zu sein, der schnell grob wurde. Er wog hundertzwanzig Kilo und bestand nur aus Muskeln, hatte jeden Tag seines Erwachsenenlebens Kampfsport betrieben. Sie könnte gegen ihn überhaupt nichts ausrichten, keine Frau könnte das. Und eine Blinde …

Mann, sie wäre von seiner Gnade abhängig. Restlos. Unfähig, sich zu wehren, sie könnte nicht mal nach etwas greifen, das als Schlagwaffe taugte. Könnte niemanden anrufen.

Bewusst hielt er sie sanfter, damit sie keine Sekunde lang unsicher wurde. Diese Nacht musste das reine Vergnügen für sie werden.

Eine Weile hielt er sich bei ihrem Mund auf, während die Hand auf ihrer Brust über dem Kleiderstoff lag. Allegra bewegte sich so, dass das Kleid aufklaffte.

Kowalski schob die Hand hinein und ließ sie schwer und warm auf der oberen Hälfte ihrer Brust liegen, während er zarte Küsse an ihrem Kinn entlang platzierte. Ihre Mundwinkel gingen in die Höhe. Er schob die Hand tiefer in das Kleid und genoss das Gefühl der seidigen Haut und des dünnen Stoffs.

Oh Mann, alles an ihr war köstlich. Wie sie sich anfühlte, wie sie schmeckte, was für Geräusche sie machte.

Er ließ die Hand auf ihrer Brust ruhen. Die kleine, harte Brustwarze reckte sich gegen seine Handfläche. Oh ja.

Er rieb sie, und Allegra schnurrte. Anders konnte man es nicht nennen. Scheiße, das ging gar nicht. Er gab sich alle Mühe, es langsam angehen zu lassen, doch er stand kurz vor dem Explodieren. Seine Eier waren hart und weit oben.

Er wanderte mit dem Mund nach unten über die weiche Haut und hielt ihre Brust bereit. Einen Moment lang machte er die Augen auf, um hinzusehen. Jep – die Brustwarze war ganz hellrosa, wie es ihm am besten gefiel.

Sie schmeckte auch hellrosa, wie Erdbeeren mit Vanilleeis. Er saugte, versuchte, sanft zu bleiben. Als er den Kopf hob, war das Rosa einen Hauch dunkler geworden; Brustwarze und Warzenhof glänzten nass. Eine rote Locke war über die Schulter nach vorn gefallen. Er schob sie beiseite und küsste die Haut darunter.

»Wollen wir ins Schlafzimmer umziehen?«, fragte er leise.

Allegra lächelte. Sie nahm seinen Kopf in beide Hände – Gott sei Dank verfehlte sie die Narbe wieder – und küsste ihn in den Nacken und hinauf bis zum Ohr. »Und ob ich das will, Douglas«, hauchte sie hinein, und er bekam eine Gänsehaut. Dann küsste sie sein Ohr und – wumm! – er stürmte in den Orgasmus.

Beinahe.

Verflucht, das war knapp gewesen! Er hatte sich im letzten Moment bremsen können, indem er sämtliche Muskeln anspannte, musste aber ein paar Sekunden lang zitternd innehalten.

Mit Allegra in den Armen stand er vom Sofa auf und trug sie ins Schlafzimmer.

Als Douglas mit ihr aufstand, fühlte sie sich von verhassten Fesseln befreit.

Seit sie das Augenlicht verloren hatte, war jeder Tag eine zermürbende Anstrengung gewesen. Jede Bewegung musste genau überlegt werden, damit sie nicht fiel, sich nicht stieß oder sonst wie verletzte. Wenn sie abends ins Bett ging, fühlte sie sich vollkommen erschöpft und lag dann doch stundenlang wach, um angespannt und niedergeschlagen an die Decke zu starren, die sie nicht mehr sehen konnte.

Wenn sie dann einschlief, bekam sie Albträume.

Jetzt war es, als würde sie ihr Leben zurückbekommen.

Sie lag in Douglas' starken Armen und ließ sich zufrieden von ihm tragen, wohin er wollte. Wohin sie beide wollten – ins Schlafzimmer.

Auf dem Sofa beim Küssen, als sie seine große starke Hand gespürt hatte, die sanft wie eine Feder an ihrer Brust lag, war sie so erregt gewesen wie noch nie. Das war ein so starker Kontrast: die Kraft, die sie in ihm spürte, die enormen Muskeln, die kräftigen langen Glieder und dabei diese Sanftheit, ja Zärtlichkeit, mit der er sie anfasste.

Bei ihm entspannte sie sich restlos. Sie brauchte nicht zu denken, nicht zu planen, sich nicht zu beunruhigen, sie konnte einfach loslassen. Nichts Schlechtes würde passieren, nicht solange er bei ihr war. Sie vertraute ihm völlig.

Er ließ sie herunter, sie mussten also im Schlafzimmer sein. Sie stand da, ohne seine Arme loszulassen.

»Ich werde das Licht nicht anmachen«, sagte er mit dieser tiefen, rauen Stimme, die ihr bis ins Mark ging.

»Danke«, flüsterte sie und schmolz dahin. Helligkeit brächte sie in Nachteil, und darum verzichtete er ebenfalls auf Licht. Die Geste war so rücksichtsvoll, dass ihr die Tränen in die Augen schossen.

»He«, brummte er. Ein großer Daumen wischte unter ihren Augen entlang. »Soll ich doch das Licht anmachen? Ist es das?«

»Nein, ganz bestimmt nicht«, antwortete sie halb lachend. »Was ich dringend möchte, ist ein Kuss.«

»Oh ja.« Sein Flüstern kam leidenschaftlich. Sie reckte sich ihm entgegen und traf seinen Mund. Oh Gott, sein Mund. Er küsste umwerfend, so gekonnt, dass ihr das Feuer durch den Magen und noch tiefer schoss. Jedes Mal wenn seine Zunge an ihre stieß, zogen sich die Muskeln im Magen und in der Scheide zusammen. Sie schauderte und hielt ihn noch fester umschlungen.

Das war so unglaublich schön, es machte sie viel mehr an als bei jedem anderen Mann, mit dem sie geschlafen hatte. Solche Leidenschaft, solche Kraft. Sie bekam weiche Knie und wäre hingesunken, wenn er sie nicht im Arm gehalten hätte.

Sie versank in seinem Kuss und wand sich, um möglichst viel von ihm zu fühlen.

Durch die Hitze, die er ausstrahlte, merkte sie erst einen Augenblick später, dass er ihr die Träger von den Schultern gezogen hatte. Gehalten von der engen Umarmung bauschte sich das Kleid um ihre Hüften. Mit einer kurzen Bewegung ließ sie es zu Boden rutschen, dann schmiegte sie sich an ihn, während er sie küsste und küsste und küsste, ohne Unterbrechung, als wollte er nie mehr aufhören.

Ihre nackten Brüste waren an sein Oberhemd gedrückt, doch darunter fühlte sie die harten Flächen seiner Brust. Solche Kraft! Sie wollte seine Haut an ihrer fühlen. So schnell wie möglich wollte sie ihn nackt haben. Hastig zog sie ihm das Hemd hoch, knöpfte es auf und musste die Arme strecken, um es ihm von den Schultern zu streifen. Aber es sperrte sich, und sie stöhnte ungeduldig.

Ein tiefes Knurren ertönte, von reizvoller Intensität. Douglas lachte.

»Warte, Honey. Lass mich das machen.« Es klang rau und leidenschaftlich. Für einen Moment trat er zurück. Augenblicklich fühlte sie Kälte und Einsamkeit. Kleidungsstücke raschelten und landeten am Boden, dann war er wieder bei ihr, vollkommen nackt, und küsste sie, und – oh ja! Nackte Haut an nackter Haut. Er fühlte sich genauso fantastisch, genauso kraftvoll an, wie sie es sich vorgestellt hatte.

Sie strich über die muskelbepackten Schultern und stellte sich auf die Zehenspitzen, um die Arme um seinen Hals zu legen. So stand sie an ihn geschmiegt. Sein erigierter Penis lag heiß und hart an ihrem Bauch wie warmer Stahl. Alles an ihm war wie warmer Stahl. Kurz hob er den Kopf und hielt sie fest an sich gedrückt. Ihr Herz klopfte so schnell und heftig, als wollte es sich den Weg ins Freie hämmern.

Genauso hatte es unter der Bühne gehämmert, vor Angst. Heute Abend bekam es echtes Aerobictraining. Panik und Sex anstelle eines Fünfmeilenlaufs. Den Sex würde sie sich täglich gefallen lassen, wenn er immer so wäre wie jetzt. Sie war so erregt, dass sie kaum noch stehen konnte, und dabei waren sie noch nicht mal im Bett.

Er fühlte sich so wunderbar an. Sie löste die Hände hinter seinem Nacken, ließ sie an seiner Brust herabgleiten und bei den flachen männlichen Brustwarzen verweilen, die so ganz anders waren als ihre. Sie waren winzig und hart wie Schrotkügelchen. Als sie mit dem Daumen darüberfuhr und sich fragte, welche Farbe sie hatten, bewegte sich sein Penis zwischen ihnen und schwoll noch weiter an.

Wie wunderbar! Sie löste das aus! Vor Wonne summend, den Finger an seiner rechten Brustwarze, damit ihr Mund sie fand, schloss sie die Lippen darum zu einem leichten, leckenden, saugenden Kuss. Über ihrem Kopf hörte sie Stöhnen, seine Lungen blähten sich, und ein leichter Schweißfilm bedeckte seine Brust.

Nein, sie war nicht mehr die arme blinde, hilflose Allegra. Nein, im Gegenteil, sie war die große, machtvolle Allegra, die diesen enormen Mann zum genießerischen Stillhalten bringen konnte. Sanft ließ sie ihn die Zähne spüren, und er stöhnte laut. Fast lachte sie vor Entzücken. Während sie ihn sacht in die harten Brustmuskeln biss, ließ sie eine Hand zu seinem Schritt sinken. Sein Penis war sehr groß und steinhart, dicke Adern standen hervor. Sie tastete daran entlang und nahm ihn in die Hand, konnte kaum die Finger darum schließen. Mit der Daumenkuppe liebkoste sie die große, samtige Spitze. Samentropfen traten aus, ein Zeichen unbezwingbarer Erregung, wie sie wusste.

Sie war an einer verborgenen Körperstelle ebenfalls nass und heiß.

Douglas' Hände lagen fest an ihr, eine am Hinterkopf, die

andere an der Taille. So schob er sie langsam rückwärts zum Bett. »Keine Sorge, Honey, ich hab was dabei.«

Sich so mit ihm zu bewegen machte sie schon ungeheuer an. Allegra war hingerissen vom Spiel seiner Muskeln. Es dauerte einen Moment, bis seine Worte in ihren berauschten Verstand eindrangen. Er hatte was dabei? Was …? Ach so.

Es war wahrscheinlich ein Risiko, aber er fühlte sich so wundervoll an, sie wollte auf keinen Quadratzentimeter seines Körpers an ihr – in ihr – verzichten. Wenn sie sich nur vorstellte, wie sich diese Kraft in ihr bewegte …

Die Vorfreude machte ihr eine Gänsehaut. Noch eine Berührung mit seiner Haut, und ihr Entschluss stand fest. Dieser Mann war nicht krank.

»Du, äh, brauchst kein Kondom.«

Er hielt inne. Er hatte ihren Nacken küssen wollen, hob jetzt aber den Kopf.

»Was?«

»Ich sagte, du brauchst kein Kondom zu nehmen. Ich war im Krankenhaus … für längere Zeit, und dort habe ich die Pille bekommen.«

Ein langsames Ausatmen. »Ich darf in dir kommen? Ohne Gummi?« Er klang heiser, rau.

Nun, so hätte sie es nicht ausgedrückt, aber … »Ja.«

Innerhalb einer Sekunde wurde sie hochgehoben, von Slip und Strümpfen befreit und mit zitternden Händen aufs Bett gelegt. Dann war er auf ihr, hart und schwer, und küsste sie tief. Diese Küsse waren wild, besitzergreifend, als enthielte sie ein geheimes Elixier, das er verzweifelt brauchte und nur durch sie bekäme. Er hielt ihren Kopf fest und drehte ihn mal so, mal so, um sie aus jedem möglichen Winkel zu küssen.

Doch so wundervoll er auch küsste, Allegra war vom Gefühl seines nackten Körpers abgelenkt. Unter der Bühne hatte er schon auf ihr gelegen, doch da waren noch mehrere Lagen Stoff zwischen ihnen gewesen, und sie hatten sich nur verstohlen bewegen dürfen. Jetzt kam sie sich vor wie in eine andere Dimension versetzt, wo die Zeit langsam und süß wie Honig floss.

Es war köstlich, ihn zu spüren. Sie wollte sich noch dichter an ihn pressen. Bei jeder Bewegung, jedem Atemzug rieb er sich an ihr, sein schwerer, harter Körper verzehnfachte die Sinnlichkeit. Für sie war Sex noch nie so … sinnlich gewesen. Alle ihre Sinne, bis auf den einen, waren hellwach.

Die eine Hand verließ ihren Hinterkopf und wanderte langsam an ihrer Seite abwärts. Er hob den Oberkörper so weit an, dass er ihre Brust berühren konnte, und es war so erregend wie zuvor. Erregender sogar, weil sie wusste, dass sie gleich mit ihm schlafen würde; jede Berührung bereitete ihren Körper auf ihn vor.

Es war erstaunlich. Ihr Körper hatte die Macht übernommen, tat Dinge, ohne dass sie denken musste. Jetzt wurde ihr bewusst, dass sie sich bei ihren vorigen Lovern irgendwie selbst hatte in Stimmung bringen müssen. Sie hatte sexuelle Gefühle auf ihre Brüste und Vagina lenken müssen, um erregt zu werden. Bei diesem Mann war das nicht nötig. Oh Gott, nicht bei diesem. Ihr Körper schmolz dahin, wo immer Douglas sie anfasste, ohne dass sie etwas dazu beitragen musste.

Sein Mund löste sich von ihrem und wanderte an ihrem Hals hinab zu ihrer Brust. Schaudernd spürte sie, wie er die Lippen öffnete.

Die zarte Berührung ihrer Brustwarze erregte sie fast unerträglich. Sie spürte selbst, wie hart ihre Brustwarzen waren. Es war, als würde er sie gleichzeitig an der Brust und zwischen den Beinen küssen. Jedes Saugen bewirkte eine Kontraktion in ihr.

Sie spürte, wie nass sie war, wie weich, und auch er war nass, halb vom Schweiß, halb von Samentropfen.

Ihretwegen.

Douglas war so behutsam, er fasste sie an, als wäre sie aus dünnem Glas, das bei der leichtesten Berührung brechen konnte. Aber sie war nicht zerbrechlich. Sie war so erregt wie noch nie in ihrem Leben. Er brauchte einen leichten Anstupser.

Langsam, ganz langsam ließ er die Hand zu ihrem Schritt wandern. Bei diesem Tempo würde er bis morgen früh brauchen. Ungeduldig rieb Allegra sich an ihm und strich mit beiden Händen über seinen breiten Rücken.

»Ich bin bereit, Douglas, wirklich«, flüsterte sie, und es kam ihr laut vor, schien in ihrem Kopf zu hallen.

Der große Körper hielt inne. Nur die Brust bewegte sich wie ein Blasebalg. Er atmete schwer.

»Ich möchte dir nicht wehtun.«

Das war offensichtlich. Jede seiner Berührungen machte das klar. Er hielt sich zurück, ließ sie seine Kraft kaum spüren. Nein, er wollte ihr wirklich nicht wehtun.

Anstelle einer Erwiderung spreizte sie die Beine und zog sie neben seinen Hüften an. Sie war feucht und geschwollen, vollkommen bereit für ihn. Das musste er doch spüren.

Und ob er das tat. Douglas stöhnte und dirigierte seinen Penis mit einer kleinen Bewegung an ihren Eingang. Dass er absolut riesig war, hatte sie schon gewusst, schon gefühlt, aber jetzt, wo er in sie eindringen würde, kam es ihr umso wirklicher vor. Er nahm keine Hand zu Hilfe. Beide Hände umfassten ihren Kopf, und seine Zunge drang mit tiefen Stößen in ihren Mund, als Vorgeschmack darauf, was er gleich weiter unten tun würde.

Von den Männern, mit denen sie im Bett gewesen war, hatten mehrere beim Eindringen mit der Hand nachhelfen müssen, weil sie – wie ihr jetzt klar wurde – nicht voll erigiert gewesen waren. Das war hier nicht der Fall. Douglas war stahlhart und konnte ohne Hilfe in sie hineingleiten.

Sie fühlte, wie sich seine Rückenmuskeln bewegten, als er ihn hineinschob. Langsam. Es tat nicht weh, weil er so behutsam war. Er tat es zentimeterweise, und die langsame Reibung erzeugte unglaubliche Lust. Dabei küsste er sie tief, und schon jetzt war das der beste Sex, den sie je gehabt hatte. Verglichen damit war alles, was sie davor erlebt hatte, gar kein Sex gewesen. Er erregte ihren ganzen Körper, an Stellen, wo sie so etwas noch nie gefühlt hatte. Als er innehielt, steckte er so tief in ihr, dass sie sich gedehnt fühlte.

Allegra strich weiter über seinen Rücken und genoss die Muskelbewegungen unter ihren Händen. Als sie an seinen festen Hintern kam, stöhnte er und ließ seine Hüften an ihrem Schamhügel kreisen. Seine kurzen, drahtigen Schamhaare fühlten sich an ihrer sensibilisierten Haut kratzig an.

Die große Peniswurzel drückte gegen ihre geschwollenen Schamlippen; sie fühlte sich aufgespießt, komplett eingenommen. Ihre Oberschenkel zitterten von der Anstrengung, sie gespreizt zu halten. Sie fühlte den Orgasmus kommen.

Douglas ließ ihren Kopf los und nahm ihr Becken in beide Hände, hielt sie fest und drang noch tiefer in sie hinein. Sie hielt den Atem an. Der langsame, freie Fall des Höhepunkts kam immer näher. Douglas bewegte sich nicht, doch sein Gewicht, die Wildheit seines Griffs, die tiefe Penetration – das war beinahe zu viel. Und als er ihren Mund verließ und an ihrem Kiefer entlangküsste und sie dann mit den Zähnen seitlich in den Hals zwickte, genau da, wo Hengste es bei den Stuten taten, war das wie das Streichholz an der Zündschnur. Mit einem wilden Schrei explodierte sie und kontrahierte heftig, während er noch tiefer in sie hineinstieß.

Douglas schob den Mund an ihr Ohr. »Jetzt geht's los«, flüsterte er dunkel.

Kowalski fand, dass er eine Menge von Frauen verstand. Das musste er auch. Hässliche Männer waren darauf angewiesen, wenn sie regelmäßig Sex haben wollten. Und weil er viel Sex brauchte, hatte er gelernt, es richtig zu machen. Die gute alte Handarbeit tat es notfalls auch, aber mit Frauen war es besser, also hatte er gelernt, ihnen Spaß zu bereiten.

Darum wusste er seine Stöße kontrolliert zu führen, er konnte die Signale eines Frauenkörpers lesen, die verrieten, wie sie gebumst werden wollte – langsam und tief oder hart und schnell oder halb und halb. Dass er es richtig machte, sah er daran, dass sie normalerweise ein zweites und ein drittes Mal wollten.

Um eine Frau zufriedenzustellen, musste man den Kopf und nicht bloß den Schwanz gebrauchen. Kowalski war es gewohnt, beim Bumsen den Verstand nicht ganz auszuschalten und seine Partnerin zu beobachten, sein Vorgehen ihren Wünschen anzupassen. Er verlor nie die Beherrschung.

Unter Beschuss und im Bett hatte er sich vollkommen in der Gewalt.

Darum war er nicht im Geringsten darauf vorbereitet, was für eine heiße, nackte Lust es war, mit seinem Schwanz Allegras weiches Fleisch zu teilen. Die Erregung durchlief ihn vom Scheitel bis zu den Zehen, wilde, heiße Wonne, unter der er zitterte, immer kurz davor zu kommen. Eine Wonne, die fast jeden rationalen Gedanken ausschaltete und ihn auf seine Instinkte reduzierte.

Er hatte noch nie ohne Kondom mit einer Frau geschlafen, und als sie sagte, er dürfe es, war er versucht gewesen, sie aufs Bett zu werfen und sofort in sie einzudringen. Nicht nur weil es das erste Mal war, sondern auch weil es Allegra war, die schönste und begehrenswerteste Frau, die er je gesehen hatte.

Doch er hatte es nicht getan. Er hatte seine Selbstbeherrschung aufrechterhalten, mit äußerster Anstrengung, sogar im

Augenblick des Eindringens noch. Es hatte sich angefühlt, als hielte er seinen Schwanz in eine Steckdose.

Ein vager Gedanke irgendwo im Hinterkopf befahl ihm, langsam zu machen, während sein ganzer Körper danach schrie, in sie hineinzustoßen und sie so hart zu nehmen, dass die Wand wackelte.

Das durfte er mit Allegra nicht tun. Sowie er auch nur mit der Spitze eindrang, begriff er, dass er sie verletzen würde, wenn er sich gehen ließe. Sie war erregt, sie war nass – das war nicht das Problem –, aber sie war klein und vielleicht wenig gewohnt. Darum schob er ganz langsam weiter, bis ihm der Schweiß ausbrach. Einfach drauflos ging gar nicht. Doch über ihren Mund durfte er herfallen, und das tat er. Er wünschte, er hätte hundert Zungen und tausend Schwänze, alles in Allegra.

In ihr war der geilste Platz im Universum: warm, einladend, die Quelle umwerfender Lust.

Er biss ihr in die Lippen, dann leckte er durch ihren Mund und drehte ihren Kopf, bis es am besten passte. Sie schmeckte himmlisch. Jede Wette, dass auch ihre Möse himmlisch schmeckte, aber das war was für später, wenn die Erregung ein bisschen abgeklungen wäre, wenn er sie ein paar … hundert Mal gehabt hätte. Oh Mann, allein die Vorstellung …

Mit der Zunge in ihrem Mund, das war so erregend wie mit dem Schwanz in ihrer Möse, und er fühlte ihren nahenden Höhepunkt dabei zuerst im Mund.

Er war endlich ganz in ihr drin, wagte aber nicht, sich zu bewegen. Er wagte kaum zu atmen. Er schob ihn nur noch ein bisschen weiter hinein, und da erschlafften ihre Lippen, sie stöhnte leise in seinen Mund und kam, einfach so.

Und er im nächsten Moment auch, einfach so.

Das war noch nie da gewesen. Kowalski konnte stundenlang. Doch bei der ersten Kontraktion ihrer kleinen Vagina an seinem bloßen Schwanz explodierte er. Er verschlang ihren Mund und hielt ihren Kopf mit beiden Händen, denn wenn er ihre Hüften hielte, würde er ihr wehtun. Also küssten sie sich und kamen und schauderten und stöhnten, alle beide, eine Ewigkeit lang. Jedenfalls fühlte es sich so an. Er verlor jedes Zeitgefühl, als er in ihr kam, zum ersten Mal in einer Frau ohne Gummi.

Es sprengte ihm die Schädeldecke weg. Stöhnend klebte er an Allegras Mund und hielt sich starr in ihr, während jeder Tropfen Flüssigkeit seines Körpers aus seinem Schwanz schoss, und was dort nicht herauskam, drang aus seinen Poren. Schließlich war er überall nass, von ihrem Speichel, von seinem Schweiß, seinem Sperma – triefend nass.

Das war der intensivste Orgasmus seines Lebens. Er hatte tatsächlich Sterne gesehen. Dabei war er bei Weitem noch nicht fertig, war noch immer steinhart, so erregt, dass er kaum atmen konnte.

»Wie geht es dir?«, fragte er an ihren Lippen. Er spürte ihr Lächeln an der Wange, hob den Kopf und hob mühsam die schweren Lider hoch.

Er hatte sie entscheiden lassen, ob das Licht ausbleiben sollte oder nicht, damit sie das Gefühl hatte, dass nichts gegen ihren Willen geschah. Er selbst konnte im Dunkeln ausgezeichnet sehen, und außerdem schienen die Straßenlampen ins Zimmer. Sie kam noch immer; er spürte die Kontraktionen ihres Unterleibs. Die Frauen, die er gekannt hatte, versteiften sich, wenn sie kamen, spannten die Muskeln an, verzogen das Gesicht und sahen fast aus, als hätten sie Schmerzen. Allegra nicht. Ihr Gesicht war weich, verträumt, zart. Ihre Lippen waren geschwollen und nass vom Küssen. Sie lächelte mit halb geschlossenen Augen. Ihre Hand lag an seiner Wange, ihre zarten Finger streichelten ihn.

Als die Kontraktionen schließlich verebbten, ließ sie die Beine sinken.

»Wie es mir geht?« Sie seufzte. »Wow. So geht's mir.« Sie hob den Kopf und küsste ihn ungeschickt auf den Mundwinkel. »Danke«, sagte sie leise.

Ihm war es eng in der Brust, er fühlte sich verspannt. Der Kuss war zärtlich gewesen, anrührend. Er war es nicht gewohnt, beim Sex zärtlich zu sein. Das überraschte ihn, machte ihn unsicher. Alles war ungewohnt. Es war alles neu und ein bisschen beängstigend. »Dank mir noch nicht«, brummte er. »Es ist noch nicht vorbei.«

»Ach so? Oh!« Mit einem kleinen Aufschrei erschrak sie, als er ihre Positionen plötzlich tauschte, sich mit ihr im Arm auf den Rücken rollte, sodass sie auf ihm lag. Ein weicher Vorhang roter Haare fiel um seinen Kopf auf seine Schultern. Er musste allmählich anfangen, sich zu bewegen, und wenn er oben läge, würde er grob werden.

So weit jedenfalls seine Theorie – sie nach oben lassen und ihr ein bisschen Kontrolle darüber geben, was er tat. Faktisch hielt er sie fest, drückte sie an sich, Brust an Brust, Mund an Mund, er hielt sie mit beiden Händen an den Hüften fest für seine Stöße, und mit seiner Kontrolle war es vorbei. Es wurde hart und schnell. Aber wenigstens war nicht noch sein Gewicht hinter den Stößen.

Sie war warm und glitschig vom eigenen Saft und von seinem. Seine Bewegungen erzeugten wahrscheinlich Geräusche, aber die hörte er nicht, weil er stöhnte und das Bett knarrte und weil ihm das Herz in den Ohren hämmerte.

Die Finger um ihren Hintern gekrümmt, drückte er sie auf sich und ging in den schnellen Rhythmus über, der sich gewöhnlich kurz vor dem Orgasmus einstellte. Er hatte kein Zeitgefühl mehr, bewegte sich bloß zielstrebig auf den nächsten Höhepunkt zu, unaufhaltsam und unbeherrscht, und spritzte mit einem Schrei in sie hinein.

Kowalski trug normalerweise eine Armbanduhr, brauchte aber keine. Er hatte eine Uhr im Kopf und konnte auf die Minute genau sagen, wie spät es war, Tag und Nacht. Die Uhr im Kopf tickte im Hintergrund, und er wusste immer, wie lange etwas gedauert hatte. Nur jetzt nicht. Jetzt hatte er keine Ahnung, wie lange er in ihr gewesen war, fünf Minuten oder fünf Stunden. Die Zeit war ihm völlig entglitten.

Bebend klammerte er sich an sie, als er kam, bewegte sich weiter in ihr, unfähig aufzuhören. Sein Schwanz stand in Flammen, der Orgasmus war so heftig, dass ihm fast schwarz vor Augen wurde. Als der letzte Tropfen ausgepresst war, konnte er so gerade wieder ein bisschen denken.

Sie war auch noch mal gekommen. Gott sei Dank. Als er stillhielt, konnte er ihre Kontraktionen fühlen, ein Geschenk des Himmels, denn er hatte nichts getan, um den Orgasmus zu verdienen. Vielmehr benahm er sich wie ein Tier. Er hatte Glück, dass sie sich nicht empört aufsetzte und ihn aus dem Bett warf. Das hätte er verdient.

Sie stöhnte, und er stoppte keuchend, hob sie ein bisschen an, um ihr Gesicht sehen zu können. Ihre Augen waren zu, und sie versuchte zu lächeln.

»Douglas«, murmelte sie. Sie schwitzte auch, nicht wie ein Schwein, nicht wie er, aber sie hatte eindeutig einen Schweißfilm auf der Stirn und der Oberlippe. Sie sah erschöpft aus und reagierte nicht auf seinen versuchsweise zuckenden Schwanz. Er war noch nicht fertig, noch lange nicht, aber sie.

Kowalski küsste sie auf den Hals und den Mund – diese kleine Honigfalle – und hob sie von sich runter. Sie war schlaff, nachgiebig, widerstandslos.

Er streichelte ihre Seite und sah sie bewundernd an. Wie schön sie in diesem Halbdunkel war, wie eine Märchenprinzessin. Eine sehr müde Prinzessin allerdings. Er gab ihr einen Kuss auf die Wange und sagte: »Schlaf jetzt.« Augenblicklich sah er sie wegdösen.

Eine Weile betrachtete er sie und ließ den Schweiß auf seiner Haut trocknen. Er hatte furchtbar geschwitzt. Das Laken war nass davon und von seinem Samen. Gefühlte drei Viertelliter hatte er in sie hineingepumpt. Er fragte sich, ob er dehydriert war.

Allegra lag auf der Seite, das untere Bein ausgestreckt. Ihre Oberschenkel waren nass, im Schamhaar hingen milchige Tropfen wie Perlen.

Es sah so schön aus, wie sie da lag und die langen Haare in seidigen Locken auf Schultern und Brüsten ruhten, eine Strähne über dem Mund, die mit dem Atem flatterte. Wenn er sie jetzt berührte, und sei es nur ganz sacht, würde er mehr wollen, vor allem da er jetzt wusste, wie sie sich in seinen Händen anfühlte. Die Versuchung, über ihren Mund herzufallen, war so groß, dass er ein wenig zitterte.

Kowalski war es nicht gewohnt, sich im Bett zurückzuhalten. Er nahm es als selbstverständlich, dass er von der Frau, die mit ihm gegangen war, so viel bekam, wie er wollte, und hatte damit bisher noch nie falsch gelegen. Aber Allegra war müde vom Sex und gestresst von dem Raubüberfall. Sosehr er sie wollte – mehr als je eine andere –, er wollte auch, dass sie sich erholte.

Er schaute an sich hinab: Brust- und Schambehaarung waren nass, sein Ständer platzte fast aus der Haut. Wie es aussah, würde er nicht von selbst abschwellen. Er kriegte Allegra einfach noch nicht aus seinem Organismus. Tja, es gab nur ein Mittel gegen einen Ständer, wenn keine Frau zur Verfügung stand. Seufzend ging er duschen. Da würden sich zwei Probleme gleichzeitig beheben lassen.

Doch als er in der Dusche stand, gab es eine Überraschung,

die letzte der ganzen verfluchten Serie dieses Abends. Er seifte sich ein und griff nach seiner Latte. Doch kaum hatte er die Faust geschlossen, riss er sie weg, als hätte er sich verbrannt.

Von der vielen Arbeit im Freien hatte er raue Hände. Er achtete auf saubere Fingernägel und hielt sie immer kurz, aber das war's auch schon mit Pflege. Die Handflächen waren schwielig, und sein Schwanz heulte praktisch auf.

Die Schwielen waren nichts für ihn. Er wollte Allegra um sich haben, ihr weiches Fleisch, das ihn warm einhüllte, nicht diese kratzige Faust.

Das Blöde war, dass er nur noch Allegra wollte, keine andere mehr.

Nachdenklich blickte Kowalski an sich hinunter. Das heiße Wasser spülte über seine Brust, strömte an den Beinen entlang und kreiste um den Abfluss. So stand er lange Zeit unter der Brause und fühlte sich, als würde sein Leben mit weggespült. Sein Schwanz stand in Flammen und schwoll nicht ab. Das erprobte Mittel, sich einen runterzuholen, hatte ausgedient. Blieb nur noch Allegra, und das erschreckte ihn mächtig.

Zähneknirschend drehte Kowalski den Hahn zu, trocknete sich ab und tappte zurück ins Schlafzimmer.

Da lag sie ausgestreckt auf dem Bett, schlank und knackig und blass. Märchenprinzessin und Engel und magische Musikerin, alles in einem. Sie hielt die Arme um sich geschlungen. Vielleicht war ihr kalt. Das geringste Unwohlsein bei ihr machte ihn unruhig.

Er stieg ins Bett, drehte sie in seine Arme und zog die Decke nach oben über ihre Schultern. Tief seufzend schmiegte sie sich an ihn und zog ein Knie bis an seine Weichteile.

Oh Mann, direkt an seine Erektion.

Sacht drückte er ihr Knie nach unten und starrte an die Decke, in der einen Hand eine wunderbare Frau, in der anderen den unwillkürlichen Drang, etwas zu tun, um den Ständer loszuwerden. Aber da war nichts zu machen.

Am Ende legte er die Hand unter den Kopf und fing an, Schafe zu zählen.

Er starrte an die Decke und hörte Allegra beim Atmen zu, bis der Himmel perlmuttgrau wurde.

7

Zum ersten Mal seit fünf Monaten wachte Allegra glücklich auf. Bisher hatte sie morgens immer die trocknenden Tränen im Gesicht gespürt und sich tief bedrückt gefühlt. Fast jede Nacht hatte sie Albträume. Bei den schlimmsten fuhr sie hoch, die anderen waren flüchtige, bruchstückhafte Schreckensszenen, die ihr wie Blei auf der Brust lagen. Sie erinnerte sich nie daran, was sie geträumt hatte, nur an das Gefühl von Panik und Entsetzen. Häufig dauerte es bis zum späten Vormittag, ehe sie ihre Gefühle in den Griff bekam.

Doch heute Morgen war das anders. Heute Morgen wachte sie an einer harten, warmen, behaarten Brust auf, an Douglas' Brust, um genau zu sein. Ihre Mundwinkel gingen in die Höhe, als sie über den breiten Brustkorb strich. Der Mann war so groß und stark, sie staunte immer wieder.

Er war wach. Irgendetwas verriet ihr das. Entwickelte sie gerade diese geschärfte Wahrnehmung der Blinden, von der die Ärzte gesprochen hatten? Sofort schob sie den Gedanken beiseite.

»Hallo«, flüsterte sie gegen seinen harten, warmen Bizeps.

»Guten Morgen.« Oh, fast hatte sie vergessen, wie herrlich tief sein Bass war. Er vibrierte in seiner Brust.

»Ja«, sagte sie lächelnd. »Es ist ein sehr guter Morgen.«

»Geht es dir gut? Ich hab mich nicht mehr gut bremsen können heute Nacht. Ich hoffe, ich habe dir nicht wehgetan.«

Allegra verschwendete erst gar keinen Gedanken daran, es zu verharmlosen. Er war tatsächlich nicht mehr zu bremsen gewesen, hatte in sie hineingestoßen, bis sie schließlich zu erschöpft gewesen war, um weiterzumachen. Als er das bemerkte, hatte er ihn, steinhart, wie er war, rausgezogen und sie entspannt auf ihm liegen lassen, ihr einen Kuss auf die schweißnasse Wange gegeben und den Arm um ihre Taille gelegt.

»Schlaf«, hatte er befohlen. Sie war sofort weg gewesen und hatte zum ersten Mal seit fünf Monaten traumlos geschlafen.

Jetzt reckte sie sich und wurde von schmerzenden Gliedern überrascht. Ihr tat alles weh, besonders zwischen den Beinen, als ob sie ihn dort noch fühlte. Sie war wund und klebrig. Ihre Brustwarzen waren überempfindlich, so fest hatte er daran gelutscht. Sogar die Arme taten ihr weh.

Im Augenblick war sie sensorisch überlastet. Sie konnte ihn riechen und sich selbst auch. Sie konnte sogar einzelne Gerüche unterscheiden: seine männlichen Duftstoffe und etwas Metallisches, vielleicht die Schmauchspuren von der abgefeuerten Waffe, außerdem ihre Seife – er musste in der Nacht geduscht haben –, ihren eigenen Schweiß, ihr Eau de Cologne und seinen Samen, von dem er eine erstaunliche Menge in sie hineingepumpt hatte.

Sie hörte seinen Herzschlag, der langsam und kräftig war. Sie spürte seine Haut.

Douglas rüttelte sie sanft an der Schulter. »Allegra«, sagte er plötzlich angespannt. »Sag mir, dass ich dir nicht wehgetan habe. Sag mir, dass es dir gut geht.«

»Oh ja«, seufzte sie und kehrte ihm das Gesicht zu, damit er es glaubte. Sowie er sie lächeln sah, entspannten sich seine Schultern. Sie war wund, aber es kam ihr unwichtig vor, als beträfe es sie gar nicht. »Es geht mir gut.« Sie rückte sich ein wenig zurecht und stieß gegen seinen Penis, der noch genauso stark erigiert war wie in der Nacht. »Und dir scheint es auch gut zu gehen. Wieder mal.«

»Nicht wieder mal.« Er strich ihr über den Hinterkopf. »Immer noch.«

»*Immer noch?*« Allegra hob den Kopf und sperrte verblüfft den Mund auf. Die ganze Nacht lang? »Ist das … ist das normal? Hast du etwas genommen?«

Ein dunkles, harsches Rascheln kam aus seiner Brust. Allegra begriff erst nach einem Moment, dass er lachte. Sie schmunzelte. In ihren wildesten Träumen wäre sie nicht darauf verfallen, sie könnte in ihrem Bett mal neben so einem großen, kräftigen Mann aufwachen. Er hatte ihre Angstträume in der Nacht verglühen lassen. Trauer und Furcht waren verglüht in der Hitze seiner Leidenschaft.

»Genommen? Was? Meinst du … Viagra?«

»Na ja, irgend so was. Ich wusste nicht, dass Männer so lange, äh, eine Erektion haben können.«

Wieder ein Basskichern. »Nein, ich nehme kein Viagra. Ich nehme gar nichts. Es reicht völlig, dass du auf mir liegst.«

Allegra lächelte. »Aha.« Sie rieb die Zehe an seinem haarigen Schienbein und legte die Handflächen an seine harten Schultern.

»Stellt sich also die Frage, was du dagegen tun willst.«

»Tun?« Allegra hob den Kopf. »Was meinst du …«

Als wäre sie eine Puppe, richtete er ihren Oberkörper auf und spreizte ihre Beine mit seinen, sodass sie rittlings auf ihm saß.

»Oh.« Das meinte er.

Probehalber wackelte sie hin und her. Er hatte sie – ganz sicher mit Absicht – genau auf seinen Penis gesetzt. Es brauchte nur eine kleine Bewegung, und ihre Schamlippen öffneten sich darüber. Es war elektrisierend. Er schwoll sogar noch ein Stück an – sie fühlte es an der empfindlichsten Stelle ihres Geschlechts.

Ihre Wangen färbten sich dunkelrot. Bei ihrer blassen Haut war schon das leiseste Erröten zu sehen, sie musste aussehen wie eine rote Rübe. Er griff um ihre Taille, und sie beugte sich auf die

Hände gestützt nach vorn. Als er den Penis bewegte, reagierte sie sofort darauf.

Sie zerfloss, war am ganzen Körper erregt, aber noch wund.

Douglas hob das Becken und bewegte es so, dass er sie streichelte. Sie spürte jeden Zentimeter, jede Ader. Es erregte sie, aber …

»Douglas«, murmelte sie, als er sie anheben wollte, um in sie einzudringen. Sie konnte es nicht. »Es tut mir so leid, aber ich glaube, ich kann nicht. Noch nicht.« Die Vorstellung, ihn in sich zu haben mit diesen harten, schnellen Bewegungen, war theoretisch verlockend, aber praktisch unerträglich. Vorläufig.

Douglas hielt sofort still. Groß und hart lag er zwischen ihren Schamlippen. Sie spürte die Spannung in den harten Muskeln seiner Brust. Es war, als säße sie auf einer wuchtigen Maschine, die unter ihr auf Touren kam, um gleich abzuheben.

Für eine Sekunde, den Bruchteil einer Sekunde, bekam sie Angst. Sie hatte Nein gesagt. Nicht zu irgendwem, sondern zu einem sehr starken Mann, der äußerst erregt war.

Sie hatte nicht vorgehabt, Nein zu sagen. Aber es entsprach ihrem augenblicklichen Empfinden. Obwohl sie erregt war, wollte sie nicht, dass er in sie eindrang.

Ein Erinnerungsfetzen schob sich in ihre Gedanken, und ein nebulöses Gefühl, das wieder verschwand, ehe sie es recht zu fassen bekam, aber das wenige war schon unerträglich.

Du wirst auf keinen Fall Nein sagen. Du kannst es dir nicht einfach anders überlegen. Du wirst mich nicht scharfmachen und dann abblitzen lassen, sonst …

Sie fröstelte plötzlich. »Tut mir leid«, flüsterte sie nervös. »Ich wollte nicht – wenn du willst, kann ich natürlich, äh …«

»Ist schon okay.« Er lag reglos wie eine Statue. Sie fühlte nur die Vibration seiner Stimme an den Handflächen.

»Nein, nein, es tut mir leid«, sagte sie hastig, nahm seinen

Penis in die Hand und hob sich auf die Knie, um sich in eine geeignete Position zu rücken. Er war so steif, dass er sich fast nicht anheben ließ. Dieser Mann war wirklich äußerst erregt. Vielleicht würde er Schmerzen bekommen, wenn sie es nicht zu Ende brächten. »Das ist in Ordnung, es macht mir nichts aus. Ehrlich.« Sie wappnete sich für die Penetration, obwohl sie nicht erregt genug war, und hoffte, es würde nicht wehtun.

»Stopp«, sagte er ruhig. Seine Muskeln erschlafften, nur nicht der Schwellkörper zwischen ihren Oberschenkeln. Der blieb unglaublich hart. Er fasste sie behutsamer, dann begann er ihren Rücken zu streicheln, sanft und beruhigend, nicht um sie zu erregen. »Das ist kein Problem, Honey. Wir müssen jetzt nicht f… miteinander schlafen.«

»Nein, wirklich, ich habe nichts dagegen.«

»Es ist gut so.« Hauchzart glitten seine Hände ihren Rücken hinauf, rieben ihr die Schultern, wanderten an der Wirbelsäule entlang bis hinunter zur Hüfte. »Sogar bestens. Hat so seinen ganz eigenen Reiz.« Sie meinte aus seinem Tonfall ein Lächeln herauszuhören.

»Verzeih«, flüsterte sie unglücklich und biss sich auf die Unterlippe. »Ich will dich nicht abblitzen lassen. Ich bin nur ein bisschen …«

»Wund? Das dachte ich mir schon.« Er schüttelte sie ganz leicht. »Deshalb hab ich danach gefragt, erinnerst du dich?«

Das war so kompliziert. Wie wund sie war, hatte sie erst gemerkt, als sie sich auf ihn setzte, als sie schon wieder halb dabei gewesen waren.

Er massierte ihr sanft die Schultern.

»Oh, das ist schön.« Sie legte den Kopf in den Nacken und ließ sich gegen diese großen Hände sinken. Ein Wunder, dass sie nicht zu einer Wachslache zerfloss.

»Hmhm. Oh ja.« Er schnurrte. Anders konnte man es nicht

nennen. Wie ein in der Sonne liegender Löwe. Diese großen, rauen, warmen Hände glitten über ihren Rücken und zogen irgendwie die Spannung aus den Muskeln. »Das ist wirklich herrlich. Ich liebe es, dich anzufassen.«

Mit keiner Bewegung versuchte er, es sexuell werden zu lassen, ging nicht an ihre Brüste oder ihr Geschlecht. Es war nicht sexuell, aber zutiefst sinnlich, ein Genuss an menschlicher Wärme und Hautkontakt an diesem stillen Morgen.

»Ich möchte nicht, dass du jemals etwas mit mir tust, was du nicht willst, Honey. Das musst du mir versprechen.« Sein Ton war vollkommen sicher und bestimmt.

Allegra schloss die Augen. Nicht, um die Welt auszuschließen, sondern weil sie diesen Moment völligen Vertrauens und Wohlgefühls genießen wollte.

»Allegra … antworte mir.« Er spannte die Bauchmuskeln an, um sich aufzurichten. »Ich will, dass du es versprichst.«

»Okay«, murmelte sie seufzend. »Ich verspreche es.«

»So hab ich's gern. Du sollst nicht denken, dass du bei mir etwas tun musst. Spiel mir niemals etwas vor. Ich will das nicht und ich brauche das nicht. Allein das Zusammensein mit dir ist schon eine Wucht. Und jetzt entspann dich. Mir zuliebe.«

Letzteres klang wie ein Befehl. Nun ja, durch die Navy war er es sicher gewohnt, Befehle zu geben. Und dass ihm sofort gehorcht wurde. Allegras Muskeln jedenfalls gehorchten, sie entspannten sich einer nach dem anderen.

Das war einfach herrlich.

Er wollte nicht, dass sie etwas tat, um sich anzutörnen. Sie sollte nur auf ihm sitzen, ihn zwischen ihren Beinen genießen und sich streicheln lassen.

Die schlichte menschliche Berührung war so wunderbar. Sie hatte niemanden mehr angefasst, seit … dem Unfall. Nicht richtig. Natürlich hatte sie sich bei Claire und Suzanne untergehakt, wenn sie mit ihnen aus dem Haus gegangen war, aber nur um Hindernissen auszuweichen. Die Spaziergänge waren nie lang ausgefallen. Sie hatte sich nicht orientieren können und ständig fürchten müssen, sie könnten vergessen haben, einen Bordstein oder ein Loch im Pflaster zu erwähnen. Eine Armbeuge, die zudem in einem Mantel steckte, ein Kuss auf die Wange, eine rasche Umarmung, das war alles gewesen, was sie an Körperkontakt gehabt hatte.

Erst jetzt konnte sie den Gedanken an sich heranlassen, dass sie einsam gewesen war, dass ihr menschlicher Kontakt gefehlt hatte.

Aber darin holte sie jetzt mächtig auf. Douglas Kowalski hatte viel Fläche zum Anfassen.

In der Hoffnung, er werde es nicht als sexuelle Annäherung verstehen, strich sie mit den Händen über seine Schultern. Das hatte sie zwar schon die ganze Nacht getan, aber jetzt war es anders. Es ging nicht um wilde Leidenschaft, sondern sie wollte – musste – ihn anfassen, um ihn kennenzulernen.

Die Muskeln über den Schulterblättern waren dick und fest. Keine Chance, den Knochen zu fühlen. Wie konnte ein Mensch nur solche Muskeln entwickeln? Er musste täglich stundenlang Gewichte heben.

Sein Körper war so völlig anders als ihrer.

Lange, kräftige Muskeln, die überhaupt nicht nachgaben. Die stark ausgeprägten Konturen eines harten Männerkörpers. Die Beschaffenheit der glatten und der behaarten Hautpartien.

Es war derzeit Mode, dass auch Männer sich die Brust rasierten, aber Douglas hatte davon wohl noch nichts gehört, denn eine dichte Matte rauer Locken bedeckte seinen Oberkörper von den Brustmuskeln bis zum Bauch. Träumerisch spürte sie der Haarlinie nach, bis sie direkt am Bauchnabel gegen seinen Penis stieß. Sie riss die Hand weg und hörte ihn scharf einatmen.

»Entschuldige«, flüsterte sie, als sie ihn hart schlucken hörte.

»Du kannst anfassen, was du möchtest, Honey. Und wie du es möchtest.« Er klang so sicher, so unglaublich beruhigend.

Allegras Hände kehrten zur Brust zurück. Mit gespreizten Fingern strich sie zu den Schultern hinauf.

Sie war erst mit wenigen Männern ins Bett gegangen, und die waren alle Musiker gewesen. Sie erinnerte sich an untrainierte Körper, die ganz bestimmt nicht als muskulös gelten konnten. Steve, ihr letzter Lover, war spindeldürr gewesen. Sie wusste nicht mehr, wie er sich angefühlt hatte, konnte sich kaum an sein Aussehen entsinnen.

Ein spitzes Gesicht hatte er gehabt, fiel ihr plötzlich ein, und ein fusseliges Bärtchen.

Wie sah Douglas aus?

Ihr Arzt hatte gesagt, Blinde lernten mit der Zeit, sich ein geistiges Bild von einem Menschen zu machen, indem sie ihn anfassten. Das hatte sie auch schon in Filmen gesehen. Wie machten sie das? Vielleicht hätte sie es an Suzanne und Claire üben sollen, deren Gesichter ihr vertraut waren. Nase, Stirn und Mund betasten – würde sie so ein Gesicht »sehen« lernen?

Sie musste es ausprobieren. Es war ihr wichtig, ein geistiges Bild von Douglas zu bekommen. In den wenigen Stunden ihrer Bekanntschaft hatte er für sie schon mehr Bedeutung erlangt als jeder andere Mann in ihrem Leben. Doch sie hatte keine Ahnung, wie er aussah.

Plötzlich wollte sie unbedingt wissen, wie er aussah.

Von seinem Körper hatte sie eine gute Vorstellung. Er war groß, unglaublich breitschultrig, hatte sehr lange Gliedmaßen – die Arme erschienen ihr doppelt so lang wie ihre eigenen –, seine Hände waren rau und schwielig.

Und sein Gesicht?

Sanft glitten ihre Finger über die Schlüsselbeine und den Hals hinauf. Er hatte Bartstoppeln. Sie begannen auf halber Höhe, sodass nur ein kleines Stück glatter Haut zwischen Gesichts- und Brustbehaarung blieb. Ihre Fingerspitzen wanderten weiter aufwärts …

Douglas fing sie ab und hielt sie an den Handgelenken fest. Seine Finger schlossen sich darum wie Handschellen. Er tat ihr nicht weh, aber sie konnte die Arme nicht mehr bewegen.

»Douglas?«, flüsterte sie und zog versuchshalber. Da war kein Nachgeben. »Ich möchte wissen, wie du aussiehst. Lass mich dein Gesicht anfassen.«

Sie hörte ein Rascheln auf dem Kissen und begriff, dass er den Kopf schüttelte. Also nein.

»Douglas?« Sie drückte ein wenig gegen seine Hände.

Ein gepresstes Brummen kam aus seiner Brust.

»Nein.« Hart und unmissverständlich.

»Warum?«, fragte sie sanft.

Die Antwort kam dunkel und rau heraus, als käme sie von einem schrecklichen Ort. »Ich bin … hässlich.«

»Du bist hässlich?«

»Sehr.«

Das war bestürzend. Wie konnte Douglas hässlich sein? Ihr erschien er wie der Inbegriff des attraktiven Mannes, ein echter Alpha.

Er hatte die Statur eines Gottes. Er war übermäßig gut ausgestattet, dachte sie heimlich lächelnd und ruckelte ein wenig auf ihm.

Als Reaktion zuckte er gegen sie. Dann lag er still.

Selbstverständlich. Sie hatte Nein gesagt, und er respektierte das. Er war ein respektvoller Mann. Auch das machte ihn attraktiv.

Er liebte Musik und kannte sich damit aus.

Er war ritterlich und trug sie zu seinem Wagen, damit sie keine nassen Füße bekam.

Er war bereit, für sie zu sterben. Und für seine Freunde. Dank seines Mutes hatte es bei der Ausstellung kein Blutbad gegeben. Bud, Claire, John, Suzanne waren am Leben, weil er unbewaffnet auf bewaffnete Verbrecher losgegangen war.

Er hatte die betörendste Stimme, die sie je bei einem Mann gehört hatte. Nach zwei Minuten Unterhaltung war sie schon halb in ihn verliebt gewesen, und nur aufgrund seiner Stimme.

Und nun sollte er hässlich sein?

»Lass mich dein Gesicht betasten, Douglas«, bat sie leise. »Du kannst gar nicht hässlich sein. Nicht für mich.«

Er rührte sich nicht, die Finger blieben um ihre Handgelenke geschlossen, er hielt unmenschlich still. Es kam ihr vor, als hätte er aufgehört zu atmen.

»Bitte, Douglas«, bettelte sie. »Ich muss dein Gesicht anfassen. Ich weiß überhaupt nicht, wie du aussiehst. Wir haben miteinander geschlafen. Wir liegen nackt zusammen im Bett und … und ich kann mir dein Gesicht nicht vorstellen.«

Es gab nichts auf der Welt, womit sie ihn zwingen konnte. Sie konnte nur bitten und warten.

Kurz verengte sich sein Griff um ihre Handgelenke, dann ließ er sie los und legte seine großen Hände auf ihre Oberschenkel.

»Okay. Fass mich an.« Er klang emotionslos. »Nur zu.«

Zögernd beugte sie sich hinab. Die Haare fielen ihr über die Schultern nach vorn.

Eigentlich sahen alle Menschen gleich aus – zwei Augen, zwei Ohren, eine Nase, ein Mund, Wimpern, Brauen –, außer sie waren entstellt. Männer hatten mitunter einen Bart. Aber manche Frauen auch.

Sie dachte an Rosa, die Haushälterin der Parks', und deren Schwester Elena, die einen ausgeprägten Oberlippenbart hatte.

Wie erfühlte man, wie jemand aussah?

Langsam begann sie zu tasten und sammelte sensorische Eindrücke.

Sie spreizte die Finger über seinen Hals, der muskulös, sehnig, angespannt war, fuhr an einer Ader entlang und folgte ihr bis unter den Kiefer und wieder zurück. Er hatte überall vortretende Adern wie olympische Athleten. Das hatte mit dem vermehrten Sauerstofftransport zu tun, wie sie mal gelesen hatte.

Unter der rechten Hand, mit der sie sich aufstützte, fühlte sie sein Leben im Takt des Herzens hindurchströmen.

Dann befühlte sie mit beiden Händen seine Kieferpartie.

Wieder hielt er sie sanft, aber unnachgiebig an den Handgelenken fest. Sie versuchte nicht, sich loszuwinden und die Hände wegzuziehen, sondern wartete nur ab.

»Ich habe … eine Narbe.« Er spie das Wort förmlich aus.

»Ach wirklich?« Das war zu erwarten. Er war Berufssoldat gewesen, natürlich hatte er Narben. »Weißt du was? Das macht mir nichts aus.«

Sie hatte selbst welche, bei Gott. Nur waren ihre nicht zu sehen.

Geduldig wartete sie weiter. Er war es, der diese Intimität erlauben musste. Sie hatten sich geliebt – Sex gehabt, korrigierte sie sich. Es gab keine Stelle an ihr, die er nicht angefasst, gestreichelt, genossen hatte. Dennoch wühlte es ihn auf, dass sie sein Gesicht berühren wollte.

Sie konnte nur warten, während er mit seinen Dämonen kämpfte.

Damit kannte sie sich aus. Sie kämpfte selbst tagtäglich mit Dämonen.

Es war vollkommen still im Zimmer, bis auf ihr eigenes Atmen. Douglas atmete geräuschlos. Hätte sie nicht zwischen den Oberschenkeln das Heben und Senken seiner Brust gespürt, hätte sie meinen können, er sei tot.

»Mach weiter.« Mit einem kleinen Seufzer ließ er sie los und schob die Hände unter seinen Nacken. Sie setzte die Erkundung fort.

Er hatte tatsächlich eine Narbe, am linken Kiefer, eine große, hässliche, die von gemeinen Schmerzen zeugte. Sie verlief als glatter, haarloser Wulst an der Kieferkante entlang und hatte mehrere Querlinien. War sie genäht worden? Wenn ja, dann von einem sehr ungeschickten Arzt.

»Das muss ziemlich wehgetan haben.«

Er zuckte nur die Achseln.

Sie selbst hatte die bestmögliche ärztliche Behandlung bekommen. Sie hatte fast drei Monate mit Draht im Kiefer gelegen, und jetzt war nichts mehr davon zu sehen, wie man ihr sagte.

Douglas' Narbe war sehr auffällig.

»Stört sie dich? Die Narbe?«

»Nein.« Schroff und bündig.

Allegra ging mit dem Finger darüber, von einem Ende zum anderen und wieder zurück. Er lag dabei vollkommen still. Es war, als versuchte sie, die Erinnerung an die Schmerzen mit der Berührung auszulöschen, mit ihren Fingerspitzen zu absorbieren.

Schließlich wandte sie sich ihrer eigentlichen Absicht zu, ein geistiges Bild von seinem Gesicht zu erstellen. Wo sollte sie anfangen? Sie zeichnete als Erstes die Umrisse nach. Es war breit, das kantige Kinn war voller Stoppeln.

Sie schob die Finger in seine Haare. Sie waren kurz, aber nicht militärisch kurz.

»Welche Haarfarbe hast du?«

»Aschblond.«

»Und die Augen?«

»Hellbraun.«

Diese Mischung kam vermutlich von seinen slawischen Vorfahren, ebenso die ausgeprägten hohen Wangenknochen. Er hatte eine hohe, breite Stirn mit tiefen Falten. Auch in den Augenwinkeln hatte er tiefe Falten.

»Wie alt bist du?«

»Achtunddreißig.«

Also waren es die Falten eines Mannes, der viel Sonne und Wind ausgesetzt gewesen war, nicht die eines Endfünfzigers.

Allegra tastete weiter über die Linien seines Gesichts, erfühlte die Beschaffenheit der Haut, zog die Augenbrauen und die Lippen nach. Seine Nase war breit, das Nasenbein eingedrückt.

»Deine Nase war mal gebrochen«, sagte sie.

»Ja, mehrmals.«

Es gelang ihr nicht so recht, alle Eindrücke zu einem Bild zusammenzufügen. Doch eines war klar: Das Gesicht passte zum Körper, und nicht nur in äußerlicher Hinsicht. Es war hart, schmucklos, absolut männlich.

Sie richtete sich auf und war sich ihrer beider Nacktheit plötzlich stark bewusst. Ihr wurde klar, dass ihre forschenden Berührungen immer zärtlicher geworden waren. Er hatte es sich reglos gefallen lassen, nur sein Penis hatte reagiert, als sie seinen Mund befühlte. Und das hatte wiederum sie erregt, sie weich und nass gemacht.

Tief im Innern machte sie sich für ihn bereit. Vielleicht dauerte es nur noch ein Weilchen, bis sie wieder …

Doch vorher musste sie noch etwas tun.

»Douglas?«

Seine Finger griffen fester zu, als sie mit dem Zeigefinger über seine Unterlippe strich. »Ja?«

Sie beugte sich tief hinab, sodass ihre Brüste auf seiner Brust ruhten, sein Penis zwischen ihren Bäuchen. Sie senkte das Gesicht, bis sich ihre Nasen berührten, und nahm sein Gesicht in beide Hände. Sie spürte die Erhöhung des Jochbeins, die Falten in den Augenwinkeln, die Bartstoppeln. Sie spürte seinen Atem und seine völlige Reglosigkeit.

Sie wünschte sich so sehr, sie könnte ihn sehen.

»Nur damit das klar ist, Douglas: Ich finde dich nicht hässlich«, sagte sie leise. »Im Gegenteil, ich finde dich sogar schön.«

Mit einer plötzlichen, kraftvollen Bewegung richtete er sie beide auf und küsste sie wild. Er tat es ohne jede Finesse, hielt ihren Kopf mit beiden Händen und stieß die Zunge tief in ihren Mund, dass ihre Zähne aneinanderschlugen. Zwischen ihnen schwoll und zuckte sein Penis. Heiser stöhnend überkam ihn ein Orgasmus. Sein Samenstrahl schoss über ihren Bauch, und mit einem Schrei kam sie ebenfalls.

8

Allegra sang unter der Dusche. Eine komplizierte Melodie, die betörend schön war und einen nicht losließ. Wie eine Sirene lockte sie ihn an.

Auf keinen Fall. Scheiße, nein.

Kowalski wollte nicht mal in die Nähe des Badezimmers gehen. Bloß nicht in ihre Nähe kommen. Wenn er noch einen Rest Verstand hatte, sollte er schleunigst das Haus verlassen. Oh Mann, er sollte bei Alpha Security kündigen und wegziehen, denn solange er mit dieser Frau in derselben Stadt wohnte, war seine geistige Gesundheit gefährdet.

Er sollte weit, weit wegziehen.

Er hatte in seinem Leben schon gut fünftausend Mal einen Orgasmus gehabt, aber nichts – nichts! – hatte ihn auf diesen unkontrollierbaren Feuerball an Emotionen vorbereitet, der in seiner Brust explodiert war, als er kam. Und dabei hatte er nicht mal mit ihr geschlafen. Hatte nicht mal in ihr gesteckt. Er war mit solcher Wucht gekommen, dass er einen Moment geglaubt hatte, er würde sterben.

Zu sehen, wie sie sich durch sein Gesicht tastete, hatte ihn unerträglich gerührt. So konzentriert, so gespannt hatte sie versucht, mit den Fingern zu sehen. Es war klar, dass sie das noch nie getan hatte. Sein Gesicht war das erste, das sie auf diese Weise erkundet hatte.

Bei jeder anderen Frau hätte er das sofort unterbunden. Es gab keinen Grund, sich im Gesicht betatschen zu lassen. Aber wie hätte er Allegra das abschlagen können? Sie hatte vollkommen recht – sie hatten Sex gehabt, und sie hatte ein Recht darauf, zu wissen, wie er aussah.

Sie hatte ihn mit der Nase angestupst, unbeholfen und zärtlich. Den Umstand, dass sie beide nackt waren und er ununterbrochen einen Ständer hatte, der nicht abschwellen wollte, hatte er dabei geflissentlich ignoriert.

Es hatte ihn die größte Beherrschung gekostet, sie nicht auf den Rücken zu drehen und in diesen glatten kleinen Körper einzudringen.

Dann hatte sie sein Gesicht genommen, ihn mit großen blinden Augen angestarrt, sodass er gar nicht weggucken konnte – und hatte ihm glatt gesagt, er sei schön.

Nach dem Orgasmus war es ein Wunder, dass er noch Flüssigkeit im Leib hatte.

Erst etliche Augenblicke später, als er wieder zu Atem kam und sein Herz nicht mehr aus der Brust springen wollte, als er wieder etwas sehen konnte, da hatte er sich geschämt. Sein Bauch war bespritzt gewesen, und er war sich vorgekommen wie ein Teenager, dem einer in der Hose abgegangen war. Das war ihm nicht mehr passiert, seit er ein geiler Fünfzehnjähriger mit Dauerständer gewesen war.

Es beschämte ihn. Doch was ihn regelrecht erschreckte, war das Gefühl, dass ihm die Kontrolle entglitt.

Er war achtunddreißig Jahre alt und hatte sich durch ein Bataillon von Frauen gevögelt. Da hatte er nie dieses Gefühl gehabt, am Rand eines Abgrunds zu stehen und gleich hineinzufallen. Das machte ihm eine Heidenangst.

Unter dem Vorwand, sich waschen zu müssen, war er aus dem Bett gestiegen, sobald er dazu in der Lage gewesen war, hatte geduscht und Trainingsklamotten angezogen. In sicherem Abstand von der Tür aus hatte er gesagt, er würde Frühstück machen, während sie im Bad sei, und war in die Küche abgehauen.

Er dachte sehnsüchtig an seine Wohnung. Sie war groß und leer, hatte eine funktionierende Küche, ein Riesenbett, eine Couch und eine erstklassige Musikanlage. Mehr brauchte er nicht. Jedes Geräusch, das er machte, hallte in den fast leeren Räumen. Aber die Wohnung und alles, was darin passierte, unterlag völlig seiner Kontrolle.

Nur ein bisschen zuhören, dachte er und rückte näher an den Gang zum Badezimmer. Das musste man sich mal anhören, das war die reinste Magie. Jetzt sang sie Tonleitern rauf und runter, es klang rein wie ein Wasserfall. Nach einer Weile kehrte sie zu der Melodie zurück, zu einer komplexeren Version, da sie ihrer Stimme jetzt sicherer war.

Als das Wasser abgedreht wurde, lief Kowalski in die Küche zurück. Frühstück machen war nicht schwierig. Sie hatte einen gut bestückten Kühlschrank, und im Gefrierschrank waren lauter Plastikbehälter mit selbst gemachtem Essen, die man nur in der Mikrowelle zu erhitzen brauchte. Die Deckel waren beschriftet mit F, M und A für Frühstück, Mittagessen, Abendbrot, stellte er fest, als er ein F öffnete und Blaubeermuffins vorfand. Es gab noch einen F-Behälter mit Käseomeletts. Auch die würde er in der Mikrowelle aufwärmen.

Er würde frühstücken und machen, dass er hier rauskäme, dass er aus dem Leben der schönen, talentierten Allegra Ennis verschwände. Nicht ihretwegen, sondern seinetwegen. Die Sache war beängstigend. Wenn er noch länger blieb, würde er vielleicht gar nicht mehr loskommen. Er war groß und stark und zäh, immer gewesen. Es gab keinen Menschen auf der Welt, den er fürchtete.

Doch Allegra machte ihm Angst.

Der Kaffee war fertig durchgelaufen, die Mikrowelle klingelte, und Kowalskis Nackenhaare richteten sich auf.

Sie war da.

Er spürte sie und er roch sie, diesen schwachen Frühlingsduft.

»Hallo«, sagte sie leise.

»Hallo.« Kowalski drehte sich langsam um. Sie hatte sich eine alte Jeans und einen hellgrünen Pullover angezogen und lief auf nackten Füßen.

Sie war so verflucht schön. Das war einfach nicht fair. Warum musste sie so schön sein?

Sie schaute ungefähr in seine Richtung und stand zögernd auf der Schwelle, einen hübschen nackten Fuß auf den anderen gesetzt.

Kowalski ging langsam zu ihr und trat extra so auf, dass sie ihn hörte. Er konnte sich lautlos bewegen, wenn er musste, aber sie sollte ihn kommen hören.

Tja, er war ohne einen Kuss aus dem Bett ins Bad verschwunden – wenn sie ihm jetzt ins Gesicht spuckte, hätte er das verdient.

Als er so nah war, dass ihm ihr Duft in die Nase stieg, hob sie den Kopf. »Douglas«, sagte sie lächelnd und streckte die Hand aus. Sein Herz machte einen Satz, und er griff sich unwillkürlich an die Brust, ehe er ihre Hand nahm.

Er platzierte sie auf seinen Unterarm und hörte es beinahe klick machen, als sich alles im Universum in die eine richtige Position schob wie die Zuhaltungen in einem Türschloss. Sein Arm und ihre Hand gehörten zusammen. So sollte es sein, so war es bestimmt.

Allegra Ennis würde ihm das Herz brechen, und daran konnte er rein gar nichts ändern.

»Frühstück ist fertig. Ich hoffe, du hast Hunger, denn ich habe ziemlich viel gemacht.«

»Gut.« Sie holte so tief Luft, dass sich die zierlichen Nasenlöcher blähten. Kowalski hatte zwar nur ihren Duft in der Nase, aber sie roch vermutlich Kaffee und Muffins, Omeletts und Toast. »Ich habe einen Mordshunger.«

Er brachte sie an den Küchentisch und zog ihr den Stuhl hervor. »Hier, Honey.«

»Moment mal.« Stirnrunzelnd blieb sie stehen und zupfte an seinem Ärmel. »Das ist kein Smoking. Was hast du da an? Von meinen Sachen bestimmt nichts.«

Er setzte sie auf den Stuhl, stellte einen warmen Muffin vor sie hin und führte ihre Hand zum Teller. Unbeholfen tastete sie nach dem Messer. Als sie es gefunden hatte, schnitt sie den Muffin in Viertel und biss zierlich davon ab.

Kowalski setzte sich neben sie, damit er ihr nötigenfalls helfen konnte. »Ich habe immer eine Sporttasche mit zwei Garnituren zum Wechseln im Auto, und eine Zahnbürste und Rasierzeug, falls ich mal übers Wochenende verreisen will, ohne noch mal nach Hause zu fahren. Ich habe einen Trainingsanzug an. Wenn du nichts dagegen hast, werde ich später joggen gehen. Ich brauche viel Training.«

»Perfekt. Ich brauche auch Zeit zum Harfespielen.« Lächelnd schob sie sich ein Stück Muffin in den Mund. »Wie mir scheint, haben wir was gemeinsam – wir sind ziemlich diszipliniert.«

Er stutzte. Bisher hatten ihn die großen Unterschiede zwischen ihnen umgehauen. Ihre Schönheit und körperliche Zartheit, die unglaubliche Stimme und das musikalische Talent. Ihr charmantes Lächeln und die unbefangene Art anderen Leuten gegenüber. Sie war das genaue Gegenteil von ihm. Doch wenn man näher hinsah, gab es auch viele Ähnlichkeiten, wie ihm jetzt klar wurde.

Die Frauen, mit denen er bisher zusammen gewesen war – na ja, mit denen er im Bett gewesen war –, hielten nicht viel von Disziplin oder harter Arbeit oder Standhaftigkeit. Lieber hingen sie in Bars herum, hofften, sich einen SEAL zu angeln – aus irgendeinem bescheuerten Grund standen sie gerade alle auf SEALs – oder wenigstens eine heiße Nacht mit einem zu bekommen. Sie konnten selten einen Job halten, betrachteten andere Frauen als Konkurrenz und dachten nicht viel weiter als bis zum nächsten Morgen.

Allegra war vollkommen anders. Alles an ihr zeugte von Disziplin und harter Arbeit, von einem vernünftigen Lebensstil. Sie besaß viele Bücher und CDs. Im Haus war es ordentlich, alles spiegelte ihren guten Geschmack wider. Ihre Freundschaft mit Suzanne und Claire war echt. Als sie auf die Bühne gebracht werden musste, hatte sie keine der Freundinnen belästigen wollen, weil die beiden mit Wichtigem beschäftigt gewesen waren. Und Suzanne hatte sich um Allegra kümmern wollen, obwohl sie selbst gerade knapp dem Tod entgangen war.

»Wie viele Stunden am Tag übst du denn?«, fragte er.

»Kommt drauf an.« Sie nahm das nächste Muffinviertel in die Hand. Kowalski hatte schon vier ganze verdrückt. »Kurz vor einem Konzert oder einer Studioaufnahme können es acht Stunden werden.« Sie drehte den Kopf zu ihm. »Wenn wir zusammenleben würden, würde ich dich wahnsinnig machen. Garantiert.«

Kowalskis Herz kam schon wieder ins Stolpern. Wenn das so weiterging, würde er bald einen Herzinfarkt kriegen.

»Guck mal.« Sie hielt ihm die offene Hand hin, und er nahm sie. »Guck dir meine Schwielen an. Ich bin überrascht, dass du gar nichts gesagt hast, als ich dein Gesicht betastet habe.«

Kowalski betrachtete ihre zierliche Hand und wusste zunächst gar nicht, was sie meinte. Dann sah er sie: winzige runde Schwielen an den Fingerkuppen – vom Harfenspiel. Die waren unglaublich niedlich.

»Meine Haut ist ziemlich unempfindlich, Honey. Du müsstest schon härtere Schwielen haben, damit ich die spüre. Hier, fühl mal meine.« Er führte ihre Hand zu der Haut zwischen Daumen und Zeigefinger, die besonders verhornt war.

»Du meine Güte.« Allegra befühlte sie behutsam. »Woher hast du das denn?«

»Das kriegen wir, wenn wir mit den Schießübungen an Handfeuerwaffen anfangen – hauptsächlich 45er. Die Hand fängt bei jedem Schuss einen starken Rückstoß auf. Da bildet sich eine große Blase an der Stelle. Die platzt anfangs jede Nacht auf und blutet, weil wir pro Tag Hunderte Patronen verschießen. In der Woche mehrere Tausend. Irgendwann heilt die Blase zu, und eine dicke Hornhaut wächst an der Stelle. Das ist wie ein Ehrenabzeichen. Siehst du?« Er hielt ihr die linke Hand hin und berührte sie kurz. Allegra betastete sie.

»Du hast Narben an dieser Hand. Bist du Links- oder Rechtshänder?«

»Eigentlich Rechtshänder, aber das spielt keine Rolle. Man sollte beim Schießen keine Hand bevorzugen. Denn was passiert, wenn die fähige Hand im Gefecht verletzt wird? Wir müssen alles mit beiden können.«

Allegra rieb über die verhornten Stellen seiner Hände. »Das muss wehgetan haben.«

Schweinisch, dachte er. »Anfangs ein bisschen«, gab er widerstrebend zu.

Sie schmunzelte. »Noch eine Gemeinsamkeit.« Sie ließ seine Hände los, und sofort vermisste er den Körperkontakt mit ihr. »Sagst du mir bitte, wo die Milch ist?«

Erschreckend, dass ihre Berührung bei ihm so tief ging. Er dachte, wie gern er für immer bei ihr bleiben, an so einem stillen Morgen neben ihr am Tisch Kaffee trinken und mit ihr reden würde. Zugleich dachte er, dass es das Vernünftigste wäre, zum Wagen zu rennen und wegzufahren. Was hatte sie gerade gefragt? Ach ja, wo die Milch stand.

»Bravo rot elf Uhr«, sagte er geistesabwesend.

»Wie bitte?« Allegra drehte den Kopf so hastig zu ihm herum, dass sich eine Haarsträhne von ihr im Reißverschluss seiner Trainingsjacke verfing. Ihre üppigen Lippen bildeten ein O.

»Entschuldigung.« Was für ein Arschloch er war. Hatte geantwortet, ohne nachzudenken. »Entschuldigung, das war Aufklärerjargon. Die Milch steht …«

Moment, erst mal gut überlegen, dachte er, während er sachte, damit es nicht wehtat, ihre Haare aus dem Reißverschluss fummelte.

In der Navy war es seine Aufgabe gewesen, starke, harte Männer zu brechen, sie körperlich zu schinden, ihr Selbstvertrauen zu zerstören, bis sie völlig am Boden lagen. Was dann übrig war, konnte nicht mehr eingeschüchtert werden, und wenn doch, waren sie draußen. Kowalski war der schlimmste Albtraum der Rekruten gewesen, weil er sehr genau wusste, dass sie im Gefecht entsetzliche Dinge erleben würden, die schlimmer waren als alles, was er ihnen zumuten konnte.

Es war nicht schön, die Männer zu drillen, bis sie bluteten, damit sie später im Gefecht nicht bluteten. Dreimal hatten ihm Typen, die es unbedingt schaffen wollten, aber unter seinem brutalen Druck zusammengebrochen waren, gedroht, ihn umzubringen.

Kowalski hatte erlebt, wie gute Männer, starke Männer schließlich ihre größte Ambition, ihren größten Traum aufgaben, weil er etwas nahezu Unmögliches von ihnen verlangte und sie es nicht erfüllen konnten. Kowalski war nicht stolz darauf, aber das war seine Aufgabe gewesen. Er verstand es meisterlich, Männer zu brechen, bis sie am Boden lagen. Ob sie wieder hochkamen, war allein ihre Sache, und wenn sie das schafften, waren sie nicht mehr zu brechen.

Jetzt hatte er mal Gelegenheit, das Gegenteil zu tun und dieser wunderbaren Frau etwas Selbstbewusstsein zu geben, indem er ihr beibrachte, ihre Dunkelheit ein bisschen besser zu bewältigen. Sie kam mit ihrer Blindheit nicht gut zurecht, aber er konnte ihr helfen.

»Hör mir zu, Honey.« Er rückte mit dem Stuhl näher zu ihr. »Wenn Soldaten im Feld etwas durchs Fernglas beobachten, müssen sie den anderen mitteilen, was sie sehen. Die Information muss schnell und exakt sein. Darum haben wir einen Code entwickelt, mit dem man einem Kameraden genau mitteilen kann, wo man sich befindet. Der geht folgendermaßen. Stell dir ein Gebäude vor, irgendeins.«

»Okay.« Allegra schloss die Augen, um sich zu konzentrieren. Sie lächelte. »Urgroßmutters Haus in Irland.«

»Wie hoch ist das?«

»Drei Stockwerke. Meine Urgroßeltern hatten elf Kinder. Meine Cousine Moira hat es voriges Jahr zu einer ziemlich erfolgreichen Frühstückspension umgewandelt. Als Kind bin ich viel in dem Haus gewesen. Wir hatten ständig Familientreffen, große, laute Feiern, wo gesungen und getanzt wurde.«

Kowalski versuchte, sich eine große, laute, fröhliche Familienfeier vorzustellen, aber es gelang ihm nicht. Er war mit einem traurigen, stets betrunkenen Vater aufgewachsen, und seine Mutter hatte die Anker gelichtet, als er acht war.

»Hattest du ein eigenes Zimmer?«

»Nein. Ich habe immer bei Moiras ältesten Töchtern geschlafen, Kathleen und Sinaid.«

»Wo lag das Zimmer?«

»Im dritten Stock. Vorderes rechtes Eckfenster.«

»Aha. Als Erstes brauchst du ein System von Bezugspunkten für ein Gebäude. Jede Gebäudeseite hat einen Farbcode. Die Frontseite ist weiß, die Rückseite schwarz, die linke rot und die rechte grün. Kannst du das wiederholen?«

»Front weiß, Rückseite schwarz, links rot, rechts grün«, sagte sie prompt.

»Sehr gut«, sagte Kowalski, und sie strahlte ihn erfreut an.

Scheiße, sein Herz machte wieder einen großen Satz. Oh Mann.

»Jetzt von unten nach oben. Jedes Stockwerk hat einen Buchstaben, und wir benutzen militärische Bezeichnungen. Alpha, Bravo, Charlie …«

»Dann habe ich damals also in Charlie grün geschlafen?«

»He, du kannst das ja schon. Du warst bei der Navy und hast mir nichts gesagt. Das ist unfair«, sagte Kowalski in übertrieben misstrauischem Ton, und Allegra lachte schallend.

»Ich glaube nicht, dass die mich nehmen würden. Oder nehmen die jemanden, der nicht schwimmen kann?«

»Wäre ein bisschen schwierig.« Er nahm ihre Hand und hob sie an die Lippen. »Du bist intelligent und tapfer. Wenn es jemand schaffen kann, würde ich auf dich wetten.«

»Ah, Douglas Kowalski von den Cork-Kowalskis, du bist ein echter Süßholzraspler.« Sie legte die Hand auf seinen Arm, was ihr zur Orientierung diente, wie er allmählich erkannte. Sie orientierte sich durch ihn. »Aber trotzdem vielen Dank.«

»Nein, nein, du bist ein Naturtalent.« Kowalski genoss jede Minute: das sanfte Flirten, das Gefühl, dass er ihrem Selbstbewusstsein aufhelfen konnte, dass sie auf etwas angewiesen war, das er ihr geben konnte. »Schön, also pass auf. Sagen wir, wir sprechen über eine Fläche, diesen Tisch zum Beispiel. Unter dem Tisch ist Alpha. Der Tisch selbst ist Bravo, über dem Tisch ist Charlie. Jetzt richten wir uns nach einer Uhr. Stell dir die Tischplatte als Zifferblatt vor. Wo du sitzt, ist sechs Uhr, dir gegenüber ist zwölf, rechts von dir ist drei Uhr und links ist …«

»Neun Uhr«, schloss sie nickend. »Dann sag mir jetzt mal, wo die Milch steht.«

»Bravo rot elf Uhr«, sagte er. Sie streckte die Hand aus und fand die Milchtüte auf Anhieb.

»Oh! Das ist toll!« Allegras Gesicht hellte sich auf. Sie glühte förmlich vor Stolz und freudiger Überraschung. »Noch mal! Lass mich etwas anderes finden!«

»Kaffeekanne Bravo grün drei Uhr.«

Sie griff nach der Kanne, und er konnte gerade noch den Henkel zu ihr hindrehen, sonst hätte sie sich verbrannt. Er fluchte im Stillen über seine Gedankenlosigkeit. Verflucht noch mal, er handelte immer überlegt, dachte stets mehrere Züge voraus, aber Allegra nahm offenbar große Teile seiner Festplatte ein.

»Bingo«, sagte sie und hob sie hoch.

»Honey, lass mich eingießen.« Was er sie tun lassen würde, hatte Grenzen. Sich kochend heißen Kaffee auf den Schoß zu gießen, gehörte nicht dazu. Sie trank, und er sah die Gedanken durch ihren Kopf gehen, als sie ihre neuen Möglichkeiten erkannte. Sie tastete nach der Untertasse, stellte die Tasse geschickt darauf ab und wandte sich ihm mit großen, leuchtenden Augen zu.

»Noch mal«, hauchte sie.

»Muffins Bravo zwölf Uhr.«

Muffins gefunden. Zucker gefunden. Omelettteller gefunden. Seine Gabel gefunden. Ihre Gabel gefunden. Alles auf dem Tisch hatten sie einmal durch.

Schließlich lehnte Allegra sich freudestrahlend zurück. »Das ist echt toll«, sagte sie. »Jetzt bist du dran.« Sie tastete seinen rechten Arm hinauf zur Schulter und massierte sie sanft. »Charlie rot.«

Kowalski legte die Hand über ihre. »Das ist richtig«, sagte er heiser.

Mit der rechten Hand fand sie seine andere Schulter. »Charlie grün.«

Auf ihrem Stuhl nach vorn geneigt, hielt sie ihn unbeholfen

in den Armen. Kowalski hob sie hoch und setzte sie rittlings auf seinen Schoß.

Einen Moment lang saßen sie still, Kowalskis Hände lagen locker an ihrer Taille, ihre Haare waren wie ein glänzender Wasserfall über seine Arme gebreitet. Er betrachtete ihr Gesicht. Sie starrte geradeaus auf sein Kinn. Ihr Atem strich über seinen Hals. Langsam streichelte sie seine Schultern und lernte von Neuem durch Berührung.

Sie lehnte sich nach vorn, bis sie mit der Stirn an sein Kinn stieß, drehte den Kopf hin und her, als könnte sie ihn auch durch die Haut erkunden, dann gab sie ihm einen sanften Kuss auf den Kiefer. Genau dahin, wo seine hässliche Narbe saß. Sie hob den Kopf und richtete ihre blinden Augen auf ihn.

In Kowalskis Brust zog sich etwas zusammen. Allegras Gesichtsausdruck war nicht misszuverstehen: Bewunderung und Zuneigung. Er versuchte gar nicht erst, sich deswegen etwas vorzumachen, denn dies war das erste Mal, dass ihn eine Frau so ansah.

Bisher hatten Frauen für ihn nur zwei Empfindungen gehabt – Abscheu oder Wollust. Nichts dazwischen, auf jeden Fall nichts Vergleichbares mit dem, was er jetzt in Allegras Gesicht sah.

Ihre rechte Hand wanderte langsam über seine Brust bis zum Herzen und blieb dort. Ganz klar konnte sie fühlen, wie schnell es schlug, es flimmerte wie kurz vor dem Infarkt.

Kowalski war Sportler, schon sein Leben lang. Er hatte einen Ruhepuls von fünfundsechzig, aber jetzt nicht. Jetzt schlug sein Herz dreimal so schnell, es dröhnte durch seinen Körper.

In einer Gefahrensituation verlangsamte sich sein Puls sogar, wie bei einer Kobra. Nicht mal unter feindlichem Beschuss klopfte es so wie jetzt.

»Dein Herz.« Sie rieb die Stelle. »Charlie weiß«, sagte sie leise.

Ihre Mundwinkel waren leicht nach oben gekrümmt. Sie schloss messerscharf, wie sie auf ihn wirkte. Als sie aufblickte, wurde ihr Lächeln breiter und füllte sein Blickfeld aus, bis er nichts anderes mehr sah, an nichts anderes mehr denken konnte als ihr schönes Gesicht.

»Oh, Douglas«, flüsterte sie mit der Hand an seinem Herzen.

Das war zu viel für Kowalski, zu viel des Guten. Er konnte nicht benennen, was in ihm abging, und wusste überhaupt nicht, wie er damit umgehen sollte. Wie sollte er auf diesen weichen Gesichtsausdruck reagieren, auf dieses Lächeln, das nur ihm galt, auf die fühlbare Zärtlichkeit in ihrem Ton?

Er merkte, dass er zu zittern anfing, und das erschreckte ihn. Er musste die Sache auf etwas zurückschrauben, das er kannte, und zwar sofort, sonst würde er auseinanderfliegen. Er musste sie auf etwas reduzieren, womit er damit klarkäme.

Sex. Damit kam er klar.

Mit dem, was er in ihrem Gesicht sah, nicht.

Er fasste sie fester, absichtlich unsanft, griff mit einer Faust in ihre Haare, riss sie mit dem anderen Arm an sich und küsste sie. Er verschlang sie gierig, mit tiefen Zungenstößen, presste den Mund gegen sie, obwohl er wusste, dass er sie mit den Bartstoppeln kratzte.

Es war ihm egal. Er wollte in ihr sein.

Kurz hielt er inne, um sie anzusehen, hielt ihren Kopf zurückgebogen. An dem langen weißen Hals pochte eine Ader. Ihre Lippen waren nass und prall, die Augen groß und blicklos, an den Wangen hatte sie rote Flecke. Kowalski zog ihr den Pulli über den Kopf, grob, um sie schnellstmöglich nackt zu kriegen, nicht um ihre Erregung zu steigern. Sie trug keinen BH. Gut. Er hob sie von seinem Schoß, riss ihr die Jeans auf und streifte sie zusammen mit dem Slip die Beine hinunter.

Allegra stand bloß da wie eine Puppe, den Blick über seiner

linken Schulter fixiert. Sich selbst hatte er schnell ausgezogen, da er auf Unterwäsche verzichtet hatte. Er brauchte nur den Reißverschluss der Jacke zu öffnen und den Hintern anzuheben, um die Hose runterzuziehen. Das tat er mit einer Hand, während er die andere zwischen ihre Beine schob und prüfend die weichen Schamlippen teilte.

Wenn sie nicht nass war, würde es nicht gehen. Aber – *ja!!!* – sie war nass. Nicht so sehr, wie er es gern gehabt hätte, doch es würde reichen müssen, denn wenn er nicht sofort in sie reinkäme, würde erst sein Kopf und dann sein Schwanz explodieren, und vielleicht würde er in der Hitze verglühen, die plötzlich in ihm aufloderte wie ein Buschbrand.

Sich auszuziehen dauerte drei Sekunden, und dann hob er sie mit einem Arm hoch. Mit der anderen Hand drückte er seinen Ständer ein Stück vom Bauch weg und brachte sie in die richtige Position. Er stöhnte, als sein Bravo weiß hart und schnell in ihre weiche, nasse Bravo weiß glitt.

Douglas schnaufte und schwitzte, sein Puls raste. Fast hatte er die Beherrschung aufgegeben. Allegra hätte Angst haben müssen – etwas Finsteres lauerte am äußersten Rand ihres Bewusstseins, das die vage Gestalt eines unbeherrschten Mannes hatte –, doch sie hatte keine Angst.

Seine Hände griffen nicht schmerzhaft zu, sie spürte nichts Gefährliches, nur heißes Verlangen, das auf seine Art unglaublich anziehend wirkte. Noch keiner hatte sie so gewollt wie er. Er hatte sie geküsst, als müsste er sonst sterben. Seine Hände zitterten. Allegra glaubte nicht, dass das bei einem erfahrenen Schützen, einem Berufssoldaten, oft vorkam.

Sie löste das bei ihm aus. Sie, Allegra Ennis, die vollkommen seriöse Harfenistin und Sängerin, brachte diesen starken, zähen Mann zum Zittern und Schaudern.

Sie war es gewohnt, Menschen zu rühren. Als sie noch sehen konnte, gab es immer ein paar Leute im Publikum, die sich bei ihrer Musik in Tränen auflösten. Meistens Frauen, bei den langsamen Balladen, die von verlorener Liebe handelten, aber auch ein paar Männer. Wahrscheinlich Männer irischer Abstammung, die empfänglich waren für den Schmerz und die Tragödie der Iren, die in der Schönheit der keltischen Musik durchschimmerte. Doch es war die Musik, die die Leute rührte, nicht die Sängerin.

Douglas war von ihr selbst berührt, von ihr als Frau. Das war berauschend und erregend. Zum ersten Mal seit dem Unfall fühlte sie sich mächtig, denn sie war imstande, diesen ungeheuer starken Mann in ein schwitzendes, zitterndes Wesen zu verwandeln.

Sie waren nackt, und er steckte in ihr. Es tat nur ein kleines bisschen weh. Es hatte sie erregt, ihn anzufassen. Die Freiheit zu haben, diesen riesigen Körper überall anzufassen, war einfach toll. Er hätte nicht klarer zu verstehen geben können, dass sie mit ihm machen durfte, was sie wollte. Das allein war schon aufregend.

Allerdings war er so groß und er war so schnell in sie eingedrungen, dass es ihr ein bisschen unangenehm war. Er schien es zu wissen, denn er bewegte sich nicht. *Wir sitzen hier wie ein lebendes Bild,* dachte sie.

»Du bist so eng«, murmelte er, und sein Bass klang kratzig. »Ich wage nicht, mich zu bewegen. Ich will dir nicht wehtun.«

Allegra rückte sich auf ihm zurecht, irgendwie unbehaglich und irgendwie … doch nicht. Er hielt sie fest, und sie hatte die Arme über seine Schultern gelegt und ließ die Hände über seinen Rücken hängen. Gemächlich betastete sie seine Muskeln und staunte von Neuem über seine Größe und Kraft. Sie schob die Fingerspitzen die tiefe Rinne an der Wirbelsäule entlang, über die Schulterblätter, dann den Nacken hinauf in die Haare.

Zögernd, weil sie sich über ihre Unbeholfenheit ärgerte, suchte sie mit den Lippen seinen Mund. Sie fand ihn, ließ sich gegen ihn fallen und war vor Lust wie von Sinnen, als er die Regie übernahm und die Zunge tief hineinschob. Oh Gott, das war so erregend. Sie packte seinen Hinterkopf, als er den Mund hob und schräger ansetzte, um sie tiefer zu küssen, und fühlte sich, als fiele sie in endlose Wonnen.

Daher nahm sie erst einen Moment später wahr, dass er sich in kurzen, gleichmäßigen Stößen in ihr bewegte. Es tat überhaupt nicht weh. Vielleicht hatte er gewartet, bis sie nasser geworden war; er kannte sie fast besser als sie sich selbst. Es ging gut, sehr gut sogar.

Obwohl sie auf ihm saß, brauchte sie nichts zu tun, sich nur festzuhalten, sich küssen und lieben zu lassen.

Seine Stöße wurden nach und nach tiefer und härter. Douglas hielt sie an den Hüften fest. Bei jeder Aufwärtsbewegung fühlte es sich an, als tauchte er in tiefste Bereiche ihres Körpers, an Lustpunkte, die sie nie vermutet hätte. Oh Gott, es ging ihr durch und durch. Er hielt sie fest und hob das Becken zu einem noch härteren Stoß. Allegra stöhnte in seinen Mund hinein, unfähig zu sprechen, sich zu rühren oder zu denken.

Sie war jetzt so nass, dass man es hören konnte, und sie erzeugten peinliche klatschende Geräusche, wenn sie zusammenstießen. Sie selbst ächzte bei jedem Stoß, als würde sie durchgeschüttelt, und bildete damit die Gegenstimme zu seinem Bassbrummen. Das war harter Sex, wie er simpler, tierischer nicht sein konnte.

Es wurde immer schwieriger, die Lippen auf seinem Mund zu behalten, so heftig waren die Auf- und Abwärtsbewegungen. Obwohl sie sehr nass war, gab es offenbar Reibung, denn sie empfand eine starke Hitze.

Douglas nahm eine Hand von ihrer Hüfte und schob sie zwischen ihre Beine, dorthin, wo sie um ihn gedehnt war, tastete mit einer schwieligen Fingerspitze, bis er sie fand … *ja.*

Allegra schrie auf und klammerte sich an ihn. Als die heftigen Kontraktionen einsetzten, bewegte er sich umso ruckartiger in ihr und hielt sie auf der Kippe zwischen Lust und Schmerz. Der Höhepunkt dauerte ewig, während die Welt um sie herum verschwand. Sie spürte nur noch Douglas' Bewegungen, seine Fingerspitzen an ihren Hüften und seinen gierigen Mund.

Als sie glaubte, mehr könnte sie nicht ertragen, als sie schlaff vor Erschöpfung war, schwoll er in ihr an und entlud sich mit einem Schrei in ihre Tiefen.

Verblüfft fühlte Allegra die Kontraktionen eines weiteren Höhepunktes kommen. Er war so intensiv, dass sie in Tränen ausbrach und das Gesicht an seinen Hals drückte, während ihr Körper weitermachte. Douglas fuhr fort, sich in ihr zu bewegen und bekam noch einen Orgasmus.

Sie brauchten beide lange, um wieder ruhig zu werden. Als Allegra wieder normal atmen und denken konnte, lag sie zusammengesunken an ihn gelehnt. Die Tränen trockneten auf den Wangen, ihr Oberkörper war nass von Schweiß – ob von ihrem oder seinem, konnte sie nicht sagen –, und ihr Unterleib war ebenfalls feucht und klebrig.

Allegra lachte leise, wischte sich die Augen an seiner nackten Schulter und richtete sich auf.

»Ich hoffe bei Gott, dass das Freudentränen sind«, brummte er.

»Ja.« Sie schniefte undamenhaft. »Das war, äh, ziemlich heftig.«

»Ja, das war es.« Verblüffenderweise war er noch immer hart, nicht stahlhart, aber deutlich erigiert. Sie wackelte mit dem Hintern und fühlte das Blut in seinen Penis strömen.

Sie atmete tief durch. »Und ich hoffe, du bist nicht schon für die dritte Runde bereit, denn ich bin es ganz sicher nicht.«

Schweigen. Sie hob das Gesicht. »Douglas?«

Es war so schrecklich, jemandes Gesichtsausdruck nicht sehen zu können.

Kurz drückte er sie, dann gab er ihr einen Kuss auf den Scheitel und hob sie seufzend von seinem Schoß. »Ich kann warten. Immer mit der Ruhe.«

Ihre Beine wackelten, als sie stehen wollte, und sie knickte zur Seite weg, sodass er sie festhalten musste. Kurzerhand hob er sie auf die Arme und trug sie ins Bad.

Einen Arm um ihre Taille, drehte er am Waschbecken das heiße Wasser auf. Sie spürte die Wärme und den aufsteigenden Dampf. Einen Moment später wusch er sie mit einem Waschlappen zwischen den Beinen.

Sie kannte das aus dem Krankenhaus, aber dort war das völlig anders gewesen. Bei ihm war es nicht unpersönlich, keine bezahlte Arbeit. Ab und zu bückte er sich und küsste sie auf die Wange, das Ohr, die Nasenspitze. Es war viel, viel angenehmer, von ihm gewaschen zu werden, als von einer Krankenschwester. Er wickelte sie in ein warmes Handtuch – offenbar hatte er irgendwann den Heizkörper aufgedreht – und rieb sie trocken.

»Nur eine Sekunde, Honey«, sagte er und ließ sie los. Die Badezimmertür öffnete und schloss sich und ließ einen Schwall kalter Luft herein. Einen Moment später kam er mit Kleidung zurück und half ihr beim Anziehen.

Er spülte den Lappen aus, dann hörte sie, wie er sich selbst wusch und dann anzog. Er zog sie in die Arme, und sie lehnte sich an ihn, restlos zufrieden. So könnte es für immer bleiben. Nirgends waren Dämonen, nicht im Haus und nicht in ihrem Kopf, nur warme Glückseligkeit.

Sie sammelte Mut. Der Sex war toll gewesen, aber das hier war auch unheimlich schön. Mochte er diese süße Stille ebenso oder war er nur wegen Sex hier? Es gab nur eine Methode, das herauszufinden. Sie legte den Kopf in den Nacken, obwohl sie ihn nicht sehen konnte, und fragte: »Kannst du … kannst du den Tag über bleiben?«

»Oh ja.« Sein Bass klang weich. »So schnell wirst du mich nicht los. Aber ich muss jetzt joggen gehen. Hast du noch einen Satz Schlüssel, den du mir geben kannst, damit du nicht zur Tür laufen musst, wenn ich zurückkomme?«

»In der Kristallschale auf dem Sideboard neben der Haustür. Ich werde so lange Harfe spielen.«

»Gut. Ich setze dich zu Dagda, dann laufe ich los. Bin in ein, zwei Stunden zurück.«

Allegra lächelte. Ein Sonntag mit Dagda und Douglas. Wie es in dem Lied hieß: Was könnte man mehr wollen?

9

Kowalski rannte und rannte und rannte. Bis er schweißgebadet war und seine Lungen brannten, bis er die Autos nicht mehr durch den Schnee an sich vorbeizischen hörte, sondern nur noch den eigenen Herzschlag im Ohr hatte.

Portland war eine hübsche kleine Stadt. Direkt am Stadtrand begann der Wald. Kowalski hätte mühelos bis dahin und noch weiter laufen können. Vielleicht sollte er genau das tun – die Beine in die Hand nehmen und die Stadt verlassen.

Doch egal wie hart und schnell er rannte, von Allegra käme er nicht weg. Sie war in seinem Kopf, in seiner Nase, in jeder Körperzelle.

Beim Joggen bekam er immer einen klaren Kopf, und am Ende des Laufs war das Problem, das ihn beschäftigte, verschwunden. Entweder war es gelöst oder er hatte entschieden, dass es gar kein Problem war.

Zumindest war Allegra ein Problem, das er nicht lösen konnte. Probleme waren Dinge außerhalb seiner selbst oder Situationen, über die man vernünftige Überlegungen anstellen konnte. Kowalski war darin immer gut gewesen. Er konnte darauf einwirken, bis sie sich seinem Wunsch anpassten.

Mit sich selbst hatte er nie Probleme. Er wusste, wer er war, was er konnte und was er nicht konnte. Er wusste, was er in seinem Leben haben und was er nicht haben konnte und hatte da nie etwas verwechselt. Er bekam immer, was er wollte, und was er nicht bekommen konnte, wollte er nicht. Das machte die Verhältnisse hübsch einfach.

Dieses neue Problem war weder einfach noch leicht. Es ließe sich nicht durch Kraft oder Geschick lösen. Er konnte nicht umgehen mit seinen schwer fassbaren Gefühlen, die ihn überkamen, wenn er an Allegra dachte.

Das war viel mehr als die Begeisterung über eine neue Sexpartnerin, auch wenn der Sex intensiver war als mit allen vorigen Frauen. Neue Bettgenossinnen wurden recht schnell alte Bettgenossinnen, doch bei Allegra würde es nicht so kommen.

Plötzlich setzte Schneegestöber ein, und Kowalski machte Halt, lief auf der Stelle, um nicht auszukühlen. Unbewusst war er zu seiner Wohnung gelaufen, wie um dorthin zu flüchten. Er sah sie vor seinem geistigen Auge: groß, kalt und leer. Dort gab es keine starken Gefühle, mit denen er nicht umzugehen wusste. Da gab es gar keine Gefühle.

Doch er wollte gar nicht in seine Wohnung zurück. Er wollte in Allegras hübschem Haus sein, ihre weiche, irisch gefärbte Stimme hören, ihren Gesang, ihr Harfenspiel. Nein, er musste ehrlich zu sich sein. Er wollte es nicht nur, er brannte darauf.

Plötzlich wurde ihm klar, während er von einem Bein aufs andere hüpfte und sich sein Atem vor ihm wölkte, dass er allein in seiner Wohnung nie wieder zufrieden sein würde. Das alte Leben, das er bisher geführt hatte, war vorbei. An seine Stelle war ein neues getreten, eines, in dem er Allegra so unausweichlich brauchte wie den nächsten Atemzug.

Das war ein ernsthaftes Problem. Nicht mal als Kind war er von jemandem abhängig gewesen, und jetzt war diese Ausnahmefrau plötzlich ausschlaggebend für sein Wohlbefinden. Das war mächtig beängstigend. Aber so war es nun mal. Kowalski war keiner, der sich vor der Realität drückte. Die Realität war nun, dass er Allegra in seinem Leben haben wollte, so lange, wie sie es darin aushielt.

Halb düster, halb freudig machte er kehrt und lief den Weg

zurück, den er gekommen war. Wenn er sich beeilte, könnte er in einer halben Stunde wieder bei ihr sein. Er legte einen Zahn zu.

Schon einen halben Block entfernt hörte er es. Zuerst war es nur ein geisterhafter, himmlischer Klang, der durch den wirbelnden Schnee drang, so gedämpft, als gäbe es keine andere Quelle als die Schneeflocken, als trüge jede Flocke einen Ton in sich. Erst als er das erleuchtete Fenster des Wohnzimmers sah, erkannte er die Musik als Allegras Harfenspiel.

Unter dem Vordach blieb er stehen, um zu Atem zu kommen. Er schnaufte und schwitzte und wollte ein bisschen abkühlen, ehe er hineinginge.

Durch die Haustür und das Fenster war die Melodie jetzt klar zu erkennen. Es war dieselbe, die sie unter der Dusche gesummt hatte, aber jetzt klang sie nicht mehr zögerlich tastend. Sie war zu einem ausgewachsenen Lied gereift, berührend und schön, vielschichtig und doch bezaubernd einfach, die Sorte, die einem unter die Haut ging. Allegra sang auch dazu, aber der Text war von draußen nicht zu verstehen.

Er konnte sie durchs Fenster sehen – er zog die Brauen zusammen. Scheiße. Als Allererstes würde er die Vorhänge zuziehen, sobald er drinnen war. Eigentlich wollte er sie jetzt nicht unterbrechen, sie war gerade so in ihr Spiel versunken, doch er war zu neugierig auf das Lied.

Mit dem Schlüssel, den sie ihm überlassen hatte, schloss er leise die Haustür auf und öffnete sie nur einen Spaltbreit. Allegra saß in der hinteren Ecke; da würde sie die kalte Luft nicht so schnell spüren.

In dem Moment trafen ihn die Worte wie ein Hammerschlag.

»Eine neue Liebe«, sang sie und wiederholte es im Refrain mehrmals. »Eine neue Liebe füllt mein leeres Herz aus. Eine neue Liebe …«

Kowalski bekam eine Gänsehaut am ganzen Körper.

»Neue Liebe«. Das Lied handelte von ihm. Er war die neue Liebe.

Mit weichen Knien zog er leise die Tür zu, ging ans Ende der Veranda und setzte sich auf die Stufen. Fassungslos sah er zu, wie der Schnee herabfiel, und hörte vor lauter Herzklopfen die Musik nicht mehr.

Das Lied war schön. Er verstand genug von Musik, um zu wissen, dass es sofort zum Klassiker werden würde. Schöne Musik hatte Bestand. Die starb nie. In hundert Jahren, in tausend Jahren noch würden die Menschen dieses Lied singen, und so würde etwas von ihm weiterleben, wenn seine bleichen Knochen in der kalten Erde zerfielen.

In seinen wildesten Träumen wäre er nicht auf den Gedanken verfallen, eine Frau wie Allegra könnte je ein Liebeslied auf ihn schreiben. Oder – sein Verstand schreckte geradezu davor zurück – eine Frau wie Allegra könnte ihn sogar lieben.

Kowalski hörte zu, wie sie übte und das Lied mit jedem Mal besser wurde, bis es am Ende für seine Ohren genauso perfekt war wie eine Mozartsonate oder ein Picasso oder ein Sonnenaufgang am Meer.

Als er das Gefühl hatte, dass ihn seine Beine wieder tragen konnten und seine Stimme nicht zittern würde, stand er auf und stapfte extra laut die Stufen hinauf, klopfte zweimal an die Tür und benutzte dann den Schlüssel.

Die Musik setzte aus. Allegra lehnte sich zurück, legte die Hände in den Schoß und drehte das Gesicht zur Tür. »Douglas?«

»Ja«, antwortete er und musste sich räuspern. »Ja, ich bin wieder da.«

Sie drehte wieder den Kopf hin und her, bis sie ihn geortet hatte. Dann lächelte sie freudig, und er wich vor dem herzlichen

Empfang zurück. Noch nie hatte ihn jemand so angesehen. »Wie schön. Ich habe dich vermisst.«

Er stand da mit geballten Fäusten und zusammengeschnürter Brust, bis sie ihn ansprach. »Douglas?«

Er musste sich zwingen, weiter ins Haus zu treten. »Dann ist ja gut, dass Dagda dir Gesellschaft geleistet hat.« Er ging zu ihr und strich ihr mit dem Zeigefinger über die Wange. Die samtige Haut verblüffte ihn immer wieder. »Was hast du da gespielt?«

Sie wurde ein wenig rot und schlug einen Akkord an. »Ach, nichts eigentlich. Ich hatte eine Idee für ein Lied und habe ein bisschen herumprobiert. Das klingt immer ziemlich chaotisch. Ich bin froh, dass du das nicht hören musstest.«

Er griff in ihren Nacken und beugte sich zu einem flüchtigen Kuss hinab. »Wenn es fertig ist, wenn du damit zufrieden bist, wirst du es mir dann vorspielen?«

»Klar.« Sie hielt ihn am Handgelenk fest. »Wie war es draußen? Du bist nass. Schneit es?«

»Ja, aber es lässt nach. Es liegen inzwischen sieben Zentimeter Schnee.«

Seufzend stand sie auf, ohne ihn loszulassen. »Ich mag Schnee«, sagte sie melancholisch. »Das gefiel mir so an Portland, als wir hierher zogen. In Irland schneit es nicht viel, da regnet's mehr. Ich wünschte, ich könnte nach draußen gehen. Außer Lesen vermisse ich das am meisten seit … dem Unfall. Das Spazierengehen.«

»Kein Problem.« Kowalski lenkte sie zur Couch, damit sie sich setzte, und ging an die Fenster, um die Vorhänge zuzuziehen, dann gesellte er sich zu ihr. Er zog ihre Hand an die Lippen. »Ich gehe mit dir spazieren, wann immer du willst, Honey. Du brauchst es nur zu sagen.«

»Danke«, sagte sie traurig lächelnd. »Aber es ist … schwierig. Manche Leute sagen mir nicht, wenn ein Bordstein oder ein

Loch kommt, und dann stolpere ich. Oder sie sagen es mir zu spät oder zu früh. Anfangs bin ich oft hingefallen, und jetzt bin ich zu stark verunsichert, um noch spazieren zu gehen.«

»Bei mir wirst du nicht fallen, garantiert«, sagte er. »Ich lasse dich gar nicht erst stolpern.«

»Nein«, pflichtete sie leise bei und drückte seinen Unterarm. »Vielleicht nicht.«

Ihn schmerzte der Gedanke, was ihr alles verwehrt gewesen war. Fünf Monate lang keine Spaziergänge. Er schüttelte den Kopf.

Kowalski rückte näher und überlegte, wie er es sagen sollte. Er wählte seine Worte sehr vorsichtig. »Weißt du, Honey, einer meiner Soldaten hat in Afghanistan das Augenlicht verloren. Durch eine Landmine.« Scotty hatte noch mehr verloren, einen Arm und die Milz. Doch danach hatte er geheiratet und einen Job bei einem Radiosender bekommen. Ein Leben nach der Katastrophe war möglich. »Im Veteranenhospital gibt es Reha-Kurse. Da hat er Blindenschrift gelernt und …«

»Nein!« Allegra stand abrupt auf. »Ich brauche nicht zu …« Sie stockte und biss sich auf die Lippe.

Kowalski war still. Doch, natürlich. Sie musste lernen, Blindenschrift zu lesen und einen Stock zu benutzen, und sie brauchte einen Blindenhund. Sie sollte im Haus einiges verändern. Soweit er sehen konnte, war es überhaupt nicht an einen blinden Menschen angepasst worden. Hier konnte sie sich auf tausend Arten verletzen.

Wie jetzt zum Beispiel. Sie zitterte vor Kummer; es drängte sie sichtlich, im Zimmer auf und ab zu gehen, doch das traute sie sich nicht. Ein falscher Schritt und sie würde sich am Glastisch stoßen. Ein Glastisch war für die Wohnung eines blinden Menschen nicht das Klügste.

»Setz dich.« Kowalski zog sie am Ärmel. Sie riss sich los.

»Musst du nach dem Joggen nicht duschen gehen?«, fragte sie streitlustig, mit vorgerecktem Kinn.

»Sicher«, antwortete Kowalski gelassen. »Ich stinke wie ein Ziegenbock. Jetzt setz dich.«

»Du meine Güte.« Sie holte erschrocken Luft. »Tut mir leid.« Sie schüttelte den Kopf und biss sich auf die Lippe. »Oh, Douglas, ich wollte nicht … Das sollte nicht heißen …«

Kowalski lachte. Er konnte nicht anders. Allegra glaubte, sie habe ihn gekränkt. Dabei hatte sie das Duschen nur angesprochen, um ihn von einem heiklen Thema abzubringen.

Tja, da konnte er ihr die Augen öffnen. Es brauchte schon mehr als den Vorschlag zu duschen, um ihn zu beleidigen. Er hatte zwanzig Jahre in der Navy gedient und von wütenden Rekruten schon jede denkbare Beleidigung an den Kopf geworfen bekommen. Außerdem war er durch einen Themawechsel nicht abzulenken, wenn er etwas Bestimmtes wollte.

»Doch, du hast recht, ich muss duschen, aber vorher muss ich ein bisschen abkühlen«, log er. »Und jetzt setz dich. Sofort.« Er sagte das im Befehlston, und sie setzte sich, sichtlich erstaunt darüber, dass sie augenblicklich gehorchte.

»Wir sprachen darüber, dass man lernen kann, mit dem Blindsein zurechtzukommen.«

»Nein, nicht wir.« Allegras hübsche Unterlippe schob sich ein wenig vor. Ihr Mund war zum Schmollen wie geschaffen. »Du hast darüber gesprochen.«

Er nahm ihre Hand. »Nein, nein. Wir beide haben darüber gesprochen. Wie gesagt, ich kann diesen Mann in der Veteranenklinik ansprechen und mich erkundigen, ob er ein paar gute Reha-Spezialisten in der Gegend kennt. Wir können …«

»Nein.« Allegra entzog ihm ihre Hand und blickte stur geradeaus, ohne das Gesicht nach seiner Stimme auszurichten. Sie schloss ihn aus. Über diese Sache wollte sie nicht reden.

Sie sagte Nein.

Nein. Zu *ihm.*

Kowalski biss die Zähne zusammen. Es war ein Wunder, dass ihm keine Zahnsplitter zu den Ohren herausschossen.

Kowalski hatte sehr dezidierte Ansichten darüber, wie die Dinge zu laufen hatten, und er war es gewohnt, sich durchzusetzen, das hatte er sein ganzes Berufsleben lang getan. Zwanzig Jahre lang war ihm auf der Stelle gehorcht worden.

In der Navy gab es viele Sturköpfe, die ebenfalls wussten, was sie wollten. Da wäre die Katastrophe vorprogrammiert, gäbe es nicht das Zauberwort, das fürs Funktionieren sorgte, durch das das ganze System glattlief: Hierarchie. Kowalski gab seinen Untergebenen Befehle und nahm Befehle von seinen Vorgesetzten entgegen. Zwölf Jahre lang war John Huntington sein Vorgesetzter gewesen, was bestens gelaufen war, weil er und John in den meisten Dingen völlig einer Meinung waren.

Kowalski wusste überhaupt nicht, wie er Allegras Nein begegnen sollte.

Sie war kein Rekrut, dem er befehlen konnte. Sie war nicht mal seine offizielle Freundin oder – oh Gott! – seine Verlobte. Na ja, wenn es nach ihm ginge, könnte jeder wissen, dass sie zu ihm gehörte, aber so war es nicht. Noch nicht. Er hatte kein Recht, ihr zu sagen, was sie tun sollte, und sie hatte keinen Grund, ihm zu gehorchen. Trotzdem, wie sie die Dinge handhabte, würde sie sich früher oder später verletzen, und allein die Vorstellung machte ihn verrückt. Er konnte nichts tun, um sie vor sich selbst zu schützen.

Kowalski war es nicht gewohnt, einen begütigenden Ton anzuschlagen, aber einen Versuch war es wert. »Hör zu, Honey, du musst wirklich ...«

Ihr Kinn hob sich noch ein Stück. »Da wir gerade von müssen sprechen: Ich wünschte, du würdest dich mit dem Duschen beeilen, denn ich habe Hunger und muss bald etwas essen.« An ihrer Wange erschien ein Grübchen. »Wenn du Glück hast, lasse ich dich kochen, solange ich noch Harfe übe. Das ist doch auch eine Art, mit einer Behinderung zurechtzukommen, oder?«

Kowalski knirschte mit den Zähnen. Sie drehte den Spieß einfach um.

»Okay«, brachte er hervor und stand widerstrebend auf. Da war offenbar Überzeugungsarbeit nötig. Doch das würde nicht einfach werden. Er hatte keine Übung darin. Es sah ganz nach einem Crashkurs aus: die Kunst des Umgangs mit Allegra. »Ich dusche mich schnell, dann stöbere ich in deinem Tiefkühlschrank.«

Sie fand den Rückweg zur Harfe und zupfte verschmitzt lächelnd die Hymne des US Marine Corps. »Ja, tu das.«

10

Ich entwickle wohl den sechsten Sinn, von dem alle reden, dachte Allegra, während sie Tonleitern übte. Sie konnte praktisch fühlen, wie Douglas' Wille sich gegen sie stemmte. Er war ein sehr energischer Mann, aber sie war auch eine sture Frau. Manchmal war selbst ihr Vater an ihr verzweifelt.

»Allie-Liebling«, hatte er einmal gesagt und die Hände hochgeworfen, »von dir kann selbst ein Esel noch Sturheit lernen.«

Bei der Erinnerung musste sie gegen Tränen anblinzeln und nahm die Hand von den Saiten, um sich die Wange zu wischen.

Douglas wollte ihr Haus blindensicher machen, und er wollte, dass sie lernte, am Stock zu gehen und Blindenschrift zu lesen. Das hatte sie schon hundert Mal zu hören bekommen, von den Ärzten, den Schwestern, in sanftem Ton von Suzanne und Claire, von Claires Vater, ganz zu schweigen von den verschiedenen Mancinos, die abwechselnd nach ihr sehen kamen.

Das war totale Zeitverschwendung, weil sie es nicht tun würde. Niemals.

Sie würde nicht ewig blind sein. Das glaubte sie mit jeder Faser ihres Körpers. Und sie hegte eine abergläubische Furcht, es würde sie für immer an die Blindheit binden, wenn sie nachgäbe und sich darauf einstellte. Der Gedanke war ihr unerträglich.

Die Ärzte in Boston hatten sich eindeutig zu den Gefahren der Operation geäußert, aber das war ihr egal. Die Medizin entwickelte sich rasch, und bald würde die chirurgische Methode perfektioniert sein, und ihr Leben würde wieder so werden wie … vorher.

Etwas Finsteres streifte ihre Gedanken und versetzte sie in Unruhe.

Sie schüttelte den Kopf, als könnte sie die Empfindung dadurch loswerden, und neigte sich zur Harfe. Sie lockerte die Finger bei ein, zwei Tonleitern, dann verbannte sie alles aus ihrem Kopf, um sich aufs Spielen zu konzentrieren. Mit »The Cliffs of Moher« würde sie anfangen, beschloss sie.

Der Anfall kam wie immer unangekündigt und mit Wucht und warf sie in das allerschwärzeste Loch.

… du dämliches Miststück! Ich werde dich lehren, Verträge zu brechen!

… so können Sie mit meiner Tochter nicht reden!

Nicht, Paps!

Blut. Oh Gott, so viel Blut! Es floss aus seinem Kopf in eine schwarze Lache … Paps zuckte mit den Beinen, dann lag er plötzlich still …

Sie drehte sich um, wich zurück, aber er ließ sich nicht mehr aufhalten. Er ging auf sie los …

Sie versuchte wegzurennen, doch er hielt sie an einem Büschel Haare fest und riss sie so hart zurück, dass ihr die Tränen übers Gesicht strömten. Ein grober Ruck, und sie flog mit dem Kopf gegen die Wand. Blutspritzer rannen daran hinunter. Oh Gott, sie würde sterben, genau wie Paps …

Betäubt und fassungslos von diesem Ansturm saß sie da, von diesen Bildern, die aus einer finsteren Hölle aufgestiegen waren. Es war, als hätte sich ein Monster ihres Verstandes bemächtigt.

Ihre Tagträume bekamen eine teuflische Begleiterscheinung: den Geruch. Sie hatte Blut gerochen und den üblen Gestank des Todes. Er saß ihr noch in der Nase, obwohl die Bilder schon verblassten, sich in das Höllenloch zurückzogen wie eine dunkle Flutwelle, die Bruchstücke eines entsetzlichen Treibguts zurückließ.

Allegra stand abrupt auf und erstarrte auf der Stelle. Ihr Herz hämmerte, die Panik lähmte sie, aber da gab es kein Abreagieren. Und sie hatte die Orientierung verloren, wusste allenfalls noch, wo oben und unten war.

Von rechts hörte sie Geräusche, dort musste die Küche sein. Erleichtert erinnerte sie sich, dass sie nicht allein war. Sie drehte sich dorthin, streckte unwillkürlich die Hand nach ihm aus, obwohl er nebenan war. »Douglas?«

Es kam nur ein kratziges, dünnes Stimmchen heraus. Der Schrecken saß ihr noch in der Kehle.

Wie sollte er sie da hören? Bebend holte sie Luft, um noch einmal zu rufen, doch plötzlich war er da. Sie berührte seinen festen, muskulösen Unterarm. Wie hatte er sie hören können, wo sie sich selbst kaum gehört hatte? Doch da war er, und die Panik lockerte ihre Klauen. Eine große, warme Hand legte sich auf ihre.

»Ich bin hier, Honey«, sagte er ruhig. »Alles ist gut.«

Nein, gar nichts war gut, aber wenigstens hatte sie nicht mehr das Gefühl, bei einem falschen Schritt in einen Abgrund zu stürzen. Wäre er nicht im Haus gewesen, hätte sie wie angewurzelt auf der Stelle gestanden, bis sich ihre Angst gelegt hätte und sie wieder kurze, tastende Schritte bis zum nächsten Hindernis machen konnte, um sich zu orientieren. Jetzt war es Douglas, der ihr Halt und Orientierung gab.

Allegra neigte sich mit geöffneten Armen nach vorn und wurde sofort in eine Umarmung gezogen. Ängstlich drückte sie sich an ihn, so fest sie konnte. Er war so warm und fest, während alles andere kalt und schlüpfrig war.

»Douglas«, flüsterte sie mit zittriger Stimme. »Oh Gott, Douglas, das Blut.«

»Alles ist gut«, wiederholte er und drückte sie an sich, eine Hand an ihrem Hinterkopf. »Was für Blut, Honey?«

Um das Zittern zu unterbinden, das sie in Wellen durchlief, umklammerte sie ihn noch fester und versuchte, ruhig zu atmen.

»Allegra?«, sagte er an ihrem Ohr. »Welches Blut? Du blutest nicht, ganz sicher.«

Nicht, wo er es sehen könnte, nein. Allegra wischte sich die Augen an dem weichen Stoff seiner Trainingsjacke und fühlte sich noch immer im Bann der schrecklichen Bilder.

Sie glichen ihren nächtlichen Albträumen, nur dass sie diesmal wach war. Durch Gott weiß welchen Auslöser wurde sie in eine Schreckensszene gerissen, nach der sie zitternd, weinend und verloren dastand. Und egal ob sie wach war oder schlief, sie konnte sich nie an den Albtraum erinnern. Die Anfälle kamen wie aus dem Nichts, und solange sie anhielten, war sie völlig hilflos. Sie fühlte sich wie von einer Woge an einen einsamen Strand geworfen.

Diesmal war es nicht so schlimm, weil sie sich an Douglas festhalten konnte. Er war wie ein Fels in der Brandung. Es half ihr, sich gegen ihn zu drücken und sich wieder von ihm wegzustoßen, weil es ihr das Gefühl gab, nicht mehr so ohnmächtig zu sein.

Wahrscheinlich sah sie aus wie eine Wilde. Jedenfalls fühlte sie sich so: verweint und unverständliches Zeug plappernd. Ihre Haare, die immer schwer zu bändigen waren, standen sicher nach allen Seiten ab.

Allegra drückte fester gegen Douglas' Brust. Als er sie losließ, wischte sie sich die Augen mit den Handballen.

»Tut mir leid«, hauchte sie und holte tief Luft. Ihr war, als hätte sie eine ganze Stunde nicht geatmet.

Es war so schrecklich. Wenn sie sehen könnte, würde sie sich jetzt leise entschuldigen, ins Badezimmer laufen und sich kaltes Wasser ins Gesicht spritzen, sich die Hände abkühlen, Make-up auflegen, ihre Haare kämmen, all die Dinge tun, die einer Frau ermöglichen, sich der Welt nach einem niederschmetternden

Erlebnis wieder zu präsentieren. Wenn sie jedoch ins Bad sausen würde, würde sie vermutlich gegen die Wand laufen und sich die Nase brechen.

Also saß sie wie immer fest.

»Allegra?«, wiederholte er ruhig, aber mit einem Anflug von Besorgnis.

»Entschuldige«, antwortete sie atemlos. Wirklich, es gab keine Worte, um zu schildern, was passiert war. Wenn sie es versuchte, würde sie nur wie eine Verrückte klingen. »Ich, äh, hatte einen Panikanfall. Die kommen ab und zu. Ich weiß leider nie, wann.«

»Du brauchst dich nicht zu entschuldigen. Bei Panikattacken ist man machtlos.« Oh, allein beim Klang seiner Stimme fühlte sie sich schon besser. Sie war so ruhig, so tief, so kraftvoll. Sie wünschte, sie könnte sie schnappen und sich daran festhalten wie an seinem Arm. Mit aller Kraft. Nichts konnte ihr passieren, solange sie diese Stimme hörte und diesen Arm festhielt.

»Komm mit«, sagte er, und ihre Hand fand seinen Arm wie das Eisen den Magneten. Er führte sie in die Küche. »Setz dich, und ich mache dir eine Tasse Tee. Wie klingt das?«

Wundervoll.

»Großartig.« Sie schniefte. »Entschuldige, aber ich brauche ein …« Sie bekam eine Papierserviette in die Hand gedrückt, ehe sie den Satz zu Ende sprechen konnte. Sie wischte sich die Augen, schnäuzte sich die Nase und fühlte sich ein bisschen besser. Obwohl sie sicher wie eine Hexe aussah, lief er nicht schreiend davon. Das war gut.

Es klingelte – die Mikrowelle. Dann wurde etwas vor sie hingestellt. Dampfender Vanilletee. Ihr liebster.

Allegra lachte. »Du machst Tee in der Mikrowelle?«

»Immer. Das ist einfacher und schneller. Ein Handgriff weniger.« Kurzes Schweigen. Fast konnte sie die Rädchen in seinem Kopf knirschen hören, wahrscheinlich zusammen mit seinen

Zähnen. Und ganz sicher runzelte er die Stirn. Dieser Mann musste eine unglaublich energische Persönlichkeit haben, wenn sie seine Missbilligung über den Tisch hinweg spüren konnte. »Bitte, *bitte* sag mir nicht, dass du das Wasser für deinen Tee auf dem Herd heiß machst.«

»Äh, na ja … Doch, das tue ich.« Was dachte er denn? Dass sie ihn warm pustete? Mit einem Zauberstab darin rührte?

»Aber … Du hast einen Gasherd.« Er hauchte es mehr, als dass er es sagte; in einem entsetzten Ton, als würde er fragen: *Du isst Kinder zum Frühstück?*

»Ja, klar. Ich habe einen Gasherd. Immer gehabt. Mit Gas kocht es sich besser«, erklärte sie verwundert. Sie tastete nach dem Henkel der Tasse und hob sie an den Mund. Ihrem kleinen Ritual gemäß ließ sie den Dampf in ihre Nase steigen, um das Vanillearoma zu riechen und bis in den letzten Winkel einzuatmen. Dann trank sie in kleinen Schlucken. Vanilletee war vielleicht die einzige Verbesserung in ihrem Leben, seit sie erblindet war. »Ist das ein Verbrechen?«

»Ja, wenn man blind ist«, antwortete er schroff.

Allegra versteifte sich. »Also hör mal, Blindsein heißt nicht, dass man grobmotorisch oder dumm ist. Du wirst noch merken …«

Er übertönte sie einfach. »Ein Fehlgriff, und dein Ärmel fängt Feuer, verdammte Sch… Verdammt noch mal. Oder wenn du vergisst, das Gas abzudrehen, verbrennst du dir übel die Hand. Mit einem Gasherd ist der Unfall vorprogrammiert. Du brauchst einen mit Ceranfeld. Damit wäre wenigstens ausgeschlossen, dass du bei lebendigem Leib verbrennst. Kochen mit offenem Feuer, wenn man nichts sieht, ist schwachsinnig.«

Na, das war ziemlich klar ausgedrückt. Allegra konnte es nicht leiden, wenn man sie kritisierte; das brachte ihre schlimmsten Seiten zum Vorschein. Und so brach es aus ihr heraus, so zornig, wie sie es nicht einmal vor Suzanne und Claire ausgesprochen hatte.

Dabei wurde sie immer lauter, bis sie am Ende schrie. »Jetzt hör mir mal zu! Ich will kein Ceranfeld, ich will nicht Blindenschrift lernen, ich will keinen Blindenhund. Ich werde nicht mit einem weißen Stock herumlaufen, und ich werde mein Haus nicht umbauen. Ich will nicht lernen, mit der Blindheit zu leben, denn eines kannst du mir glauben: Ich werde nicht für immer blind sein.«

Sie schlug sich die Hand vor den Mund, aber natürlich zu spät. Die Worte waren heraus, unbeschönigt und unwiderruflich.

Kann man Reglosigkeit fühlen? Douglas war ein ungewöhnlich ruhiger Mann. Er schien nie mit etwas herumzuspielen oder unerwünschte Geräusche zu machen, doch jetzt war er restlos still. Seine Anwesenheit war nicht zu spüren. Es war, als hätte er sich in Luft aufgelöst.

Die Stille dehnte sich. Allegra hielt weiter die Hand vor den Mund, und Douglas schien verschwunden. In der ganzen Küche gab es kein Geräusch, man hörte nicht mal den Verkehr von draußen. Nur ihr Herz klopfte, und das dreimal so schnell wie sonst.

Endlich rührte er sich doch. Sein Stuhl schabte über die Küchenfliesen, dann nahm er ihre Hand. Wie immer gab er ihr Halt, schuf eine Verbindung zum Rest der Welt.

»Ist das so? Du wirst wieder sehen können?«

Allegra nickte, aber ihr Hals war wie zugeschnürt.

»Ist das eine Tatsache? Haben das die Ärzte gesagt?«

Eigentlich nicht, aber Allegra nickte trotzdem.

»Erzähl mir davon«, sagte er freundlich.

Einen Moment lang musste sie warten, bis sich die Schnüre um ihre Brust ein bisschen lockerten und sie ihre Gedanken geordnet hatte. Das würde schwierig werden, und sie müsste ein paar Dinge auslassen und hoffen, dass er es nicht bemerkte.

»Weißt du, ich hatte … einen Unfall. Eine Kopfverletzung. Ich hab eine Weile im Koma gelegen. Das Augenlicht habe ich verloren, weil ich da ein Mikrohämatom habe, das auf den Sehnerv drückt. Ein Hämatom ist …«

»Ich weiß, was das ist. Erzähl weiter.«

»Gut.« Sie atmete einmal tief durch. Jetzt kam der Teil, vor dem sie Angst hatte, weil die Fakten dürftig waren. Weil er sich auf Hoffnung und Gebete stützte. »Das Hämatom ist stabil. Es wächst nicht, wird aber auch nicht kleiner. Bei der ersten Computertomografie, die gemacht wurde, als ich noch im Krankenhaus lag, hatte es genau dieselbe Form und Größe wie bei der, die vor drei Wochen bei mir gemacht wurde. Es gibt also eine gute und zwei schlechte Nachrichten. Die gute ist: Es ist nicht lebensbedrohlich. Ich kann damit steinalt werden, mit diesem … Ding in meinem Kopf.« Sie versuchte, ihren Hass darauf nicht durchklingen zu lassen, sondern einen sachlichen Ton beizubehalten – *ein Bluterguss drückt auf den Sehnerv, sodass ich blind bin, aber kein Problem, davon sterbe ich nicht* –, obwohl sie eigentlich schreien wollte. »Die schlechte Nachricht ist, dass er sich nicht zurückentwickelt. Ich werde blind sein, solange das Blutgerinnsel da ist. Die zweite schlechte Nachricht ist, dass es sich an einer Stelle befindet, wo man es operativ so gut wie nicht entfernen kann. Die Ärzte haben mir das alles in medizinischen Fachbegriffen erklärt, die ich nicht wiederholen kann, aber die Kernaussage ist die: Um an das Gerinnsel heranzukommen, müssten sie so viel Gewebe durchtrennen, dass ich am Ende zwar ausgezeichnet sehen, aber sonst nichts mehr könnte.«

Douglas zerquetschte ihr fast die Hand. »Aber? Da ist irgendwo ein Aber eingebaut.«

»Ja, das stimmt. Es gibt eine Operationsmethode. Sie ist expe…, äh«, sie stockte und schwankte. »Sie ist neu. Aber sie glauben, dass sie nah genug an das Blutgerinnsel herankommen könnten, um das neue Instrument einzusetzen. Es entfernt nur bestimmte Gewebearten. Unter anderem Blutgerinnsel. Die Ärzte haben mich mit Fachausdrücken zugetextet, aber im Wesentlichen handelt es sich um einen gebündelten Mikrowellenstrahl, der das Hämatom wegbrennt, ohne das andere Gewebe zu zerstören. Und dann«, schloss sie strahlend, »gute Nacht, Blutgerinnsel, und ich kann …« Ihre Stimme schwankte und sie musste schlucken, obwohl ihr Mund ganz trocken war. »Und ich kann wieder sehen.«

Bitte, bitte, lieber Gott.

Sie zitterte jedes Mal, wenn sie sich vorstellte, sie könnte das Sehvermögen zurückerlangen. Das war ein so aufwühlender Gedanke. Sie wünschte es sich so sehr, dass sie manchmal meinte, ihr würde der Kopf platzen. Die Sehnsucht danach war zermürbend, fast fühlte sie sich innerlich ausgehöhlt.

Die Tränen schossen ihr in die Augen, und sie wandte das Gesicht ab. Von dort, wo sie ihn vermutete. Ein Blinder konnte sich nie verstecken, nicht die Würde wahren wie die Sehenden, die sich umdrehen und weglaufen konnten. Sie fühlte sich nackt, mit allen Empfindungen bloßgestellt.

Ihre Angst, ihre wilden Hoffnungen, ihre Verletzbarkeit – das alles konnte Douglas sehen.

»Sie wollen mit Mikrowellen durch dein Gehirn?« Er klang ungläubig und empört. Das ärgerte sie.

»Sie werden in der Medizin eingesetzt, ja. Genau wie Röntgenstrahlen und Radioaktivität. Bei gezielter Anwendung sind sie nützlich.«

»Aha.« Douglas rückte mit dem Stuhl näher. »Und wie neu ist diese Operationsmethode? Wie viele Leute wurden damit schon behandelt?«

Allegra schwieg.

»Allegra?« Eine große, schwere Hand landete auf ihrer Schulter. »Wie neu ist sie?«

»Neu eben.« Sie schüttelte die Hand ab.

»Gut, also neu. Aber … wie viele Leute wurden damit operiert?«

Allegra drehte den Kopf weg und kaute auf der Unterlippe. Schweigen. Totale Stille bis auf ihr eigenes Atemgeräusch. Sein Atem war nicht zu hören. Aber sie hörte ihn denken.

»Na schön. Dann werde ich mal meine Vermutungen darlegen, und wenn ich falschliege, sagst du mir, wo ich falschliege. Einverstanden?«

Allegra zuckte die Achseln. Sie wollte sich darüber nicht unterhalten. Er konnte sowieso nichts tun oder sagen, was sie umstimmen würde.

»Ich vermute, dass diese Operationsmethode, von der sie gesprochen haben, nicht nur neu ist, sondern sie ist noch im Versuchsstadium. Ich bin kein Arzt, habe aber eine Sanitäterausbildung, und Medizin interessiert mich. Wir haben mitunter schwere Verletzungen in den Teams, und ich verfolge immer, wie es meinen Männern hinterher ergeht. Wir bekommen eine ziemlich gute ärztliche Behandlung, die beste verfügbare. Ich denke, ich kenne mich mit neuen Behandlungsmethoden ganz gut aus, aber von einem Mikrowellenstrahl, der nur auf bestimmte Gewebearten wirkt und andere verschont, habe ich noch nicht gehört. Daher glaube ich, dass sie gerade mal Tierversuche gemacht haben und jetzt nach freiwilligen Testpersonen suchen. Was bei Wahlchirurgie, wie du weißt, völlig unvernünftig ist.«

Allegra schloss die Augen und ließ den Kopf hängen.

Er redete ruhig mit ihr, in ganz vernünftigem Ton. »Das weißt du doch, Honey, oder? Du hast keine lebensbedrohliche Krankheit …«

»Oh doch!«, fuhr sie auf. »Das ist lebensbedrohlich! Ich habe nämlich kein Leben mehr, das den Namen verdient! Ich könnte genauso gut tot sein!«

»Nein, da irrst du dich.« Er nahm ihre Hände und sprach weiter ruhig auf sie ein. »Du hast ein wunderbares Leben. Du bist gesund, unglaublich begabt, du bist schön, du hast Freunde, die dich lieben, du hast …« Er stockte. »Du hast alles, wofür es sich zu leben lohnt. Und in ein paar Jahren, wenn sie die Methode perfektioniert haben, wenn sie Routine geworden ist, dann kannst du an eine Operation denken.«

Douglas hatte auch diesen Ton. Wie oft hatte sie den schon zu hören bekommen?

Ms Ennis, ich möchte nicht, dass Sie sich allzu große Hoffnungen machen. Vielleicht sollten Sie sich darauf einrichten, mit diesem Umstand zu leben. Und in ein paar Jahren, wenn die Methode ausgereift ist, sprechen wir uns wieder.

Mit dieser Stimme der Vernunft brauchte ihr keiner mehr zu kommen. Sie wusste genau, was sie wollte, nämlich wieder sehen können – jetzt! Sie wollte es so sehr, dass nicht einmal der Gedanke, unter dem Skalpell zu sterben, sie davon abbringen konnte.

Sie allein hatte das zu entscheiden, sonst niemand. Sie wollte das nicht diskutieren, niemand sollte sich einmischen.

»Weißt du was? Ich habe jetzt ziemlichen Hunger«, sagte sie strahlend. »Wirklich großen Hunger, und da du nicht willst, dass ich koche, wirst du wohl den Küchenchef machen müssen, den Senior Chief der Küche, den Chief-Chef.« Sie setzte ihr Bühnenlächeln auf. Das konnte sie jederzeit problemlos. Künstler lernten das sehr schnell. »Also an die Arbeit, Senior Chief.«

Stille, dann Ausatmen. Bei einem anderen hätte sie es als Seufzen bezeichnet. »Gut. Dann also Mittagessen.« Sie hörte ihn aufstehen und den Gefrierschrank öffnen. Die kalte Luft wirbelte herüber.

»Du hast hier erstaunliche Mengen Essen«, brummte er. »Du

könntest ein SEAL-Team einen Monat lang verköstigen, und das will was heißen. Mal sehen«, die Kanten der Plastikbehälter kratzen über die Eisschicht, »wir haben, hmm, Minestrone. Und hier, wow, eines meiner Lieblingsgerichte, Auberginen mit Parmesan. Sauerteigbrot, Apfelkuchen. Tolle Sachen sind das. Ich hoffe, es schmeckt so gut, wie es aussieht. Hast du eine Märchenfee, die dir nachts heimlich leckeres Essen bringt?«

Sie hatte etwas Besseres. »Das sind die Mancinos«, erklärte Allegra lächelnd.

»Die was?«

»Claires Haushälterin heißt Rosa Mancino, und die hat eine riesige wundervolle Familie. Seit Jahren singe ich auf deren Hochzeiten und Beerdigungen und Taufen und Examenspartys.« Und bei der wilden Scheidungsparty, die Rosas Nichte für ihre Freundinnen geschmissen hatte, nachdem sie den »Penner«, wie sie ihren Ex nannte, losgeworden war. »Seit dem, äh, Unfall werde ich die gar nicht mehr los. Die Frauen kommen abwechselnd bei mir putzen und bringen immer etwas Hausgemachtes für den Tiefkühlschrank mit. Francesca, Rosas Schwester, kommt übrigens am Montag. Alle Frauen der Mancinos können sehr gut kochen, da habe ich wirklich Glück. Und die Männer sorgen auch für mich, wenn mal etwas zu reparieren ist und dergleichen. Sobald es zu schneien aufhört, wird einer von ihnen meinen Gehweg frei schaufeln, du wirst sehen.«

»Ich werde deinen Gehweg frei schaufeln und mich um Reparaturen kümmern. Du brauchst sie nicht mehr«, sagte Douglas. »Sag den Mancinos, dass ich jetzt hier bin.«

»Oh. Klar.«

Sie wusste nicht, ob sie das wirklich tun würde. Sollte sie? Die Männer der Mancinos gaben ihr das Gefühl von Sicherheit, wenn alle zwei, drei Tage einer von ihnen hereinschaute und fragte, ob sie etwas brauche. Und sie kamen fast immer gerade recht. Fast schien ihr, dass das Haus ringsherum zusammenbrach, seit sie blind geworden war. Es gab immer irgendetwas zu reparieren. Es wäre verrückt, den Mancinos zu sagen, sie bräuchten nicht mehr zu kommen, wenn sie gar nicht wusste, wie lange Douglas bei ihr blieb.

Jetzt war er hier. Sie hatten wundervollen Sex gehabt und vielleicht würde er davon noch mehr haben wollen. Aber auf lange Sicht – was sollte ein vitaler Mann wie er mit einer wie ihr anfangen?

Die Mikrowelle klingelte, und zwei Sekunden später stand eine Schale Suppe vor ihr. Der Duft sprach für sich. »Hmm.« Sie atmete den Dampf tief ein. »Rosas Minestrone. Himmlisch. Hast du dir auch welche genommen?«

»Doppelt so viel.« Er klang amüsiert. »Außerdem habe ich die Auberginen erhitzt. Vielleicht lasse ich dir was übrig, wenn du mich nett darum bittest. Übrigens habe ich mir ein Bier aufgemacht. Was möchtest du trinken?«

»Ich trinke nur abends Alkohol. Wasser genügt mir, danke.« Zum Glück war Alkohol keine Versuchung für sie. Wenn sie die Trinkergene der Ennis' geerbt hätte anstatt der maßvollen Art ihrer Mutter, wäre sie nach dem Unfall der Flasche verfallen und nicht mehr davon losgekommen. Ein Glas Wein am Abend war mehr als genug. »Wenn du geduldig suchst, findest du eine Schüssel Tiramisu, aber das echte, nicht diesen Restaurant-Papp, und außerdem ist da irgendwo selbst gemachtes Eis.«

»Ja, ich weiß, hab das Terrain schon erkundet. Du hast eine interessante Auswahl da drin. Du isst besser als jeder andere, den ich kenne.«

»Ja, die Mancinos sind wirklich süß.«

»Scheint so. Sie scheinen dich sehr zu mögen. Sie scheuen keine Mühe. Jede Wette, dass sie gern mehr täten, als F, M und A in die Deckel zu ritzen. Die würden sich glatt eine Maschine besorgen, die ihnen die Deckel mit Blindenschrift beschriftet, wenn du die lesen könntest.«

Er verwendete das glatt gegen sie. Na, das konnte sie auch.

Allegra reckte das Kinn. »War das bloß lauwarme Luft, als du sagtest, du würdest mit mir spazieren gehen? Oder bist du vom Joggen zu müde dafür? Wie ist denn das Wetter draußen?«

Scharfes Luftholen. Langsames Trommeln mit den Fingerspitzen. Die Anspannung war zum Greifen.

Sie brachte ihn auf die Palme. Tja, das tat sie mit vielen Leuten. Es war hart. Aber er war ein großer Junge, ein richtig großer Junge, er würde das verkraften.

Es blieb still in der Küche, solange Douglas' Räderwerk arbeitete.

Plötzlich hatte sie rechts ein anderes Gefühl auf der Haut. Sie drehte den Kopf und spürte Sonne im Gesicht. Es war unmissverständlich. »Die Sonne kommt raus«, sagte sie.

Endlich redete er wieder. »Das stimmt. Es hat aufgehört zu schneien, die Sonne scheint. Wenn du spazieren gehen möchtest, wäre jetzt die beste Zeit dafür. Am Abend wird es wahrscheinlich wieder schneien. Hast du Kleidung für kaltes Wetter? Und Schuhe mit Gummisohlen?«

»Ja. Alles. Dass ich gestern Abend unpassendes Schuhwerk anhatte, heißt noch lange nicht, dass ich blöd bin, Senior Chief Kowalski. Du wirst schon noch merken …«

»Schon gut, schon gut.«

Bestimmt hielt er jetzt beschwichtigend die Hände hoch.

Die Luft neben ihr veränderte sich, wurde dichter, und sie bemerkte, dass er neben ihr stand. Als wäre es das Selbstverständlichste von der Welt, streckte sie die Hand aus und traf auf seinen starken Unterarm.

»Ich werde dich in dein Zimmer bringen, und dann ziehst du diese Stiefel und deine Wintersachen an.«

»Ich danke vielmals, Senior Chief«, sagte sie in bester Scarlett-O'Hara-Manier, klimperte mit den Wimpern und raffte ihren imaginären Reifrock. »Das ist sehr freundlich von Ihnen. Ich sehe, Sie sind ein Gentleman der alten Schule.«

Über ihrem Kopf hörte sie leises Schnauben, entweder lachte er oder er ärgerte sich. Wie auch immer, es war egal. Sie fand das wunderbar aufregend. Zum ersten Mal seit einer Ewigkeit würde sie wieder spazieren gehen.

11

Es war ihm noch nie zuvor passiert, aber Kowalski war kein Dummkopf. Er begriff, was los war. Er war gerade dabei, sich in Allegra Ennis zu verlieben. Nein, Quatsch. Er war es bereits, und zwar schon seit er sie zum ersten Mal hatte singen hören. Zunächst war das leicht mit körperlichem Begehren zu verwechseln gewesen. Denn Begehren hatte er schon häufig für eine Frau empfunden. Doch jetzt kapierte er, was wirklich in ihm vorging.

Was für ein Witz! Da hatte er achtunddreißig Jahre ohne ernsthaftes, nicht mal annähernd ernsthaftes emotionales Engagement hinter sich gebracht, und jetzt verliebte er sich in eine Frau, bei der das Wort Ärger groß und breit auf der hübschen Stirn stand.

Man konnte wirklich nicht behaupten, dass sie ideal zueinander passten. Eine seriöse Partnervermittlung würde die Software auswechseln, wenn der Computer ein Date der beiden vorschlüge.

Sie hatten exakt gar nichts gemeinsam.

Allegra war zehn Jahre jünger als er, gemessen in Normaljahren, gemessen in SEAL-Jahren waren es ein paar Tausend. Er hatte Dinge gesehen und getan, die sie niemals erfahren dürfte, sonst würde sie schreiend weglaufen.

Sie war so schön, dass sich die Leute nach ihr umdrehten.

Bei ihm drehten sie sich auch um, aber in die andere Richtung.

Sie stammte aus einer glücklichen Familie und konnte entspannt mit Leuten umgehen. Sie konnte Freundschaften halten, und eine Menge Leute schienen sie zu mögen.

Kowalski dagegen hatte den übelsten familiären Hintergrund, den man haben konnte, ohne selbst unterzugehen. Seine zwischenmenschlichen Fähigkeiten waren rudimentär. Er hatte Kollegen, aber keine Freunde, mit Ausnahme von John vielleicht.

Und obendrein hatte die hinreißende, begabte Allegra Ennis, die ihm so massiv den Kopf verdrehen konnte, die Sturheit eines Esels – und Kowalski war dagegen machtlos.

Er war ein tapferer Mann und hatte dem Tod viele Male ins Auge geblickt. Es gab nicht viel, was ihm Angst machen konnte, aber die Sache mit Allegra machte ihm eine Scheißangst. Als sie ihr niedliches Kinn in die Luft gereckt und erklärt hatte, sie erwäge einen riskanten Eingriff, der noch im Versuchsstadium war – so eine Frankenstein-OP, die wahrscheinlich gerade an Cockerspaniels und Rhesusaffen ausprobiert wurde –, da musste er seine ganze Selbstbeherrschung zusammennehmen, sonst hätte er gebrüllt und ihr verboten, auch nur daran zu denken.

Leider hatte er nicht das Recht, ihr etwas zu verbieten. Aber das würde sich ändern, oh ja. Er würde so lange bei ihr bleiben, bis sie erkannte, dass sie zu ihm gehörte, und dann hätte er das Recht dazu.

Aber damit noch nicht genug, sie weigerte sich sogar glattweg, mit ihrer Blindheit umgehen zu lernen, und setzte sich täglich allen möglichen Gefahren aus.

Er hätte fast einen Herzinfarkt bekommen in ihrer Küche, als ihm aufging, dass sie mit Gas kochte. Ein Blinder, der mit Gas kochte, würde als verkohltes Sparerib enden.

Ihm standen also gleich mehrere Albtraumszenarien zur Auswahl – Allegra tot auf dem Operationstisch, damit irgendein Wissenschaftler ein paar Daten für seine Statistik bekam, oder – noch besser – verkohlt auf dem Küchenboden.

Er fühlte sich unsicher und gestresst, als sie fertig angezogen aus ihrem Zimmer kam. Glücklich und schön, so strahlte sie ihn an. Er rieb sich die schmerzende Brust.

»Na, Senior Chief?« Sie drehte sich wie ein Laufstegmodel. »Bestehe ich die Musterung?«

Oh ja. Sie trug einen langen, dunkelgrünen Daunenmantel mit pelzbesetzter Kapuze, die ihr herzförmiges Gesicht einrahmte, dicke Handschuhe, Thermohosen und wasserdichte Stiefel mit Profilsohle.

Sie hob das Gesicht zu ihm und traf nicht ganz die Richtung. Er sollte etwas sagen, damit sie ihn fände, aber die Worte blieben ihm im Hals stecken.

»Douglas?« Stirnrunzelnd streckte sie die Hand aus. Als sie seinen Arm berührte, war es, als hätte sie einen Schalter umgelegt, der den Bann löste.

»Ja, ich bin hier.« Sie fand die Quelle seine Stimme, drehte sich ein wenig und strahlte ihn an. Er schob eine rote Locke unter ihre Kapuze, dann küsste er sie auf die Nasenspitze. »Du siehst aus wie ein hübscher Eskimo. Sind wir ausgehfertig?«

»Vollkommen. Ach, Douglas, ich kann es kaum erwarten.« Sie zappelte vor Aufregung. »Scheint die Sonne noch?«

Er blickte nach draußen zum blauen Himmel. Die blassgelbe Sonnenscheibe machte sich gerade auf den Weg zum Horizont. Dort gab es ein paar Wolken, aber die würden erst nach dem Dunkelwerden heraufziehen. Es blieben noch einige Stunden mit schönem Wetter. »Jep. Ein guter Tag für einen Spaziergang, aber es wird kalt sein. Bist du auch wirklich warm genug angezogen?«

»Aber ja doch.« Sie hüpfte praktisch vor aufgestauter Energie. »Los, komm. Lass uns endlich gehen.«

Auf der Veranda hob Allegra das Gesicht zum Himmel. Ihre Augen waren geschlossen, die zierliche Nase sog den frischen Schneegeruch ein. Sie sah so glücklich aus, dass es ihn auch glücklich machte. Er legte den rechten Arm um sie und wünschte, er würde ihre Haut spüren anstatt Millionen Entenfedern.

Sie befühlte seinen Parka. »Du hattest also auch eine Winterjacke im Auto. Ich bin beeindruckt. Du scheinst für alle Eventualitäten vorzusorgen. Was hast du sonst noch dabei? Wasserbälle und Sonnenmilch? Einen Anzug?«

Hm, mal sehen. Im SUV hatte er seine MP5 mit sechs Dreißig-Schuss-Magazinen, das M24-Scharfschützengewehr mit Munition, eine M9-Pistole mit fünf Magazinen, eine Panzerweste und einen PASGT-Helm, Notrationen für zwei Wochen, zwanzig Liter Wasser, GPS-Gerät, Nachtsichtgerät und einen Laptop mit SATCOM-Verbindung.

Im doppelten Boden des Werkzeugkastens lag ein Viertelpfund C4-Sprengstoff. Wenn er eines besonders gut konnte, dann Sachen in die Luft sprengen. Er war ein Anhänger der SEAL-Philosophie, wonach es wenige Probleme gab, die nicht mit einer geschickt platzierten, ordentlich großen Sprengladung gelöst werden konnten.

Außerdem hatte er einen Verbandskasten, extradünne Lederhandschuhe zum Schießen, eine Winter- und Bergausrüstung, einen Taucheranzug mit Tauchflasche und Flossen.

Und vier Schachteln Kondome.

»Nicht viel«, sagte er. »Dies und das. Das Übliche. Man weiß ja nie, was man mal braucht, und ich bin gern vorbereitet. Also gut, hör zu. Wir machen es folgendermaßen: Wenn du vor einer Stufe oder einem Hindernis bist, drückte ich deinen Arm, etwa so«, er machte es vor, »dann weißt du, jetzt kommt es. Und wenn ich sage, Schritt nach oben oder Schritt nach unten, tust du genau das und genau dann, wenn ich es sage.«

Die kleine Steilfalte erschien zwischen ihren geschwungenen Brauen. Allegra hatte keine guten Erfahrungen mit Leuten gemacht, die sie führen wollten.

Sie konnte nicht wissen, dass er Spezialist für Entfernungsmessung war. Im Einsatz benutzte er Laser-Entfernungsmesser, um Schüsse ins Ziel zu setzen, doch auch ohne Gerät hatte er ein gutes Auge für das Gelände und für Entfernungen, und er besaß große Erfahrung. Vielleicht war er nicht in der Lage, mit einem Scharfschützengewehr auf extreme Distanz zu treffen, aber auf jeden Fall konnte er Allegra helfen, Hindernissen auszuweichen.

»Glaub mir«, sagte er, »ich lass dich nicht fallen oder irgendwo gegenlaufen.«

»Nein.« Ihre Mundwinkel gingen nach oben, die Falte verschwand. Er sah vollkommenes Vertrauen in ihrem Gesicht. »Wirst du nicht. Da sagst es, und ich glaube es. Also lass uns gehen.« Sie hüpfte. »Jetzt. Sofort.«

»Okay.« Er nahm sie fest in den Arm und sagte: »Drei Stufen nach unten … jetzt. Eins, zwei, drei.«

Allegra ging die Stufen so problemlos, als blickte sie auf ihre Füße. Eine Minute später gingen sie durch das Tor und den Bürgersteig entlang. Kowalski passte sich ihren kleinen Schritten an und ließ sie Zutrauen gewinnen.

Sie drehte ständig den Kopf wie ein lebhaftes Hündchen, das zum Spielen nach draußen gelassen wurde, nachdem es zu lange ins Haus gesperrt gewesen war. Sie nahm Eindrücke der Umgebung in sich auf, und Kowalski ließ sie das Tempo bestimmen.

Seine Aufgabe war es, sie so zu lenken, dass sie sich nicht wehtat, ihre Aufgabe war es, den Spaziergang zu genießen.

Bald fanden sie einen Rhythmus, der ihnen erlaubte, ein bisschen schneller zu gehen, und offenbar wollte sie das. Sie musste sich monatelang sehr zögerlich tastend fortbewegt haben. Jetzt, wo sie keine Angst mehr hatte, zu stolpern oder gegen einen Laternenpfahl zu laufen, ging sie mit zuversichtlichem Schritt und erhobenem Kopf.

Innerhalb von zehn Minuten waren ihre Wangen von der Kälte gerötet. Lebhaft plauderte sie ihm etwas vor. Er gab angemessene Antworten und hörte zu, während er vor ihnen nach Hindernissen Ausschau hielt. Allerdings fiel es ihm schwer, die Augen aufs Pflaster zu richten. Allegra blühte förmlich auf, und nur durch ihn. Es war unglaublich.

Er hatte das bewirkt. Er verschaffte ihr Bewegungsfreiheit. Zu beobachten, wie sie ihre wiedergefundene Freiheit auskostete, war unerträglich bewegend.

Nachdem sie mehrere Bordsteine und Treppen überwunden hatten, gab Allegra ihren schlurfenden Schritt ganz auf und ging normal. Ihre freudige Erregung war noch gestiegen. Sie brummte vor Energie.

Es war kalt, aber trocken und sonnig, genau das richtige Wetter für ihre Unternehmung. Es lag gerade so viel Schnee, dass es befriedigend knirschte, das Gehen aber nicht mühsam war.

»Sind wir schon an dem blauen Haus vorbei?«, fragte Allegra. »Es liegt auf der rechten Straßenseite.«

Jep, da war es, ein Cape-Cod-Haus mit verschiedenen Blautönen. Die Vorhänge waren zugezogen, in der Auffahrt stand kein Wagen. Es wirkte unbewohnt. »Ja, wir nähern uns. Scheint niemand zu Hause zu sein.«

»So ist es. Es gehört diesem schwulen Pärchen, Tom und Jerry. Unglaublich, die Namen, hm? Tom Edelman und Jerry Solarian. Jerrys Firma ist an die Börse gegangen. Er hatte eine Unmenge Optionen und hat einen Riesengewinn gemacht. Er wird nie wieder arbeiten müssen, der Glückspilz. Die beiden machen eine einjährige Weltreise. Ich schätze, sie sind jetzt auf Tahiti. Die kriegen einen Anfall, wenn sie zurückkommen und feststellen, dass dieser widerliche McMansion jetzt neben ihnen wohnt. Der besitzt eine Restaurantkette und treibt Spenden ein für die Republikaner. Er ist wahnsinnig schmierig und gibt ständig mit seinem Geld an. Tom und Jerry werden ihn verabscheuen. Ich würde alles wetten, dass sie verkaufen, sobald sie sehen, wer ihr neuer Nachbar ist und dass er dieses Monstrum neben ihnen gebaut hat. Ist es nicht schrecklich?«

Da hatte sie recht. Es sah größer aus als das Grundstück, auf dem es stand. Es hielt sich an den Baustil der anderen Häuser an der Straße, war nur zehnmal so groß. Wie aufgebläht.

»Es ist ziemlich hässlich, ja«, pflichtete Kowalski gelassen bei. »Aber ich glaube nicht, dass Republikaner einen Hang zu hässlichen Häusern haben.«

Sie lachte. »Vielleicht nicht, vielleicht sieht es nur so aus. Das Haus neben dem von McMansion gehört einem wirklich netten Paar. Er unterrichtet amerikanische Geschichte an der Portland State und sie ist Anwältin. Er spielt ausgezeichnet Bluegrass-Gitarre. Hat mich zwei Jahre lang immer wieder angesprochen, ob ich nicht mal mit ihm jammen will. Kannst du dir das vorstellen – Bluegrass auf einer keltischen Harfe?«

Kowalski überlegte. »Könnte funktionieren. Würde dir vielleicht Spaß machen.«

»Kann sein. Vielleicht werde ich eines Tages auf das Angebot eingehen. Sind wir schon an der Ecke McPherson? Da möchte ich nämlich nach rechts zum Lawrence Square laufen. An Sonntagnachmittagen tritt da manchmal ein Madrigalchor auf.«

»Wir kommen gerade an die Ecke … jetzt. Schritt nach unten.« Kowalski hielt sie fester. Sie überquerten die Straße und gingen nach rechts. Allegra schien auch in dieser Straße jeden zu kennen.

Wie machte sie das? Woher wusste sie all die Dinge über die Leute? Er könnte zwanzig Jahre in der neuen Wohnung leben und wüsste noch immer nichts über das Privatleben seiner Nachbarn.

Sie erzählte ihm die Geschichte der Straße: Die war früher

ein zerfurchter Karrenweg gewesen, auf dem das geschlagene Holz zur Mühle gezogen wurde, die mal zwei Meilen von dort gestanden hatte. Für einen Mann, der nie Nachbarn gehabt und nirgends lange genug gelebt hatte, um die Ortsgeschichte kennenzulernen (außer bei einem Militärstützpunkt), war das alles faszinierend.

Noch faszinierender war die strahlende, temperamentvolle Allegra neben ihm. Die Erkenntnis traf ihn wie ein Schlag, dass dies die eigentliche Allegra war: diese hinreißende, lachende Frau. Er hatte den Schleier der Melancholie erst erkannt, nachdem er gelüftet worden war. Wenn er sie vorher schon schön gefunden hatte, so fand er sie jetzt atemberaubend. Sie war eine Augenweide.

Er war nicht der Einzige, der das fand. Die Leute, denen sie begegneten, starrten sie an. Fast konnte er hören, wie sich in ihren Köpfen die Rädchen drehten, wenn sie zuerst Allegra, dann ihn anblickten und schaudernd zu ihr zurücksahen. Was tat eine wie sie mit so einem Kerl? Kowalski ging mit Gefechtsmiene neben ihr her und machte sich einen Spaß daraus, die Leute zu verschrecken.

Eine halbe Stunde waren sie jetzt unterwegs und gelangten allmählich zu einer Einkaufsstraße. Auf dem Bürgersteig wurde es voller.

Jeder starrte auf »die Schöne und das Biest«, die da entlangkamen. Wenn er Allegra dabei nicht im Arm gehalten hätte, hätten sie nicht diese Aufmerksamkeit auf sich gezogen, vermutete er. Dann hätte er ihr Chauffeur oder ihr Butler oder ihr Leibwächter sein können. Leibwächter. Ja. Das könnten sich die Leute vorstellen. Junge schöne Frau mit Schlägertyp – er musste der Leibwächter sein, richtig? Was sonst?

Doch da sie in seinem Arm ging und ihm bewundernd das Gesicht zuwandte, mussten sie ein Liebespaar sein. Das war ganz eindeutig, und es störte manche. Als hätte sich Frankensteins Monster an Prinzessin Leia rangemacht.

Er verschoss in einem fort Drohblicke, und die Leute stoben beiseite. Er hatte Allegra schließlich nicht entführt, er zwang sie nicht, mit ihm zu gehen, und sie genoss offensichtlich seine Gesellschaft. Wenn jemand ein Problem damit hatte – sollte er doch.

»Sind wir gleich am Lawrence Square?«

Am Ende der Straße konnte Kowalski ihn schon sehen, einen kleinen begrünten Platz. »Ja, wir sind gleich da.«

»Wie spät ist es?«

Himmel, die Uhrzeit. Auch darüber musste er sich noch Gedanken machen. Wie verfolgten Blinde die Uhrzeit? Er wollte wetten, dass es Uhren mit offenem Zifferblatt gab, die er ihr kaufen könnte, wenn sie sich nur nicht so darauf versteift hätte, nicht blind zu sein. »Drei Uhr.«

Sie ging langsamer und blieb dann stehen, Kowalski ebenfalls.

»Hier beginnt die Fußgängerzone, nicht wahr? Ohne Bordsteinkanten und Stufen?«

»So ist es«, bestätigte er. »Direkt geradeaus gelangen wir auf den Platz.«

»Dann möchte ich mit dir Arm in Arm gehen wie ein normales Paar. Können wir? Und wenn etwas kommt, das ich wissen sollte, sagst du es mir?«

Wie ein Paar.

Scheiße, was wusste er schon, wie man ein Paar abgab? Noch dazu ein normales Paar. Nichts. Aber einen Versuch war es wert. Er hatte schon immer schnell gelernt.

Er zog Allegras kleine Hand in seine Armbeuge und neigte sich zu ihr hinab. Sie schloss die Augen, und er küsste sie. Ihre Lippen waren warm, die Nasenspitze kalt. Sie öffnete sofort bereitwillig den Mund, doch er durfte sie nicht länger als eine Minute küssen, sonst wäre er nicht mehr fähig aufzuhören.

Als er den Kopf hob, lächelte sie ihn an.

»Wie ein Paar«, stimmte er mit belegter Stimme zu. »Dann los.«

12

Mit Douglas zu laufen war wie ... wie fliegen.

Allegra hatte lange Spaziergänge immer geliebt. Wie es schien, war ihr auch dieses schlichte Vergnügen genommen worden. Wer wagte einen Spaziergang, wenn er dabei jeden Moment auf die Nase fallen konnte? Die paar Male, als sie mit Freunden mitgegangen war, hatte sie als Desaster erlebt. Sie hatten sie immer zu spät oder zu früh auf eine Stufe oder eine Ecke aufmerksam gemacht. Zuletzt war sie mit Rosas Schwester aus dem Haus gegangen und mit blauen Flecken wiedergekommen.

Douglas gab ihr dieses Vergnügen zurück. Als sie sah, dass sie sich auf ihn verlassen konnte, dass er sie rechtzeitig auf Hindernisse hinwies und sein starker Arm sie vor Stürzen bewahrte, fühlte sie sich, als hätte er sie aus verhassten Ketten befreit.

Es war so toll, sich wieder frei zu fühlen.

Falls – wenn! – sie das Augenlicht zurückbekäme, würde sie nie mehr etwas als selbstverständlich hinnehmen. Sie würde für alles dankbar sein, was sie tun konnte: im Park spazieren gehen, lesen, kochen – aus Stolz hatte sie es nicht zugeben wollen, weil Douglas so einen Wirbel darum gemacht hatte, aber der Gasherd machte ihr tatsächlich Angst. Selbst für Regenbögen und Sonnenuntergänge würde sie dankbar sein.

Und für Douglas.

In diesem Augenblick war sie dankbar für ihn und für alles, was er so großzügig für sie getan hatte. Ohne ihn hätte sie eine Nacht voller Albträume durchgemacht, der ein leerer, sinnloser Tag gefolgt wäre.

Suzanne war bei ihrem Mann und Claire bei Bud im Krankenhaus.

Allegra hatte viele Freunde, aber niemanden, den sie anrufen und bitten wollte, den Tag mit ihr zu verbringen. Und mit keinem hätte es so sein können wie mit Douglas.

Bei der Erinnerung an die heiße Nacht mit ihm wurde sie rot. Da hatte sie keine Albträume gehabt, war nicht in schwarze Löcher gefallen, nicht zutiefst einsam gewesen, sondern hatte leidenschaftlichen Sex erlebt.

Das war auch wie Fliegen gewesen.

»Es sind viele Leute unterwegs«, sagte sie. Sie hörte und spürte sie.

Da waren viele Stimmen zu hören: Gelächter schallte durch die kalte Luft, eine Mutter ermahnte ihr Kind, ein Paar stritt sich, Kinder spielten. Manche bewegten sich schnell – sie spürte die Luftbewegungen. Der Lawrence Square war nicht groß und an Sonntagen immer sehr belebt.

Doch niemand rempelte sie an. Es war, als ginge sie in einer schützenden Luftblase. Nun ja, das tat sie. Douglas erzeugte sie.

»Ja. Jeder scheint sich wohlzufühlen. Es ist nett hier.«

Allegra lächelte. »Ja, das stimmt. Im Sommer ist es hier großartig.«

Ob Douglas im Sommer noch bei ihr wäre? Sie kehrte ihm das Gesicht zu und wurde augenblicklich mit einem warmen Kuss belohnt.

Schon möglich.

Silberne Klänge wehten heran, und Allegra drehte sich eifrig danach um. »Da sind sie!« Sie hüpfte an Douglas' Arm. »Lass uns hingehen. Die Gruppe steht meistens in der Ecke vor dem Café. Sie wird dir gefallen!«

Sie gingen geradewegs auf die Musik zu, die lauter und klarer wurde. Niemand hielt sie auf, sie brauchten um niemanden herumzugehen. Als wären sie völlig allein auf dem Platz. Wie machte Douglas das? Sie wurde nicht einmal von jemandem gestreift.

Douglas brachte sie sanft zum Anhalten. Dem Klang nach zu urteilen, standen sie jetzt vor den Sängern, vermutlich im Halbkreis mit anderen Leuten.

Allegra konzentrierte sich glücklich aufs Zuhören. Die Sänger waren wirklich gut. Es war eine junge Gruppe, erinnerte sie sich, drei Männer und vier Frauen mit ungewöhnlich klaren Stimmen. Sie sangen »Take Time While Time Doth Last«, ein leichtes, zartes Lied, das sie besonders gern mochte. Früher hatte sie es mit ihren Cousins gesungen, die dabei betrunken gewesen waren. Das hatte die Klangharmonie nicht beeinflusst, dachte sie liebevoll zurück. Es gab nichts, was ein Ennis gut machte, das er betrunken nicht besser konnte.

»Wunderbarer Sopran«, brummte Douglas. »Erstklassige Atemtechnik.« Allegra nickte. Sie erinnerte sich an die Frau. Groß, griechische Erscheinung, unbändige, schwarze Korkenzieherlocken. Ja, sie war ein guter Sopran und hatte eine sehr gute Atemtechnik. Was für eine Freude, ihnen zuzuhören. Und die Freude war umso größer, als sie es mit Douglas zusammen tat, der auch ein Musikliebhaber war.

Jetzt sangen sie Auszüge aus der »Feenkönigin«, ihrer Lieblingsoper.

Douglas stand hinter ihr, die Arme locker um ihre Taille gelegt, eine warme, starke Mauer.

Allegra stand mit geschlossenen Augen da, an ihn gelehnt, wiegte sich leicht zur Musik und genoss das Gefühl seiner starken Arme. Es war einfach perfekt – der Mann und die Musik und der ganze Tag. Wenn sie die Augen zuließ, konnte sie sich fast einbilden, ihr Leben sei wieder intakt. Mehr als intakt. Ein Leben mit einer neuen Liebe. Lächelnd dachte sie an das Lied, das sie gerade komponierte. Es spiegelte genau ihr Empfinden wider, diese köstliche, kribbelnde Erregung über eine neue Liebe, die Begeisterung, die freudige Erwartung, das Gefühl, diesmal könnte es der Richtige sein.

Da war Douglas, doch da war auch noch etwas anderes. Etwas Mächtigeres als Neuartigkeit. Sie hatte viele Flirts gehabt, wenn auch nicht viele Lover, und die Männer hatten alle etwas gemeinsam gehabt – sie hatte mit ihnen Spaß gehabt, aber, wie ihr jetzt klar wurde, auf die oberflächliche Art. Sie versuchte sich vorzustellen, wie Billy Trudloe oder Davis Cleaver einen Tag mit ihr verbracht hätte, nachdem sie blind geworden war. Das ging gar nicht.

Sie war für einen Mann kein Vergnügen mehr, das wusste sie. Wer mit ihr zusammen war, brauchte viel Geduld und musste sehr aufmerksam sein. Die Männer, die sie gekannt hatte, hätten vor ihr und ihren Problemen zurückgescheut, hätten wie die Ratten das sinkende Schiff verlassen. Sie brauchte den ganzen Tag über Hilfe, und das nervte.

Sie konnte nicht ins Kino, zum Ballett oder ins Theater gehen, zumindest nicht mit Genuss. Restaurants waren ein Albtraum, weil dort jedes Missgeschick peinlich wäre. Nur mit Claire oder Suzanne ging sie noch essen.

Man sehe sich nur den heutigen Tag an – ein Spaziergang im Schnee war eine große Sache, erforderte Planung und Zeit und Aufmerksamkeit. Welcher Mann wollte das auf sich nehmen?

Welcher Mann wollte eine Beziehung mit einer behinderten Frau anfangen, mit einer Blinden? Die noch dazu jede Nacht Albträume hatte und mit Dämonen rang? Die mehr weinte als lachte?

Nein, mit Beziehungen war es für sie vorbei. Sie war eine Last. Aber offenbar – was für ein Wunder – nicht für Douglas.

Douglas schien nicht zu bemerken, wie sehr er für sie zurückstecken musste. Kein einziges Mal hatte er Ungeduld gezeigt oder Ärger, nur leidenschaftliches Verlangen nach ihr und den Drang, ihr zu helfen. Er war wirklich wie ein Fels, und nicht nur weil er so groß und muskulös war. Er war immens beruhigend und geduldig. Verlässlich. Er war hier bei ihr, und ihrem Eindruck nach beabsichtigte er zu bleiben.

Ihre seit Monaten verspannten Körperpartien lösten sich allmählich. Sie schaltete die Sorgen im Kopf einfach aus und ließ alles los – ihre Verzweiflung, ihre Trauer. Als würde sie ein schwarzes, fauliges Geschwür öffnen. Langsam kehrte die Freude in ihre Seele zurück, und sie empfing sie wie einen alten, lang vermissten Freund. Das war das Glück, hier und jetzt. Sie fühlte die Sonne im Gesicht, zum ersten Mal seit Monaten. Sie hörte schöne Musik im Freien und hatte Douglas, um sich anzulehnen.

Plötzlich bekam die Zukunft einen neuen Glanz. Bisher hatte sie von einem Tag zum anderen gelebt, weil ihr die Zukunft zu schmerzhaft erschienen war, hatte ihren Alltag mit Mühe bewältigt. Jetzt gab es etwas, worauf sie sich freuen konnte. Vielleicht würde Douglas sie zu dem Bach-Konzert am Donnerstagabend begleiten. Vielleicht würde er im Lauf der Woche noch mal mit ihr spazieren gehen, wenn es nicht zu stark schneite. Vielleicht nächsten Sonntag noch mal zum Lawrence Square laufen.

Wenn Liebe eine süße Leidenschaft ist, warum ist sie dann so qualvoll?, sang der Chor gerade.

Allegra lächelte, ohne die Augen aufzumachen, und drehte sich, um Douglas einen Kuss auf die Brust zu geben. Zwar traf sie nur den Nylonstoff seines Parkas, aber das war ihr egal.

Das Lied näherte sich dem Ende. Als der letzte herrliche Ton verklang, klatschten die Leute heftig Beifall. Was für ein Hut wohl diesmal dort am Boden stand? Im Sommer war es ein Zylinder gewesen.

Sie hob das Gesicht zu Douglas. »Ich habe kein Geld bei mir.

Kannst du ihnen etwas geben? Sie sind Studenten und wahrscheinlich arm.«

»Sicher, Honey. Ist ein Zwanziger okay?«

»Oh ja.« Der reichte für Hotdogs und Kaffee für alle. »Danke, Douglas. Das ist wirklich großzügig.«

»Bin gleich wieder da.« Er ließ sie los, um das Geld in den Hut zu werfen.

»Das war ziemlich minderwertig, meine Liebe, aber du hattest ja noch nie ein Ohr für Qualität«, hörte sie Sandersons höhnischen Tenor direkt an ihrem Ohr. Ihr wurde schwarz vor Augen, und ihre Beine gaben nach.

Kowalski legte einen Zwanzigdollarschein in den Bowlerhut zu Füßen der Sänger. Den hatten sie verdient. Sie hatten nicht Allegras Klasse, aber die erreichten schließlich nur wenige. Dennoch war es ein gutes Gefühl, junge Talente zu ermutigen.

Er erkannte sich selbst kaum wieder, und doch schien das seine neue Lebensart zu sein. Er schnaubte angesichts seines neuen Images – Senior Chief Kowalski, der freundliche, einfühlsame Förderer der Jugend.

Als der Geldschein in dem Hut verschwand, sah ihm die Leadsängerin dankend in die Augen, und diese neue, freundliche Ausgabe von Senior Chief Kowalski nickte ihr zu. *Nettes Gefühl*, dachte er und drehte sich um – gerade in dem Moment als Allegra umkippte.

Ein langer Schritt, und er war bei ihr und fing sie auf.

»Douglas! Oh mein Gott!«

Sie zitterte und war leichenblass.

»Ganz ruhig, Honey, alles ist gut. Ich hab dich. Was ist los? Bist du gestolpert?«

»Ich …«, keuchte sie und kam nicht weiter. Wenn sie noch ein bisschen heftiger zitterte, würde es ihr die Knochen brechen. Er schlang die Arme um sie, damit sie sich beruhigte und das Zittern etwas nachließ. Sie barg das Gesicht an seinem Arm, als wollte sie sich vor jemandem verstecken.

Sie griff an seinen Kragen und zog ihn herab, um ihm etwas ins Ohr zu flüstern, brachte aber erst mal kein Wort heraus und musste schlucken. »Douglas, schnell! Siehst du einen eleganten Mann um die vierzig, mittelgroß, schlank, schulterlange blonde Haare?«

Kowalski richtete sich auf. Er konnte mühelos über die Köpfe hinwegsehen und hatte den ganzen Platz im Blick. Konzentriert suchte er einen Quadranten nach dem anderen ab, schnell, aber gründlich. Wenn der Kerl noch da war, den Allegra beschrieben hatte, würde er ihn entdecken.

Erster Quadrant: Pärchen in Jeans und Parkas mit Baby im Kinderwagen; streitendes junges Paar in Designerklamotten; alter Mann mit Gehstock und Kaschmirmantel; großer, schlaksiger Rothaariger mit Lederjacke und Knöchelturnschuhen; zwei junge Punks mit grünen Haaren und jeder Menge Blech im Gesicht.

Nächster Quadrant: zwei Familien mit einem Dutzend Kinder; drei flotte Aufreißertypen; schwarzes Paar, warm eingepackt wie für den apokalyptischen Winter; drei ältere Damen, die zimperlich über eine vereiste Stelle gingen.

Dritter Quadrant: alle möglichen Leute, nur kein mittelgroßer, eleganter Blonder um die vierzig. Vierter Quadrant: dito.

Kowalski blickte noch einmal suchend über den ganzen Platz. Nichts. Nada. Null.

Ängstlich gespannt wartete Allegra auf das Ergebnis. Das Zittern hatte nachgelassen, aber nur wenig. Wen immer sie glaubte bemerkt zu haben, machte ihr eine Heidenangst.

Kowalski lebte gewöhnlich immer halb in Alarmbereitschaft. Er war zu jeder Zeit auf alles gefasst. Mehr als eine Frau hatte ihn als paranoid bezeichnet. Er war nicht paranoid, nur sehr wachsam und auf Ärger vorbereitet. Was da gerade ablief, drückte bei ihm sämtliche Alarmknöpfe. Allegra von jemandem in Angst versetzt – das hieß für ihn Alarmstufe Rot.

Wenn dieser Scheißkerl Allegra nur ein Mal anrührte, war er ein toter Mann, egal, wer er war.

»Siehst du ihn?«, fragte sie atemlos vor Angst.

Er beschränkte seinen Ton auf reine Freundlichkeit. Sie brauchte nicht herauszuhören, wie alarmiert er war. Sie hatte schon genug Angst. »Nein, Honey. Keinen mit diesem Aussehen. Wer ist der Kerl?« Kowalski würde ihn an die Wand nageln.

Allegra stand nur da. Ihr Atem ging sehr schnell.

Angst macht den Verstand langsam, macht einen dumm, macht normale Menschen zu leichten Opfern. Kowalski schüttelte Allegra ein bisschen, um sie aus der Schreckstarre zu lösen.

»Allegra? Wer ist es? Er hat dich bedroht? Wie heißt er?«

»Heißt? Oh, äh …« Als er ihr gesagt hatte, er habe den Kerl nirgends entdeckt, war ein bisschen Farbe in ihr Gesicht zurückgekehrt. Jetzt schüttelte sie den Kopf. »Oh Gott, Douglas, es tut mir so leid.« Sie lehnte sich an ihn. »Ich dachte …« Wieder schüttelte sie den Kopf und schlang die Arme um seine Taille. »Mach dir keine Gedanken. Er kann es nicht gewesen sein.«

»Sag mir doch, wer …«, begann Kowalski, und sie im selben Moment: »Ich möchte …«

»Was, Honey? Was möchtest du?« Gut, dass sie sein Gesicht nicht sehen konnte. Er sprach sanft, guckte aber so grimmig, dass die Leute ringsherum zurückwichen.

Mit Tränen in den Augen flüsterte sie: »… nach Hause. Bring mich bitte nach Hause, Douglas.«

13

»Da sind wir.« Kowalski hielt Allegra die Tür auf und schob sie mit sanfter Hand über die Schwelle. Es war bereits dunkel. Für den Rückweg vom Lawrence Square hatten sie doppelt so viel Zeit gebraucht wie für den Hinweg. Allegra hatte den zuversichtlichen, schnellen Schritt verloren und war zögerlich und schlurfend neben ihm hergegangen. Kowalski hatte sie nicht zur Eile getrieben, sondern sich geduldig ihrem Tempo angepasst.

Still und blass, mit gesenktem Kopf, betrat Allegra das Haus. Die fröhliche, zuversichtliche Frau, die in fast normaler Gangart mit ihm zum Lawrence Square gelaufen war, war verschwunden und dieses Gespenst an ihre Stelle getreten.

Wen immer sie zu sehen geglaubt hatte, er hatte sie in ihren verängstigten, unsicheren Zustand zurückgestoßen. Sie stand unter Schock. Kowalski wusste nicht, was ihn verursacht hatte, aber die Symptome waren eindeutig. Ihre Wahrnehmung war gedämpft. Es dauerte mehrere Sekunden, bis sie auf eine Frage antwortete, als müsste sie die Worte erst mühsam begreifen. Ein eindeutiges Schocksymptom.

Klassisch.

Neue Rekruten hatte er gewöhnlich drangsaliert, um sie aus dem Zustand herauszureißen. Ein Soldat muss trainieren, sich der Schocklähmung zu widersetzen, und Kowalski war derjenige, der es ihm einhämmern musste. Seine Methoden waren brutal gewesen, absichtlich brutal, und wenn der Soldat das nicht ertrug, war er draußen.

Bei dem Gedanken, Allegra zu tyrannisieren, wurde Kowalski

geradezu schlecht. Sie würde er aus dem Schockzustand heraushätscheln müssen. Das war wirklich mal was Neues für ihn.

Er zog ihr die Handschuhe, die Mütze und den Mantel aus. Allegra stand still wie eine Puppe und ließ es geschehen. Dann schlang sie fröstelnd die Arme um sich. Es war nicht kalt im Haus. Er hatte die Heizung angelassen. Sie fror vor Erschöpfung – es war ihr erster langer Spaziergang seit Monaten gewesen – und durch den Schock.

»Weißt du, was du jetzt brauchst, Honey?« Es dauerte zwei Sekunden, bis sie ihm auch nur das Gesicht zukehrte.

»Nein. Was brauche ich?« Sie sprach leise, fast flüsternd. Mann, sie klang völlig niedergeschlagen. Es schmerzte ihn, sie so zu hören.

»Du brauchst ein heißes Bad und dann etwas zu essen.« Wärme und Nahrung, die ewigen Heilmittel.

Stocksteif stand sie im Wohnzimmer. »Ja?«

»Ja.« Kowalski führte sie ins Badezimmer. Er drehte den Heißwasserhahn an der Wanne auf, kramte in den Toilettenartikeln und zog eine kleine Flasche Lavendelöl hervor. Irgendwo hatte er mal gelesen, dass Lavendel entspannend wirkte, also goss er die halbe Flasche ins Wasser. Kurz darauf roch das Bad wie ein ganzes Lavendelfeld.

Während sich der Dampf verteilte, zog er sie behutsam aus. Falls sie sich sperrte, würde er sofort aufhören, aber Allegra hielt still, hob gehorsam die Arme, als er ihr den Pullover über den Kopf zog.

Aus dem halben Ständer, den er in ihrer Gegenwart immer hatte, wurde ein ganzer, als er ihr den BH aufhakte und den Slip die langen Beine hinabzog. Er bückte sich, und sie stützte sich auf seine Schulter und hob erst den einen Fuß, dann den anderen an. »Braves Mädchen«, murmelte er.

Es stand ihm plastisch vor Augen, wie er sie in der letzten

Nacht am ganzen Körper angefasst hatte und wie sie vor Lust schauderte, als er ihr an der Seite in den Hals biss. Er kannte jetzt den Geschmack ihrer Brüste: sahnig und salzig, himmlisch. Er sah es vor sich, wie ihre Bauchmuskeln sich zusammenzogen, als er an ihren Brustwarzen saugte, und wie sie keuchte, wenn er hart saugte. Als er sie nass gekriegt hatte, hingen Tröpfchen in ihren weichen roten Schamhaaren, und später hingen von ihm milchweiße Perlen darin.

Kowalski richtete sich wieder auf und verzog das Gesicht, weil die Hose auf seinen Ständer drückte. Allegra war so schön, wie sie nackt in diesem duftgeschwängerten Bad stand. Ihre Haut leuchtete wie Alabaster und war genauso fein und glatt, die rosa Brustwarzen und das feuerrote Schamhaar bildeten die einzigen Farbflecken.

Er wollte sie noch mehr als am vorigen Abend. Normalerweise kriegte er nach einem guten Fick die Frau aus seinem Kopf raus, aber bei Allegra wuchs der Hunger nur.

Wäre sie nicht so unglücklich und verloren, würde er sie ins Schlafzimmer tragen, aufs Bett legen und sofort auf sie steigen. Wahrscheinlich hätte er nicht mal die Geduld für ein Vorspiel.

Aber das konnte Allegra jetzt am allerwenigsten gebrauchen. Sie hatte diesen verkniffenen Gesichtsausdruck, der ihm am meisten zu schaffen machte, den Ausdruck der Angst und inneren Qual. Da wollte sie jetzt bestimmt keinen Sex.

Also drängte er seine Geilheit zurück in den hintersten Winkel, wo er auch Angst, Hunger und Durst hinpackte, wenn er im Einsatz war. Das war okay. Er war es gewohnt, seine körperlichen Bedürfnisse zu ignorieren.

Er drehte den Wasserhahn zu und hielt die Hand ins Badewasser. Es war warm genug, um sie durchzuwärmen, aber nicht so heiß, dass es auf der Haut brannte. »Das Bad ist fertig, Honey.« Stirnrunzelnd hob er die langen Haare von ihren Schultern. Sie glitten seidig durch seine Finger. »Was machen wir mit deinen Haaren? Ich will nicht, dass sie nass werden.«

Allegra hob den Kopf. »Auf der Platte über dem Waschbecken liegen zwei Stäbchen, eins aus Elfenbein, eins aus Ebenholz.«

Stäbchen? Kowalski stellte sich zwei chinesische Essstäbchen vor. Was wollte sie denn mit denen? Er drehte den Kopf und blickte auf die Porzellanplatte. Da lagen tatsächlich zwei ulkige Stäbe, ein schwarzer und ein weißer.

Oh.

Die waren für die Haare? Offenbar. Doch wie sie die benutzen wollte, ging über seinen Verstand. Er drückte sie ihr in die Hand. »Meinst du die? Was willst du damit machen?«

Ein kleines Lächeln erschien in ihrem Gesicht, das erste, seit sie nach Hause gekommen waren.

»Sieh her, großer Krieger, und lerne«, sagte sie. Zwei schnelle Handgriffe, und das ganze Haar – das für acht Frauen gereicht hätte – wurde hochgenommen und auf dem Scheitel zu einem eleganten Knoten festgesteckt. Er wirkte so professionell, als wäre sie gerade vom Friseur gekommen.

Kowalski war perplex. »Wie hast du das gemacht?«

»Übung. Ist das Wasser fertig?« Sie wandte sich der Wanne zu und schnupperte. »Ich glaube, du hast die ganze Flasche Lavendelöl hineingegossen. Ein paar Tropfen hätten genügt.«

»Entschuldige«, brummte Kowalski.

»Nein, nein, bitte entschuldige dich nicht.« Allegra streckte die Hand aus und wartete auf seinen Unterarm. »Ich wollte dich nur necken, Douglas. Ich kann gar nicht ausdrücken, wie dankbar ich dir bin. Weil du mir hilfst, weil du hier bist. Du darfst ein ganzes Fass Lavendelöl in mein Bad kippen, wenn du willst.«

Oh Mann. Da stand sie nackt mit dieser glatten weißen Haut vor ihm in dem dampfenden Badezimmer. Douglas durchschoss eine Erregung, dass er fast in den Knien einknickte. Er wartete einen Moment ab, ehe er sie zur Wanne führte, denn ihm zitterten die Hände.

Während er sie ins Wasser steigen ließ, fiel sein Blick in den Spiegel, und beinahe wäre er entsetzt zurückgewichen.

Wer ist das Monster da im Spiegel?

Er hatte glatt vergessen, wie verdammt hässlich er war. Im Augenblick war er noch hässlicher als sonst, weil das Verlangen sein Gesicht verzerrte. Er hatte teigige Wangen und blutleere Lippen, die Narbe stach weiß von der sonnengebräunten Haut ab. Seine Nase war eingedrückt wie bei einem Boxer. Sie war ihm so oft gebrochen worden, das qualifizierte ihn glatt für die Schwergewichtschampionship. Aknenarben hatte er auch. Seine Augen waren zwei Schlitze in der wettergegerbten, zähen Haut.

Er sah aus wie der Schrecken der Nacht.

Diese Zeit allein mit Allegra war ein Geschenk, das ihm das Leben hinwarf – ein Knochen, vielleicht als Entschädigung für all die Jahre, die er allein zugebracht, in denen er für sein Land gekämpft hatte. Er durfte mit der schönsten Frau der Welt zusammen sein, aber nur weil sie blind war.

Die Zeit war begrenzt – sie würde ihn bald genug rauswerfen. Das würde jede Frau tun, und erst recht eine so begehrenswerte. Also legte er sich am besten einen guten Vorrat Erinnerungen an.

»Ab in die Wanne.« Er hob Allegra hoch und stellte sie ins Wasser. Es reichte ihr bis zu den Knien. Sie hielt sich an ihm fest, während sie sich langsam ins Wasser sinken ließ. Kowalski biss schon die Zähne zusammen, als er nur nach dem Schwamm griff und ihn einseifte. Dann begann er sie zu waschen. Selbst die verdammte Seife roch nach Blumen. Er litt unter olfaktorischer Überlastung. Jedes einzelne Molekül im Raum roch nach Frau und Sex. Wenn er noch länger bliebe, sie sehen und riechen musste, würde ihm der Kopf platzen.

Er sah zu, dass der Schwamm immer schön zwischen seiner

Hand und ihrer Haut blieb, denn sonst könnte er nicht mehr widerstehen und würde sie befummeln. Er wusste genau, wie sie es gernhatte. Und wo. Sie mochte es, wenn er ihre Oberschenkel streichelte, langsam mit den rauen Fingerspitzen die Innenseiten hinaufwanderte. Sie mochte es, wenn er den Finger in sie steckte und die Klitoris mit dem Daumen umkreiste. Sie mochte es, wenn er ihren Hintern in beide Hände nahm und in seine Stöße hineinhob.

Kowalski saß auf dem Wannenrand, schloss die Faust um den Schwamm und ließ den Kopf hängen. Vielleicht verunsicherte sie sein scharfes Einatmen, denn sie sagte zögernd: »Douglas?« Vermutlich glaubte sie, es sei etwas nicht in Ordnung.

Tja, da lag sie richtig. Die Hände von ihr lassen zu müssen, war Folter.

»Douglas?«, fragte sie nun schärfer und richtete sich im Wasser auf.

Echt klasse, Kowalski. Versetz sie noch mehr in Unruhe, bloß weil du einen Ständer hast, der nicht weggeht.

»Lehn dich einfach zurück, Honey. Lass dich ordentlich durchwärmen. Deine Muskeln sind steif von der Kälte.«

»Oh.« Beruhigt, weil sie ihn in normalem Ton sprechen hörte, lehnte sie sich zurück ins Wasser.

Kowalski atmete leise tief durch, dann noch einmal, und machte sich wieder an die harte Aufgabe. Kein Problem. Er hatte sein ganzes Leben damit verbracht, sich zusammenzureißen.

Er seifte sie ein, dann tauchte er sie tiefer ins Wasser. Nur ihr Kopf schaute noch heraus und ruhte auf dem Rand. »Bleib so«, sagte er ruhig. »Ich gehe dir eine Tasse Tee holen.«

Mit geschlossenen Augen lag sie da, den Kopf auf dem Wannenrand. Ihre Haut war inzwischen leicht rosig. Sie nickte. »Das wäre schön.«

»Bin gleich wieder da.«

Kowalski fand eine Packung Earl Grey in Beuteln, erhitzte eine Tasse Wasser in der Mikrowelle und tat den Beutel und einen Eiswürfel hinein, um den Tee auf Trinktemperatur zu bringen. Als er zurückkam, lag sie noch in derselben Position.

»Hier, Honey.« Er nahm ihre Hand, drückte die Finger um die Tasse und führte sie an ihre Lippen. Vorsichtig nippte sie daran. Als sie merkte, dass er ihr keinen kochend heißen Tee gebracht hatte, trank sie in großen Schlucken.

»Mmm.« Sie trank aus und gab ihm die Tasse zurück. »Das hat richtig gutgetan. Danke. Ich glaube, ich steige jetzt aus der Wanne.« Das Wasser plätscherte, als sie sich an seinem Arm hochzog.

Sie war so still mit diesem traurigen Lächeln, so tapfer und schön. Sie hielt sich an seinen Armen fest, das Gesicht ihm zugewandt. Ihre Hände lagen leicht auf seinen Armen, doch er spürte das Gewicht ihres restlosen Vertrauens. Er wusste mit ganzer Seele, dass er alles tun würde, um diese Frau zu schützen und glücklich zu machen.

Er griff nach dem dicken Badehandtuch, das er auf die Heizung gelegt hatte, gab ihr einen flüchtigen Kuss und trocknete sie ab. Dann zog er ihr ein warmes Nachthemd über. Sie ließ alles still mit sich machen und achtete nur darauf, ihn immer mit irgendeinem Körperteil zu berühren.

Als sie das Nachthemd anhatte, schlang sie die Arme um ihn und drückte ihn fest. »Danke«, hauchte sie an seine Brust, aber er hörte es.

Einen Moment lang standen sie so da, Allegras Wange an seiner Schulter, ihre Hand auf seinem Herzen. Es schlug schnell. Das war ein absoluter Ausnahmemoment, mit keinem anderen in seinem Leben vergleichbar. Er hatte keine Bezeichnung für das, was in ihm aufwallte. Er wusste nur, dass er mit niemandem auf der Welt tauschen wollte und dass er sich für den Rest seines Lebens an diesen Moment zurückerinnern würde.

Kowalski drückte ihr einen Kuss auf den Scheitel und schob sie durch die Tür und in die Küche. Er wollte wissen, wer oder was sie erschreckt hatte, aber vorher musste er sie satt machen.

Das Schlaraffenland in Allegras Tiefkühlschrank wartete mit Linsensuppe und Rosmarinfocaccia auf – perfekt. Während zwei Schüsseln Suppe in der Mikrowelle heiß wurden, steckte er vier Scheiben Focaccia in den Tischbackofen. Er hatte auch Hunger.

Sie aßen still in der dunklen Küche. Es wäre gut, wenn sie mehr Wein tränke, aber mehr als ein paar kleine Schlucke bekam sie nicht hinunter. Er leerte sein Glas drei Mal. Und er aß drei volle Schalen von der köstlichen Suppe, während sie nur eine halbe schaffte. Selbst die war eine Anstrengung für sie. Sie schluckte, als würde sie mit Rizinusöl zwangsernährt.

Am Ende ließ sie den Löffel in die Schale fallen und lehnte sich zurück, um mit leerem Gesichtsausdruck geradeaus zu starren.

Kowalski war verwirrt. Etwas stieg an die Grenze seines Bewusstseins auf. Etwas … Vertrautes? Allegra wirkte gedämpft, benommen. Doch an dieser Reaktion war etwas …

Kowalski schob es beiseite. Er würde sich später darüber Gedanken machen. Jetzt galt es erst mal herauszufinden, was auf dem Lawrence Square passiert war.

»So.« Er nahm ihre Hand, bewunderte zum x-ten Mal die langen, zarten Finger, die diese magische Musik hervorbringen konnten. »Möchtest du mir erzählen, wer heute Nachmittag auf dem Platz gewesen ist? Wer war der Kerl? Mittelgroß, elegant, blond, um die vierzig, sagst du. Wer ist das?«

Kowalski wahrte einen ruhigen Ton. Als wäre das Ganze kein großes Problem. Bloß eine beiläufige Frage, die ein Typ seiner Freundin stellte.

Ja, Liebling. Wer ist der Scheißkerl, der dir so einen Schrecken eingejagt hat, dass du praktisch zusammengeklappt bist? Sag's mir, Baby, denn ich will dem Kerl die Glieder einzeln ausreißen. Ich will ihm das Herz rausschneiden und es zum Frühstück essen.

»Ich … Es spielt keine Rolle.« Allegras Stimme war kraftlos, dafür umklammerte sie umso fester seine Hand. »Es war nicht der, für den ich ihn gehalten habe. Er kann es gar nicht gewesen sein. Er ist … nicht hier.«

Geduld, befahl sich Kowalski. Geduld war sein Markenzeichen. Er konnte – und musste schon häufig – tagelang auf der Lauer liegen. Er konnte ein Ziel stundenlang im Visier halten. Geduld war sein alter Freund. Doch jetzt ließ ihn dieser alte Freund im Stich. Verflüchtigte sich einfach. Kowalski brannte darauf, rauszugehen, den Kerl zu finden und ihm den Kopf abzureißen.

Er drückte ihre Hände. »Also, vielleicht war er es, vielleicht auch nicht. Aber wen glaubst du …« *Gesehen.* Fast hätte er gesehen gesagt. Er schloss den Mund mit hörbarem Klicken. »Wer war es, den du zu hören meintest?«

Da ging doch glatt das hübsche Kinn ein Stückchen hoch. Die irische Sturheit kam wieder zum Vorschein.

»Niemand.« Sie presste die Lippen zusammen. »Niemand. Ich habe mich geirrt.«

Kowalski biss die Zähne zusammen. »Also gut, du hast dich geirrt. Aber was hast du geglaubt, wer da ist?«

Die Sturheit fiel von ihr ab wie ein Schleier. Allegra sah verletzlich und verloren aus, als sie ihre Hand wegzog. Stirnrunzelnd ließ sie den Kopf hängen und rieb sich die Schläfen.

»Ich weiß es nicht, Douglas. Es ist Unsinn. Wie könnte er denn hier sein? Ich weiß nicht … Oh Gott, es tut weh.« Sie hielt sich den Kopf mit beiden Händen. »Mir tut der Kopf weh. Es tut mir leid, ich kann überhaupt nicht denken. Das passiert immer, wenn ich – oh Gott, es tut so weh.« Sie wimmerte leise und rieb sich die Schläfen, blinzelte heftig, aber die Tränen rollten doch.

Oh Mann. Seine Nackenhaare richteten sich auf.

Wenn er könnte, würde er sich jetzt in den Hintern treten. Allegra hatte eine Kopfverletzung gehabt, im Koma gelegen. Sie hatte ein Blutgerinnsel im Gehirn, diese kleine Zeitbombe wartete nur auf ein Arschloch wie ihn, das sie unter Druck setzte und stresste, damit es platzte, und dann – ade Allegra.

Ihre Hände zitterten. Seine fast auch.

»Okay, Süße, ist schon gut.« Er versuchte einen beruhigenden Ton anzuschlagen, krächzte aber nur. »Mach dir keine Gedanken. Es kommt irgendwann.« Er tätschelte ihre Hand, unbeholfen, erschrocken. »Wir können ein andermal darüber reden.«

Allegra nahm sein Gesicht in beide Hände und beugte sich vor zu einem Kuss. Er ging ein wenig daneben, sie traf nur den Mundwinkel, und als sie zu einem neuen Kuss ansetzte, übernahm er das Ruder.

Der Kuss wurde lang, sinnlich, leidenschaftlich, fordernd, erregend wie Sex.

Sie brach ab, um nach Luft zu schnappen, und lehnte die Stirn an seine. »Bring mich ins Bett, Douglas. Bring mich hinüber und schlaf mit mir«, bat sie. »Bring mich weg vom Hier und Jetzt. Ich kann mich nicht erinnern, und ich kann nicht vergessen.«

Er nahm sie in die Arme und stand auf.

Im Schlafzimmer ließ er sie herunter. Sie erkannte den Raum am Geruch. Ihr italienisches Parfüm, der Weichspüler und das Lavendelöl aus dem Bad ergaben eine unverwechselbare Mischung.

Sie wusste, wo sie war, aber nicht mehr, wer sie war.

Aber egal. Wenn sie etwas garantiert von ihrem Kummer ablenken konnte, dann war es Sex mit Douglas. Er riss sie einfach aus dieser Welt und – noch wichtiger – von ihr selbst weg.

Er hatte sie angezogen, und jetzt ließ sie sich von ihm ausziehen. Sie hielt still, als er den Saum ihres Nachthemds raffte und es ihr über den Kopf zog. Darunter war sie nackt. Sie hatte den Lichtschalter nicht klicken hören, aber von draußen fiel das Licht der Straßenlampe herein. Er konnte sie sehen.

Was sah er?

»Du bist so schön.« Seine Stimme war rau und tief. Er zog sich aus, sie hörte seine Kleidungsstücke auf den Boden fallen.

Oh. Das sah er also. Sie war hübsch, ja, das wusste sie. Ihr Körper war gesund. Sie war nicht dick und nicht dünn, hatte keine großen Brüste.

Die Männer, mit denen sie im Bett gewesen war, waren nicht überwältigt gewesen. Sie waren locker und entspannt geblieben, froh, sie ins Bett gekriegt zu haben, aber sie hatten auch sehr gut ohne sie leben können. Ihre Hände hatten nicht gezittert, wenn sie sie anfassten. Sie waren nicht konstant erregt gewesen und hatten nicht die ganze Nacht gekonnt.

Douglas fand sie offenbar schön, und darum fühlte sie sich schön.

Aber das war er auch. Allegra hob die Arme und strich ihm über die Schultern. Ihr Körper war nichts Besonderes, seiner dagegen ganz sicher.

Immer wieder staunte sie über die Kraft, die sie in ihm spürte. Einen Mann wie ihn hatte sie noch nie gekannt. Ihr Vater war klein und schmal gewesen, mit typisch irischen Zügen und einer hellen Stimme. Ihre Cousins hatten ebenfalls das Aussehen der Ennis'. Ihre Verflossenen waren alle Musiker gewesen, und im normalen Leben, wenn sie keine Musik machten, clever und lustig und ein wenig linkisch. Überhaupt nicht wie Douglas, der stark und durchsetzungsfähig und in so vielem kompetent war.

Diese Zeit mit ihm war etwas Besonderes. Wer weiß, wann sie je wieder mit einem wie ihm zusammen sein könnte.

»Du bist auch schön«, murmelte sie und fuhr mit den Händen

die Konturen seines Körpers ab, über harte, gewölbte Bizepse zu den Unterarmen, über die schwieligen Hände. »Du fühlst dich wunderbar an.«

Sie strich über seinen Bauch und stieß an den Penis. Erstaunlich. Er reichte fast bis an den Bauchnabel. Sie glitt mit der Hand daran entlang, ganz leicht, und er bebte unter der Berührung. Allegra lächelte. Das ließ sich nicht vortäuschen. Er konnte ihr das nicht vorspielen, weil sie ihm leidtat. Da waren die Männer im Nachteil. Sie selbst hatte schon Erregung und Orgasmen vorgetäuscht, aber Männer konnten das nicht. Bei ihnen ging nur zweierlei: erregt oder nicht erregt.

Frauen kannten die ganze Bandbreite von Langeweile bis Genuss, wobei der Zeiger bei ihr zurzeit weit über das Erregungsspektrum hinaus ausschlug.

Sie küsste seine Brust und streichelte ihn dabei. Das Gesicht in seine Brusthaare geschmiegt, wo sie die Muskeln an den Wangen spürte, strich sie an dem breiten Schaft auf und ab. Er war lebendig, das Blut strömte heiß unter der Haut. Sie fühlte jeden Pulsschlag in der Hand, fühlte sein Begehren.

Er atmete schwer, und sie lächelte an seiner Brust. Wow. Es war so köstlich, seinen Atem aus- und einströmen zu hören und zu wissen, dass sie die Ursache war.

Sie biss in seine rechte Brustwarze, diese kleine, harte Perle. Er keuchte.

»Das gefällt dir«, stellte sie fest.

»Oh ja«, schnaufte er. Sie spürte die Vibration seiner Stimme an ihrem Mund. »Hör nicht auf, bitte.« Er atmete scharf ein, als sie sich hinabbeugte, um ihn zu lecken. »Bitte«, flüsterte er heiser, als könnte nur sie ihm geben, was er brauchte.

Vielleicht war es ja so.

Das war sein Geschenk an sie – die Macht, die sie über ihn hatte.

Langsam ging Allegra auf die Knie und küsste ihn dabei von der Brust an abwärts, fühlte bei jedem Kuss, wie sich seine Muskeln unter ihren Lippen zusammenzogen.

War ihr schon mal ein Mann begegnet, der so beeindruckend war wie Douglas? Er war nicht nur physisch beeindruckend, er hatte auch einen sehr starken Charakter, wie ihr schien. Sie war ihm in keiner Weise gewachsen, nicht körperlich und wahrscheinlich auch nicht emotional. Und dann kam bei ihr natürlich noch die Blindheit dazu. Ein anderer Mann hätte daraus seinen Vorteil gezogen, aber Douglas tat das nicht.

Tatsächlich fühlte sie sich in seiner Gegenwart unglaublich stark. Sie hatte die Macht, jederzeit. Wie seine Hände manchmal zitterten, wenn er sie anfasste, wie er manchmal behutsamer zufasste, wie er zögerte, bevor er etwas tat, als wollte er sich erst vergewissern, dass es ihr gefiel.

Das tat es. Alles gefiel ihr. Zum Beispiel das jetzt: ihn anzufassen. Sie kniete vor ihm und hatte doch die Macht. Jedes Mal, wenn sie ihn mit dem Mund berührte, spürte sie seine Reaktion in seinem Penis. Er bewegte sich kraftvoll in ihrer Hand, während sie die Nase in die dichten, rauen Locken schmiegte.

Er hatte einen starken männlichen Eigengeruch – der für sie ab jetzt mit fantastischem Sex verbunden sein und ihre Instinkte ansprechen würde. Außerdem roch er ganz unpassenderweise nach ihrer französischen Rosenseife.

Douglas nahm ihren Kopf in seine großen Hände, als sie sich langsam mit dem Gesicht seinem Penis näherte.

»Bitte«, sagte er wieder. »Bitte.« Er bettelte.

Allegra schloss die Hand um ihn, sodass sie ihn auch mit dem Mund fand, dann griff sie um seinen Oberschenkel, nahm mit der anderen Hand seine Hoden und leckte am Penisschaft entlang. Langsam. Sie ließ sich Zeit. Als sie zu der breiten Spitze kam, leckte sie die Samentropfen weg, ganz langsam.

Douglas gab köstliche Stöhnlaute von sich und griff ihr kurz in die Haare, öffnete die Fäuste aber sogleich, aus Angst, ihr wehzutun.

Allegra brauchte nichts zu sehen. Es gab genug mit anderen Sinnen wahrzunehmen. Sie fühlte, schmeckte, roch ihn, hörte seine Wonne – und das alles prägte sich ihr ein. Selbst wenn sie sehen könnte, hätte sie die Augen geschlossen, um sich auf das Gefühl zu konzentrieren, während sie den Schaft hinunter zu der dicken Wurzel seines Penis leckte und langsam wieder hinauf.

Sie versuchte gar nicht erst, ihn in den Mund zu nehmen. Dafür war er zu groß. Daran entlangzuknabbern und das Blut unter der Haut zu spüren war viel besser.

Kurz setzte sie sich auf die Fersen. Die Finger fest um ihn geschlossen, fuhr sie mit der Hand auf und ab und streichelte ihn mit der anderen zwischen den Beinen, stieß an die harten Pomuskeln, grub kurz die Fingernägel hinein und fühlte das Blut in seinen Penis schießen.

Das war so köstlich!

»Du bringst mich um, das weißt du, oder?«, brummte er hoch über ihr.

»Ja?« Ein wundervoller Gedanke. Sie machte ihn schwach. »Ich dachte, du bist ein harter Kerl.« Sie kam aus dem Fersensitz hoch und biss ihn sanft. Er zuckte.

»Das reicht.« Er klang wie zugeschnürt. Er hob sie auf und legte sie so aufs Bett, dass ihre Beine über den Rand hingen. »Jetzt bin ich dran.«

»Du …? Oh.« Harte Hände spreizten ihre Beine, weiche Küsse an den Oberschenkeln, seine Daumen öffneten sie und … *»Oh!«* Er küsste sie dort genau so, wie er ihren Mund küsste, drehte den Kopf in die beste Position und schob die Zunge tief hinein, wo er sie sanft bewegte. Nach wenigen Sekunden zitterte sie und gelangte langsam zum Höhepunkt …

»Douglas«, hauchte sie. Er drehte den Kopf, schob die Zunge noch tiefer hinein, bewegte sie schneller …

»Oh Gott.« Sie zitterte heftig, und als er über ihre Klitoris leckte, explodierte sie.

Er schob sie weiter auf das Bett und drang in sie ein, während sie kam. Mit kurzen, harten Stößen bewegte er sich in ihr. Er schien genau zu wissen, wie er es tun musste, um ihren Orgasmus zu verlängern. Ihre Kontraktionen setzten sich fort, ihr Herz hämmerte, während ihr ganzer Körper pulsierte.

Er war über ihr, sein schwerer Oberkörper ruhte auf den Unterarmen, die er neben ihrem Kopf aufgestützt hatte. Sie spürte sein Gewicht, als er mit dem Mund an ihr Ohr kam.

»So ist's gut, Honey. Weiter so.« Seine Brust berührte ihre Brüste, sodass sie seinen Bass spürte. Ihre Kontraktionen ließen nach, seine Stöße wurden härter. »Nein, nicht aufhören. Ich will, dass du weiter für mich kommst.« Er erhöhte sein Tempo, und Allegra bewegte sich auf einen neuen Höhepunkt zu, zum ersten Mal hatte sie zwei hintereinander. Er ließ nicht locker, griff um ihre Hüften und hob sie an, sodass sein Penis sie tief innen berührte, an einer Stelle, die …

Diesmal bäumte sich ihr Körper unwillkürlich heftig auf. Ein dunkler Klageton hallte durchs Zimmer, und sie brauchte einen Moment, um zu begreifen, dass sie es war, die diesen tierhaften Laut von sich gab.

»Mehr«, verlangte er so dicht an ihrem Ohr, dass ihr eine Gänsehaut über den Nacken lief. »Gib mir mehr.«

Mehr konnte sie nicht geben, und doch rang er ihr noch einen Höhepunkt ab. Seine Stöße wurden länger und noch schneller. Die Härchen auf ihrer Haut richteten sich auf, als ihr Orgasmus sich weiter und weiter fortsetzte …

Sie bekam kaum noch Luft. »Noch mal«, brummte er, und es war, als ob der bloße Klang seiner Stimme sie zum Höhepunkt brachte. Wer hätte gedacht, dass sie das in sich hatte, diese wilde Leidenschaft? Ihr Unterleib hatte sich in eine Sexmaschine verwandelt. Es waren ihre Arme und Beine, die schließlich keine Kraft mehr hatten. Sie ließ die Arme auf die Matratze fallen, die Knie zur Seite sinken.

Douglas hielt sofort still in ihr, noch immer stahlhart. Keuchend spürten sie, wie ihre Kontraktionen verebbten.

»Das war unglaublich.« Er strich mit dem Finger über ihre Wange. Was würde sie nicht alles geben, wenn sie jetzt sein Gesicht sehen könnte! Schaute er zärtlich? War sein Gesicht vor Begierde verzerrt? Vielleicht sollte sie ertasten, ob er lächelte. Doch ihr Arm gehorchte nicht. Douglas küsste sie kurz. »Einfach unglaublich.«

»Ja«, flüsterte sie. Sie konnte sich überhaupt nicht mehr rühren, ihre Muskeln fühlten sich an wie Wasser. »Es war wunder…« Ein riesiges Gähnen überkam sie, das sie nicht unterdrücken konnte.

Douglas küsste sie noch einmal gründlich; dabei zog er sich langsam aus ihr heraus. Sie wollte widersprechen, konnte aber nicht. Einen Moment später schlief sie ein.

Böses hing in der Luft, gerissen und eiskalt war es. Rot glänzte das Blut auf dem weißen Marmorboden, rot glänzende Rinnsale vereinigten sich zu Bächen. Der kupfrige Geruch stieg ihr in die Nase. Ihr wurde schlecht davon. Sie waren hoch oben über der Stadt, deren Lichter unter ihnen ausgebreitet waren wie Diamanten auf einem schwarzen Teppich, glitzernd, aber gefühllos. Hier oben herrschte Wahnsinn und Tod, spiegelte sich in den Fensterscheiben und tausendfach in Silber- und Kristallflächen.

Das Gesicht, das sich ihr zuwandte, war die pure Bosheit, kalte Augen und Berechnung. Sie konnte nirgendwohin rennen, sich nirgends verstecken. Eine rote Flut stieg an, bedeckte den creme-

farbenen Teppich, leckte an den Tischbeinen, spritzte gegen die cremefarbenen Sofas. Der Geruch war unerträglich; es war der Gestank des Todes. Rot und weiß, rot rot rot …

Er watete durch das Blut. Es berührte ihn nicht. Eitel wie immer trug er einen hellgrauen Designeranzug. Seine Schritte machten kleine Wellen in die rote Flut, als er auf sie zukam, doch er ging so selbstverständlich hindurch wie über trockenen Boden. Kurz blickte er nach unten und machte ein angewidertes Gesicht.

Er schaute auf, seine Augen ein eisiges Hellblau, und begegnete ihrem Blick. Hinter diesen Augen schien kein Mensch zu sein, nur Bosheit und Berechnung.

Sie sollte fliehen, denn ihr Blut würde sich gleich mit dem roten Meer vereinen. Das war ihr absolut klar. Sie drehte sich um und wollte wegrennen, doch das Blut wurde zäh wie Morast. Sie konnte die Füße nicht bewegen. Ihr Herz schlug wild. Sie musste hier weg! Aber sie kam nicht vom Fleck. Sie öffnete den Mund, um nach Hilfe zu schreien, aber kein Laut kam heraus.

Näher, immer näher kam er, mit einer Eisscherbe in der Hand. Nein, kein Eis, Stahl. Ein scharfer Dolch blinkte silbern im Licht, fuhr in die Höhe, um gleich zuzustechen, kam immer näher … Der Angstschrei in ihrer Brust passte nicht durch die Kehle. Sie wollte rennen und konnte sich nicht bewegen!

Oh Gott, er war so nah, mit diesen eisigen Augen. Der Dolch war verschwunden, an seiner Stelle hielt er einen Baseballschläger. Er holte aus …

»He, he, Honey, wach auf!«

Allegra schrie und strampelte, um zu entkommen, aber sie hatte sich in weichen Falten verheddert, einem schrecklichen Tuch. Sie war eng eingewickelt in Laken und Decken, und sie hatte nichts, um den Baseballschläger abzuwehren. Das blendend weiße Licht war ausgegangen. Sie lag in stickiger Dunkelheit, wehrlos einem Mörder ausgeliefert.

Töte mich nicht, bitte! Die Worte waren in ihrem Kopf, passten aber auch nicht durch die enge Kehle, sie blieben stecken. Verzweifelt presste sie sich mit dem Rücken gegen das Betthaupt, eingehüllt in einen schweißnassen Lakenkokon, der ihre Bewegungen behinderte. Sie konnte nirgendwohin. Sie war gefangen im Dunkeln.

Eine große Hand fasste sie an. Sie schrie, schlug um sich, aber vergeblich.

»Nicht doch.«

Jemand zog sie an sich, jemand Großes. Starke Arme legten sich um sie, drückten nicht zu, hielten sie nur fest.

Ihre Gegenwehr bewirkte gar nichts. Es war, als kämpfte sie gegen eine Mauer. Sie zappelte und wand sich, schlug mit den Fäusten gegen seine Brust, doch er ließ sie nicht los. Er gab nicht mal einen Laut von sich. Keuchend hielt sie schließlich still.

Aber nicht, weil sie müde war. Sie hätte bis zum letzten Atemzug um ihr Leben gekämpft, wenn es nötig gewesen wäre. Sie hörte auf, sich zu wehren, weil das beherrschende Gefühl einer schrecklichen Bedrohung – von etwas Bösem, das sie packen wollte – weg war. Jetzt fühlte sie nur noch … beruhigende Stärke, die sie in der Dunkelheit umfing.

»Alles ist gut, Honey. Du hattest einen Albtraum.« Ruhige Worte. Tiefe Stimme.

Douglas.

Sicherheit.

Sie schluchzte, ihr Atem ging stoßweise. Sie bemühte sich, ruhiger zu atmen, um die Angst niederzuhalten, und konnte schließlich tief durchatmen. Die helle Angst war vorbei und hinterließ Verwirrung und ein wachsendes Gefühl von Einsamkeit und Verlassenheit.

Und Dunkelheit. Sie hasste die Dunkelheit, hatte sie schon immer gehasst, schon als kleines Mädchen.

Ein Kuss auf ihren Kopf, dann die tiefe, beruhigende Stimme. »Das war echt heftig. Möchtest du Wasser?«

Noch immer atemlos lehnte sie die Stirn an seine Brust und versuchte, sich zu fassen.

Wasser? Sie schüttelte den Kopf. Nein, im Augenblick wollte sie Helligkeit.

Sie hob den Kopf. Es war so schrecklich finster. Das machte die Erinnerung an den Albtraum noch schlimmer, obwohl sie schon stark verblasst war. Aber Licht verscheuchte Albträume am besten. Das wusste jeder.

»Mach das Licht an, Douglas.« Sie rieb sich die Augen. Sie waren nass, obwohl sie sich nicht erinnerte, geweint zu haben. »Oh Gott, das war wirklich schlimm«, keuchte sie. »Ich brauche Licht.«

Er nahm sie fester in die Arme.

Es blieb dunkel.

Warum hörte er nicht? »Douglas, bitte«, sagte sie lauter. »Mach das Licht an. Ich will nicht im Dunkeln sein.«

»Allegra …«

Die Dunkelheit machte sie panisch. Aber sie zerrte vergeblich an den Decken und den harten Armen. Verdammt, sie konnte überhaupt nichts sehen!

»Douglas, was ist los mit dir? Bist du taub? *Mach endlich Licht!*«

Licht Licht Licht!

Das Wort hallte durch das kleine Zimmer. Allegra hielt den Atem an.

Zwei Sekunden später sagte er: »Das Licht ist an, Honey.«

Das Licht ist an.

Sie war blind.

Die Erkenntnis war so furchtbar wie beim ersten Mal – im Krankenhausbett, umgeben von scharfen, Übelkeit erregenden

Gerüchen und an Infusionsschläuche gefesselt. Damals hatte sie um Hilfe geschrien. Jetzt hielt sie sich mit beiden Händen den Mund zu, um nicht zu schreien. Sie war blind, und Schreien würde daran nichts ändern.

Es war vollkommen still. Tränen quollen aus der tiefen, unerschöpflichen Quelle, die sie vor fünf Monaten in sich entdeckt hatte. Die erste Träne, die ihr übers Gesicht und über den Handrücken rollte, landete hörbar auf dem Laken. Dann die zweite Träne und die dritte.

Ein stiller Schrei steckte in ihrer Kehle, den sie nicht herauslassen wollte. Durfte. Wenn sie anfinge zu schreien, würde sie nicht mehr aufhören.

Es war schwer, zu atmen, schwer, zu denken.

Douglas ließ sie los und ging weg. Sie wollte ihn zurückrufen, doch ihre Stimme versagte. Ohne seine Kraft und Wärme kam sie sich verloren vor. Augenblicklich kroch ihr die Kälte in die Glieder. Er hatte sie allein gelassen. Wohin war er …

Dann traf sie die Erkenntnis wie ein Schlag – *ja, natürlich.* Natürlich verließ er das Bett. Nicht nur das Bett. Er verließ sie.

Sie konnte sich vorstellen, wie er sich jetzt anzog, seine Tasche packte. Er wollte weg. Wer wollte schon bei einer Verrückten bleiben, die nachts mit ihren Dämonen kämpfte, die wütete und schrie?

Sie wappnete sich für die gekünstelte Entschuldigung, die unangenehme Verabschiedung, die kalte Stille hinterher.

Sie würde nicht weinen, sie würde nicht weinen, sie würde nicht weinen. Sie würde ihn nicht bitten zu bleiben. Dass Douglas sie verließ, war vollkommen verständlich. Er müsste verrückt sein, um zu bleiben, und sie hielt ihn für einen sehr vernünftigen, ausgeglichenen Mann.

Allegra hob den Kopf, drehte ihn und lauschte, wo Douglas jetzt war. Für einen so großen Mann bewegte er sich erstaunlich leise. Vielleicht zog er sich im Nebenzimmer an. Hoffentlich käme er noch mal, um sich zu verabschieden, bevor er …

»Hier.« Die Matratze senkte sich, und ein Glas kaltes Wasser wurde ihr in die Hand gedrückt. Er legte ebenfalls die Hand darum und führte das Glas an ihren Mund. »Trink.«

Allegra zitterte die Hand. Wie sollte sie etwas trinken, wenn ihr der Hals so zugeschnürt war, dass sie kaum atmen konnte?

»Na, komm, Honey. Trink das, es wird dir guttun.«

Das war eine Stimme, der man gehorchte. Sie trank und stellte überrascht fest, dass ihr das Eiswasser in den Magen lief.

»Trink aus, sei ein braves Mädchen.«

Sie trank es aus. Dann spürte sie seine behaarte Brust wie eine Wand an ihrem Rücken. Er schob die Arme um ihre Taille. Sie lehnte den Kopf an seine Schulter und schloss die Augen. »Ich dachte, du seist gegangen«, sagte sie erschöpft.

»Warum sollte ich das tun?«, fragte er ehrlich verwirrt.

Weil ich blind bin. Weil ich glaube, dass ich wahnsinnig werde. Weil ich fast jede Nacht schreiend aus einem Albtraum hochschrecke, an den ich mich dann nie erinnern kann. Weil mein Leben vorbei ist.

»Dachte, ich hätte dich verschreckt«, murmelte sie.

Kurz drückte er sie an sich. »Kannst du darüber sprechen? Worum es in dem Albtraum ging?«

Gute Frage. Wie immer hatte sie keine Erinnerung daran. Die verschwand sofort in einem Sog verworrener Bilder und ließ nur blankes Entsetzen zurück. Schweißnass und panisch wachte sie auf, mit starkem Herzklopfen und dem Gefühl einer unmittelbaren Bedrohung. Eine Sekunde später wusste sie schon nicht mehr, was sie geträumt hatte.

Das fand sie noch zusätzlich erschreckend. Wenn sie sich wenigstens an die Träume erinnern würde, dann könnte sie mit vernünftigen Überlegungen dagegen angehen. Doch sie konnte nichts tun – die Träume verschwanden wie Rauch im Wind. Wenn sie sich angestrengt zu erinnern versuchte, bekam sie schlimme Kopfschmerzen.

»Ich kann mich nicht erinnern«, sagte sie matt. *Nie.* »Ich …« Sie zuckte die Achseln, während ihr Erinnerungsfetzen durch den Kopf schossen und sich auflösten. »Es hat keinen Zweck.«

»Hast du jetzt Kopfschmerzen?«

Woher wusste er das? »Ja«, flüsterte sie.

»Schieb die Gedanken beiseite, denk an gar nichts. Mach den Kopf leer.«

Sie versuchte es. Die Bilder und Worte, die ihr durch den Kopf wirbelten, verschwanden nach und nach.

»Jetzt denk an etwas Beruhigendes. Ans Meer – denk ans Meer. Wellen rollen an den Strand, Gischt spritzt auf.«

»Das Meer bei Dingle«, hauchte sie.

»Ja, ich bin da gewesen, ich kenne den Strand. Lang und weiß, hohe Steilfelsen, stimmt's?«

»Oh ja.« Dort hatte sie endlos mit allen Ennis-Kindern gespielt. An den Strand zu denken, beruhigte sie.

»Es ist immer kühl dort, aber die Luft ist sauber und frisch, und es herrscht ein besonderes Licht. Man kann stundenlang spazieren gehen und sieht nur Meer, Himmel und Möwen. Es ist, als lebte man am Beginn der Zeiten, findest du nicht?«

Ja, genauso war es.

Ein Klicken. Das Licht war aus.

Douglas rutschte vom Betthaupt in die Horizontale und zog sie mit. Sie lag auf der Seite und Douglas presste sich an ihren Rücken, versorgte sie fürsorglich mit Wärme und Hautkontakt.

Das war genauso schön wie der Sex vorher.

Ihr Puls beruhigte sich. Sie hörte seinen langsamen, stetigen Herzschlag durch den Rücken, versuchte, gleichmäßig zu atmen und sich zu sammeln.

Das fiel ihr schwer, denn ihr kam eine erschreckende Erkenntnis. Sie hatte geglaubt, blind zu sein sei das Schlimmste, was einem passieren konnte, aber sie hatte sich geirrt.

Den Verstand zu verlieren, war entschieden schrecklicher.

14

»Allegra, wach auf. Komm, Honey, mach deine hinreißenden Augen auf.« Kowalski rüttelte sie sanft an der Schulter. Er wollte nicht gehen, solange sie schlief.

Allegra kuschelte sich tiefer in die Decke. Eine schmale Hand kam darunter hervor, und der Zeigefinger wackelte hin und her. *Nein.*

Kowalski nahm die Hand und küsste sie. »Zeit aufzustehen.«

»Was gibst du mir, damit ich's tue?«, nuschelte sie ins Kissen.

Er lächelte. »Tja, Kaffee und dem Aussehen nach die leckersten Croissants der Welt.«

Sie drehte den Kopf, machte aber nicht die Augen auf. »Die Mancinos sagen Cornetti dazu. Also Cornetti. Das ist gut, aber nicht gut genug. Was noch?«

»Vollkornbrot, Butter und hausgemachte Marmelade. Welche Sorte, weiß ich nicht, riecht aber gut.«

»Farbe?«

»Äh …« Kowalski war überfragt. »Violett?«

»Blaubeer.« Allegra machte die Augen auf. »Mit dir zu verhandeln ist hart, Senior Chief, aber Blaubeermarmelade wird akzeptiert.«

»Tja, bin eben ein knochenharter Kerl.« Kowalski gab ihr einen Kuss auf die Nasenspitze. Er behielt einen unbeschwerten Ton bei, beobachtete sie aber genau.

Den Rest der Nacht hatte sie fest geschlafen, Gott sei Dank. Aber, Mann, sie hatte ihn wirklich erschreckt. Solange der Albtraum anhielt, hatte sie so entsetzlich gewimmert, dass ihm die

Haare zu Berge standen. Als er sie endlich aus den Gräuelbildern in ihrem Kopf herausgerissen hatte, war sie schweißnass und zittrig.

Den Rest der Nacht hatte er sie in seinen Armen schlafen lassen, finster entschlossen, jeden weiteren Albtraum im Keim zu ersticken. Doch zum Glück schlief sie dann ruhig und fest.

Er nicht. Er schlief in kampfbereitem Zustand, das heißt ganz oberflächlich, was alle Soldaten der Kommandoeinheiten beherrschten. Sie verschafften sich damit die notwendige Ruhezeit und waren trotzdem im Bruchteil einer Sekunde kampfbereit.

Er brauchte nicht zu kämpfen, er brauchte sich nur um Allegra zu kümmern.

Jetzt sah sie aus, als ginge es ihr gut, dachte er, als er ihr ins Badezimmer half. Sie wirkte ausgeschlafen und frisch.

Allmählich bekamen sie Routine. Sie streckte die Hand aus und wartete auf seinen Arm. Sobald sie ihn umfasste, entspannte sie sich und war imstande, seinen Anweisungen zu folgen. Er ließ sie im Bad allein und ging, um das Frühstück fertig zu machen.

Er hatte ein volles Programm vor sich, darum machte er sich ein großes Frühstück. Das Mittagessen wollte er nämlich überspringen, um möglichst schnell wieder bei Allegra zu sein.

Das Brot sprang aus dem Toaster, als sie in die Küche kam. Sie blieb auf der Schwelle stehen und wartete mit ausgestreckter Hand. Es freute ihn unsäglich, dass sie ihn wollte, dass sie ihn brauchte. Sie lächelte, als sie seinen Arm fühlte.

»Wow, riecht das gut«, sagte sie beim Hinsetzen.

»Wenn du an Restaurants liefern würdest, was in deinem Eisschrank ist, könntest du ein Vermögen verdienen, weißt du das? Butter?« Sie nickte. Kowalski goss ihr Kaffee ein und bestrich ihren Toast. »Ein Hoch auf die Mancinos, auch wenn ich sie nicht kenne. Dieses Zeug ist erstklassig.«

»Oh ja.« Allegra lächelte.

»Was machst du heute?«, fragte Kowalski, schob sich den Rest seiner dritten Scheibe Toast in den Mund und nahm sich die nächste.

»Na ja, Rosas Schwester Francesca kommt zum Saubermachen her. Es wird also eine neue Schicht Essen geben, nur falls dich das interessiert. Ihre Spezialität ist Pasta. Rechne also mit Lasagne und Ziti und diesen ulkigen Ohrennudeln. Orecchiette heißen die. Gewöhnlich übe ich Harfe, während sie putzt. Sie sagt, sie hört mich gern spielen und singen. Wir haben also beide etwas davon. Und ich übe sowieso für die Taufe ihres Sohnes – ich habe versprochen, nächsten Monat bei der Feier zu spielen. Also übe ich den ganzen Vormittag. Dann treffe ich mich mit Suzanne zum Mittagessen im Garden. Das haben wir vorige Woche abgemacht. Sie hat nicht abgesagt, darum gehe ich davon aus, dass sie kommt. Suzanne ist in diesen Dingen sehr verlässlich. Claire wollte auch kommen, aber sie wird wahrscheinlich noch bei Bud im Krankenhaus sein.«

Stirnrunzelnd aß Kowalski die vierte Toastscheibe auf. Zum Mittagessen … Das würde verteufelt eng werden. Er musste in die Innenstadt zum Revier fahren und seine Aussage machen, und um halb zwölf hatte er einen Termin mit einem ehemaligen FBI-Agenten, der beim Hostage Rescue Team gewesen war, Jack Thompson. Sein Lebenslauf war ausgezeichnet, und John und Kowalski meinten, ihre Firma könnte von seinen Fähigkeiten profitieren. Das Vorstellungsgespräch würde allerdings einige Zeit dauern. Verdammter Mist.

»Wann seid ihr verabredet?«

»Um zwölf.« Allegra aß seelenruhig ihren Toast auf. »Wo ist die Milch?«

»Bravo rot zwei Uhr.« Sie fand sie sofort und lächelte erfreut. »Hör zu, Honey, ich weiß nicht, ob ich es pünktlich schaffe. Ich habe zwei Termine, die ihre Zeit brauchen.«

»Pünktlich wohin?« Sie kehrte ihm verwundert das Gesicht zu.

»Um dich zum Garden zu fahren. Meinst du, du könntest Suzanne anrufen und sie bitten, das Essen auf eins zu verschieben?«

»Du brauchst mich nicht hinzufahren, Douglas. Suzanne wird mich abholen, und wenn sie nicht könnte, würde ich mir ein Taxi rufen. Ich habe die Nummer der Taxizentrale im Kopf.«

»Nein.« Kowalski blieb ruhig, obwohl er bei der Vorstellung, Allegra könnte Taxi fahren und allein bei einem Fremden im Wagen sitzen, am liebsten die Faust durch die Wand rammen wollte. »Nimm kein Taxi. Ruf mich an, wenn sie es nicht schafft. Wenn ich nicht frei bin, schicke ich dir einen meiner Männer.« Jacko war diesen Vormittag frei, dafür würde Kowalski sorgen.

Jacko sah noch schlimmer aus als er. Kowalski kleidete sich wenigstens normal, aber Jacko lief in alten Sweatshirts mit abgeschnittenen Ärmeln, verschlissenen Jeans und abgelaufenen Stiefeln herum und trug keinen Mantel, selbst wenn es schneite. Das schreckte die Leute mächtig ab, genauso wie seine Schlangentattoos, der kahl rasierte Kopf und die Nasen- und Brauenpiercings.

Wenn Kowalski einen Raum betrat, blickten die Leute weg. Bei Jacko wechselten sie sogar die Straßenseite, wenn er ihnen entgegenkam.

Das spielte jedoch keine Rolle. Jacko sah vielleicht aus wie aus einem Horrorfilm, aber Kowalski konnte ihm sein Leben anvertrauen. Er hatte es schon mehrmals getan. Und er wusste, dass er ihm sogar Allegras Leben anvertrauen konnte.

Mit zusammengezogenen Brauen trank Allegra von ihrem Kaffee.

»Versprich mir, dass du mich anrufst.« Kowalski legte die Hand auf ihre und wartete. Eines wollte er jetzt auf keinen Fall: dass sie ihr hübsches Kinn reckte und auf stur schaltete.

Ihm war schon klar geworden, dass er bei ihr schwach war. Er hatte noch nie im Leben klein beigegeben, aber bei ihr tat er es. Solange sie mit ihm zusammenbleiben wollte, würde er tun, was sie wollte. Essen, was sie aß, gehen, wohin sie ging, tun, was sie tat. Sie konnte ihn um den kleinen Finger wickeln. So war es nun mal, und so würde es bleiben. Das akzeptierte er.

Eine Ausnahme machte er allerdings, und zwar bei ihrer persönlichen Sicherheit. Da blieb er hart, würde nicht einen Zentimeter nachgeben. Sie würde *nicht* mit dem Taxi fahren, basta.

»Versprich es mir«, sagte er und beobachtete sie genau.

Das Kinn hob sich, als sie eine irische Rebellion in Erwägung zog, dann zitterte es. Sie wusste offenbar, dass er recht hatte. Vielleicht hatte sie ein oder zwei Mal schlechte Erfahrungen mit dem Taxifahren gemacht. »Versprich es.« Er drückte ihre Hand eine Spur fester.

Allegra schwankte sichtlich, dann lenkte sie ein.

»Also gut. Ich verspreche es.«

Nagle sie fest, dachte er. »Was versprichst du?«

Sie seufzte schwer. »Ich verspreche, ich schwöre, dass ich kein Taxi rufe.«

»Nicht heute und an keinem anderen Tag.«

»Nicht heute und an keinem anderen Tag«, wiederholte sie gehorsam und machte große Augen. »Wow, das wird schwierig.«

»Nein, das ist das Einfachste von der Welt. Wenn du irgendwohin musst, ruf mich an. Ganz einfach. Präge dir meine Handynummer ein.« Er nannte sie ihr und ließ sie sie wiederholen, bis er sicher war, dass sie ihr einfallen würde. »Wenn ich dich nicht fahren kann, wird es einer meiner Leute tun. Dafür sorge ich.« Kowalski würde einen vertrauenswürdigen Mann einstellen, einen pensionierten Polizisten zum Beispiel, als Chauffeur für Allegra. Sonst würde er verrückt werden.

»Und du?« Allegras kleine Hand bewegte sich unter seiner. »Kommst du … Kommst du heute Abend wieder?«

Mit großen Augen kehrte sie ihm das Gesicht zu. Sie konnte ihn nicht sehen, aber sie horchte mit jeder Faser ihres Körpers.

War sie seiner unsicher? Unsicher, ob er wiederkäme? Das war verrückt. Er würde barfuß über glühende Kohlen laufen, um bei ihr zu sein.

»Und ob«, sagte er leise, und sein Ton beruhigte sie offenbar, denn sie entspannte sich sichtlich. »Verlass dich drauf. Ich werde versuchen, bis fünf …« Zu Hause zu sein, hätte er fast gesagt. »Wieder hier zu sein.«

»Dann werde ich auch zurück sein. Du kannst dich mit den Tiefkühlbehältern vergnügen und erkunden, was Francesca für mich dagelassen hat. Sie ist eine fantastische Köchin.« Sie lächelte ihn an. »Aber was hast du heute vor? Hast du viel zu tun?«

»Ja. Zuerst muss ich zum Polizeirevier. Sie brauchen eine Aussage von mir wegen Samstagabend.« Mann, es kam ihm vor, als wäre das im vorigen Jahrhundert gewesen. Da war sein Herz noch ganz gewesen, sein Leben hatte noch ihm gehört. Vor Allegra. »Um halb zwölf muss ich im Büro sein zu einem Vorstellungsgespräch. Da hat sich ein Mann um eine leitende Stelle beworben. Er hat gute Zeugnisse, macht auf dem Papier einen guten Eindruck, und er war mal beim HRT.«

»Interessant«, meinte Allegra geistesabwesend und nahm zierlich ihren Toast in die Hand. Auf halbem Weg zum Mund stoppte sie. Langsam legte sie ihn wieder hin und sah verdutzt zu ihm. »Douglas?«

Kowalski leerte seine Tasse und stand auf. Mit dem Rücken des Zeigefingers strich er über ihre glatte Wange. »Ja?«

»Wozu braucht ihr einen Mann, der mal bei einer Hormonregenerationstherapie war?«

Das kleine Miststück dürfte heute neben der Schnur sein. Das war gut, das machte sie schwach, verletzbar. Bereit für die

Schlussrunde. Für den großen Ruhm war sie nicht geschaffen, das war klar. Sie war weich, leicht zu erschrecken. Man brauchte Mumm, wenn man ein Star werden wollte.

Gestern war sie hysterisch geworden. Alvin hatte sie blass werden und zusammenklappen sehen, als er Mr Sandersons Aufnahme abspielte. Das hatte sie glatt umgehauen. Sie hatte einen Kerl bei sich gehabt, einen hässlichen Schlägertypen, und der hatte sie gerade noch aufgefangen. Aber um den machte Alvin sich keine Sorgen. Er konnte schließlich nicht wissen, wer Alvin war, und nächstes Mal würde das Miststück allein sein, dafür würde er schon sorgen.

Sie war für Mr Sanderson gefährlich. Sie könnte ihn lebenslänglich hinter Gitter bringen, und wie sollte Alvin es dann schaffen?

Für Mr Sanderson war es wichtig, dass sie starb und dass es wie ein Selbstmord aussah. Für Alvin ein Kinderspiel. Er würde sie glauben machen, dass sie Geisterstimmen hörte, und sie verrückt machen, dann würde er in ihr Haus eindringen, wenn der große Kerl nicht da war, und sie mit dem Kopf in den Backofen stecken.

Sie kochte mit Gas. Das wusste er, weil er schon drin gewesen war, als sie mal das Haus verlassen hatte. Es würde nicht weiter schwierig werden.

Sie verrückt machen, warten bis der Freund gegangen war, dann einbrechen, sie bei den Haaren packen, weil das keine blauen Flecken hinterließ, und ihren Kopf in den Backofen halten.

Dann wäre er bald der neue Eminem und bräuchte keine Bettpfannen mehr zu leeren, keine Bekloppten mehr zu waschen. Dann wäre Schluss mit der Scheiße. Dann gab es für ihn nur noch Musik und Weiber und Schnee. Nur eines stand noch zwischen ihm und seiner Bestimmung – Allegra Ennis.

Aber nicht mehr lange.

»Oh Schätzchen«, sagte Suzanne, »jetzt erzähl mal. Geht es dir gut? Ich war so in Sorge um dich. Ich habe versucht, dich anzurufen, aber es war immer besetzt.«

Allegra versuchte, nicht rot zu werden. Douglas hatte das Gerät ausgestöpselt, damit sie ungestört blieben.

Sie saßen im Garden und warteten aufs Essen. Claire hatte angerufen, um zu sagen, dass sie später käme und sie schon für sie mitbestellen sollten. Das, was sie immer nahm: die Tagessuppe und einen kleinen Salat.

Allegra kannte Suzanne ziemlich gut. Bestimmt hatte sie eines ihrer supertollen, eng anliegenden, pastelligen Designerteile an, die sie immer trug und an denen man nie Schweiß oder Schmutz oder auch nur eine Falte sah. Davon schien sie eine unendliche Auswahl zu besitzen. Ihre dunkelblonden Haare waren sicher makellos frisiert, und dezenter, teurer Schmuck funkelte an ihren Ohren und Händen. Das einzig undezente Schmuckstück an ihr war der gigantische Verlobungsring. Allegra hatte ihn einmal in der Hand gehabt. Wie ein geschliffenes Taubenei hatte er sich angefühlt. Das sah Suzanne überhaupt nicht ähnlich. Ihr Ehemann aber eigentlich auch nicht. Doch sie war offenbar glücklich mit ihm, und das war das einzig Wichtige.

Jetzt beugte sie sich vermutlich nach vorn und schob sich eine verirrte Strähne hinters Ohr. Wenn sie sich mit ihr unterhielt, hörte sie immer konzentriert zu. Allegra liebte das an ihr.

»Ja, mir geht's gut.« Allegra lächelte, damit Suzanne den besorgten Ton verlor, und ließ absichtlich ein bisschen irische Aussprache einfließen. »Da hatten wir ja ein tolles Erlebnis in der Stiftung, hm? Es geht doch nichts über einen kleinen Krawall, um den Kreislauf auf Touren zu halten.«

»Schrecklich.« Suzanne wurde leise. »Dass solche Gewalttaten in unserem Haus passieren! Bei der nächsten Schmuckausstellung wird man wahrscheinlich mehr Waffen und Bewacher als

Schmuck sehen. Eine weitere Stufe auf dem Abstieg in die Barbarei.« Allegra spürte, wie Suzanne vor Empörung schauderte, und kurz legte sie die Hand auf ihre. »Es muss schrecklich für dich gewesen sein. Ich wollte auf dich warten, aber Douglas bestand darauf, dich nach Hause zu fahren. Hat er dich bis an die Tür gebracht?«

»Äh, ja.« *Und noch weiter.*

Allegra wurde puterrot. Sie fühlte, wie ihr das Blut ins Gesicht schoss, und verfluchte ihren blassen irischen Teint.

»Oh.« Suzanne blinzelte, wenn sie verblüfft war, was nicht oft vorkam. Sie war immer supergelassen. Doch jetzt blinzelte sie wahrscheinlich wie verrückt. »Oh!« Kurzes Luftholen. »Du meinst, du und … du und *Douglas*? Ich hätte nie geglaubt – du meine Güte.«

Allegra wusste, was Suzanne jetzt dachte.

Nach dem Unfall, als sie aus dem Koma erwachte und feststellte, dass sie nicht mehr sehen konnte, war es ihr vorgekommen, als wäre sie in eine freudlose, sexlose Welt verbannt worden. Sie war keine begehrenswerte Frau mehr, die einen gewissen Grad männlichen Interesses erwarten durfte, die gerne jung und hübsch und weiblich war. Nein, jetzt war sie … ein lädiertes, neutrales Wesen. Sie war ihrer Weiblichkeit beraubt. Hübsche Kleider, raffiniertes Make-up, das dezente Flirten, das jede hübsche Frau bei den Männern betrieb, denen sie begegnete – das alles war ihr genommen worden. Sie lebte in einer dunklen, trostlosen Welt, wo es sie ihre ganze Energie kostete, durch den Tag zu kommen – sich zu waschen, zu ernähren und nicht zu verletzen. Beziehungen mit Männern, Flirten, Sex, damit war es vorbei, das war alles in dem dunklen Abgrund verschwunden, in den ihr Leben gestürzt war.

Doch jetzt hatte sie jemanden in ihrem Leben, und das verblüffte auch sie. Sie hätte gar nicht darüber gesprochen, aus

Angst, es könnte Unglück bringen. Sie wollte eigentlich abwarten und sehen, ob Douglas eine Weile blieb, bevor sie Suzanne oder Claire einweihte. Aber ihre blöde Neigung zum Erröten! Tja, das Geheimnis war keins mehr. Es hatte keinen Zweck, es zu leugnen.

»Ja, äh, Douglas ist geblieben. Und er, äh, kommt heute Abend auch.« Sie zog die Brauen zusammen. »Jedenfalls hat er das gesagt. Ich hoffe, er hält Wort.«

»Oh, das tut er.« In Suzannes Ton schwang etwas mit. Was? Sie klang, als versuchte sie, ihr etwas zu sagen, das sie nicht aussprechen wollte. »Da gibt es keinen Zweifel. Douglas hält immer hundertprozentig Wort. Wenn er gesagt hat, er kommt, dann kommt er. Verlass dich darauf. Den könnten nicht mal Handgranaten und Maschinengewehrfeuer aufhalten. Es ist nur …«

»Was?« Allegra beugte sich vor, plötzlich ängstlich und aufgeregt. War ihr etwas entgangen? Hatte sie etwas missverstanden? Was, wenn Douglas gar nicht so wunderbar war, wie sie glaubte? Wenn er etwas vor ihr zurückhielt wie …

»Himmel! Er ist doch nicht verheiratet, oder? Er hat gesagt, er ist Single. Oder«, sie runzelte die Stirn, »vielmehr, dass niemand auf ihn wartet. Es wäre einfach schrecklich, wenn er eine Frau und ein Dutzend Kinder hätte.« Erschrocken fasste sie sich an die hochroten Wangen. Oh Gott, sie könnte es nicht ertragen, wenn ihre Zeit mit Douglas auf einer Lüge beruhte. Er wirkte auf sie so zuverlässig und …

»Nein, Schätzchen, Douglas ist definitiv nicht verheiratet, nie gewesen. Es gibt auch keine Kinder irgendwo, das kann ich dir versichern.«

Erleichtert lehnte Allegra sich zurück. Wow. Vielleicht sollte sie aufhören, ständig mit Katastrophen zu rechnen. Nicht alles war dazu bestimmt, sich zum Schlimmsten zu wandeln. Vielleicht.

»Also, das ist eine echte Überraschung.« Suzanne berührte sie leicht am Handrücken, um ihr zu verstehen zu geben, dass sie da war und zuhörte. »Ich will, dass du mir alles erzählst. Was ist passiert? Er hat dich nach Hause gebracht und ist einfach mit reingegangen?«

»Also, nicht ganz. Wir hatten ein kleines … Vorspiel in der Stiftung.«

»Wie bitte?« Das machte ihr Spaß. Allegra genoss Suzannes Verblüffung. Ihre Freundin war nicht leicht aus der Fassung zu bringen. »In der Stiftung? Zwischen dem Konzert und dem Raubüberfall? Nein, warte, du hast ja gesungen, als die hereinkamen. Wann hattest du denn Zeit, eine Affäre anzufangen? Das ist unglaublich.«

Es war so romantisch, Allegra hätte ihr zu gern alles erzählt. Für eine Sekunde erlaubte sie sich einen Ausblick in die Zukunft. Und da der nur in ihrem Kopf stattfand, durfte sie denken, was sie wollte. Sie stellte sich vor, wie sie ihren Enkeln die Geschichte erzählte. Und in ihrer Fantasie waren es eine Menge Enkel, die ihr zuhörten.

Ach, meine Lieblinge, setzt euch her zu mir und hört mal, wie es war, als euer Großvater eure Großmutter unter der Bühne verführte, während die Räuber im Saal ihre Pistolen abfeuerten.

»Nun ja, du und Claire, ihr wart nicht da, also hat Douglas mich auf die Bühne gebracht.« Sie hob beschwichtigend die Hand, als Suzanne stöhnte. »Und entschuldige dich bloß nicht, weil du beschäftigt warst, denn wäre es anders gewesen, wäre ich mit Douglas nicht zusammengekommen. Jedenfalls hat er mich zu meinem Platz gebracht und versprochen, an der Bühne zu warten, bis mein Auftritt zu Ende wäre. Mitten in einem Lied hörte ich Unruhe im Publikum. Erst später habe ich erfahren, dass da das Licht ausging. Und dann – dann gab es eine Explosion. Aber genau in dem Moment wurde ich von jemandem umgerissen. Das war Douglas. Er flog mit mir in den Armen von der Bühne – Wahnsinn! – und rollte mit mir darunter. Er lag auf mir. Und da lagen wir dann, äh … eine Weile.«

Lange genug, um fast einen Orgasmus zu kriegen, dachte sie und wurde schon wieder rot.

»Es war so wunderbar, Suzanne«, sagte sie verträumt. »Ich kann dir gar nicht sagen, wie sehr – so wundervoll prickelnd, so erregend. Es war fantastisch. Ich meine, ich weiß sehr gut, dass wir sehr verschieden sind. Denk nicht, das ist mir nicht klar.«

»Na ja«, sagte Suzanne liebenswürdig. »Welche Rolle spielt das? Schließlich kommt es nicht aufs Äußere …«

»Aber jede Wette, dass er Republikaner ist«, unterbrach Allegra sie.

Suzanne lachte.

»Was denn?«

»Ja, ich denke, das kannst du mit Sicherheit behaupten, dass Douglas ein Republikaner ist. Und John genauso und Bud wahrscheinlich auch. Das ist in Ordnung, deine Stimme bei der Wahl macht das wieder wett. Wer fragt schon nach den politischen Ansichten? Es gibt wichtigere Dinge. Bist du … bist du glücklich mit ihm?«

»Restlos glücklich.« Trotz ihrer Zweifel, was sie einem Mann noch zu bieten hatte, konnte sie diese Frage ohne Zögern beantworten. »Es war so wundervoll – bisher zumindest. Ich fühle mich unglaublich sicher bei ihm, weißt du?«

»Ja«, sagte Suzanne leise und drückte Allegras Hand. »Ich kann es mir vorstellen. Ich weiß, wie ich mich bei John fühle: Als könnte mir nichts passieren, solange er in der Nähe ist. Es tut mir nur unendlich leid, darauf bestanden zu haben, dass sie am Samstag unbewaffnet kommen. Das war falsch. Wie falsch das war«, fügte sie in reuevollem Ton hinzu, »wurde mir ja vorgestern gewaltsam vor Augen geführt.«

»Das ist wahr.« Douglas strahlte etwas aus, wodurch sie sich sicher fühlte. Schon wenn er im selben Zimmer war, fühlte sie sich besser. Sie hatte John noch nie gesehen, war nur einmal bei ihm und Suzanne zum Essen gewesen, und sie hatten sich kurz über die Stiftung unterhalten. Aber sie konnte sich gut vorstellen, dass er Douglas ähnlich war. Groß war er und hatte ebenfalls eine tiefe Stimme, wenn auch nicht so einen Bass wie Douglas, aber er wirkte genauso ruhig und zuverlässig.

Man spürte förmlich, wie Suzanne glühte, wenn sie über ihren Mann sprach.

»Genauso empfinde ich Douglas: Er scheint immer zu wissen, was er tut. Und ich kann dir sagen, er tut immer genau das Richtige.« Sie wurde schon wieder rot. Sie kam sich vor wie eine Ampel. »Hu, so habe ich das gar nicht gemeint.«

Suzanne lachte. »Soso. Wenn er John auch nur ein bisschen ähnelt, ich meine, was das Intime angeht, gehe ich jede Wette ein, dass er weiß, was er tut.«

»Wer weiß, was er tut? Hallo, Allegra, hallo, Suzanne.« Ehe Allegra darauf etwas sagen konnte, bekam sie einen Kuss auf die Wange und Claire sagte: »Ich hab's geschafft! Ich habe Mr Supermürrisch für volle zwei Stunden verlassen und bin hier! Es tut so gut, mal aus dem Krankenhaus herauszukommen und«, Claire holte tief Luft, »mal etwas anderes zu riechen als Desinfektionsmittel! Es wäre alles nicht so schlimm, wenn Bud nicht ständig versuchen würde aufzustehen, obwohl er mit tausend Schläuchen an die Geräte angeschlossen ist. Wenn ich ihn nicht daran gehindert hätte, hätte er sich heute Morgen die Infusionskanüle aus dem Arm gezogen. Ich bin mir sicher, er hat die Operation nur überlebt, um von den Schwestern erwürgt zu werden.«

»Hallo, Claire.« Allegra lächelte sie an. Claire war so süß. Allegra sah es geradezu vor sich, wie sie mit ihrem Griesgram umging, ganz geduldig und sanft. Männer konnten so unmöglich sein. Sie erinnerte sich, wie es war, als ihr Vater an der Galle operiert wurde und sich in einen unleidlichen alten Brummbär verwandelte, der …

Ein stechender Schmerz fuhr ihr durch den Kopf und breitete sich hämmernd aus. Allegra keuchte und hielt sich den Kopf.

»He, Süße.« Suzannes kühle Hand berührte sie an der Stirn. »Ist etwas mit dir? Brauchst du etwas?«

Einen neuen Kopf, dachte Allegra. Und wo sie schon mal dabei war: ein neues Leben. Das passierte ihr häufig, wenn sie an ihren Vater dachte. Das war ein grausamer Schicksalsschlag gewesen.

»Nein, nein, alles in Ordnung«, log sie. Sie nahm die Hände herunter und rang sich ein Lächeln ab. »Mit mir ist nichts. Entschuldigt bitte. Also Bud geht es so weit gut? Wir waren so in Sorge, Douglas und ich. Aber Douglas meinte, wenn eine Schusswunde nicht sofort tödlich ist, hat man eine sehr gute Chance, zu überleben und wieder auf die Beine zu kommen. Und ich denke, er kennt sich damit aus.«

»Ja, es wird ihm bald besser gehen. Ich halte es für ein Zeichen der Genesung, dass Bud droht, auf die Ärzte zu schießen, wenn sie ihm nicht sagen, dass er nach Hause darf. Am besten gestern, wenn es nach ihm ginge. Und stellt euch vor, gleich nach der Operation …« Claires Stimme verebbte, und Allegra konnte praktisch hören, wie ihr Kopf herumfuhr. »Douglas? Du hast einen Typen namens Douglas? Wer ist Doug… *Du meine Güte!* Doch nicht Johns Partner?« Das zu Suzanne. Sie klang schockiert.

»Genau der«, bestätigte Suzanne trocken. »Senior Chief Douglas Kowalski.«

Schweigen. Längeres Schweigen.

»Wow«, sagte Claire schließlich.

»Ja«, bekräftigte Allegra und merkte, dass sie die Farbe wechselte. »Wow ist genau der richtige Ausdruck. Es war toll. Einfach toll. Es war noch nie so aufregend mit einem Mann. Ich meine – oh Gott.« Schon wieder. So hatte sie das gar nicht sagen wollen. Ihr Kopf glühte vor Scham.

Suzanne und Claire lachten.

»Meine Damen, Ihr Essen wird gleich serviert. Darf ich Ihnen etwas zu trinken bringen?« Allegra fragte sich, ob das der große Kellner war, der immer wie ein Leichenbestatter auftrat, oder der kleine, behaarte, der wie Robin Williams aussah. Sie bestellten jeder ein Glas Wein – sie einen Merlot, Claire Riesling und Suzanne Zinfandel. Der Kellner verschwand mit seiner Duftwolke. Er musste heute Morgen aus dem Bett in eine Wanne mit Aftershave gefallen sein.

»So«, sagten sie alle gleichzeitig und lachten.

»So.« Allegra wandte sich Claire zu. »Jetzt will ich alles über Bud wissen.«

»Ich nicht«, widersprach Suzanne prompt.

»Ich auch nicht.« Claire tippte Allegras Hand an. »Ich bin es leid, an Bud zu denken. Ich habe seit sechsunddreißig Stunden nichts anderes getan, als ihn zu pflegen, und ich fahre gleich nach dem Essen zu ihm zurück. Ich bin also reichlich bedient. Sprechen wir lieber von … Douglas.« Wieder dieser Unterton. Der gleiche wie bei Suzanne. Was bedeutete das? »Komm, Allegra. Erzähl uns alles. Und ich meine, wirklich alles. Jede Einzelheit.«

Sie hörte die Stühle scharren, als diese beiden Biester tatsächlich näher heranrückten, damit ihnen nur ja nichts entging.

»Ich rede nicht«, sagte Allegra sittsam und zog an ihren Lippen einen imaginären Reißverschluss zu. Claire stieß empört die Luft aus.

»Überhaupt nicht?« Suzanne trommelte ungeduldig mit den Fingern auf die Tischplatte.

Allegra schüttelte den Kopf. Keinen Piep.

»Nichts? Nicht das kleinste Detail? Ach, komm«, quengelte

Claire. »Ich habe euch auch alles über Bud erzählt und wie wir uns kennengelernt haben.«

Allegra schüttelte energisch den Kopf und genoss die Spannung. Claire hatte es ihnen tatsächlich brühwarm und schockierend detailliert berichtet. Tja, Allegra hätte ebenfalls eine heiße Geschichte zu erzählen. Mit selbstgefälligem Lächeln wartete sie. Sollten sie erst mal leiden, bevor sie es auskosten durften.

»Da bleibt uns nichts anderes übrig, als zu verhandeln«, sagte Claire zu Suzanne. »Was können wir denn anbieten? Mousse au Chocolat?«

Allegra zögerte – Mousse au Chocolat war verlockend –, dann schüttelte sie den Kopf. Sie hatte selbst welche zu Hause, außerdem Francescas Tiramisu und Sachertorte. Da müssten sie schon mit Besserem aufwarten.

»Ich weiß, was sie zum Reden bringen wird«, sagte Suzanne verschlagen. »Ein Geheimnis. Ein richtig großes Geheimnis. Ein fetter Leckerbissen von einem Geheimnis.«

»Was?«, fragten Allegra und Claire gleichzeitig.

»Wenn ich es sage, ist es kein Geheimnis mehr, oder?« Suzanne klang unglaublich selbstgefällig. »Aber ich bin bereit, es auszuplaudern, wenn Allegra verspricht, uns alles zu erzählen.«

Der Servierwagen kam angerollt, dann hörte Allegra den Kellner die Teller auf den Tisch stellen. Sie beugte sich vor, um den Duft aufzunehmen – Gnocchi in Gorgonzolasauce, eine Spezialität des Hauses. Ihr Lieblingsgericht im Garden war die Zwiebelsuppe, aber Suppe in der Öffentlichkeit zu essen, war ihr zu heikel, selbst in Gegenwart ihrer besten Freundinnen.

Claire schlug mit dem Löffel gegen ihr Glas. »Also gut. Die Sache ist abgemacht. Wer rückt als Erste damit heraus? Ich stimme für Allegra.«

»Nö.« Allegra steckte sich eine Gabel Gnocchi in den Mund und schwelgte. Das Garden hatte einen ausgezeichneten Koch.

»Ich rede erst, wenn ich weiß, ob Suzannes Neuigkeit meine Neuigkeit wert ist. Auf einer Skala von eins bis zehn ist meine eine Hundert.« Sie hatte Oberwasser und wusste es. Neue Lover schlugen immer ein wie eine Bombe, dagegen war jedes andere Thema zum Gähnen.

»Woher sollen wir wissen, dass du nicht falschspielst? Am Ende lüftet Suzanne ihr Geheimnis und du machst trotzdem den Mund nicht auf.«

Allegra nippte an ihrem Merlot. »Da müsst ihr mir eben vertrauen.« Sie trank schmunzelnd und wartete. »Entweder so oder gar nicht.«

»Dann so«, sagte Claire.

»Ich bin auch dafür.«

»Also du zuerst, Suzanne.« Allegra lächelte triumphierend. Es gefiel ihr, Suzanne bei Verhandlungen zu schlagen. In einem früheren Leben musste Suzanne Teppichverkäuferin in Casablanca gewesen sein. Bei ihr die Oberhand zu gewinnen war, als gewänne man den Pulitzer-Preis.

»Also gut. Meine Neuigkeit ist folgende«, sie holte tief Luft und atmete bebend aus, »ich bin … schwanger.«

Claire und Allegra quiekten gleichzeitig los und das Besteck landete auf dem Tisch. Allegra griff hinüber nach Suzannes Hand. »Ohmeingottohmeingottohmeingott!«

»Das ist fantastisch! Oh wow! Ich kann gar nicht abwarten, es Bud zu erzählen.« Claire lachte. »Er kriegt einen Anfall. Du meine Güte, das kommt alles so plötzlich!«

Die drei Freundinnen umarmten sich, und Allegra hörte Suzanne schniefen. Aber für solche Fälle hatte sie immer ein Päckchen Taschentücher in der Handtasche. Suzanne nahm das angebotene Taschentuch, nuschelte »danke« und schnäuzte sich. *Hormone,* dachte Allegra. Das mussten die Hormone sein. Suzanne weinte sonst nie.

»Puh, entschuldigt bitte, ich weiß nicht, warum ich weine. Ich meine, ich bin absolut glücklich. Es ist nur …« Suzanne trötete ganz undamenhaft ins Taschentuch, auch etwas, was sie sonst nie tat. »Es ist nur alles so überwältigend. Das geht alles so schnell.«

So war es tatsächlich. Suzanne hatte ihren Mann erst vor einem Monat kennengelernt und gleich am ersten Abend wilden Sex mit ihm gehabt – das hatten Allegra und Claire aus ihr herausgelockt. Am nächsten Tag hatte Suzanne um ihr Leben rennen müssen, und John hatte zwei Killer erschossen, die Carson auf sie angesetzt hatte.

Sie hatte sich mit John in einer Hütte in den Bergen verkrochen, die, wie sie erzählte, sehr schäbig eingerichtet gewesen war. Ein Mann und eine Frau allein in einer schäbigen Berghütte – was sollte man da tun außer Babys machen?

Danach hatte das FBI sie für vier Tage in einem Versteck untergebracht, bis Carson glücklicherweise tot aufgefunden wurde. Am nächsten Tag fand die Hochzeit statt.

Und jetzt war sie in anderen Umständen. Das waren wirklich schnelllebige Zeiten.

»Eigentlich habe ich die Pille genommen«, sagte Suzanne und trötete noch mal ins Taschentuch. »Man muss schließlich auf sich aufpassen. Aber es gab ein solches Durcheinander dort, da muss ich einen oder zwei Tage ausgelassen haben. Und John und ich haben …« Sie stockte, und Allegra wünschte, sie könnte sehen, ob Suzanne rot wurde. Sie konnte sich gut vorstellen, was die beiden getan hatten. »Ich bin erst ein paar Tage drüber, aber irgendwie war mir klar, dass ich schwanger bin. Also habe ich den Test gekauft und ihn heute Morgen gemacht. Ich war erst mal ein bisschen verstört. John weiß es noch gar nicht.«

»Möchtest du denn ein Kind?«, fragte Claire sanft.

»Ja«, antwortete Suzanne in festem Ton und klang wieder wie

sie selbst. Allegra hörte Stoff rascheln und schloss, dass Suzanne die Schultern straffte und sich aufrecht hinsetzte. »Absolut. Ich hätte mich nur nicht so schnell zum Heiraten und Kinderkriegen entschlossen. Aber nun ist es so gekommen. Jetzt muss ich nur meinen Mut zusammenraffen und es John sagen.«

»Glaubst du denn, dass er kein Kind möchte?«, fragte Allegra. Wie traurig. Das war mehreren Freundinnen von ihr passiert. Ihr Partner hatte keine Kinder gewollt, sie nur als Belastung oder Ablenkung betrachtet. Das war wirklich schade. Allegra konnte sich nichts Wundervolleres vorstellen, als ein Kind zur Welt zu bringen. Sie selbst wollte eine große Familie haben. Sie hatte immer darunter gelitten, dass sie ein Einzelkind war.

»Nein, er möchte es. Neulich hat er noch gesagt, dass wir eine Familie gründen sollten. Aber dass es so schnell passiert, wird er sich auch nicht vorgestellt haben.« Am Ende wackelte ihre Stimme. Sie holte tief Luft. »Die Wahrheit ist, dass ich erst mal eine todsichere John-Management-Technik entwickeln wollte, bevor wir Kinder bekommen. Ich habe noch nicht so ganz raus, wie ich ihn auf der anderen Seite der Linie halten kann, was die Organisation meines Lebens betrifft, und nach dieser Nachricht wird er erst richtig übertreiben. John ist nämlich, was meinen Schutz angeht, wirklich übereifrig.«

»Wem sagst du das?«, erwiderten Allegra und Claire wie aus einem Mund und mussten lachen.

»Ihr kennt das also? Sie müssen auf derselben Schule gewesen sein; irgendjemand hat sie zu männlichen Glucken erzogen. Ich schwöre, es war ein Kampf, bis ich heute Auto fahren durfte. Dabei liegt der Schnee nur hauchdünn auf den Gehwegen, und die Straßen sind vollkommen frei, aber John beharrte darauf, dass mich einer seiner Leute mit Allegra hierherfährt. Die sind nicht gerade amüsante Gesellschafter. Sie sitzen hinterm Steuer wie ein Riesenklumpen Protoplasma und mustern jeden vorbeifahrenden Wagen und jeden Fußgänger, als wären sie alle Terroristen, die nur auf die Gelegenheit warten, eine Waffe zu zücken oder eine Bombe zu werfen. Das ist wirklich nervtötend. Außerdem sollen seine Männer ja eigentlich arbeiten, und ich möchte sie nicht allzu lang davon abhalten. Folglich muss ich mir genau überlegen, wann ich das Haus verlassen und wann ich zurückkommen werde. Das ist auch ziemlich ärgerlich. Heute konnte ich mich mal durchsetzen, weil ich mit dem Fuß aufgestampft habe, aber wenn John erst weiß, dass ich schwanger bin, lässt er mich gar nicht mehr ans Steuer.«

Allegra hatte eine plötzliche Vision, wie sich Alpha Security International allmählich zu einem besseren Chauffeurdienst entwickelte.

»Ich werde kämpfen müssen, um im März zu der großen Innenarchitekturmesse nach Savannah fahren zu können. Auf die freue ich mich jedes Jahr. Es macht solchen Spaß, Kollegen zu treffen, die von überallher kommen, sich über die neusten Trends auszutauschen. Aber ich gehe jede Wette mit euch ein, dass John darauf bestehen wird, mich zu begleiten. Er wird an mir kleben. Könnt ihr euch vorstellen, wie ich mich mit Willard Sykes von Textiles Ink über den neuen Damast aus China unterhalte, während John finstere Blicke um sich wirft?«

Wow. Allegra sah es vor sich – Suzanne und ein Kollege beim Fachgespräch und neben ihnen ein sehr großer, gelangweilter, bewaffneter Mann. Das dämpfte den Spaß ganz sicher. Und war auch nicht besonders gut fürs Geschäft.

»Und später dann«, fuhr Suzanne fort, und Allegra hörte förmlich, wie sie die Augen verdrehte, »wenn das Kind da ist, wird es noch schlimmer werden. Und ich bekomme ein Mädchen, das weiß ich genau, ich spüre es. Sie kann von Glück reden, wenn er sie bis zum College überhaupt aus dem Haus lässt.«

Es herrschte Schweigen, während alle drei an Suzannes Tochter dachten, die sich mit einem Jungen verabreden wollte, während sich John ständig einmischte.

»Aber er wird sie lieben, das steht fest«, bemerkte Allegra gütig. »So wie er dich liebt. Das ist es doch, was zählt.«

Suzanne seufzte schwer. »Ich weiß. Ich weiß, welches Glück ich habe. John ist ein wunderbarer Ehemann und wird ein liebender Vater sein. Ich freue mich über das Kind. Ich wünschte nur, ich wäre nicht so … aus dem Gleichgewicht deswegen.«

»Sei etwas nachsichtiger mit dir, Suzanne«, sagte Claire. »Natürlich bist du aus dem Gleichgewicht. Du wärst vorgestern beinahe erschossen worden. Da wäre wohl jeder ein bisschen verunsichert, selbst Suzanne La Cool.«

»Was?« Allegra richtete sich erschrocken auf. »Was soll das heißen, Suzanne wäre fast erschossen worden? Was redet ihr da?«

»Oh.« In Claires Kopf knirschten die Rädchen. Sie wünschte eindeutig, sie hätte sich nicht verplappert. Aber es war passiert. »Nun ja, in der Stiftung am Samstag. Suzanne wurde, äh, von den Räubern als Geisel genommen.«

»Zusammen mit einigen anderen Frauen«, warf Suzanne hastig ein, als würde es dadurch besser.

»Ja, aber du warst es, der dieser Widerling die Maschinenpistole an den Kopf gehalten hat«, wandte Claire hitzig ein. »Nicht die anderen.«

»Und Douglas hat kein Sterbenswörtchen davon erwähnt, dieser Mistkerl.« Allegra würde ihn erwürgen, wenn er nach Hause kam. Hätte sie geahnt, was für ein traumatisches Erlebnis Suzanne durchgemacht hatte, hätte sie gestern angerufen, um sich zu erkundigen, wie es ihr ging.

»Er wollte wahrscheinlich nicht, dass du dich sorgst.« Claire legte die Hand auf ihre. »Mir scheint, unsere Männer sind tatsächlich alle durch dieselbe Schule gegangen. Es ist, als wollten sie uns vor dem Leben überhaupt beschützen.«

»Jetzt aber genug von mir«, sagte Suzanne wieder in ihrem gewohnten munteren Ton. Für Allegra war es seltsam gewesen, sie so niedergeschlagen und unsicher zu erleben. Das kannte sie gar nicht von ihr. »Ich habe meinen Teil der Abmachung erfüllt. Jetzt bist du dran, Allegra, und du solltest wirklich etwas liefern. Wir wollen *alles* wissen.«

»Oh ja«, pflichtete Claire sofort bei. »Also heraus damit.«

Claire war über ihr heißes Wochenende mit Bud sehr mitteilsam gewesen, an dem sie ihre Jungfräulichkeit an einen Mann verloren hatte, den sie für einen Waldarbeiter hielt, der aber in Wirklichkeit ein Ermittler des Morddezernats war. Claire hatte noch nie Sex gehabt und sich von der Macht ihrer Gefühle überwältigen lassen. Allegra hatte vorher schon Sex gehabt – allerdings keinen wie mit Douglas. Auf jeden Fall kam es ihr noch zu … zerbrechlich vor, um Einzelheiten zu erzählen. Doch den Kern der Sache könnte sie verraten.

»Tja …« Sie spürte die gespannte Aufmerksamkeit am Tisch. »Wisst ihr, wie es ist, wenn man einen Mann kennenlernt und sich von der besten Seite zeigen will? Man möchte, dass alles perfekt ist, und irgendwie gelingt das nie. Egal wie sehr man sich anstrengt. Jedenfalls habe ich mich gar nicht um Douglas bemüht. Zu unserem ersten Kuss kam es unter der Bühne in der Stiftung, als im Saal geschossen wurde und ich vor Angst zitterte. Er ist der erste Mann, mit dem ich zusammen war, seit … seit …« Ihre Stimme versagte, und Suzanne strich ihr eine Strähne aus dem Gesicht.

»Wir wissen es, Süße.« Sie klang sehr weich vor Zuneigung und Verständnis. Auch etwas, das sie an Suzanne liebte, und an Claire ebenfalls. Sie verstanden sie immer genau.

»Wie auch immer«, sagte Allegra, als sich der Kloß in ihrem Hals aufgelöst hatte. »Was ich so unglaublich finde, ist, dass ich bei ihm immer völlig ich selbst bin. Ich fühle mich vollkommen frei, brauche mir überhaupt keine Gedanken zu machen, wie ich auf ihn wirke oder wie ich aussehe oder ... oder dergleichen.«

Sie zwirbelte den Tischdeckensaum zwischen den Fingern, während sie nach Worten suchte, um ihren Freundinnen die Geheimnisse ihres Herzens mitzuteilen.

»Ich dachte, mein Leben ist vorbei, als ich blind aus dem Koma erwacht bin«, sagte sie schließlich leise. »Ich dachte ehrlich, ich könnte ebenso gut tot sein. Dass ich mich jemals wieder verlieben könnte, war unvorstellbar. Vor allem konnte ich mir nicht vorstellen, dass sich noch mal jemand in mich verliebt. Wer sollte mich schon wollen? Ich kann so vieles nicht allein tun, das ist für andere kein Spaß.« Kurz spielte sie mit dem Gedanken, ihnen von den Albträumen zu berichten, die sie mittlerweile selbst im Wachzustand bekam. Doch dann fand sie, das wäre zu aufwühlend, zu gruselig. »Ihr könnt euch also vorstellen, wie überrascht ich war, als dieser große, starke Mann, der alles tun oder haben kann, was er will, mich offenbar haben wollte – mich. Und er will sogar mein ungeschminktes, verletztes Ich. Er scheint an mir überhaupt nichts auszusetzen zu haben.« Sie wischte sich eine Träne weg. »Es kommt mir immer noch vor wie ein Wunder, und ich warte nur darauf, dass er mir sagt, ich sei ihm zu anstrengend. Aber bisher«, sie klopfte auf Holz, »bisher scheint er bleiben zu wollen. Es sind erst zwei Tage – noch nicht mal zwei Tage, und ich weiß nicht, was die Zukunft bringt, aber schon diese kurze Zeit mit ihm hat mir geholfen, zu mir selbst zu finden. Bei ihm traue ich mich, ich selbst zu sein. Ich dachte, ich würde nie wieder glücklich werden, aber bei Douglas bin ich es. Es ist ein Riesenwagnis für mich, ihm mein Herz zu öffnen, aber ich habe das Gefühl, mein Herz ist bei ihm in guten Händen.« Sie drehte sich nach links, wo Suzanne saß. »Genau wie du bei John, weißt du?«

Es war vollkommen still am Tisch.

»Ja, ich weiß«, sagte Suzanne dann und schnäuzte sich lautstark. Von ihrer Wimperntusche konnte nicht mehr viel übrig sein, dachte Allegra.

Rechts von ihr schniefte Claire. »Das ist wundervoll«, sagte sie mit Tränenstimme, dann rief sie aus: »Du meine Güte! Seht mal auf die Uhr! Ich muss vor der Nachmittagsvisite im Krankenhaus sein. Bud ist glatt imstande, die Schläuche zu ziehen und nach draußen zu humpeln, wenn ich nicht da bin. Oder er brät den Ärzten eins über. Suzanne, kannst du für mich mitbezahlen? Ich gebe es dir später zurück. Allegra, ich freue mich so für dich … Oh Gott, ich muss wirklich los!«

Nach hektisch hingehauchten Wangenküssen lief Claire aus dem Restaurant.

Suzanne bezahlte die Rechnung und lehnte Allegras Kreditkarte ab. »Steck sie wieder weg, Süße. Und ich werde auch von Claire kein Geld nehmen. Betrachte es als kleine Feier meiner Schwangerschaft. Lass uns aufbrechen. Der Himmel wird schon dunkel. Ich möchte dich nach Hause bringen und auch heimfahren, bevor John die Marines schickt, damit sie mich suchen.«

Allegra stand frierend vor dem Restaurant und wartete auf Suzanne, die ihren Wagen holen wollte. Sie spürte eine Schneeflocke an der Wange und hob das Gesicht in die kalte Luft, um tief einzuatmen. Dabei kehrte Friede in ihre Seele ein.

Es war ein Glück, dass sie Suzanne und Claire in ihrem Leben hatte. Nicht jeder hatte so gute Freunde.

Nicht jeder hatte einen Douglas.

Zum ersten Mal seit ihrer Erblindung wurde ihr bewusst, wie viel Glück sie eigentlich hatte. Beschämt gestand sie sich ein, dass sie das viel früher hätte sehen können. Sie hatte keine Geldsorgen. Sie war kerngesund. Sie hatte Menschen, die sie mochten und sich um sie kümmerten. Lauter Gründe zum Feiern.

Während der ersten Woche im Krankenhaus, ihrer schwärzesten, hatte sie ernsthaft an Selbstmord gedacht. Sie wollte ihrem Leben ein Ende machen, egal wie. Ihr Vater fehlte ihr schrecklich und es schien ihr, als stünde ihr ein Leben in einem schwarzen Abgrund bevor. Doch sie hatte sich geirrt. Es gab Dinge, auf die sie sich freuen konnte. Bud und Claire würden heiraten, das stand nun fest, und Allegra sollte bei der Hochzeitsfeier singen. Im Hinterkopf stellte sie bereits die Auswahl der Lieder zusammen, wenn sie nicht gerade vor Glück weinte. Und Suzannes Kind. Wenn es ein kleines Mädchen würde, würden sie es alle drei mit Kleidern überschütten, während John Suzanne verrückt machte, weil er dem Kind nicht mehr von der Seite wich. Ein kleines Mädchen zum Verwöhnen. Douglas in ihrem Leben, in ihrem Bett. Eigentlich konnte das Leben doch ganz schön sein.

Allegra lächelte.

»Du kleines Miststück. Du wirst kriegen, was du verdienst. Ich sorge dafür, dass du stirbst, und dann wirst du in der Hölle schmoren«, tönte Corey Sandersons Stimme in ihr Ohr, und seine Hand hielt brutal ihren Arm gepackt.

Allegra kreischte mit voller Lautstärke.

15

Hormonregenerationstherapie.

Kowalski kicherte noch darüber, als er in seinem Büro saß. Jack Thompson war eins dreiundsiebzig groß, hundertfünf Kilo schwer, ein erstklassiger Gewehrschütze und behaart wie ein Bär. Er sah aus wie ein Wrestlingstar.

Der brauchte in nächster Zeit keine Hormonregenerationstherapie.

Hormonregenerationstherapie, ausgerechnet.

»Wir müssen die Robertson-Sache in den Griff bekommen.« John kam herein und blickte stirnrunzelnd auf ein Klemmbrett. »Verdammt, er will zwei Leibwächter, so schnell wie möglich. Ich schätze also, wir …« Er blickte auf und blieb abrupt stehen, mit offenem Mund.

Kowalski hatte bereits zwei Männer bestimmt, die den Verleger schützen sollten. Der brachte gerade die Memoiren eines ehemaligen weißen Rassisten heraus, der darin schonungslos auspackte, und hatte schon Morddrohungen von drei paramilitärischen Organisationen erhalten.

John hörte nicht auf, mit offenem Mund zu starren. »He, was starrst du denn so?« Kowalski wedelte ungeduldig mit seinem Kugelschreiber.

»Du … lächelst.« John setzte sich auf die Schreibtischecke. »Das haut mich völlig um.«

Sofort zog Kowalski die Brauen zusammen. »Ich lächle nicht«, brummte er.

»Doch.«

»Nein.« Kowalski biss die Zähne zusammen. Das war wirklich zu albern.

John grinste von einem Ohr zum anderen. »Aber eindeutig. Ich habe dich seit 1999 nicht mehr lächeln sehen, und das war nur, weil dieses sadistische Arschloch Gannon sich beim HALO das Bein gebrochen hat.« Er schüttelte den Kopf. »Da musste ich selbst grinsen.« Er blickte Kowalski prüfend an. »Doch diesen Gesichtsausdruck habe ich bei dir noch nie gesehen. Du guckst wie ein Trottel, mein Freund. Wie ein Fisch mit einem Haken im Maul, der glücklich ist, dass er an Land gezogen wurde.«

John wich dem Buch mühelos aus, das Kowalski nach seinem Kopf warf, und lachte. »Der Haken steht dir aber nicht schlecht, Senior Chief. Ich frage mich, ob die Angel dieser hinreißenden Rothaarigen mit der tollen Stimme gehört.«

Kowalski beugte sich über den Bericht und tat, als läse er mit großem Interesse den Kostenvoranschlag für ein neues Computersystem, obwohl er kein Wort davon aufnahm. Im Stillen drängte er John, von seinem Schreibtisch aufzustehen und sich zu verziehen, doch John hatte einen genauso starken Willen und sah aus, als könnte er noch drei Tage da sitzen.

Kowalski erlebte etwas völlig Neues – er wurde für sein Liebesleben aufgezogen. Bisher hatte er kein Liebesleben gehabt, nur ein Sexleben, und dafür hatte ihn noch nie jemand aufgezogen, aus dem hervorragenden Grund, dass niemand davon wusste. Er war nie mit einer Frau im Arm zu Partys gegangen, hatte keine seinen Teamkameraden vorgestellt. Er hatte nie eine Zweierbeziehung gehabt.

Jetzt hatte er eine, wie ihm gerade bewusst wurde. Er war von allem so überwältigt gewesen, dass es erst jetzt in seinen dicken Schädel eindrang. Und plötzlich kam ihm der Gedanke in aller Klarheit – er hatte eine Freundin. Eine Frau, mit der er seine Zeit verbringen, um die er sich kümmern, die er gern haben konnte.

Die Vorstellung war so absonderlich. Er wälzte sie hin und her. Eine Zweierbeziehung. Sie waren ein Paar. Vielleicht sogar ein verlobtes Paar. Oh ja, das würde er glatt machen.

»Ach komm, Kowalski. Ich weiß, was du durchmachst. Ich habe selbst so einen Haken im Maul. Aber es haut mich wirklich um, das kann ich dir sagen, und ich bin seitdem ganz außer mir. Ich freue mich für dich, Senior Chief. Allegra scheint ein nettes Mädchen zu sein. Suzanne liebt sie, und darum halte ich viel von ihr. Eine Schande, dass dieser Scheißkerl, der sie zusammengeschlagen hat, so billig davongekommen ist. Nachdem er ihren Vater getötet und ihr Augenlicht zerstört hat. Ich hätte dem Kerl die Eier abgeschnitten. Aber was weiß ich schon? Ich bin ja nur ein einfacher Matrose.«

Wie in Zeitlupe legte Kowalski seinen Kugelschreiber hin. Er hatte ein lautes Summen in den Ohren.

»Was hast du gesagt?« Er artikulierte jedes Wort übersorgfältig. Seine Zunge fühlte sich groß und unbeweglich an. Jemand hatte Allegra zusammengeschlagen? *Sie zusammengeschlagen?* Er konnte sich nicht bewegen, konnte kaum atmen.

Johns Blick wurde starr. »Scheiße«, sagte er leise. »Du wusstest es nicht. Keiner hat es dir gesagt.«

»Mir. Was. Gesagt.« Kowalski brüllte nicht. Er fand, das bewies enorme Selbstbeherrschung. John hielt beschwichtigend die Hände hoch – *schon gut, bleib ruhig.* Kowalski fragte sich, was John in seinen Augen sah und ob es ihn wirklich erschreckte.

»Gut. Folgendes weiß ich, und ich hab's nur von Suzanne, klar?«

Kowalski nickte. Sein Hals war noch zu eng zum Reden. Sein ganzer Körper schrie danach, rauszurennen und die Drecksau umzubringen. Doch er war Soldat. Er besaß Disziplin. Disziplin hatte ihn zu dem gemacht, was er war.

John sah ihn bekümmert an. »Die Geschichte ist die: Allegra

machte rasend schnell Karriere, sie war so was wie die irische Norah Jones – so sagt Suzanne. Ich selbst hab ja keine Ahnung von Musik. Jedenfalls war Allegra sehr erfolgreich, und dieser Kerl, dieser … dieser Manager oder Produzent oder was weiß ich war in den Achtzigern der große Macher in der Musikszene. Corey Sanderson. Schon mal gehört?«

Kowalski kannte den Namen. Jeder, der die Musikbranche halbwegs verfolgte, kannte ihn. Sanderson war ein ganz großer Produzent und Manager gewesen, hatte in den Achtzigern und Neunzigern eine Reihe von Stilrichtungen geschaffen und die Musikwelt des Pazifischen Nordwestens beherrscht. Hip-Hop, Skate, Grunge, Weltmusik und so weiter, Sanderson war immer treibende Kraft oder daran beteiligt oder managte oder verdiente Geld damit. Corey Sanderson war die absolute Größe.

Kowalski nickte, und John sprach weiter. »Jedenfalls unterschrieb Allegra einen Vertrag bei ihm, und er sollte ihr helfen, bis ganz an die Spitze zu kommen. Doch er vermasselte die Sache und hatte kein Glück mehr. Soweit ich mitbekommen habe, hat er Allegra in eine musikalische Richtung gedrängt, für die sie nicht geeignet war. So sagt Suzanne – ich kann da eine Richtung nicht von der anderen unterscheiden. Allegra wurde jedenfalls immer unglücklicher. Ihre Karriere stürzte ab, weil dieser Kerl sie zwang, Sachen zu singen, die gar nicht ihr Stil waren. Vorigen Sommer war sie auf großer Tournee, und sie verkauften immer weniger Karten, Konzerte wurden abgesagt, die ganze Sache ging den Bach runter. Allegra vertraute sich Suzanne an, und Suzanne nahm ihren Vertrag unter die Lupe. Und ich muss sagen, als Geschäftsfrau ist sie blitzgescheit. Sie hat mich erstklassig beraten. Mein Mädchen willst du garantiert auf deiner Seite haben und nicht als Feind. Sanderson war ihr Feind. Sie konnte ihn auf den Tod nicht ausstehen und fand für Allegra eine Möglichkeit, aus dem Vertrag auszusteigen.«

Kowalski bekam eine Gänsehaut. Er ahnte, was jetzt käme.

»Am Ende der Sommertournee riet Suzanne Allegra, sich mit Sanderson zu treffen, um über eine Auflösung der Geschäftsbeziehung zu sprechen. Allegra nahm ihren Vater mit. Suzanne meinte, er war ein erstklassiger Musiklehrer, aber nicht der Überzeugendste in seinem Auftreten, falls du verstehst, was ich meine.«

Kowalski blickte John finster an. »Komm zur Sache.«

John verdrehte die Augen. »Also gut, das Fazit. Eine Woche nach der desaströsen Tournee, am 9. September, ging Allegra mit ihrem Vater zu Sanderson mit einem Auflösungsvertrag, den Suzanne aufgesetzt hatte. Gegen Mitternacht wurde Suzanne von der Polizei angerufen, weil sie ihre Nummer in Allegras Handtasche gefunden hatten. Ihr Vater war tot – mit einem stumpfen Gegenstand erschlagen – und Allegra lag im Koma. Sie hatte mehrere heftige Schläge auf den Kopf bekommen und ihr Kiefer war gebrochen. Jetzt setz dich wieder hin und hör dir den Rest an.« John legte Kowalski eine Hand auf die Schulter, der mit Mordgelüsten von seinem Stuhl aufgestanden war. »Sanderson wand sich aus der Sache raus. Er nahm sich sofort einen guten Anwalt, einen der besten Strafverteidiger. Allegra blieb sechs Wochen lang im Koma, und als sie endlich zu sich kam, war sie blind, konnte mit dem Kieferbruch kaum sprechen und sich vor allem an nichts erinnern. Als Zeugin fiel sie also aus. Sandersons Anwalt drängte auf ein schnelles Verfahren. Seine Version war, dass sie Streit bekamen, Allegra und ihr Vater gewalttätig wurden und Sanderson sich verteidigen musste.«

»Quatsch.« Kowalski war vollkommen angespannt, kampfbereit. Er sah buchstäblich rot vor Wut. Wie von ferne hörte er ein Knacken und blickte nach unten auf den Kugelschreiber, den er zwischen den Fingern zerbrochen hatte. Er wünschte, es wäre Sandersons Genick.

»Ja. Du weißt das, ich weiß das, Suzanne weiß das und wahrscheinlich auch der Richter und die Anwälte. Sanderson wurde wegen Totschlag verurteilt und hat ein verringertes Strafmaß bekommen wegen Notwehr. Er sitzt nicht mal im Gefängnis, der Scheißkerl, sondern in einer schicken psychiatrischen Anstalt, wo sie ihm die Störung seiner Impulskontrolle überwinden helfen.« John schnaubte angewidert. »Das Arschloch ist mit einem Mord und brutaler Körperverletzung davongekommen. Die einzigen Augenzeugen waren ein toter Mann und eine Frau im Koma, die mit einer Amnesie erwachte. Allegra kann sich offenbar an nichts erinnern; ihr fehlt die ganze Woche von der Rückkehr von der Tournee bis zum Abend des Verbrechens. Sie weiß nicht mal mehr, dass sie aus dem Vertrag aussteigen wollte. Die Ärzte sagen, dass nach solch einer schweren Kopfverletzung die Amnesie nichts Ungewöhnliches ist. Und keiner kann sagen, wann die Erinnerung wiederkommt.«

»Bald. Sie kommt bald.« Kowalski sah John an. »Sie hat schon Flashbacks.«

»Sie hat was?«

»Flashbacks. Sie kommen immer häufiger, wie mir scheint. Und sie leidet an einer posttraumatischen Belastungsstörung.« Das war es, was er bei ihr wahrgenommen, aber zunächst nicht erkannt hatte. Bisher hatte er das nur bei Soldaten gesehen und darum bei Allegra nicht richtig gedeutet.

Einer seiner Männer, der bei einem Angriff am Kopf verwundet wurde, hatte eine partielle Amnesie. Zwei Monate seines Lebens waren aus dem Gedächtnis verschwunden, angefangen einen Monat vor dem Gefecht. Die Erinnerung an das Feuergefecht war in brutalen Flashbacks zurückgekommen, bei denen er entsetzliche Angst ausstand – wie kurze Blicke in die Hölle, sagte er. Das erlebte jetzt auch Allegra. »Wie sieht dieser Sanderson aus?«

»Ich kenne ihn nur von Fotos. Er ist mittelgroß und hat lange blonde Haare. Ein geschniegelter Kerl im schicken Anzug.«

»Aha.« Genau die Beschreibung, die Allegra auf dem Lawrence Square gegeben hatte. »Sie hat eindeutig Flashbacks. Sie wird sich bald erinnern. Gestern …«

Johns Handy klingelte, und er schaute stirnrunzelnd auf das Display. »Es ist Suzanne. Es wird doch wohl nichts passiert sein.« Er öffnete das Handy. »Ja, Liebling, alles in Ordnung? Aha. *Was?*« Sein Blick schnellte zu Kowalski hinüber. »Allegra? Ist sie verletzt? Aha. Bin unterwegs.«

John stand näher an der Tür, aber Kowalski war vor ihm draußen.

Kowalski fuhr. John stellte das nicht mal infrage und sagte auch kein Wort, als Kowalski unterwegs zum Garden drei Staatsgesetze und zwei Bundesgesetze brach.

Kowalski legte die Strecke so schnell zurück, wie es mit einem landgebundenen Fahrzeug möglich war, und sprang aus seinem SUV, sowie der stand.

Unterwegs hatte John ihm berichtet, was er von Suzanne erfahren hatte. Allegra hatte Sandersons Stimme gehört, seine Hand gespürt und war in Panik geraten.

Kowalski stürmte in das Restaurant. Er hatte den Tunnelblick wie im Gefecht und sah nur noch sie, Allegra, die zitternd auf einem Stuhl saß, sich hin und her wiegte und die Arme um den Leib geschlungen hielt. Ihr Gesicht war blutleer. Suzanne saß neben ihr, eine Hand auf ihrer Schulter.

»Allegra?«, krächzte er, während er ihr entgegenlief, und sie hob den Kopf und richtete ihr Gesicht nach dem Sprecher aus. Die schönen, blinden Augen waren dunkel vor Qual.

»Douglas?« Sie klang verloren und hilflos. »Oh Gott, Douglas, du bist gekommen!«

Im nächsten Augenblick sprang sie auf und rannte auf ihn zu. Er nahm sie in die Arme und blieb so stehen. Er wusste nicht, wer wen fester drückte und wer den Trost nötiger hatte. Er wusste nur, er brauchte den Kontakt, um sicher zu sein, dass sie körperlich unverletzt war.

Sowie sie seine Stimme erkannt, sowie sie begriffen hatte, dass er ihretwegen gekommen war, veränderte sich ihr Gesichtsausdruck. Bis zu seinem Tod würde er den nicht mehr vergessen. Durch ihre Angst und Verzweiflung war plötzlich Hoffnung und Freude aufgeleuchtet, und – ja – Liebe. Die ihm galt. Diesen Moment würde er sein Leben lang vor Augen haben.

Und nach der Angst, die er um sie gehabt hatte, fühlte er die Liebe, die er für sie empfand, in sich aufsteigen. Sie war seine Frau. Er würde jeden Preis zahlen, damit sie sicher und glücklich war.

Doch zuerst musste er sie beruhigen.

Allegra zitterte in seinen Armen, war noch voller Angst. Sie murmelte etwas in hohem, klagendem Ton. Er brauchte eine Minute, bis er die Worte verstand. Sie zitterte so stark, dass ihre Stimme schwankte.

»Er war hier, Douglas, er war hier, er war hier«, wiederholte sie in einem fort. Ein heftiger Schauder durchlief sie. »Er hat mich *angefasst*. Er war hier! Halte ihn von mir *fern*!«

Sie meinte Sanderson. Er musste irgendwie aus der Anstalt entkommen sein und verfolgte sie nun. Der Scheißkerl hatte sie angefasst, sie in Panik versetzt. Wenn er sie verfolgte, dann um zu Ende zu bringen, was er vor fünf Monaten begonnen hatte. Aber jetzt war er ein toter Mann.

»Er war hier, ich habe ihn gehört, direkt neben mir.« Ihre Stimme wurde immer schriller, sie drückte sich Schutz suchend an ihn. »Halte ihn von mir fern! Ich habe solche Angst!«

Hinter ihr stand Suzanne und sah es traurig mit an. Als Kowalski sie anblickte, schüttelte sie bedeutungsvoll den Kopf. »Sanderson war nicht hier«, sagte sie leise, doch Allegra hörte es.

»Doch, er war hier, er war hier! Warum will mir niemand glauben?«

Allegra steigerte sich in Hysterie, ausgelöst durch einen Flashback. Kowalski legte einen Arm um ihre Taille und eine Hand an ihren Hinterkopf. Er schützte symbolisch dieselben Stellen, die ins Gefecht ziehende Soldaten mit Kevlarkleidung und Helm schützten: die weichen Eingeweide und den Kopf, die empfindlichsten Teile des menschlichen Körpers. Das war dem Menschen noch von Urzeiten her eingeprägt, war in der DNA enthalten. Sie so zu halten, war das Einzige, was sie beruhigen, was den Nebel der Hysterie durchdringen konnte.

Vor lauter Angst konnte sie nicht klar denken. Im Augenblick wäre es zwecklos, sie mit beschwichtigenden Worten von dem Rand des Abgrunds wegholen zu wollen, an dem sie taumelte.

Es war seine Körpersprache, die ihr sagte, dass ihr nichts mehr passieren konnte, solange er sie festhielt.

Auch Kowalski musste seine Angst überwinden, so verrückt das vielleicht klang. Er war bekannt dafür, unter Beschuss völlig ruhig zu bleiben. Doch in diesen ersten Augenblicken, als er sich an Allegra klammerte, hatte er panisches Herzklopfen und einen leeren Kopf gehabt. Unter seinen Winterklamotten schwitzte er wie ein Schwein und stank nach Angstschweiß. So eine schwer fassbare, scheinbar grundlose Angst hatte er noch nie empfunden.

Schließlich wurden sie beide ruhiger. Allegra hörte auf zu wimmern und hielt ihn lockerer fest. Der rasende Puls, der an ihren Schläfen zu sehen war, normalisierte sich, ebenso seiner. Sein Tunnelblick verschwand, sodass er die Umgebung wieder wahrnahm. Er blickte sich um und sah John Arm in Arm mit Suzanne stehen.

Sie trug keinen Mantel, und jetzt erst bemerkte Kowalski, dass Allegra ihren eigenen und auch noch den von Suzanne anhatte. Die kluge Suzanne hatte instinktiv das Richtige getan: bei Schock als Erstes für Wärme sorgen.

Als sie sah, dass Allegra sich beruhigt hatte, kam sie mit John heran.

»Was ist passiert?«, fragte Kowalski leise.

»Wir waren draußen«, erzählte sie, selbst ebenfalls blass und traurig. »Ich habe Allegra vor der Tür warten lassen und bin gegangen, um meinen Wagen zu holen. Als ich zurückkam, war sie so …« Sie biss sich auf die Lippe, um nicht »hysterisch« zu sagen. »Sie war völlig aufgelöst und sagte, Sanderson hätte sie angesprochen und …«

»Er hat mich angefasst.« Kowalski sah zu Allegra hinunter. Er hielt sie jetzt seitlich im Arm, wie John seine Frau. Allegra lehnte sich kraftlos an ihn, und ihre Stimme klang matt. Sie weinte nicht mehr, aber ihr Gesicht war noch nass. »Ich weiß, du glaubst mir nicht, Suzanne, aber ich habe Corey gehört. Seine Stimme ist unverwechselbar. Und er hat mich angefasst.« Schaudernd zog sie Suzannes Mantel enger um sich.

Bekümmert drückte Suzanne ihr die Schulter. »Ach, Süße. Ich weiß nicht, was passiert ist, aber Corey war nicht hier. Er war einfach nicht hier. Ich hätte ihn gesehen. Vielleicht ist nur jemand gestolpert und hat versehentlich nach deinem Arm gegriffen. Ich schwöre dir, es war nicht Corey Sanderson, der dich angefasst hat. Ich hätte ihn gesehen.« Bei Suzanne quollen die Tränen hervor, als sie die harte Wahrheit aussprach. Allegra war diejenige, die sich täuschte, denn sie war blind und Suzanne nicht.

Suzanne sah Kowalski an. »Sanderson sitzt in der psychiatrischen Anstalt für Verbrecher. Er wurde nicht entlassen. Das weiß ich bestimmt. Ich habe einem Polizisten, der in dem Fall ermittelt hat, das Versprechen abgenommen, dass er mir sofort mitteilt, wenn sich daran etwas ändert.« Sie biss sichtlich die Zähne zusammen. Bei ihr sah das allerdings ziemlich hübsch aus. »Dieser Kerl kommt nicht auf eine Meile an Allegra heran, nie wieder. Dafür sorge ich.«

In dem Augenblick liebte er sie, und wenn John nicht dabei gewesen wäre, hätte er sie geküsst, ihr einen dicken Danke-Schmatzer auf den Mund gegeben. Allegra lag ihr sehr am Herzen, und sie war zu allerhand bereit, um ihre Freundin zu schützen.

Er nickte. Allegra straffte sich. »Ich weiß, ihr haltet mich alle für verrückt«, sagte sie mit vollkommen klarer Stimme. »Aber ich weiß, was ich gehört habe, und das war die Stimme von Corey Sanderson, die sagte: ›Du kleines Miststück. Du wirst kriegen, was du verdienst. Ich sorge dafür, dass du stirbst, und dann wirst du in der Hölle schmoren.‹«

Sie änderte die Tonhöhe, ahmte wohl Sandersons Stimme nach, vermutete Kowalski. Es klang unheimlich und drohend, als spräche tatsächlich ein anderer aus ihr. Einen Moment lang glaubte er ihr, dann blickte er Suzanne an. Mit Tränen in den Augen schüttelte sie den Kopf.

»Ich habe Allegra nur einen Moment lang aus den Augen gelassen. Der Wagen stand direkt an der Ecke. Es waren Leute auf dem Gehweg, die zum Restaurant gingen oder von dort kamen, aber nicht viele, und Sanderson war nicht darunter. Glaub mir, ich hätte ihn erkannt. Corey Sanderson war heute nicht hier. Das kann ich dir versichern.«

Flashbacks. Das war die einzige Erklärung. Doch Kowalski war nicht bereit, ein Risiko einzugehen. Er wusste, was er zu tun hatte.

»Komm, Honey.« Er drückte ihre Schulter. »Ich glaube, ich weiß, was hier vorgeht. Ich möchte dich nach Hause bringen. Suzanne, John, wir telefonieren später, okay?«

Suzanne setzte zu einer Erwiderung an, besann sich aber eines

Besseren, als sie seinen Gesichtsausdruck sah. Auch John blickte finster. Sie seufzte und trat auf Allegra zu, um ihr einen Kuss auf die Wange zu hauchen. »Wir unterhalten uns später, Süße, einverstanden?«

»Er war es. Es war Corey«, sagte Allegra. »Ich weiß, du glaubst mir nicht, aber er war es. Ich würde seine Stimme überall erkennen.« Sie sprach leise und klang traurig. Sie sträubte sich nicht, als Kowalski ihren Arm nahm und sie nach draußen führte, sondern ging mit vorsichtigen Schritten mit.

John öffnete für Suzanne die Beifahrertür und ließ seine Frau einsteigen. Über das Wagendach hinweg fing Kowalski seinen Blick auf. John war so bekümmert wie Suzanne, als er sich hinters Steuer setzte.

Kowalski setzte seine Frau in den SUV. Wie Samstagabend deckte er sie mit der Decke zu, die er auf dem Rücksitz hatte. »So. Gleich ist es warm hier drinnen.« Er rief Jacko auf dem Handy an, während er um den Wagen herumlief und einstieg.

Zehn Minuten lang fuhr Kowalski, ohne ein Wort zu sagen. Allegra hielt das Gesicht ein wenig abgewandt. In ihrem Elend wirkte sie hohlwangig. Kowalski hatte tiefes Mitleid mit ihr. Flashbacks waren schlimm genug, zumal die sensorischen, die so real erschienen. Aber sie musste außerdem noch ertragen, dass ihr niemand glaubte.

Um den heißen Brei herumzureden, war nicht Kowalskis Stärke, darum sprach er es direkt an. »Ich habe heute erfahren, wodurch du erblindet bist, Allegra. Nicht durch einen Unfall, wie du mir gesagt hast. Dieser Wichser hat dich zusammengeschlagen und deinen Vater getötet. Warum hast du mir das nicht erzählt? Warum hast du mich glauben lassen, es sei bei einem Unfall passiert?«

Allegra saß still da und antwortete nicht.

»Allegra?«

Die Augen starr auf ihren Schoß gerichtet, rang sie die Hände, ein Bild der Verzweiflung. Als sie endlich reagierte, sprach sie leise und tonlos. »Ich habe es dir nicht erzählt, weil ich mich an nichts erinnere. Es ist für mich unwirklich. Das Letzte, woran ich mich erinnere, ist der Tag nach dem Ende meiner Sommertournee. Sie hat zehn Wochen gedauert. Ich bin in fünfundzwanzig Städten aufgetreten, und es war furchtbar. Ich war so erschöpft und deprimiert. Alles an dieser Tournee war eine Qual, angefangen bei der Musik, die Corey für mich ausgesucht hatte, bis zu den Interviews, die ich geben musste, und den immer leerer werdenden Konzerthallen. Ganz unabhängig davon war mir klar geworden, dass Tourneen überhaupt nichts für mich sind. Ich finde es schrecklich, von einer Stadt zur anderen und von einem Hotelzimmer zum nächsten zu ziehen. Ich hasse den Stress und den Mangel an Privatsphäre. Und auch die riesigen Stadien und Konzerthallen, die weder für meine Stimme noch für meine Musik geeignet sind. Egal was ich als Musikerin in Zukunft tun werde, Tourneen kommen für mich nicht mehr infrage. Ich möchte Studioaufnahmen machen und bei kleinen Veranstaltungen in Portland auftreten und – und ein Privatleben haben. Corey plante bereits eine weitere große Tour fürs nächste Frühjahr, und in mir sträubte sich alles dagegen. Ich habe ständig mit ihm gestritten, über alles Mögliche: die Musikrichtung, die er festlegte, die Fotostrecken, die er plante – er hatte tatsächlich einer Illustrierten Bilder von mir zugesagt, auf denen ich oben ohne an der Harfe sitze. Ist das zu glauben? Wir haben uns deswegen gefetzt, als ich das ablehnte, weil er schon diesen teuren Modefotografen engagiert hatte. Das war in Chicago am Ende der Tournee.«

Kowalskis Finger schlossen sich um das Lenkrad. Gut, dass er sie damals noch nicht gekannt hatte. Er hätte Sanderson allein für den Vorschlag verprügelt.

»Wie ist der Streit denn abgelaufen? Mit lautstarken Drohungen?« Sein Ton blieb ausgeglichen. Es hatte keinen Sinn, sie auch noch mit seinen Gefühlen zu überschwemmen.

»Nein. Nein, überhaupt nicht. Es war nur eine lange Auseinandersetzung, bei der jeder bei seinem Standpunkt blieb. Er konnte mich schließlich nicht zwingen, nackt zu posieren, nicht wahr?«

Zumindest nicht, wenn er weiterleben wollte, dachte Kowalski. »Und was passierte dann nach Ende der Tournee?«

Sie hob resigniert die Hände und ließ sie in den Schoß fallen. »Ich habe nicht die leiseste Ahnung. Nicht die geringste Erinnerung. Ich weiß nur noch, dass ich an dem Abend nach dem letzten Konzert meine Taschen ausgepackt habe. Das war der 2. September. Das Nächste, woran ich mich erinnere, ist das Zimmer im Krankenhaus, wo ich zwei Monate später aufgewacht bin, am 24. Oktober. Mein Vater war tot und begraben. Ich war blind, konnte nicht sprechen und hatte permanent Schmerzen.«

Oh, Honey, dachte Kowalski. Er konnte sich gut vorstellen, wie es war, von Dunkelheit umgeben zu trauern.

»Du weißt aber, was an dem Abend passiert ist, als du bei Sanderson warst, um den Vertrag aufzulösen?«, fragte er mit rauer Stimme.

»Ja, natürlich.« Sie zog die Brauen zusammen. »Das habe ich von anderen erfahren, zuerst von den Schwestern, dann von Suzanne und Claire. Aber es blieb abstrakt. Mir kam keine Erinnerung. Es ist, als ob sie mir die Handlung eines Films oder eines Romans erzählen. Offenbar habe ich Suzanne gesagt, dass ich den Vertrag lösen will, und sie fand eine Klausel, die mir das ermöglichte. Aber nicht einmal das weiß ich noch. Ich fühle es nicht in mir. Verstehst du, was ich meine?« Sie drehte sich mit ernstem Gesicht zu ihm hin. »Weißt du, Douglas, ich kann es noch immer nicht recht glauben. Ich meine, Corey ist ein bisschen größenwahnsinnig und ein Kontrollfreak, aber gewalttätig? Nein. Er ist solch ein … ein Geck, weißt du? Der geht nicht mal in einen Gruselfilm, weil er die Gewaltszenen nicht aushält. Suzanne ist restlos überzeugt, dass er meinen Vater getötet und mich zusammengeschlagen hat, aber irgendwie scheint mir das … nicht zu ihm zu passen. Ich nehme an, dass es so gewesen ist, aber richtig glauben kann ich es nicht.«

Kowalski fiel das allerdings gar nicht schwer. Jetzt, wo er die Geschichte kannte, fiel ihm auf, dass man von Sanderson vorher lange nichts gehört hatte – seit wann? 1998? Dieser Kerl, der es gewohnt war, zu leben wie der Sonnenkönig, mitsamt den Millionen und den Groupies und der unumschränkten Macht in der glitzernden Musikwelt, dieser Kerl war also auf dem absteigenden Ast und sah sich schon als vergessene Größe. Das Musikgeschäft war brutal. Da schwammen viele Haie im Becken, die das Blut meilenweit rochen. Dieser Wichser hatte sich offenbar an Allegra dranhängen wollen, um sein Comeback zu schaffen. Doch sie kooperierte nicht und er flippte aus. Allegra mochte ihn für einen eitlen, weichen Typen halten, der nicht zu Gewalt neigte. Doch um in dieser Branche so weit aufzusteigen, musste man ein Herz aus Stahl haben.

Kowalski wusste, was sich abgespielt hatte – Allegra und ihr Vater waren bei Sanderson gewesen, um einen Vertrag aufzulösen, den dieser ganz klar als seine berufliche Rettungsleine ansah, und da war er ausgerastet.

In ihren Flashbacks sah Allegra den wahren Sanderson, der grausam und gewalttätig war. Sie zitterte vor Angst, wenn sie seine Stimme hörte. Ihr Körper wusste genau, wie gefährlich Sanderson war, nur ihr Verstand wusste das nicht mehr.

Aber Sanderson würde sie nie wieder anfassen, das war sicher.

»Gestern auf dem Lawrence Square glaubtest du auch, Sanderson zu hören, nicht wahr?«

Allegra nickte. »Ja. Ich war mir so sicher … und trotzdem hast du niemanden gesehen, der so aussah wie er.«

Kowalski sagte nichts dazu. Die Wahrheit lag auf der Hand, glasklar und bleischwer. Er hatte Sanderson nicht gesehen, und auch niemanden, der ihm entfernt ähnelte, es sei denn, Sanderson wäre ein Meister der Verkleidung. Er bog in Allegras Straße ein.

»Wir sind da, Honey.« Kowalski brachte den SUV vor dem Haus zum Stehen. Jacko parkte auf der anderen Straßenseite. Er war schon ausgestiegen und hatte die Straße überquert, bis Kowalski die Fahrertür öffnete.

Guter Mann.

Zum ersten Mal war er froh, dass Allegra blind war. Bei Jackos Anblick wäre sie davongerannt. Er sah gemeingefährlich aus, wie ein Punker mit geschorenem Kopf, schäbigen Klamotten und Piercings. Wenigstens hatte er einen Parka über das zerrissene Sweatshirt gezogen, aber natürlich nicht, weil ihm sonst kalt gewesen wäre. Jacko fror nie. Er hatte ihn angezogen, um sein Schulterholster und dessen tödlichen Inhalt zu verdecken.

Kowalski half Allegra auf den Bürgersteig und drehte sie ein wenig herum. »Honey, das ist …« Plötzlich war sein Kopf wie leer gefegt. Wie hieß Jacko noch gleich? Es war ein völlig unpassender Name, so viel wusste er noch. Jacko hatte sich mal mit einem Marine geprügelt, der ihn mit vollem Namen angesprochen hatte.

»Morton«, sagte Jacko mit seiner tiefen Stimme und der schleppenden texanischen Aussprache. Er war weit herumgekommen, aber seine Kindheit hatte er in einem Trailerpark in Texas verbracht und war den Einschlag nie losgeworden. »Morton Jackman. Freut mich, Sie kennenzulernen, Ma'am.«

Allegra schaute verwirrt, streckte aber die Hand aus. *Wenn sie jetzt sehen könnte, wie ihr zartes Händchen in Jackos Pranke mit den Stacheldrahttattoos und dem dicken Totenkopfring verschwand,* dachte Kowalski. Jacko hielt sie nur für eine Sekunde, dann ließ er sie los.

»Freut mich ebenfalls, Mr Jackman.« Sie fror sichtlich. »Aber wenn Sie uns jetzt bitte entschuldigen würden, wir müssen ins Haus gehen.«

»Er kommt mit uns, Honey.« Kowalski griff ihr um die Taille und führte sie die Stufen hinauf und ins Haus. Jacko kam hinterher.

Wenn Jacko sich neugierig fragte, wieso Kowalski einen Hausschlüssel besaß, oder wenn er sich über Allegras Harfe im Wohnzimmer wunderte, so war es ihm nicht anzumerken. Er stand nur ruhig da und wartete auf Anweisungen. *Guter Mann,* dachte Kowalski wieder.

Er half Allegra aus dem Mantel und setzte sie auf die Couch, dann ließ er sich neben ihr nieder und nahm ihre Hand. »Hör mir zu, Honey. Ich werde für ein paar Stunden weg sein. Ich muss mich vergewissern, wo sich Sanderson aufhält.«

Sie zuckte zusammen.

»Mein Gott, Douglas!«, sagte sie gequält. »Sei vorsichtig!«

Von wegen nicht gewalttätig, dachte er. Da machte sich ihre verdrängte Erfahrung bemerkbar. Doch Sanderson war nicht halb so gefährlich wie Kowalski, der diesen kranken Wichser noch erledigen würde.

»Ganz sicher. Mach dir keine Sorgen. Ich kann auf mich aufpassen. Aber jetzt hör mir zu.« Sie konzentrierte sich. Ihre Hand lag entspannt in seiner. »Wenn du ihn heute Nachmittag gehört hast, muss das bedeuten, dass er die Anstalt irgendwie verlassen hat. Ich muss ihn finden, kann aber nichts tun, solange du nicht völlig in Sicherheit bist. Darum wird Morton – wir nennen ihn Jacko – bei dir bleiben, bis ich zurückkomme. Bei ihm bist du sicher, Honey.«

Kowalski blickte ihn scharf an. Jacko verstand genau, dass er ein toter Mann war, sollte Allegra während seiner Wache etwas zustoßen.

Waffe?, fragte Kowalski mit den Lippen, nur um ganz sicherzugehen. Jacko bedachte ihn mit einem Na-hör-mal-Blick und ließ die Parkafront ein wenig auseinandergleiten, sodass Kowalski den großen Griff der Schusswaffe sehen konnte. Außerdem war mit einer Pistole am Unterschenkel und mit einem großen Klappmesser in der Hosentasche zu rechnen.

Ja, Allegra würde nichts passieren. Jacko war genauso umsichtig wie er. An dem käme niemand vorbei.

»Ich weiß nicht …« Allegra klang unsicher.

Jacko kam lautlos auf sie zu und ging vor ihr in die Hocke, damit sie ihn nicht von oben sprechen hörte. »Lassen Sie sich von mir nicht stören, Ma'am«, sagte er. »Tun Sie, was Sie immer tun. Verhalten Sie sich, als wäre ich gar nicht da. Ich werde mich einfach hier hinsetzen, bis der Senior Chief zurückkommt. Sie werden gar nichts von mir merken.«

»Also gut, Mr Jackman.«

»Jacko genügt, Ma'am.«

»Also … Jacko. Macht es Ihnen etwas aus, wenn ich Harfe spiele? Das beruhigt mich immer.«

»Nein, Ma'am, habe nichts dagegen.«

Jacko – für den klassische Musik ZZ Top war – verdrehte die Augen. Kowalski grinste und klopfte ihm unterwegs zur Tür auf die Schulter.

16

»Was weißt du über Corey Sanderson, und wo ist der Schweinehund jetzt?« Kowalski nahm sich den einzigen Stuhl in dem Krankenhauszimmer, drehte ihn um und nahm rittlings darauf Platz.

Er hatte Claire vor der Tür angetroffen und sie Kaffee trinken geschickt. Sie hatte gestresst ausgesehen und froh gewirkt, Bud jemand anderem überlassen zu können. Schläuche waren mit Bud verbunden, in denen Flüssigkeiten aus ihm heraus- und in ihn hineinliefen, er trug eines dieser entsetzlichen Krankenhaushemden und machte ein entsprechend finsteres Gesicht.

Kowalski wollte überhaupt nicht wissen, wozu die Schläuche dienten und wohin sie führten. Bei Ärzten und in Krankenhäusern wurde ihm immer mulmig.

Obwohl Bud unter seiner Sonnenbräune blass war und tiefe Runzeln in den Wangen hatte, wirkte er hellwach, und das war gut. Kowalski brauchte Informationen von Bud, und er brauchte sie gestern.

»Hallo, Senior Chief, mir geht's prächtig, danke der Nachfrage. Ist doch schön zu wissen, dass sich jemand um einen Gedanken macht.« Buds Stimme war schwach und kratzig, aber den Sarkasmus bekam er hin.

Kowalski winkte ungeduldig ab. Bud lebte. Das war das Wichtigste. »Red schon, Mann. Hast du gehört, was heute Nachmittag passiert ist? Allegra hat Corey Sandersons Stimme gehört. Und gestern auch.« Er runzelte die Stirn. »Ich glaube zwar, sie hat nur Flashbacks, aber ich muss wissen, ob Sanderson hinter Schloss und Riegel sitzt, also sprich: Weißt du, wo er ist?«

Bud hustete, ein tiefes, abgehacktes Geräusch, und verzog vor Schmerz das Gesicht. Vermutlich war ihm gerade erst das Röhrchen aus der Speiseröhre gezogen worden. Er legte, sichtlich erschöpft, den Kopf in den Nacken. »Himmel, Kowalski, nimm dir meinen Rat zu Herzen: Lass dich nie anschießen.«

Zu spät. Kowalski war schon viermal angeschossen worden.

Er rückte mit dem Stuhl näher und achtete darauf, nicht in die Nähe des Infusionsständers zu kommen. »Sanderson«, drängte er.

Bud sah ihn scharf an. »Es geht dir um Allegra, oder?«

Kowalski nickte. »Ich muss wissen, ob der Hundesohn auf freiem Fuß ist. An zwei Tagen hat sie zweimal seine Stimme gehört. Wo ist er?«

Bud seufzte. »Pass auf, als Claire mir ihre Geschichte erzählt hatte, hab ich den Kerl überprüfen lassen. Ich war genauso wütend wie du, dass er mit einem Mord und dem brutalen Überfall auf Allegra davonkam. Ihr Pech, dass sie nicht in der Verfassung war, auszusagen. Glaub mir, wenn ich die Sache untersucht hätte, hätte ich nicht so einfach aufgegeben. Ich habe aber erst vor zwei Wochen davon erfahren.« Er schloss kurz die Augen. Als er sie wieder öffnete, war sein Blick wach und grimmig. »Eins kannst du mir glauben. Ich kann es absolut nicht leiden, wenn die Bösen gewinnen.«

Kowalski war ganz seiner Meinung. Und dass Sanderson Allegra zusammengeschlagen hatte, war Grund genug, ihn zu hängen – und auf die Streckbank zu legen und dann zu vierteilen –, wenn es nach ihm ginge.

»Ja.« Er biss die Zähne zusammen. »Also, wo ist der Scheißkerl jetzt?«

»Sanderson? Er ist …« Bud würgte und hustete krampfartig, dann ächzte er. Wahrscheinlich spannten seine Nähte.

»Hier.« Auf dem Nachttisch stand ein Glas Wasser mit einem

Trinkhalm. Kowalski hielt ihn Bud mit einer Hand hin, während er ihm mit der anderen den Kopf stützte. Bud trank das Glas halb leer, dann ließ er sich wieder aufs Kissen sinken. Kowalski setzte sich geduldig auf den Stuhl, ohne die Augen von Buds Gesicht zu nehmen. »Wann immer du reden möchtest«, sagte er.

Bud nickte. »Okay, okay. Worum geht's also? Allegra hat Sanderson zweimal gehört?«

»Zweimal an zwei Tagen. Ich muss wissen, ob sie wirklich seine Stimme gehört hat – sie sagt, er hat mit ihr geredet und stand dicht genug, um sie zu berühren – oder ob es Flashbacks waren.«

Bud lag reglos da. »Flashbacks.« Er nickte langsam. »Ihr Gedächtnis kommt also wieder. Sie erinnert sich immer besser, wie das Schwein ihren Vater umgebracht und sie zusammengeschlagen hat. Das ist für Sanderson keine gute Nachricht, auch wenn er nicht zweimal für dasselbe Verbrechen angeklagt werden kann – leider ist Doppelbestrafung verboten. Er hatte einen guten Anwalt. Ich kann nicht fassen, mit was für einer leichten Strafe er davongekommen ist. Letzten Endes hat er die absolute Mindeststrafe für Totschlag bekommen, drei Jahre. Und sein Anwalt hat auch noch angeführt, er litte unter mangelhafter Impulskontrolle, sodass er jetzt in irgendeinem Bundeskurort für reiche Arschlöcher sitzt, die glauben, sie hätten das Recht zu morden. Stattdessen müsste er eine Zelle im Hochsicherheitsgefängnis mit einem Dreihundertpfundbiker teilen, der ihn zu seiner Freundin macht. Der Scheißkerl ist mit Mord durchgekommen und wird nie die Nadel spüren, weil Allegra nicht aussagen konnte.«

»Nicht einmal jetzt, wo ihr Gedächtnis zurückkehrt? Sie ist immerhin eine Augenzeugin …« Kowalski verstummte unvermittelt.

»Eine blinde Augenzeugin«, erwiderte Bud rau, »die unter Amnesie gelitten hat. Jeder Anwalt, der auch nur einen Schuss

Pulver wert ist, frisst sie beim Kreuzverhör mit Haut und Haaren, und Sanderson hat die besten Anwälte, die man für Geld bekommen kann. Der Staatsanwalt hatte sich entschieden, ihn wegen Totschlags anzuklagen und nicht wegen Mordes, weil Allegra nicht aussagen konnte und ihre Aussage selbst dann, wenn sie es gekonnt hätte, niemals als schwerwiegend genug betrachtet worden wäre, um einen Mann wegen Mordes zu verurteilen. Da hast du es also: Ganz egal, was mit Allegra wird – selbst wenn sie ihr Gedächtnis und ihr Augenlicht zurückbekommt –, Sanderson ist bereits für das Verbrechen verurteilt worden und kann nicht erneut dafür angeklagt werden.«

»Doppelbestrafung.« Kowalski ballte die Fäuste.

»Du hast's erfasst, Großer.«

»Also ist sie für ihn keine große Bedrohung mehr. Er hätte kein Motiv, ihr nachzustellen.«

Bud schwieg kurz. Während er darüber nachdachte, wirkte sein Gesicht noch verhärmter, und die Jochbeine traten schroff hervor.

»Na ja«, sagte er schließlich, »das ist nicht ganz richtig. Wenn Allegra es will und die Zeit und das Geld übrig hat, kann sie Sanderson zivilrechtlich wegen widerrechtlicher Tötung belangen. Sie könnte ihn auf Schadenersatz verklagen. Oh ja, das könnte sie.« Bud erwärmte sich sichtlich für die Idee. »In einem Zivilprozess wäre die Jury nicht an die Regeln des Verfahrens und der Beweiserhebung gebunden, die vor einem Strafgericht gelten. Hübsche, junge, begabte Sängerin wird ihres Vaters beraubt, ihres Augenlichts und ihrer Karriere – Mann, die würden den Scheißer verurteilen, ohne mit der Wimper zu zucken, und ihn haufenweise Schadenersatz zahlen lassen. Das geschähe dem Bastard ganz recht. Wenn er schon nicht sein Leben verliert, dann wenigstens seine Millionen. Ihren Vater oder ihr Sehvermögen bekommt sie dadurch nicht wieder, aber bei Gott, ihm würde es wehtun.« Er grinste fröhlich. »Doch zurück zu Allegra – sie kann Sandersons Stimme nicht gehört haben. Er befindet sich in einer psychiatrischen Anstalt für Schwerverbrecher, die jährlich für ihre Sicherheitsvorkehrungen ausgezeichnet wird. Da kommt niemand raus. Sanderson hat sie ganz bestimmt nicht verlassen. Mein Partner war erst vor einer Stunde bei mir und hat mich auf den neuesten Stand gebracht. Er hätte es mir gesagt, wenn Sanderson geflohen wäre. Er weiß, dass ich an dem Fall interessiert bin. Also ist der Mistkerl noch dort.«

Kowalski war sich da nicht sicher. Auf der Welt gab es wenige Gebäude, aus denen er oder John oder irgendein anderer SEAL nicht herauskommen würden. Allerdings war es auch richtig, dass Musikproduzenten in der Regel nicht die SEAL-Ausbildung durchlaufen hatten. Dennoch, er war nicht bereit, Risiken einzugehen.

»Wo ist diese Anstalt? Wie heißt sie?«

»Die Psychiatrische Klinik und Justizvollzugsanstalt Spring Harbor. Sie bekommt enorme Forschungsgelder und liegt ungefähr fünfunddreißig Meilen Richtung Mount Hood außerhalb der Stadt.«

Kowalski rechnete nach. In Anbetracht des Verkehrs würde es eine gute Stunde dauern, um dorthinzukommen und wieder zurückzukehren, und noch eine Stunde, die er sich dort aufhielt. Aber wie lange es auch dauerte, er würde nicht ohne hieb- und stichfeste Information zu Allegra zurückkehren. Jacko würde bleiben und sie bewachen, so lange es sein musste. »Okay, ich fahre hin, um mir das Ganze anzusehen und herauszufinden, ob Sanderson die Anstalt so lange verlassen konnte, wie er gebraucht hätte, um Allegra zu terrorisieren, und sich wieder hineingeschlichen hat.« Bud schüttelte den Kopf. »Was denn?«

»Ich glaube, du hast mir nicht zugehört.« Bud hob die linke Hand, in der unter Pflastern die Infusionsnadel steckte, um die einzelnen Punkte abzuhaken. »Erstens – er ist in einer psychiatrischen Einrichtung. Da lassen sie nicht jeden x-Beliebigen einfach rein- und rausspazieren, sonst verlieren sie nämlich den Staatsvertrag und landen vor der Aufsichtsbehörde für Gefängnisse. Zweitens – was immer dort vorgeht, man wird es dir, einem Zivilisten ohne offizielle Befugnis, nicht sagen, Punkt. Du bräuchtest einen Gerichtsbeschluss oder wenigstens einen Polizisten in deiner Begleitung, und ich hab heute leider schon was anderes vor, wie du siehst. Drittens … – *was zum Teufel machst du da?*«

Bud beobachtete entsetzt, wie Kowalski gelassen in die oberste Schublade des Nachttischs griff und Buds Dienstmarke herausnahm. Er hakte sich das Mäppchen in den Gürtel, während Bud versuchte, sich hochzuwuchten. »Mensch, denk nicht mal dran«, zischte Bud. Schwer atmend richtete er sich in eine halb sitzende Position auf, stützte sich auf einen Ellbogen und verzog gequält das Gesicht.

Sie verhakten ihre Blicke wie zwei alte Elche ihre Geweihe. Doch Buds Schaufeln waren gestutzt worden. Er gab auf. »Ach, Scheiße.« Er ließ den Kopf wieder auf das Kissen sinken. »Bitte bring niemanden um, solange du meine Marke herumzeigst.«

»Ich versuch's.« Kowalski ging zur Tür.

Bud hob die Stimme. »Und morgen will ich sie zurückhaben, verstanden?«

Kowalski schloss die Tür leise hinter sich und ging mit raschen Schritten zur Treppe.

Die Anstalt war für die Reichen. *Für durchgeknallte Reiche,* dachte Kowalski, während er die Umfassungsmauer der Anstalt abschritt. Sein SUV parkte eine Meile die Straße hinunter vor einem Bumslokal an der Straße. Er hatte ein wenig Schlamm auf die Stoßstangen und Kotflügel geschmiert, um sich an die Umgebung anzupassen. Unter den dreißig anderen Fahrzeugen vor dem schäbigen Gebäude, bei dem aus jedem Spalt laute Musik dröhnte, würde er jetzt nicht mehr auffallen.

Kowalski war im Schnellschritt zur Anstalt gelaufen, ungefähr drei Meter abseits der einspurigen Straße in dem Wald, bereit, beim ersten Geräusch eines Autos in Deckung zu springen. Doch es gab keinen Verkehr auf der Straße. Nur den nahenden Abend, die hohen alten Bäume, die in der Dämmerung noch gespenstischer wirkten, und Stille.

Etwa sechzig Meter von den Toren entfernt, die er wie auch die Straße links von sich sah, war er auf die Umfassungsmauer getroffen. Statt sich zum Tor zu begeben, ging er nun die gesamte Mauer gegen den Uhrzeigersinn ab und machte sich mit der Überwachung vertraut.

Sie war nicht gerade erstklassig, aber auch nicht schlecht. Er und John hätten vielleicht tatsächlich ein paar Probleme, wenn sie da hinein- und wieder hinausgelangen wollten. Nicht viele, aber immerhin. Alle sechs Meter hing eine unauffällige Überwachungskamera an einem Stützmast von der Steinmauer. Alle fünf Minuten vollführten diese Kameras eine volle Drehung. Kowalski kannte das Fabrikat und auch ihren schwerwiegenden Sicherheitsmangel: Sie hatten nur einen schmalen Erfassungsbereich, und wenn man es richtig anstellte, konnte man einfach im toten Winkel durchmarschieren. Das aber brauchte er nicht einmal, weil die Kameras nicht mit Wärmesensoren ausgestattet waren. Aus dem Schatten der Bäume konnte er unentdeckt das Gebäude beobachten.

Schließlich näherte er sich dem Tor von dessen linker Seite und betrachtete es durch sein Spektiv. Der Name der Anstalt war mit einer hübschen Schrift in ein sehr diskretes Messingschild eingraviert. Die Überwachungskameras am Eingang waren Hochleistungsmodelle und sehr augenfällig. Das Tor war groß und dick, das Schloss fünfundzwanzig Zentimeter hoch. Eine Stahlschiene würde auf Knopfdruck auf ganzer Breite aus der Straße hochfahren und mit Dornen allen an- und abfahrenden Fahrzeugen die Reifen zerstechen. Insgesamt war es ein sehr beeindruckendes und vollkommen nutzloses Sicherungssystem. Offenbar war der Verwaltung nie der Gedanke gekommen, dass jemand, der unerlaubt die Einrichtung betreten oder aus ihr fliehen wollte, nicht das Haupttor benutzen würde.

Allerdings beeindruckte es sicher Ärzte und Politiker bei ihren Besuchen.

Der Wald endete sechs Meter von der Mauer entfernt, sodass die Kameras jeden entdeckten, der sich ihr näherte und Anstalten machte, sie zu überklettern. Garantiert waren auf der anderen Seite auch sechs Meter freies Sichtfeld. Das war hirnrissig. Wäre Kowalski mit der Sicherung der Anstalt betraut gewesen, hätte er auf wenigstens dreihundert Meter rings um die Mauer keinerlei Bewuchs erlaubt und keine Grasfläche, sondern nur geharkte nackte Erde, auf der sich jeder Fußabdruck zeigte.

Kowalski kletterte auf einen Baum am Waldrand und fand einen perfekten Beobachtungspunkt. Durch das Spektiv sah er ein lang gestrecktes, dreistöckiges Herrenhaus aus der letzten Jahrhundertwende, das für das 21. Jahrhundert nachgerüstet worden war. Gitterstäbe vor den hübschen, mit Randleisten versehenen Fenstern, deren Scheiben aus Panzerglas bestanden. Eine Sicherheitstür anstelle einer geschnitzten Holztür auf der großen weißen Veranda. Flacher Rasen ohne Büsche oder Bäume. Überwachungskameras unter den Dachtraufen.

Er schob das Spektiv zusammen. Er hatte alles gesehen, was er sehen musste.

Eine halbe Stunde später fuhr er an dem großen Sicherheitstor vor und drückte auf den Messingklingelknopf.

»Ja?«, fragte eine körperlose Stimme.

»Ich möchte den Direktor sprechen.« Er fuhr das Fenster herunter und sah zu der Kamera hoch.

»Darf ich fragen, worum es geht?«

»Dürfen Sie.« Er hielt Buds Marke hoch.

Schweigen, dann klickte es vernehmlich, und die schweren Torflügel schoben sich langsam auseinander.

Kowalski fuhr hindurch und folgte der langen Kiesauffahrt. Jawohl, sein erster Eindruck war richtig gewesen. Die Einrichtung war für reiche, durchgeknallte Drecksäcke. Auf keinen Fall würde ein armer Hinterwäldler, der den Dad von irgendjemandem abgeknallt und eine Frau krankenhausreif geschlagen hatte, hier landen, hier zwischen den manikürten Rasenflächen, den diskreten Gitterstäben vor den Fenstern und den Lautsprechern, die – er hörte es, als er die weißen Marmorstufen zur Veranda hochstieg – Mozart spielten; die Sonate Nr. 4 in Es-Dur. Eine gute Wahl.

Nein, der durchschnittliche Depp mit Impulsbeherrschungsproblemen wäre hier eindeutig nicht zu finden. Doch Corey Sanderson hatte Geld wie Heu, und es gab keine Augenzeugen.

Kowalski blickte ungerührt zu den beiden Überwachungskameras gleich unter den Torchère-Lampen hoch und wartete. Ein untersetzter Mann in strahlendem Weiß öffnete die Tür. Kowalski hielt ihn für einen Pfleger. Wortlos führte der Mann ihn durch einen langen Korridor mit glänzendem Parkettfußboden in ein Vorzimmer, das aussah, als könnte es dem Vorstandsvorsitzenden eines multinationalen Konzerns gehören. Es war ganz in Weiß gehalten – weiße Couch, weißer Teppich, weiße Wände, weiß lackierte Bücherregale und eine platinblonde Sekretärin in einem engen weißen Kostüm, die auf einer weißen Computertastatur tippte.

Sie sah auf. »Ja?« Kein Lächeln, kein Stirnrunzeln, nur höfliches Desinteresse.

»Wer leitet diese Anstalt?«

»Das ist Dr. Childers.«

»Ich muss mit ihm reden. Sofort.«

»Mit ihr.« Die Temperatur sank um mehrere Grad. »Und es tut mir leid, aber im Moment können Sie Dr. Childers nicht sprechen. Sie ist beschäftigt.« Die unterkühlte Empfangsdame blätterte in einem Terminkalender aus weißem Leder. »Dr. Childers hat nächsten Dienstag um zehn Uhr morgens Zeit, falls Sie einen Termin möchten.«

»Dr. Childers sollte sich lieber jetzt die Zeit nehmen.« Kowalski öffnete seine Jacke gerade so weit, dass Dienstmarke und Schulterhalfter sichtbar wurden. Einschüchternd gucken konnte er gut, und dazu bleckte er die Zähne, was rein technisch ein Lächeln war, aber seine Bedrohlichkeit nur unterstrich.

Finger mit rosarot lackierten Nägeln griffen unter den Schreibtisch, und zwei Minuten später trat eine weitere kühle Blondine in einem weißen Kittel mit verärgerter Miene in den Raum. Das war wohl Dr. Childers. »Amanda, ich dachte, ich hätte gesagt, Sie sollen die Klingel nur in Notfällen benutzen.«

Amandas Blick huschte zu Kowalski. Er bleckte wieder Zähne, Dienstmarke und Waffe.

Die kühle Blondine presste die Lippen zusammen. »Folgen Sie mir.«

Sie führte ihn in ein großes, luftiges Büro neben dem Vorzimmer, das gleichfalls weiß, kühl und ordentlich war. Sie setzte sich an ihren eleganten Eichenschreibtisch und faltete die Hände. »Wie kann ich Ihnen helfen, Mr …« Ihre Stimme senkte sich fragend.

»Lieutenant«, sagte Kowalski. »Lieutenant Tyler Morrison, Polizei Portland. Morddezernat.«

Ihre Augen wurden ein wenig größer, doch ansonsten blieb sie unbewegt. »Ja, Lieutenant, wie kann ich Ihnen helfen?«

»Sie haben hier einen Häftling, einen Corey Sanderson. Hat einen Mann totgeschlagen und ein junges Mädchen blind geprügelt.«

Dr. Childers spitzte die Lippen. »Wir haben hier einen Patienten dieses Namens, das stimmt. Mr Sanderson. Er spricht sehr gut auf die Behandlung an. Er ist ein kultivierter Mensch, versteht sehr viel von Musik. Ein begabter Pianist. Er hat erst neulich Abend für eine Besuchergruppe gespielt.« Ein feines Lächeln legte sich über ihr Gesicht. »Mozart und Schumann. Wundervoll.«

Der Scheißkerl kann offenbar nicht nur auf einem Klavier klimpern, dachte Kowalski. *Er weiß auch, welche Tasten er bei Dr. Childers drücken muss.*

»Ja, Ma'am«, erwiderte er. »Wir fragen uns, ob er nicht nur Klavier spielen, sondern auch durch Wände gehen kann.«

Sie erstarrte. »Wie bitte?«

»Wir haben einen verlässlichen Augenzeugen, der Corey Sanderson gestern Nachmittag um vier auf dem Lawrence Square gesehen haben will«, log Kowalski ohne Gewissensbisse. »Und heute vor dem Garden, einem Restaurant auf der Stillwell. Gegen ein Uhr dreißig.«

Dr. Childers blickte ihn leer an, dann fasste sie sich. »Ich fürchte, Ihre Zeugen müssen sich irren, Lieutenant. Mr Sanderson hat das Gelände seit drei Monaten nicht mehr verlassen. Seit seinem Prozess, um genau zu sein.«

Kowalski nickte. »Und seiner Verurteilung«, sagte er, um eine leichte Röte durch ihr blasses, ernstes Gesicht schießen zu sehen. »Das mag ja sein, Doctor, aber ich würde Mr Sanderson gern selbst sehen.«

»Ich fürchte, das ist unmöglich«, entgegnete die Ärztin nicht ohne Genugtuung. »Es wäre gegen die Vorschriften. Sie bräuchten einen richterlichen Beschluss.«

Er zog sein Handy aus der Tasche. »Ja, Doctor, das ist kein Problem. Ich hab den Richter auf der Kurzwahltaste.« Kowalski blickte ihr direkt in die Augen. Er konnte auch den abgebrühtesten Rekruten allein durch Blickkontakt in Tränen ausbrechen lassen. Sie würde seinem Blick nicht länger als zehn Sekunden standhalten, vermutete er. Eins, zwei, drei …

»Na gut.« Verärgert erhob sich Dr. Childers und zog sorgfältig ihren Kittel glatt. »Folgen Sie mir. Sie werden selbst sehen, wie unmöglich es für Mr Sanderson wäre, das Gelände zu verlassen.«

Die Sicherheitsvorkehrungen waren besser, als er angenommen hatte, nicht herausragend, nicht unmöglich zu überwinden, aber es wäre jedenfalls kein Spaziergang. Dr. Childers' scharfe, gereizte Stimme hallte in dem weiten Flur wider. »Auch wenn es mir nach meiner professionellen Einschätzung übertrieben erscheint, ist Mr Sanderson in Flügel C untergebracht. Die Patienten in Flügel C unterliegen der Einschließung. Das bedeutet …«

»Ich weiß, was Einschließung bedeutet, Doctor. Ich möchte nur wissen, wie gut Ihre Einschließung ist.« Sie schoss ihm einen giftigen Blick zu, und sie erreichten das Ende des Korridors. Früher einmal musste eine hübsche vertäfelte Holztür wie die anderen auf dem Gang die Öffnung verschlossen haben, doch sie war durch eine weiße Stahlplatte ersetzt worden. Dr. Childers hielt den Zeigefinger vor einen grünen Bildschirm und wartete, während das Gerät mit grünem Licht die Erhebungen ihrer Fingerkuppe abtastete und mit den Fingerabdrücken des zugangsberechtigten Personals in seiner Datenbank verglich.

Biometrische Sicherheitskontrolle. Biometrie war eine harte Nuss. Sie ließ sich überwinden, aber leicht war es nicht. Man musste dazu vermutlich jemandem den Finger abtrennen.

Die Tür fuhr geräuschlos beiseite, und sie gingen hinein. Die Schallisolation war besser in diesem Trakt. Sie hörten keinerlei Geräusche, obwohl Krankenschwestern und Pfleger kamen und gingen, Notfallwagen und Infusionsständer und Patienten in Rollstühlen vor sich herschoben.

Kowalski sah sich neugierig um. Das Dekor war sparsam, aber elegant, die Überwachung diskret. Jede Wette, dass das Essen schmackhaft und nahrhaft war. Diese Anstalt hatte mehr von einer Privatklinik und einem Luxushotel als von einem Gefängnis. Nichts als das Beste für den Mann, der Allegras Vater ermordet und sie ins Koma geprügelt und blind gemacht hatte.

Die Ärztin blieb an der dritten Tür stehen und blickte durch ein maschendrahtverstärktes Fenster im oberen Teil der Tür. Neben dem Türrahmen war ein Tastenfeld in die Wand eingelassen.

Dr. Childers winkte eine vorübergehende Schwester herbei und bat leise um die Akte des Patienten in Zimmer drei, dann trat sie zur Seite, damit Kowalski einen Blick hineinwerfen konnte.

Der Raum war hübsch eingerichtet. Kowalski sah ein hohes Krankenhausbett, eine Couch, einen Designertisch aus Holz mit zwei Sesseln, ein gefülltes Bücherregal, eine erstklassige Hi-Fi-Anlage – von einer sehr teuren schwedischen Marke – und eine beträchtliche CD-Sammlung. In der linken Wand war eine Tür, die wohl zum Bad führte. Keine Spiegel, keine Bilder.

Reiche, durchgeknallte Mörder wurden hier gut behandelt.

Im Bett lag ein Mann auf dem Rücken und bekam eine Infusion. Das schulterlange blonde Haar war geschnitten worden, und er war nicht elegant gekleidet. Bei einem Liegenden war die Größe nur schwer zu schätzen, doch er war es, der Mann, den Allegra beschrieben hatte: Corey Sanderson.

Kowalski starrte den Mann an, der Allegra halb totgeprügelt hatte, und spürte, wie ihm das Blut durch die Adern pochte. Den Dreckskerl zu töten, hätte nichts geändert, aber verdient hatte er den Tod trotzdem. Er zwang sich zu Teilnahmslosigkeit, ehe er sich Childers wieder zuwandte.

»Ich nehme an, Sie sind bereit zu schwören, dass er Ihre Anstalt nicht verlassen hat und gestern und heute nicht in der Stadt gesehen worden sein kann.«

Die Ärztin antwortete kühl und gelassen: »Ich wäre sogar bereit zu beschwören, dass Mr Sanderson auch diesen Raum nicht verlassen hat. Am Samstagabend hatte er«, einen Augenblick lang sah sie gequält aus, »eine … Episode. Eine psychotische Episode. Er hat sein Zimmer vollständig verwüstet. Ich musste beinahe alles ersetzen lassen. Und dabei machte er sich so gut, seine Parameter … Nun, das ist egal. Worauf ich hinauswill, ist die Tatsache, dass wir ihm Samstag, gestern und heute Morgen wieder ein Sedativum verabreichen mussten. Glauben Sie mir, selbst wenn jede einzelne Tür im Institut offen gestanden hätte, Mr Sanderson wäre nicht in der Lage gewesen, es zu verlassen. Er hätte nicht einmal gehen können. Wir mussten hoch dosieren, um ihn ruhigzustellen.«

»Aha.« Kowalski musterte den Mann, der reglos auf dem Bett lag, und hasste jede einzelne Zelle, jedes Molekül, aus dem er bestand. »Welche Dosis welchen Mittels?«

Als sie schwieg, drehte er den Kopf zu ihr. Schließlich entgegnete Childers: »Ist diese Information erforderlich?«

Kowalski steckte die Hand kurz in die Tasche und ließ dabei absichtlich Buds Dienstmarke aufblitzen. »Ja, Doctor, das ist sie.«

»Oh, na schön.« Ungnädig blickte die Ärztin auf das Klemmbrett, das ihr eine Krankenschwester gebracht hatte. »Mal sehen … Der Patient erhielt am Samstagabend um 21 Uhr 30 nach einem heftigen psychotischen Anfall 120 Milligramm Thorazin. Die übliche Dosierung ist 100 Milligramm, aber Mr Sanderson war sehr … erregt. Und er blieb erregt, als die Wirkung nachließ. Er hat seitdem zwei weitere Injektionen zu 120 Milligramm erhalten. Bildhaft ausgedrückt, Lieutenant Morrison, würde das ein Pferd umhauen.«

Kowalski dachte darüber nach. *Sei gründlich. Lass keine Schlupflöcher.* »Woher weiß ich, dass er das Sedativum tatsächlich erhalten hat?«

Schwache rosa Flecken erschienen auf ihren Wangen. Mit ihrem manikürten Fingernagel stach sie nach dem Klemmbrett. »Hier steht es so!«

»Aha.« Sein Blick wankte nicht. Er wiederholte unbeeindruckt: »Woher weiß ich, dass er das Sedativum tatsächlich erhalten hat? Woher weiß ich, dass es nicht nur jemand auf dem Zettel abgehakt hat? Woher weiß ich, dass Corey Sanderson nicht einfach hier rausmarschiert ist in dem Wissen, dass er ein sicheres Alibi hat, weil jemand etwas auf einen Zettel geschrieben hat?«

Childers' Wangen waren mittlerweile knallrot. »So eine Unverschämtheit habe ich mir in meinem ganzen Leben noch nicht anhören müssen! Wollen Sie andeuten, dass wir Akten fälschen?«

»Ich deute gar nichts an. Ich sage nur, dass wir einen triftigen Grund zu der Annahme haben, dass Corey Sanderson sich gestern und heute außerhalb dieser Anstalt aufgehalten hat, und ich habe nur Ihr Wort, dass dem nicht so sein kann.«

»Mein Wort und die Akte!«

»So, so.« Kowalski baute sich vor der Ärztin auf und starrte sie an. Sie starrte zurück. Offenbar hielt sie ihren Blick für einschüchternd. Na, sie wusste wohl nicht, wen sie da einzuschüchtern versuchte. Er würde nicht klein beigeben, weil eine hochnäsige Ärztin, die sich von einem Mörder bezahlen ließ, ihn aus zusammengekniffenen Augen ansah. »Würden Sie das vor Gericht beschwören?«

Sie starrte ihn weiter an. Offensichtlich war sie ihrer Sache sicher. »Ja, das würde ich, Lieutenant.«

Kowalski traf eine rasche Entscheidung. Er konnte sie zwingen, eine Blutprobe zu nehmen, und sie untersuchen lassen, aber das war illegal, und er wusste es; vor allem aber wusste sie es.

Damit hätte er Bud Schwierigkeiten ohne Ende eingebrockt, denn Childers würde sich, sowie sich das Tor hinter ihm schloss, bei der Polizei von Portland beschweren. Kowalski gab sich als Polizeibeamter aus und stand damit auf schwankendem Boden.

Wenn Allegras Sicherheit davon abhinge, würde er hineingehen und die Blutprobe selbst nehmen – und er würde nicht allzu vorsichtig mit der Kanüle sein. Aber alles in allem, Für und Wider abgewogen, konnte Kowalski dadurch mehr verlieren als gewinnen.

»Ich will eine Kopie von Mr Sandersons Akte.« Hier war er auf sichererem Boden. Childers würde sich aus Prinzip weigern, aber er hatte ein Recht, danach zu fragen.

»Wie bitte?« Eine Sekunde lang entglitt Childers die Maske professioneller Arroganz. Erstaunt öffnete sie den Mund und holte tief Luft. »Sie wollen *was?*«

»Sie haben mich schon verstanden.« Kowalskis Blick war hart und reglos. »Ich will eine Kopie seiner Akte über die letzten drei Tage.«

»Das ist völlig ausgeschlossen, Lieutenant.« Childers sah ihn wütend an. »Das wäre eine unverantwortliche Verletzung von Mr Sandersons Privatsphäre. So etwas kann ich Ihnen nur auf richterliche Anordnung aushändigen, also gehen Sie zu Ihrem Richter und holen Sie sich den Beschluss, dann reden wir weiter.« Zur Betonung verschränkte sie die Arme über ihrem spärlichen Busen.

Kowalski trat näher, rückte ihr auf den Leib. Beunruhigt trat Childers einen Schritt zurück, dann verkniff sie sich weiteres Zurückweichen. Sie war Psychiaterin, sie kannte sich aus mit Körpersprache. Zurückweichen bedeutete Kapitulation.

Kowalskis Ton blieb leise und gefährlich. »Ich werde meinen Beschluss bekommen, Doctor, machen Sie sich da keine Illusionen. Die Sache ist nur die, dass es mich Zeit kosten wird, und es besteht die Chance, dass das, was Sie in diesen Sch… in diesen Mann hineingepumpt haben, bis dahin schon lange abgebaut ist, und dann werde ich es nie sicher wissen, verstehen Sie? Und wenn das passiert, wenn ich auf die Befunde warten muss, bis nur noch uneindeutige Ergebnisse möglich sind«, er trat noch näher, mit steinhartem Gesicht, »dann bin ich stinksauer. Nach meinem Dafürhalten wäre das Behinderung der Justiz, Doctor, und so etwas mag ich nicht. Und meine Kollegen genauso wenig. Daher würden wir erst einmal davon ausgehen, dass Sie etwas zu verbergen haben. Dann wären wir gezwungen, tief zu graben, um rauszufinden, was genau das ist. Und eines kann ich Ihnen versichern, Doctor«, er machte noch einen Schritt auf sie zu und stellte zufrieden fest, dass sie wieder unwillkürlich zurückwich, »wir werden dieses Institut auf den Kopf stellen. Wir werden uns tagelang hier einquartieren und jedes Stück Papier durchgehen, das hier zu finden ist. Und wenn wir etwas finden, irgendetwas, und sei es nur eine verschwundene Aspirintablette, *Doctor*, dann werden Sie dafür zur Rechenschaft gezogen.«

Es war ein Bluff. Das Thorazin wäre abgebaut, ehe ein Beschluss vorliegen konnte. Doch Kowalski konnte sehr bedrohlich wirken. Er machte einen weiteren Schritt vor, straffte die Schultern, bot eine breite Silhouette. Grundlegende Psychologie. Er stellte eine unmittelbare Gefahr dar, und Childers wollte nur noch eines: ihn loswerden.

Sie war kreidebleich geworden. Kowalski fragte sich, wovor sie Angst hatte, auch wenn es ihm eigentlich scheißegal war. Er war ausgesprochen einsatzzielorientiert. Sein Einsatzziel bestand darin herauszufinden, ob Sanderson die Anstalt gestern und heute verlassen hatte.

Kowalski gewann das Blickduell mit Childers. Mit weißem Gesicht ging sie ins Schwesternzimmer und kam mit einem Umschlag zurück. Sie hielt ihn zwischen zwei Fingern, als sie ihn ihm reichte, und achtete sorgfältig darauf, Kowalski nicht zu berühren, geradezu als wäre er ein Aussätziger.

»Ich hoffe, jetzt sind Sie zufrieden, Lieutenant«, sagte sie eisig.

»Wir werden sehen«, erwiderte er und ging davon.

Als Kowalski vor Allegras Haus hielt, war es spät. Er hatte an einem Labor haltgemacht, das seine Firma einige Male hinzugezogen hatte, und einen Laboranten gebeten, die medizinischen Daten zu begutachten. Der sagte ungefähr das Gleiche wie Dr. Childers. »Der Typ ist seit Samstag mehr oder weniger ein Fleischklops.«

Sanderson war nirgendwo gewesen außer flach auf dem Rücken liegend in seinem Bett.

Was bedeutete, dass Allegra Flashbacks hatte. Obwohl Kowalski bezweifelte, dass sie in echter Gefahr schwebte, hatte er gewisse Vorkehrungen getroffen, und dazu gehörte die Halskette, die er in seiner Tasche fühlte.

Allegra spielte und sang aus vollem Hals, als er zu ihrer Veranda hochstieg.

Er hatte Jacko angerufen und ihm gesagt, wann er ungefähr eintreffen würde. Man ging nicht unangekündigt in ein Haus, in dem ein bewaffneter, aufmerksamer Mann wachte, schon gar nicht, wenn es sich um einen Scharfschützen mit schnellen Reflexen handelte.

Kowalski klopfte, rief »Hoo-ah!« und schloss die Tür auf. Allegra saß an ihrer Harfe und Jacko in einem Sessel, den er so gedreht hatte, dass er sie und die Tür gleichzeitig im Auge hatte. Die Waffe hielt er auf dem Knie, den Finger im Abzugsbügel.

Die Musik brach ab.

»Douglas?« Allegra stand auf und trat von der Harfe zurück. Kowalski durchquerte rasch den Raum und nahm sie in die

Arme. »Ich bin froh, dass du wieder da bist«, murmelte sie in seinen Mantel.

»Ja.« Kowalski legte die Wange kurz auf ihren Scheitel, küsste sie und führte sie in die Küche. »Ich mache dir sofort einen Tee.«

Sie begriff, dass er mit Jacko sprechen musste. »Okay«, sagte sie leise, setzte sich und faltete die Hände im Schoß.

Jacko war im Sessel sitzen geblieben. Als Kowalski näher kam, sah er hoch. Seine Augen wirkten glasig. Oh Mann, fand er es *derart* langweilig?

»Danke, Mann.« Kowalski legte Jacko die Hand auf die Schulter. »Ich weiß das wirklich zu schätzen. Wahrscheinlich war es nicht nötig, aber ich hab mich besser gefühlt dabei.«

Jacko blinzelte und schien erst jetzt wieder zu sich zu kommen. »Diese Musik.« Er wirkte wie betäubt.

»Ja, man muss sich daran gewöhnen. Und sie ist auch nicht hundert Dezibel laut wie deine Lieblingsbands. Aber es gibt Leute, die mögen Musik, die nach Noten gespielt wird.« Jackos Musikgeschmack war legendär. Kowalski hatte ihn einmal auf ein Konzert begleitet, und danach waren drei Tage vergangen, ehe er wieder richtig hören konnte.

»So schön«, murmelte Jacko. »So wunderschön.«

Kowalski blickte ihn scharf an und schnüffelte. Nein, Jacko war nicht an Allegras Whisky gegangen. Kowalski schämte sich auf der Stelle für den Verdacht. Jacko hätte niemals bei der Arbeit getrunken. »Aha.« Er hielt Jackos Parka hoch. Er wollte ihn nur los sein und zu Allegra gehen. »Danke noch mal. Du warst mir eine große Hilfe. Ich bin dir was schuldig. Wenn du mal einen großen Gefallen brauchst, dann komm zu mir, okay?«

Jacko drehte langsam den Kopf zu Kowalski und blinzelte. *Gottverdammt! Hat er doch getrunken?*

»Diese Musik«, flüsterte Jacko. »So traurig. So schön. Und sie ist genauso schön.«

Okay, das war es also. Jacko war Allegras Charme verfallen.

»Jep. Das stimmt. Schönes Mädchen, schöne Musik. Vielleicht probierst du es auch mal damit.« Jackos Sexualpartnerinnen hatten normalerweise mehr Tattoos und Piercings als er selbst.

Kowalski schob Jacko die Waffe wieder ins Schulterhalfter und hielt ihm den Parka hin. Jacko schob die Arme hinein und blieb stehen. Kowalski führte ihn zur Haustür, schlug ihm aufmunternd auf den Rücken, um ihn über die Schwelle zu treiben, sagte: »Noch mal danke«, und schloss die Tür hinter ihm.

Nächstes Mal musste er Allegra wohl einen schwulen Leibwächter beschaffen. Das wäre dann nur leider kein SEAL. Bei den SEALs gab es keine Schwulen.

Allegra war noch dort, wo er sie zurückgelassen hatte, traurig und still saß sie auf einem Küchenstuhl. Er berührte sie an der Schulter, beugte sich vor und küsste sie auf den Scheitel. Drei Minuten später stand eine Tasse Vanilletee dampfend vor ihr. Sie schloss die Hände um den Becher, als bräuchte sie die Wärme, aber sie nippte nicht einmal. »Also, was hast du herausgefunden?«, fragte sie schließlich.

Kowalski setzte sich zu ihr, eine Hand auf ihrem Knie, damit sie seine Anwesenheit spürte. Dann nahm er Allegras Hand und schloss sie mit beiden Knien ein.

»Na ja, ich war in der Anstalt, in der Sanderson sitzt. Spring Harbor.« Sie zuckte leicht zusammen, als sie Sandersons Namen hörte. »Ich habe mich sehr sorgfältig umgesehen, Honey. Der Kerl sitzt in der geschlossenen Abteilung, was bedeutet, dass man da nicht reinkommt und nicht rauskommt. Sie ist so sicher wie ein Gefängnis. Sie *ist* ein Gefängnis. Und nicht nur das, Sanderson hatte offenbar Samstagabend einen psychotischen Anfall, und sie haben ihn mit psychotropen Medikamenten vollgepumpt. Seit Samstag steckt er also in der chemischen Zwangsjacke, ist bis zu den Augen zugedröhnt und geht nirgendwohin.

Also kann er das heute nicht gewesen sein. Und gestern auch nicht.«

Allegra hörte zu, den Kopf leicht abgewandt, ohne den Versuch zu machen, sich auf seine Stimme zu konzentrieren. Sie saß nur ruhig atmend da. Hatte sie überhaupt aufgenommen, was er sagte?

»Honey?« Sie war blass, ihre Haut fühlte sich kalt an. Er runzelte die Stirn und hob ihre Hand an seine Lippen. »Verstehst du mich? Corey Sanderson ist nicht frei. Er ist weggeschlossen. Er kann dir nichts tun. Du bist nicht in Gefahr.«

Sie reagierte immer noch nicht, und das machte ihn allmählich unruhig. »Allegra?«

»Das heißt dann wohl, ich verliere den Verstand«, flüsterte sie heiser. Sie wandte den Kopf seiner Stimme zu, die Augen weit aufgerissen und voller Angst. »Douglas, ich schwöre dir, ich habe Coreys Stimme gehört. Ich schwöre es. Aber niemand glaubt mir. Warum will mir niemand glauben?«

Als er das Elend in ihrem Gesicht sah, krampfte sich sein Herz zusammen. »Ja, du hast seine Stimme gehört, nur war es nicht seine Stimme von heute oder gestern. Du hast die von vor fünf Monaten gehört. Das ist ein ganz normales Phänomen.« Er schloss die Augen. Was für ein blödes Gerede. Unter Blindheit und Amnesie zu leiden, war alles andere als normal. »Was ich damit sagen will: Du hast durch eine schwere Kopfverletzung eine zeitweilige Amnesie. Dein Gedächtnis kehrt zurück. Dein Gehirn sendet dir Botschaften von vor fünf Monaten, das ist alles, wie … wie eine nicht zugestellte E-Mail, die irgendwann doch eintrifft. Was du gehört hast, ist passiert – aber nicht gestern und heute. Du verlierst ganz eindeutig nicht den Verstand.«

Hörte sie überhaupt zu? Sie blieb reglos und geistesabwesend.

»Du solltest jetzt gehen.« Ihre Lippen bebten. Es war, als würde sie sich zu jedem Wort zwingen. »Geh einfach.«

Wie bitte?

Sie lehnte sich zurück, entzog ihm ihre Hand und brach so die physische Verbindung zwischen ihnen. »Geh jetzt einfach, Douglas. Geh sofort, verschwinde von hier. Was machst du denn mit mir? Was kannst du denn von mir wollen? Ich bin dir nur ein Klotz am Bein. Verschwinde, solange du noch kannst.«

»Jetzt redest du Unsinn, Allegra.«

»Nein, das tue ich nicht«, flüsterte sie mit glasigen Augen. »Ich stelle mich endlich der Wirklichkeit. Oh Gott, Douglas, ich bin … blind. Ich rede mir ein, dass es besser wird, dass ich diese Operation haben werde, aber … am wahrscheinlichsten ist, dass ich für den Rest meines Lebens blind bleiben werde. Und ich höre«, ihre Stimme zitterte, »ich höre Stimmen. Ich habe Albträume. Mein Kopf schmerzt, wann immer ich zu sehr über die Dinge nachdenke. Ich bin wie eine langsam ablaufende, unaufhaltsame Katastrophe. Du solltest gehen, solange du kannst, ich bin nur eine Last für dich.«

Ach, Honey, dachte er. Ihm krampfte sich das Herz zusammen. Er konnte es nicht ertragen, ihr noch eine Sekunde länger zuzuhören.

»Nein, nein, hör mir zu«, sagte er leise und nahm sie bei der Hand. Sie versuchte, sich ihm zu entwinden, doch er hielt sie fest. »Hör mir gut zu. Ich kann nicht glauben, was du sagst. Du bist keine Last, du bist eine Freude. Du bist schön und begabt und klug. Ich hätte nie gedacht, dass ich einmal mit einer Frau wie dir zusammen sein könnte. Du bist das Beste, was mir im Leben passiert ist, ohne jede Einschränkung. Ich habe noch für niemanden so etwas empfunden, Allegra. Ich …«

Er schluckte mühsam. Gleich würde er etwas sagen, das er noch nie zu jemandem gesagt hatte. Damit würde er eine Grenze überschreiten. Danach wäre sein Leben nie mehr wie vorher.

»Ich liebe dich«, sagte er leise. »So sehr, dass es mir Angst macht. Ich kenne dich erst seit ein paar Tagen, und trotzdem kommt es mir vor, als hätte ich dich mein ganzes Leben lang geliebt. Ich weiß, dass ich dich für den Rest meines Lebens lieben werde.«

Das war völlig verrückt, doch zugleich die reine Wahrheit. Was er für Allegra empfand, war für ihn etwas vollkommen Neues. Er hatte mal zwei Jahre lang ein rein sexuelles Verhältnis mit einer Sekretärin auf dem Stützpunkt gehabt und konnte sich kaum noch an ihr Gesicht erinnern. Doch alles an Allegra war wie in seine Neuronen eingebrannt. Er würde schwören, dass der letzte Gedanke in seinem Leben ihr gelten würde.

»Oh Douglas.« Eine einsame Träne glänzte auf ihrer Wange und rann die blasse Haut hinunter. Sie beugte sich vor und nahm sein Gesicht in beide Hände, wobei die eine Handfläche genau an seiner hässlichen Narbe lag, damit sie seinen Mund nicht verfehlte.

Zuerst küssten sie sich zögernd. Es kam ihm merkwürdig vor, beängstigend und aufwühlend. Kowalskis erster Liebeskuss. Eine leise Berührung der Lippen, sanft und erhitzt. Gleitend, zögernd, als wären sie zwei Teenager beim ersten Fummeln. Neugierig.

Er ließ seine Lippen über ihren Kiefer gleiten und an ihrem zierlichen Jochbein hochwandern. Seine langen Finger griffen in ihr dichtes Haar, wölbten sich über den Kopf und hielten sie fest, während er mit dem Mund ihr Gesicht erkundete. Er hauchte Küsse auf ihre geschlossenen Lider, wanderte an der Schläfe und am Kiefer entlang und vergrub sein Gesicht an ihrem Hals. Er leckte ihre Haut, fuhr mit der Zunge über die langen Sehnen. Sie neigte den Kopf zur anderen Seite, damit er besser drankam. Er öffnete die schweren Lider gerade so weit, um das leise Lächeln in ihrem Gesicht zu sehen, dann schloss er sie wieder. Er brauchte sie nicht zu sehen. Ihm war es genug, sie zu riechen, zu spüren und zu schmecken. Himmlisch.

Er könnte hier eine Ewigkeit bleiben, in dieser besonderen Welt, die nach Frühling roch, die aus sanften Berührungen und leisen Seufzern bestand. Seine Lippen strichen langsam zurück zu ihrem Mund. Hier existierte kein Zeitgefühl, hier an diesem verzauberten Ort. Er vergaß, wo sie waren. Seine gesamte Welt reduzierte sich auf ihren Mund und die langen, schlanken Hände, die sein Gesicht umschlossen.

Kowalski hatte dem Küssen bisher nie sonderlich große Aufmerksamkeit geschenkt. Die Frauen mochten es, also hatte er sich im Laufe der Jahre beigebracht, gut zu küssen. So wie er aussah, brauchte er alle Munition, die er kriegen konnte, um eine Frau ins Bett zu bekommen. Deshalb konnte er sehr gut küssen und gleichzeitig überlegen, wie lange es noch dauern würde, ehe es nackt in die Horizontale ging mit der Frau, an deren Mund seine Lippen klebten.

Das hier war etwas ganz anderes. Hier erforschte er die Form von Allegras Mund, von ihrem Gesicht ganz neu und fand anhand der kleinen Veränderungen in ihrer Atmung heraus, was sie am meisten genoss. Als seine Zunge zum ersten Mal die ihre berührte, war es geradezu ein elektrischer Schlag, bei dem er Licht hinter den Augenlidern sah. Es war so intensiv, dass er zu den sanften, zögernden, leichten, flüchtigen Küssen von vorher zurückkehrte.

Es war vollkommen neu für ihn. Als die Küsse heißer wurden, wollte Kowalski gleich zum Sex übergehen, an etwas anderes konnte er nicht denken. Er küsste oft, während er Frauen an den Brüsten und zwischen den Beinen streichelte. Er hatte küssen gelernt, indem er dabei mit der Hand fühlte, was die Frau feucht machte. Sobald sie nass genug war, um in sie einzudringen, hörte er auf zu küssen.

Er war hart, bereit für Sex, doch obwohl das brennende Verlangen da war, blieb es fern, distanziert. Er könnte jetzt sogar ohne Sex auskommen – einfach für immer hierbleiben, im schönen Land von Allegra, und sie endlos küssen.

Allegra war es selbst, die es auf die nächste Stufe brachte. Sie stöhnte und kam näher, öffnete den Mund unter seinen Lippen, gierig nach mehr Kontakt. Sie neigte den Kopf, atmete tief ein und tauchte in einen langen, gleitenden Kuss, endlos und leidenschaftlich. Die Arme um seinen Nacken geschlungen, drängte sie sich an ihn.

Kowalski hob sie auf seinen Schoß, und sie presste sich an ihn, dicht und warm, und begann schneller zu atmen. Sie klammerte sich an ihn, als wäre er im Aufbruch begriffen und sie versuchte verzweifelt, ihn zum Bleiben zu bewegen.

Ihre Wangen waren feucht.

»Na, na«, murmelte er und hob den Kopf. Sie vergrub ihr Gesicht an seinem Hals, als hinge ihr Leben davon ab. Er küsste sie tröstend auf die Stirn und dann zum Genuss auf die Lippen.

»Ich gehe nirgendwohin, verstehst du. Ich bin hier und bleibe so lange, wie du mich willst.« Unbehaglich rutschte er zur Seite, als er merkte, dass ihre Hüfte nur einen Zentimeter von seinem Ständer entfernt war. Er versuchte, sie nicht sexuell anzufassen, und fragte sich, wie er das anstellen sollte, während er die begehrenswerteste Frau der Welt in den Armen hielt. Ihr üppiges Haar fiel über seine Arme, sein sanfter Duft stieg ihm in die Nase. Ihm war so heiß, dass er dachte, er würde in Flammen aufgehen.

Um ihretwillen sollte er sich bremsen. Vielleicht wollte sie jetzt keinen Sex, sondern nur Trost. Mit höchster Anstrengung versuchte Kowalski, nicht an seinen steifen Schwanz zu denken, nicht an ihre kleinen Brüste, die sich gegen seine Brust pressten, nicht an ihre Lippen, die so nahe an seinem Hals waren, dass er ihre leisen Atemstöße spürte.

Sie war traumatisiert. Für Sex war jetzt der falsche Moment.

Allegra seufzte sinnlich und biss ihn sanft in den Hals. Sie verschob die Hüften, rollte über seinen Ständer und biss fester zu, als sie spürte, wie er noch mehr anschwoll. Das Gefühl ihrer kleinen Zähne an den Sehnen seines Halses und ihrer Hüften an seinem Schwanz elektrisierte ihn.

Vielleicht war es ja doch Zeit für Sex. Er stand mit ihr in den Armen auf, überlegte, sie langsam zum Schlafzimmer zu schieben, und entschied sich dagegen. *Dauert zu lange*, dachte er. Er musste sie jetzt sofort ins Schlafzimmer bringen, sie beide ausziehen und ins Bett bekommen.

Er bewegte sich so schnell er konnte, operierte allein nach Instinkt, und im nächsten Moment standen sie neben ihrem Bett, wo er sie an sich hinuntergleiten ließ. Sie hielt sich an seinem Hals fest und küsste ihn wild. Dabei bewegte sie sich an seinem Schwanz und lachte, als sie durch ihre Kleidung spürte, wie er noch weiter anschwoll.

»Jetzt jetzt jetzt!«, hauchte sie in seinen Mund, löste eine Hand von seinem Hals und fuhr damit seine Brust entlang zu seinem Schwanz. Sie umfasste ihn durch den Stoff seiner Hose und pumpte, einen langen Zug zur Spitze, dann wieder hinunter.

Er musste in sie hinein oder sterben. Es war nicht einmal Zeit zum Ausziehen.

Er küsste sie heftig, griff ihr unter den Rock und streifte ihr den Slip herunter, dann öffnete er mit einer Hand seine Hose und zog seine Boxershorts gerade so weit weg, dass sein Ständer hervorsprang, während er sie mit dem anderen Arm aufs Bett sinken ließ. War sie bereit? Er fuhr mit den Fingern zwischen ihre Beine und fühlte, ob sie feucht war. Ja, das war sie, aber nicht genug, bei Weitem nicht genug.

Er drang mit einem Finger in sie ein. Sie war dort so empfänglich wie mit dem Mund. Er spürte, wie ihre Muskeln auf die Bewegungen seiner Zunge reagierten, und als er schräger ansetzte, um tiefer küssen zu können, zog sich ihre kleine Möse um seinen

Finger zusammen. Sie näherte sich fast schon dem Orgasmus, noch bevor sie genügend erregt war, um ihn aufzunehmen.

Jetzt war bei ihm kein Halten mehr. Er spreizte sie, setzte sich an ihrer Öffnung an und begann zu schieben.

Die Küsse wurden wilder, ein Verzehren der Lippen, ein Kampf der Zähne, ein Gewirr der Zungen. Sie wurde mit jeder Sekunde nasser, und er drang weiter in sie ein, bis er auf halbem Wege schwer atmend innehielt. Es war so unfassbar heiß in ihr, eng und weich. Allegra hob ihre Knie neben seinen Beinen, öffnete sich weit für ihn, und er konnte sich ganz hineinschieben.

Beide hielten keuchend inne. Kowalski hob den Kopf und sah Allegra an. Sie hatte in der ersten Nacht – vor einer Million Jahren – kein Licht gewollt, doch die Straßenlaterne schien hell genug herein, dass er ihre Züge erkennen konnte. Ihre Haut war so blass, es war, als hätte er einen eigenen Mond gleich unter sich, ganz nahe und nur für ihn. Ihre Lippen waren prall und nass, genau wie ihre Möse. Nass für ihn. Von ihm.

Die wunderbaren grünen Augen waren geschlossen, die langen, glänzenden Wimpern hoben sich dunkel von den blassen Wangen ab.

Ihre Kleider lagen am Boden um sie herum. Er wollte ihre nackte Haut an sich spüren, wenn sie anfingen zu ficken – he, korrigierte er sich augenblicklich –, wenn sie anfingen, sich zu lieben. Kowalski überlegte noch, wie er sie beide ausziehen sollte, und plante seine Bewegungen, begann seine Schuhe abzuschütteln, damit er die Hose ausziehen konnte, doch da sagte sie etwas, das ihn umhaute.

Während Kowalski noch mit seinen Schuhen rang, nahm Allegra sein Gesicht zwischen ihre Hände, drehte langsam seinen Kopf und legte ihm die Lippen ans Ohr. Sie küsste ihn sanft auf die Muschel und flüsterte: »Ich liebe dich auch, Douglas.«

Kowalski explodierte. Ein anderes Wort gab es nicht dafür. Er bäumte sich einmal heftig auf, spürte die Elektrizität, die ihm das Rückgrat hinunterschoss, und kam in endlosen Spritzern. Er drückte die Schuhe in die Matratze, während er versuchte, so tief in sie einzudringen, wie er konnte. Er brach in Schweiß aus, und Tränen rannen ihm aus den Augen. Völlig hilflos war er seiner Reaktion ausgeliefert und konnte sich nur verzweifelt an Allegra festhalten, während er sich entzündete und jede einzelne seiner Zellen in dem Feuerball verging.

Senior Chief Officer Kowalski, der zähe einsame Soldat, starb in einem Ausbruch sengender Hitze und blendenden Lichts und wurde später, viel später, ersetzt von Douglas, dem geliebten Mann.

Als Allegra erwachte, lag Douglas an ihren Rücken geschmiegt und hüllte sie mit seinen Armen ein. Sie hatten sich gestern Abend geliebt, und danach hatte sie geschlafen wie ein Stein und gar nichts geträumt. Sie konnte sich schwach entsinnen, dass sie unter ihm eingeschlafen war, während er noch in ihr steckte.

Jetzt waren sie beide nackt. Irgendwie musste es ihm gelungen sein, sie im Schlaf auszuziehen, ohne dass sie davon aufwachte. Sich selbst hatte er auch noch ausgezogen.

Sie fühlte jeden prachtvollen, behaarten Zentimeter seiner Vorderseite an ihrem Rücken. Er war stark erregt. Sein erigierter Penis lag an ihr Kreuz gedrückt. Irgendwie war ihr, als läge er dort schon ziemlich lange, als ob sich ihre Haut erinnerte.

Autsch. Bekam ein Mann Schmerzen, wenn er erigiert war und keinen Geschlechtsverkehr bekam?

Sie regte sich, und er zog sie fester in die Arme.

»Guten Morgen, Liebling«, brummte er an ihrem Ohr und schob die Nase in ihre Haare. Sie bekam eine Gänsehaut. Wie konnte sie nach dieser Nacht schon wieder zum Sex bereit sein? Doch es war so, ganz eindeutig. Douglas' große Hand glitt über ihren Bauch und blieb auf ihrem Hügel liegen. Sie wusste, was er vorfinden würde, wenn er die Finger weiter nach unten schöbe. Sie war schon wieder nass. Oder immer noch? Vielleicht hatte sie die ganze Nacht lang das Gegenstück zu einem erigierten Penis gehabt. Ihr Körper war jedenfalls bereit zum Sex mit Douglas. Vielleicht genügte selbst im Schlaf schon seine Anwesenheit, die sie unbewusst roch und fühlte.

Noch bevor seine schwielige Hand über ihre Brust strich, waren ihre Brustwarzen hart. Und sie waren so empfindlich, dass es beinahe, nur beinahe, wehtat, als er sie mit der Fingerspitze umkreiste.

Sie war bereit für ihn, absolut bereit.

Das war ihr noch nie passiert. Bei jedem anderen Lover war sie immer nur langsam in Stimmung gekommen, so langsam, dass sich einige beschwerten. Irgendwann hatte sie sich damit abgefunden, kühl zu sein. Nicht kalt – sie hatte ihre Höhepunkte gehabt –, aber offenkundig kühl.

Nicht jetzt. Nicht bei Douglas. Bei ihm war es, als stünde sie in Flammen, und dazu reichte seine bloße Anwesenheit.

Allegra machte den Mund auf, um ihm ebenfalls einen Guten Morgen zu wünschen, und heraus kam ein Stöhnen. Mit einem harten Oberschenkel hob er ihr Bein an, um sich Platz zu verschaffen, und schob einen Finger tief in sie hinein.

Er stutzte. »Du bist feucht«, brummte er. »Du bist bereit.«

Sie konnte nicht reden, sie hielt die Luft an. Oh Gott, wie konnte er so genau wissen, wie er sie anfassen musste? An welcher Stelle er sie berühren musste?

Sie wand sich gegen seinen Finger, drängte sich an seine Handfläche, denn sie wollte ihn … *da, genau da*. Sie hielt inne, und das Gefühl des freien Falls setzte ein.

»Umdrehen.« Das kam mit tiefer, kehliger Stimme.

»Was?« Sie war benommen, kaum fähig, etwas aufzunehmen.

Douglas ergriff die beiden Kissen und schob sie ihr an den Bauch. »Dreh dich auf den Bauch.« Ohne abzuwarten, drückte er sie an der Hüfte herum auf die Kissen, sodass ihr Po in die Höhe ragte. »Fass um die Matratze.« Er krümmte ihre Hände um die Kante und hielt sie dort fest. »Festhalten.«

Das war ein völlig neuer Ton an ihm, so kannte sie ihn gar nicht. Doch dadurch begriff sie jetzt, dass er immer bemüht sanft mit ihr gesprochen hatte. Jetzt allerdings nicht. Jetzt hatte er einen harten Befehlston, als wäre es gar keine Frage, dass er die volle Gewalt über sie hatte.

Das war männliches Machtstreben und sollte schon aus Prinzip vereitelt werden, doch der Klang seiner Stimme schaltete ihr sonst gesundes Ego aus. Diese blanke Dominanz sprach etwas Wildes und rein Weibliches in ihr an; sie waren zwei Tiere, die ihren tiefsten Instinkten gehorchten.

Und jetzt fasste er sie auch ganz anders an: Bisher war er immer behutsam gewesen, immer sanft, doch jetzt setzte er seine Kraft ein, nahm sie energisch bei den Hüften und rückte sie für sich in die richtige Position, ein Hengst, der auf seine Stute wollte.

Jede Zelle ihres Körpers erwachte und hieß ihn willkommen. Sie fühlte sich wie am Grund eines Ozeans, fernab vom Land. Die Luft war stickig und warm und lastend.

Er bestieg sie. Anders konnte man es nicht nennen. Mit harten, rauen Händen zog er ihr Becken höher. Starke, behaarte Oberschenkel spreizten ihre Beine. Er drang mit einem Stoß ein, der ihren ganzen Körper erschütterte, und fing sofort an, sich in ihr zu bewegen. Normalerweise zögerte er immer beim Eindringen, vergewisserte sich, dass sie bereit war. Er war sehr groß, und sie hatte diese Rücksichtnahme geschätzt, war sich immer bewusst gewesen, wie zart und zärtlich er sie behandelte. Er drang immer langsam ein und stoppte einen Moment lang, damit sie sich anpassen konnte. Immer gentlemanlike.

Diesmal nicht.

Ganz offenkundig dachte er kein bisschen an seine Größe oder ihre Bereitschaft. Jetzt war er wie ein brünstiger Hengst, und seine Stöße waren so heftig, dass sie angehoben und nach vorn geschoben wurde. Sie musste die Arme steif machen und sich gegen das Betthaupt stemmen. Tiefe, heisere Laute stieß er aus, aus tiefster Brust, zum Quietschen der Matratzenfedern, und nahm sie gnadenlos, hart und schnell.

Es tat nicht weh, kein bisschen. Douglas' Verwandlung vom sanften Geliebten zum ungezähmten Hengst erregte sie so stark, wie sie es noch nie erlebt hatte. Sie hätte nicht geglaubt, dass das in ihr steckte – dass es sie so intensiv erregen konnte, auf diese Weise … genommen zu werden. Es war reine tierische Begierde – Douglas stöhnte über ihrem Körper, pumpte mit langen, harten Stößen, und der Geruch von Schweiß und Sex hing in der Luft wie Dampf.

Heißes Kribbeln raste ihre Wirbelsäule entlang. Ihr Gesicht glühte, Schweißtropfen fielen von ihrer Stirn aufs Laken. Douglas' Finger griffen fester zu; er hob sie noch höher an und drang so tief ein, dass seine drahtigen Schamhaare an den Innenseiten ihrer Oberschenkel kratzten. Er begann eine Reihe kurzer, harter Stöße, die sie innerlich dehnten, und griff um sie herum, berührte sie … *da.*

Oh Gott!

Allegra explodierte mit einem wilden Schrei. Ein Hitzeschwall schoss durch ihren ganzen Körper. Sie ruckte unter den starken Kontraktionen und spürte, wie sie sich um Douglas' Penis verengte – ein Wunder, dass er sich überhaupt noch in ihr bewegen konnte. Seine Stöße wurden schneller, wilder, tiefes Stöhnen drang aus seiner Kehle, während er sie durch ihren Orgasmus begleitete. Und durch den nächsten, denn sowie ihre Kontraktionen verebbten, änderte Douglas kurz den Winkel seiner Stöße und brachte sie zu einem neuen Höhepunkt mit scharfen, fast schmerzhaften Zuckungen der Vagina.

Das löste seinen Orgasmus aus. Er stieß noch härter und schneller; ein tierhaftes Knurren drang aus seiner Kehle. Sie fühlte ihn in sich anschwellen, dann explodierte er brüllend, und sein Samen schoss so kräftig in sie, dass sie jeden Strahl einzeln spürte. Er pumpte nicht mehr, er wetzte seinen Unterleib an ihr, bohrte sich in sie, so weit es irgend ging. Einen Moment lang hielten sie inne, und sie verlor, von höchster Erregung überflutet, den Kontakt mit ihrer Umgebung.

Stöhnend ließ sich Douglas auf sie fallen und drückte sie in die Matratze. So blieben sie keuchend eine Weile liegen, ohne sich zu rühren.

Nach und nach nahm Allegra ihre Umwelt wieder wahr. Douglas war so schwer, dass sie kaum die Lungen blähen konnte, um Luft zu holen. Aber sie konnte ihn nicht bitten, wegzurücken, denn er zitterte und keuchte. Seine harten Brustmuskeln wölbten sich bei seinen Atemzügen. Wenn es ihm annähernd so ging wie ihr, war er völlig kraftlos. Er war noch in ihr, sein Penis noch hart, aber nicht mehr so hart wie vorher. Seine Hände lagen neben ihren auf dem Bett.

Sie waren beide schweißgebadet und klebten. Sie war zwischen den Beinen nass von Samen, genau wie das Laken unter ihr. Das war aber nicht unangenehm. Sex konnte auch ein tierhaftes Vergnügen sein, das war ihr jetzt klar. Sie mochte die Zärtlichkeit, aber auch diesen wilden, echten, primitiven Sex, den sie gerade gehabt hatten.

Ihr Atem beruhigte sich langsam, und sie dämmerte weg …

»Oh Gott«, stöhnte Douglas. »Ich dachte, ich sterbe.«

Sie hätte ihm versichert, dass er noch immer sehr lebendig war, doch woher sollte sie die Energie dazu nehmen?

Laut stöhnend rollte sich Douglas von ihr herunter, sodass sie endlich tief durchatmen konnte. Er fasste an ihren Rücken, nun wieder sanft, beinahe zaghaft.

Er war wieder der vertraute Douglas.

»Geht es dir gut?«

Sie hatte nicht die Kraft zu antworten.

»Allegra?« Seine Stimme klang besorgt. Er rüttelte sie sanft. »Allegra, habe ich dir wehgetan? Ist alles in Ordnung bei dir?«

Sie wackelte mit den Fingern und Zehen. Sie ließen sich bewegen, also lebte sie wahrscheinlich noch. Reden kostete zu viel Energie. Darum nickte sie nur und machte »Hmhm«. Ein »alles okay« wäre schon zu viel gewesen.

»Wow, das war intensiv. Ich dachte, ich kriege einen Herzinfarkt.«

»Hmhm-pfhhh.« Jetzt wo das Atmen so leicht war, ließ sie sich ganz hineingleiten, dämmerte langsam weg …

»Wow.« Douglas setzte sich auf. Die Springfedern weckten sie quietschend. Er klatschte in die Hände. »Ich fühle mich großartig. Junge, hab ich einen Hunger. Ich finde, wir sollten noch mal ein paar von diesen Cornetti frühstücken. Und das Vollkornbrot. Vielleicht mache ich auch ein paar Pfannkuchen.«

Essen? Er dachte an Essen? Allegra kam schon beim Atmen an die Grenze ihrer Kraft. »Hmhm.«

Er gab ihr einen Klaps auf den Po. »Hoch mit dir, Faulpelz. Ich gehe schnell duschen und mache dann Frühstück, während du unter der Dusche stehst. Na komm, ich muss gleich zur Arbeit.«

Sie sollte aufstehen? Kam nicht infrage. Sie schüttelte den Kopf, was ihre letzte Energiereserve aufbrauchte.

Er küsste sie auf die Schulter. »Ich will mit dir frühstücken und dir erzählen, was ich im Laufe des Tages tun werde, und ich will, dass du mich zur Tür bringst. Und ich will einen Abschiedskuss von dir.«

Damit war die Sache klar. Ohne den Kopf auf dem Kissen zu

drehen, sagte sie: »Das tue ich nur, wenn du heute Abend rufst: ›Honey, ich bin wieder da.‹«

»Abgemacht.«

Allegra lächelte und rührte sich nicht.

»Na komm, Honey.« Die Bestie hob sie kurzerhand hoch und setzte sie an das Betthaupt, um sie zum Wachwerden zu zwingen. Er zog ihre Hand an seine Lippen. »Ich möchte, dass wir zusammen frühstücken. Lass mich nicht allein essen, okay?«

Das war unfair. Seufzend machte sie die Augen auf. »Du machst das Frühstück?«

»Klar.« Er klang unerträglich gut gelaunt. »Bis du aus dem Bad kommst, ist alles fertig.«

Und so war es.

Als sie in der Küchentür stehen blieb und die Hand nach ihm ausstreckte, traf sie seinen Arm und lächelte. Es roch köstlich, und plötzlich stellte sie fest, dass sie einen Bärenhunger hatte. Sex als Appetitmacher. Das war mal was.

»Es duftet wundervoll.«

»Und schmeckt noch besser.«

»Du hast schon ohne mich angefangen?«

»Konnte nicht mehr warten«, gab er reumütig zu. »Ich war praktisch ausgehungert. Du musst dich anstrengen, um aufzuholen.«

Douglas brachte sie zum Tisch und setzte sie auf den Stuhl. Sie hörte ihn Kaffee eingießen. »Kaffee elf Uhr Bravo rot.«

Sie fand ihre Tasse mühelos und trank. Wunderbar.

Er berührte ihr Knie, und sie wandte sich ihm zu. »Ich werde den Tag durcharbeiten und zusehen, dass ich früh wieder zu Hause sein kann. Vielleicht können wir dann spazieren gehen, wenn es nicht zu kalt ist. Was hältst du davon?«

Oh ja. Was gab es Schöneres, als sich auf einen Spaziergang zu freuen? »Das fände ich toll. Danke.«

Er nahm ihre Hand. »Und dann ... Ich habe überlegt, vielleicht Karten für das Bach-Konzert am Donnerstag zu besorgen. Hättest du dazu Lust? Dieser neue Pianist – wie heißt er noch gleich? –, Orloff, der soll sehr gut sein. Und hinterher könnten wir einen Happen essen gehen. Es gibt ein neues französisches Restaurant in der Nähe der Konzerthalle. Möchtest du das gern ausprobieren?«

»Ich würde lieber zu einem Italiener gehen. Aber auf jeden Fall in das Konzert. Ich wollte schon hingehen, seit ich zum ersten Mal davon gehört habe.«

»Also zum Italiener. Ich werde mich nach einem hübschen Restaurant erkundigen und die Konzertkarten heute bestellen.« Sie fühlte ihn näher kommen und bekam einen Kuss auf die Wange. »Siehst du, wie schön es ist, zusammen zu frühstücken? Ich möchte das nicht missen.«

Plötzlich wurde Allegra klar, warum er darauf bestanden hatte. Er richtete einen festen Tagesablauf für sie ein, Gewohnheiten, die sie zusammenschweißten. Er baute ein gemeinsames Leben auf. Also, wilder Sex, dann ein leckeres Frühstück und Pläne für einen Spaziergang und ein Konzert – mit solchen Gewohnheiten könnte sie sich anfreunden.

Sie atmete tief durch. Das war einfach wunderbar. Vor Douglas war jeder Morgen für sie kompliziert und schwierig gewesen. Da sie immer schlecht schlief und müde aufwachte, hatte sie sich lustlos und einsam gefühlt. Nach dem Frühstück hatte ihr der Kaffee sauer im Magen gelegen, ohne sie munter zu machen. Und vor ihr hatte ein Tag gelegen, den sie in Dunkelheit und Schweigen zubringen musste, bis es wieder Abend wurde und eine neue ruhelose Nacht auf sie wartete.

Aber jetzt durfte sie sich auf einen Spaziergang mit Douglas freuen, auf das gemeinsame Abendessen, auf den Sex und auf das morgendliche Aufwachen mit ihm.

Heute, das wusste sie genau, würde sie den neuen Song fertig schreiben und mit dem Üben beginnen. Sie freute sich auf den Tag.

Lächelnd streckte sie die Hand aus und er reichte ihr seinen Arm. »Ich danke dir«, sagte sie leise.

»Wofür?« Er klang ehrlich verwundert.

»Für ... für das Frühstück. Dafür, dass du mit mir spazieren und ins Konzert gehen willst. Dafür, dass du hier bist.« Sie neigte sich nach vorn, hoffte, sein Gesicht zu treffen, und drückte ihm einen weichen Kuss mitten auf seine Narbe. »Und dass du du bist.«

Er räusperte sich. »Ist mir ein Vergnügen, Honey, glaub mir.« Er hob ihre Hand an die Lippen und seufzte. »Ich muss jetzt gehen, wenn ich rechtzeitig – oh!«

»Was?«

»Fast hätte ich's vergessen.« Er ließ ihre Hand los, und im nächsten Moment streifte er ihr etwas über den Kopf, hob ihre Haare an, sodass es sich um ihren Nacken legte. Sie fasste es an. Ein Halsband mit einem langen, stabförmigen Anhänger, der sich allerdings fremdartig anfühlte.

»Was ist das?«

»Den habe ich gestern besorgt. Das ist ein Sender. Pass auf.« Douglas führte ihre Hand an die Spitze des Anhängers. Sie war konkav und fühlte sich warm an. »Der ist auf einen Empfänger eingestellt. Wenn du hier drückst«, er drückte leicht auf ihren Finger und legte ihre andere Hand auf ein Gerät, das sich wie ein Handy oder eine Fernbedienung anfühlte, »dann vibriert er. Oder er pfeift, je nachdem, wie er eingestellt ist. Er empfängt dein Signal. Er hat ein Display und ist mit einem GPS-System verbunden, sodass ich immer weiß, woher das Signal kommt.«

Er klang begeistert. Allegra lernte gerade eine neue Seite an ihm kennen: Er liebte technische Spielereien. Na ja, er war eben ein ... ein Junge.

Allegra betastete das Gerät, um es sich vorstellen zu können. »Es ist … hübsch. Danke.«

Douglas kicherte. »Na ja, das ist kein Goldkettchen, kein Schmuckstück. So was bekommst du ein andermal. Dieses habe ich gekauft, damit du mich rufen kannst, wenn du Hilfe brauchst. Hier, ich zeige es dir. Drück auf diese Taste.« Er führte ihren Finger an die Spitze des Geräts und drückte fest. Sie spürte ein Klicken und fuhr zusammen, als ein schrilles Pfeifen losging. »Das ist das Signal für die Zeit, wenn ich im Auto sitze. Während der Arbeit ist er auf Vibration geschaltet.« Sein Empfänger summte und vibrierte. »Ich will, dass du die Taste drückst, wenn du etwas brauchst, egal was, wenn du etwas hörst, das dir Angst macht, wenn du mich für irgendetwas brauchst.«

Gerührt schloss Allegra die Hand um den Anhänger.

»Honey?« Sie wandte ihm das Gesicht zu. »Hast du verstanden? Ich will, dass du das Gerät benutzt, wenn du mich für irgendetwas brauchst, egal was es ist. Versprichst du mir das?«

Sie bekam nasse Augen und biss sich auf die Lippe.

»Antworte mir.« Er rüttelte sie sanft an der Schulter. »Ich gehe erst, wenn du mir das versprochen hast. Auf dein Signal werde ich kommen, so schnell ich kann. Nun versprich es mir.«

Sie schluckte. »Ich verspreche es.«

»Braves Mädchen.« Er küsste sie hastig auf die Wange. »Jetzt muss ich aber los. Was tust du also jetzt?«

Allegra lächelte. »Ich bringe dich zur Tür und sage: ›Einen schönen Tag, und komm bald nach Hause.‹«

»So gefällt es mir. Und was tust du, wenn du mich brauchst?«

»Auf diesen Knopf drücken.«

»Sehr gut.«

Sie waren an der Tür angelangt. Sie hörte ihn den Mantel anziehen. Unwillkürlich streckte sie die Hände nach ihm aus, und er nahm sie und zog sie an seine Lippen.

Es fiel ihr schwer, ihn gehen zu lassen. Aber am Abend würde er ja wiederkommen. Das war so sicher, wie morgens die Sonne aufging.

»Einen schönen Tag«, sagte sie leise.

»Den habe ich ganz bestimmt«, erwiderte er gut gelaunt. »Ich komme so früh wie möglich nach Hause und wir gehen spazieren, wenn das Wetter hält, okay?«

Allegra strahlte. »Okay.«

Noch ein Kuss, und er war weg.

Allegra schloss lächelnd die Tür hinter ihm.

Douglas hatte für sie Atmosphäre geschaffen. Das Haus fühlte sich gar nicht mehr kalt und leer an, wie sie es von den früheren Vormittagen gewohnt war. Aber es hatte sicher auch damit zu tun, dass sie von seiner Rückkehr überzeugt war. Er würde auch am nächsten Abend zu ihr zurückkommen. Und am übernächsten …

Es würde lange Spaziergänge geben, sie würden zusammen essen gehen und in Konzerte, und sie würden fantastischen Sex haben.

Oh ja.

Summend tastete sie sich zu ihrer Harfe.

So eine neue Liebe war doch wunderbar, dachte sie. Diese heimliche Erregung, diese helle Vorfreude. Das war es, was ihrem neuen Song noch fehlte. Das Erregende und die Freude. »New Love« war noch zu langsam. Sie würde das Tempo ändern, dem Refrain ein paar Riffs geben, und vielleicht sollten die Töne am Ende dem Herzrhythmus gleichen …

Was war das?

Es klang, als wäre die Küchentür zugefallen. Aber sie hatte sie gar nicht offen gelassen. Hatte Douglas sie offen gelassen? Sah ihm nicht ähnlich. Sie drehte sich zur Küche um und erstarrte, als sie eine männliche Stimme hörte.

»Ein Miststück wie du muss bestraft werden. Dafür sorge ich.«

Es war Coreys Stimme. Aber der war im Gefängnis. Sie musste sich zusammenreißen.

»Du bist nicht wirklich hier, Corey«, flüsterte Allegra, während sie sich mit Herzklopfen im Kreis drehte und lauschte. »Du bist nicht hier. Du bist nichts. Nur eine Einbildung.«

Sie schnappte nach Luft und schrie, als sie jemand bei den Haaren packte. Er riss so heftig daran, dass ihr die Tränen in die Augen schossen.

»Du hast recht, meine Schöne, Corey ist nicht hier«, sagte ein Mann, dessen Stimme sie noch nie gehört hatte. »Aber ich bin hier, und ich werde dich umbringen.«

Auf der Fahrt zum Büro plante Kowalski seinen Arbeitstag. Wenn er das Mittagessen ausfallen ließe und den Papierkram bis zwei Uhr erledigt hätte, könnte er gut zwei Stunden an dem McBain-Vertrag arbeiten und dann gegen halb fünf nach Hause fahren. Dann wäre noch genug Zeit für …

Ihm blieb fast das Herz stehen, als das schrille Pfeifen aus seiner Manteltasche kam. Es war nicht das Handy. Es war der Empfänger, und das konnte nur eines heißen: Allegra war in Schwierigkeiten.

Er hatte die beiden Geräte in einem Sanitätshaus gekauft; sie waren für Pflegebedürftige bestimmt und so gestaltet, dass man damit nichts falsch machen konnte. Wenn der Empfänger pfiff, rief Allegra um Hilfe. Und wenn sie ihn nicht auf dem Handy anrief, sondern die Taste an dem Sender drückte, war es ein Notfall.

Bei einer Blinden waren viele Notfälle vorstellbar. Schreckliche Notfälle. Sie konnte sich verbrennen, schneiden, sterben …

Kowalski verlor die Nerven.

Er war ein harter Mann, der es gewohnt war, mit schwierigen Situationen fertig zu werden. Er geriet nie in Panik, dachte immer gründlich nach. Doch jetzt verlor er völlig die Nerven. Seine Ausbildung, seine Erfahrung war vergessen, als er sich auf einem stark befahrenen Highway mit einem verbotenen U-Turn in den Verkehr der anderen Fahrtrichtung zwängte und dann mit rücksichtsloser Geschwindigkeit zu Allegras Haus zurückfuhr.

Er sah kaum etwas. Anstatt der Straße sah er Allegras Kleider Feuer fangen, sah sie sich mit kochendem Wasser verbrühen, auf den Glastisch stürzen, sich eine Arterie aufschneiden, verbluten … Diese Bilder und noch andere liefen wie ein Film in seinem Kopf ab, brachten ihn in Panik, sodass er am Ende über das Steuer gebeugt fuhr, als könnte er den Wagen dadurch zwingen, schneller zu fahren. Er fuhr schon hundert Meilen pro Stunde, und hinter ihm wurde ständig wild gehupt.

Er nahm es nur am Rande wahr.

Er achtete nicht auf die anderen Fahrzeuge oder auf Ampeln oder vereiste Stellen auf dem Asphalt. Er brauchte sein ganzes fahrerisches Können, damit der SUV nicht ins Schleudern geriet, trat aufs Gas und bremste abrupt und beschleunigte wieder auf Höchstgeschwindigkeit.

Und als er vor Allegras Haus auf die Bremse stieg, vergaß er vor lauter Angst und Entsetzen zwanzig Jahre beruflicher Routine. Seinen Männern hatte er immer wieder eingetrichtert, dass Aufklärung vor dem Einsatz kam. Das ignorierte er nun.

Er rannte den kleinen Weg entlang, nahm die Verandastufen mit einem Satz und stürmte blind ins Haus. Dem einfachsten Soldaten hätte er für diese Dummheit den Arsch aufgerissen, doch Kowalski dachte nicht – er rannte einfach, getrieben von nackter Angst.

Allegra brannte, Allegra verblutete, Allegra starb … Er kam nicht an diesen Bildern vorbei, und als er durch die Tür brach, wobei er sich nicht mal mit Aufschließen aufhielt, sah er sie im brutalen Griff eines großen Rothaarigen, der ihr eine Pistole an den Kopf hielt. Da wurde ihm glasklar bewusst, dass er soeben sein eigenes und Allegras Leben geopfert hatte.

Tausend Gedanken schossen ihm durch den Kopf in der seltsam zeitlosen Zeitspanne vor dem schon abzusehenden Tod.

Scheiße! Allegra hat recht gehabt. Es war jemand hinter ihr her. Nur nicht Sanderson, sondern dieser Kerl.

Den hatte er auf dem Lawrence Square gesehen. Wenn ich ihr doch bloß geglaubt hätte …

Der Wichser hat einen 38er. Auf die Distanz kann er mich nicht verfehlen. Er wird mich erschießen und dann Allegra töten. Sie kann sich nicht verteidigen.

Das ist ein ziemlich dämlicher Abgang.

Ich habe Allegra nicht beschützt.

Er sah, wie der Mann den kurzen Lauf des Revolvers aufrichtete und zu ihm herumschwenkte. Ein heftiges Bedauern wallte in ihm auf, weil er so panisch gewesen war, dass er seine Beretta im Wagen vergessen hatte. Die hätte den Revolver ausgestochen. Scheiße. Wenn er sie hätte, könnte er den Kerl mit Leichtigkeit erledigen, oh ja, mit drei schnellen Schüssen hintereinander. Aber nein, die Beretta steckte gemütlich in ihrem Holster, das er auf den Rücksitz geworfen hatte.

Die Reue war überwältigend.

Der Mann ließ Allegra los. Er nahm die Waffe mit beiden Händen und ging in die Hocke wie ein professioneller Schütze. Der Finger spannte sich um den Abzug. Das Einzige, was Kowalski tun konnte, war, im letzten Moment auszuweichen. So traf ihn die Kugel oben an der Schulter und nicht ins Herz.

Er stand so unter Strom, dass er den Schuss nicht mal hörte. Aber er fühlte ihn als wuchtigen Schlag, der ihn gegen die Wand rammte. Er rutschte zu Boden. Seine Beine trugen ihn nicht mehr. Seine Schulter brannte wie Feuer. Er atmete tief ein, und seine Lungen füllten sich mit Luft. Die Kugel hatte die Lunge verfehlt. Eine gute Nachricht. Die schlechte war, dass er stark blutete und ihm die Sicht verschwamm.

Der Mann machte einen Schritt auf ihn zu und zielte auf seine Brust. Er überlegte noch, welche Stelle er nehmen sollte, um ihm das Licht auszublasen. Kowalski wusste, für welche er sich entscheiden würde. Im Gefecht war es schwer, den Kopf zu treffen, da zielte man eher auf den Oberkörper. Aber Kowalski saß auf dem Präsentierteller direkt vor dem Kerl. Wenn der klug war und wusste, was er tat, würde er zwischen die Augen schießen.

Kowalski scharrte vergeblich mit den Füßen nach Halt, um sich aufzurichten, doch seine tauben Beine glitten im Blut aus. Er drückte sich mit dem Rücken gegen die Wand, versuchte, sich zu wappnen …

Oh Mann – was macht Allegra denn da?

Kowalski sah dem Kerl in die Augen, starrte ihn bezwingend an. Der Wichser sollte nur ihn beachten. Er wagte nicht, auch nur um ein Grad danebenzublicken.

Allegra tastete, bis sie die schmiedeeiserne Stehlampe neben der Couch zu fassen bekam. Lautlos zog sie den Stecker aus der Wand und hob ihn auf, packte die Lampe und wartete auf einen Moment, wo der Mörder ein Geräusch verursachte. Sie wollte den Mann mit einer Lampe erschlagen! Kowalski stöhnte über ihren Mut. Wenn sie ihn verfehlte, würde sich der Kerl einfach umdrehen, sie erschießen und sich wieder Kowalski zuwenden.

Doch Kowalski sah, dass dies ihre einzige Chance war, den Mörder auszuschalten. Er selbst würde die Schusswunde vielleicht nicht überleben, aber Allegra würde am Leben bleiben. Sie musste.

Kowalski würde tun, was er konnte, um ihr zu helfen. Er blickte den Mann finster an, ohne zu flackern, sah nur am Blickfeldrand, was Allegra tat. Sie hob die Lampe hoch und näherte sich lautlos. Es war vollkommen still, als der Mörder die Waffe hob.

Allegra konnte nicht hören, wo er war, sie würde zuschlagen und ihn verfehlen. Sie holte aus …

Kowalski starrte an dem Revolverlauf entlang auf den Finger am Abzug. Als der sich krümmte …

»Charlie grün drei Uhr!« brüllte Kowalski.

Allegra drehte sich, zog die Lampe durch die Luft und traf den Kerl mit voller Wucht am Kopf. Der ging zu Boden wie ein Stein und spuckte Blut.

»Douglas!« Allegra flog zu ihm auf die Knie, sie weinte und bebte am ganzen Körper. »Douglas, oh mein Gott. Mein Liebling, sag mir, dass du am Leben bist.« Sie tastete nach ihm und weinte noch heftiger, als sie in Blut griff.

Kowalski berührte ihr Gesicht und hinterließ blutige Abdrücke. Er nahm noch einmal jede Einzelheit ihrer schönen Züge in sich auf, verlor aber langsam das Bewusstsein. Er wollte den Anblick ihres Gesichts mitnehmen.

»Allegra«, krächzte er und hustete. »Ich – ich liebe dich.«

»Ja, mein Liebling«, flüsterte sie mit irischem Beiklang. »Ich liebe dich auch. Also stirb mir ja nicht, Douglas Kowalski, oder ich schwöre, ich spuke in deinem Grab! Hörst du, mein Lieber? Du bleibst gefälligst am Leben, klar? Für mich!«

Er lächelte und hustete. Wie könnte er ihr etwas abschlagen?

»Ja, Ma'am. Ich werde mein Bestes tun.«

Epilog

Bostoner Augenklinik
Sechs Monate später

Sie war so still, das Gesicht weiß wie ein Laken, der kahle Kopf bandagiert, Nase und Mund unter einer Atemmaske verschwunden.

Sie atmete. Sie lebte.

Allegra lebte, und das war für Kowalski das Wichtigste. Sie hatte die Operation überstanden. Nun hoffte er verzweifelt, um ihretwillen, dass sie erfolgreich gewesen war. Allegra wollte unbedingt wieder sehen.

Sie bekam es nicht in ihren Dickkopf, dass Kowalski ihre Blindheit nichts ausmachte, dass er sich gern um sie kümmerte. Wie auch nicht? Er liebte sie. Für sie zu sorgen, ihr zu geben, was sie brauchte, war ein Privileg.

Sacht strich er mit einem Finger über ihre Wange und sah ihre Lider flattern. Bald würde sie aus der Narkose aufwachen.

Sein schwerer, breiter Ehering glänzte im harten Neonlicht der Deckenlampe. Er zog Allegras Ehering aus der Tasche und steckte ihn ihr an den Finger.

Sie hatte sich mit keinem Wort beschwert, als man ihr die Haarpracht abschnitt und ihr den Kopf schor. Aber den Ehering hatte sie nicht ablegen wollen. Ihr irisches Temperament war zum Vorschein gekommen, als sie sich mit den Ärzten anlegte. Im Operationssaal war kein Schmuck gestattet, aber Allegra hatte einen heiligen Eid geschworen, den Ring niemals abzulegen.

Kowalski hatte sein ganzes diplomatisches Geschick aufbringen müssen, um die Katastrophe abzuwenden. Schließlich hatte er ihr versprochen, dass der Ring wieder an ihrem Finger stecken würde, wenn sie aufwachte.

Ihre Lider flatterten, und sie seufzte unter der Atemmaske.

Kowalski hatte am Ende nachgegeben und der Operation zugestimmt. Nicht dass er eine Wahl gehabt hätte – Allegra war unbeugsam gewesen. Sie wolle Kinder und weigere sich, eine blinde Mutter zu sein, die das Gesicht ihres Kindes nicht sehen könne. Das war es, was bei Kowalski im Stillen den Ausschlag gegeben hatte. Ein Kind. Sein und Allegras Kind. Sowie er ein kleines Mädchen vor sich gesehen hatte, einen kleinen Rotschopf mit Allegras Gesicht, war das Bild nicht mehr abzuschütteln gewesen. Und so hatte er widerstrebend zugestimmt, sie zu der Klinik zu begleiten, die bei der entsprechenden Operationsmethode Pionierarbeit geleistet hatte. Bei ihm war viel Überzeugungsarbeit nötig gewesen, aber die Operation war bisher in allen Fällen zu hundert Prozent erfolgreich gewesen, und er hatte sich über das OP-Team vorher gründlich informiert. Von denen wusste jeder, was er tat.

Allegra stöhnte leise, machte kurz die Augen auf und schloss sie wieder.

Kowalski neigte sich heran, verzog vor Schmerzen das Gesicht. Seine Schulter war noch nicht völlig verheilt. Er ignorierte die Schmerzen und betrachtete Allegras schönes Gesicht.

Vor sechs Monaten hätte er sie beinahe verloren, und seitdem betrachtete er jede Sekunde mit ihr als kleines Wunder.

Es war nicht schwer zu ermitteln gewesen, was sich abgespielt hatte. Der Name des Rothaarigen war Alvin Mitchell. Er war unter Sandersons Einfluss geraten und hatte sich in den Kopf gesetzt, Rockstar zu werden. Sanderson hatte ihm Ruhm und Reichtum versprochen, wenn er dafür Allegra in den Wahnsinn trieb und sie so umbrachte, dass es wie ein Selbstmord aussah.

Kowalski hatte Mitchell, der jetzt im Gefängnis saß, die Nachricht zukommen lassen, dass er es bereuen werde, wenn er sich je wieder näher als zehn Meilen an Allegra heranwagte. Die Warnung hatte er mit einem schlagenden Argument versehen. Corey Sanderson hatte seinen Prozess wegen Anstiftung zum Mord nicht mehr erlebt. Er war ins normale Gefängnis verlegt worden, und zwei Tage später hatte ihn ein Mithäftling mit einem scharf geschliffenen Löffel erstochen.

Kowalski lächelte kalt. Seine Fünfzigtausend hatten dem denkbar besten Zweck gedient. Jetzt würde niemand mehr Allegra bedrohen.

Sie regte sich wieder, bewegte die Beine, schüttelte die Narkose langsam ab.

Kowalski beugte sich über sie und nahm ihre Hand, die nicht an Schläuchen hing.

Gleich käme der kritische Augenblick. Wenn die Operation nicht erfolgreich gewesen war, wenn sie nicht wieder sehen konnte, würde sie am Boden zerstört sein. Aber Kowalski war da, um sie zu trösten.

Wenn sie erfolgreich gewesen war, würde sie sehen … auch ihn.

Was würde sie sehen?

Am Morgen hatte er sich eingehend im Spiegel betrachtet und resigniert gestöhnt. Er war noch hässlicher als vorher. Seine Wunde und die Sorge um Allegra hatten tiefe Falten in sein Gesicht gegraben. Nichts hatte sich geändert, außer zum Schlechteren. Er sah noch immer aus wie ein Schlägertyp, wie ein hässlicher Schlägertyp.

»Doug…«, krächzte Allegra gedämpft von der Atemmaske. Sie leckte sich über die trockenen Lippen und atmete sehr schnell.

»Ich bin hier, Honey.« Er neigte sich näher heran.

»Douglas.« Ihre Stimme war klar.

»Ja.«

Ihr Atem beruhigte sich. Er fragte sich, wie lange es wohl dauern würde, bis sie ganz zu Bewusstsein kam. Dann riss sie plötzlich die Augen auf.

Sie hatte so schöne Augen, strahlende, grüne irische Augen mit langen Wimpern.

Die ihn gezielt ansahen.

Sie konnte sehen.

Oh Gott.

Kowalski hatte nicht mal Zeit, in Panik zu geraten. Allegra streckte die Hand aus und legte sie liebevoll um seine Wange. Sie strich über seine wettergegerbte Haut, über die Narbe, über seine Lippen, betastete seine eingedrückte Nase. Sie musterte jeden Zentimeter mit feierlichem Gesicht.

Plötzlich lächelte sie.

»Oh Douglas! Ich wusste es. Ich wusste, dass du ein schöner Mann bist.«